KB131301

숨겨진 죽음

The Sentence is Death

ANTHONY HOROWITZ

숨겨진 죽음

그린

앤서니 호로위츠 장편소설 이은선 옮김

최고의 친구였던 피터 클레이턴을 추억하며
1963년 6월 20일~2018년 6월 18일

1
신 27

　나는 원래 드라마 촬영장에 나가 보는 것을 좋아한다. 수많은 전문가가 힘을 합쳐 — 수만 파운드의 거금을 들여 가며 — 9개월이나 10개월 전만 해도 나 혼자만의 상상에 불과했던 장면을 구현하는, 그 짜릿한 현장에 동참하는 것을 사랑해 마지않는다. 그 과정의 일부가 되는 것을 사랑해 마지않는다.

　하지만 이번에는 달랐다. 무엇보다도 늦잠을 자는 바람에 집에서 급하게 뛰쳐나왔다. 그 와중에 휴대 전화를 찾지 못했다. 두통의 조짐도 보였다. 습한 10월의 그날 아침에는 차에서 내린 순간부터 판단 착오였다는 것을, 그냥 집에서 쉬는 편이 나을 뻔했다는 것을 알 수 있었다.

　마침 중요한 날이었다. 우리는 「포일의 전쟁」 일곱 번째 시리즈의 오프닝 장면을 촬영하는 중이었다. 포일의 운전기사인 샘 스튜어트가 처음으로 등장하는 장면 말이다. 허니서클 위크스가 그 역할로 이 드라마 시리즈의 고정 멤버가 되었고 그녀는 내가 가장 아끼는 배우 중 한 명이었다. 샘의 대사를 쓸 때면 항상 그녀의 목소리로 음성 지원이 됐다. 새로운 시즌에서 샘은 결혼을 했고 경찰에서 나와 이제는 핵물리학자 편에서 일했다. 나는 그녀를 위해 으리으리한 등장 신을 준비했기에 그 자리에 참석해 직접 응원하고 싶었다.

내가 쓴 대본은 다음과 같았다.

27. 야외. 런던의 거리(1947년) 낮.

샘이 쇼핑백을 들고 버스에서 내린다. 잠깐 걸음을 멈추고 조금 전에 알게 된 나쁜 소식의 여파를 생각한다. 놀랍게도 애덤이 그녀를 기다리고 있다.

샘: 애덤! 여긴 어쩐 일이야?

애덤: 당신 기다리고 있었지.

두 사람은 입을 맞춘다.

애덤: (이어서) 그거 나 줘.

애덤이 샘에게서 쇼핑백을 건네받고 두 사람은 집을 향해 걸음을 옮긴다.

대본상으로는 별것 아닌 것처럼 보일지 몰라도 엄청 골치 아프게 생겼다는 것을 나는 처음부터 알고 있었다. 〈런던의 거리〉라는 두 단어만으로도 제작자인 내 아내, 질 그린의 입에서 앓는 소리가 나오기에 충분했다. 런던 촬영은 엄두가 나지 않을 만큼 비용이 크게 들고 난관이 많아서 항상 공포의 대상이다. 도시 전체가 모든 능력을 동원해 촬영을 일부러 막고 있는 것처럼 느껴질 정도다. 머리 위로 비행기가 지나가고, 에어 드릴과 차량 도난 경보기가 갑자기 허공을 찢으며 성을 내고, 경찰차와 구급차가 사이렌을 울리며 지나가며, 촬영이 진행된다고 안내하는 팻말을 아무리 많이 설치해도 깜빡하고 차를 옮기지 않는 사람이 등장하고, 그보다 끔찍하게는 보상을 바라고 일부러 차를 처박아 놓는 사람도 나온다. 다들 TV 드라마와 영화 제작사는 주머니가 빵빵한 줄 알지만 전혀 그렇지 않다. 톰 크루즈라면 일말의 망설임도 없이 블랙프라이어스 다리나 피커딜리 거리 절반을 통제할 수 있을지 모르지만, 대부분의 영국 TV 방송국에서는 내가 쓴 짧은 장면을 촬영하는 일조차 불가능한 임무에 가깝다.

차에서 내리자 시간 여행이 시작됐다. 여긴 1947년이었다. 제작 팀이 빅토리아 시대 집들로 이루어진 길거리 두 곳을 어찌어찌 섭외해 전후 런던을 완벽하게 재현해 놓았다. 안테나와 위성 방송 수신기는 담쟁이덩굴이나 플라스틱 기와로 덮었다. 현대식 문과 창문은 몇 주 전에 치수를 재서 제작한 틀로 가렸다. 도로 표지판과 가로등은 눈에 띄지 않게 도색했고 도로변 노란 선은 백토로 덮었다. 그런 다음 소품을 설치했다. 밝은 빨간색 전화박스, 버스 정류장, 전쟁 이후 몇 년 동안 남아 있었던 폭격의 흔적으로 보이기에 충분한 파편. 여기에서 오리털 점퍼를 입은 사람들, 조명, 이동차, 구불구불 끝도 없이 이어지는 케이블만 빼면 실제와 다를 게 없었다.

사람들이 여기저기 서서 촬영이 시작되길 진득하니 기다리고 있었다. 촬영 팀 말고도 그 시대의 헤어스타일과 복장을 갖춘 엑스트라가 서른 명가량 됐다. 나는 세컨드 조감독이 제 위치로 옮기고 있는 차량들을 훑어보았다. 오스틴 프린세스, 모건 4-4, 말과 마차 그리고 이 신의 주인공인 AEC 리젠트 II 2층 버스였다. 이 버스에서 샘 스튜어트가 내릴 예정이었다. 작품 속의 남편과 함께 길 건너편에 서 있던 허니서클이 나를 보고 손을 들었다. 하지만 표정이 밝지 않았다. 이때 나는 뭔가 문제가 생겼음을 직감했다.

카메라를 찾아보니 질이 스튜어트 옴 감독과 나머지 촬영 팀과 심각한 얼굴로 대화를 나누고 있었다. 그들 역시 표정이 어두웠다. 나는 이미 죄책감을 느끼고 있었다. 〈영원의 반지〉라는 제목의 이번 화는 뉴멕시코주의 핵폭탄 실험장에서 시작됐다(이 장면은 스튜어트가 꼭두새벽, 밀물이 들어오기 두 시간 전에 바닷가에서 어찌어찌 촬영을 마쳤다). 거기서 런던의 러시아 대사관과 리버풀 선착장을 거쳐 화이트홀,[1] MI6 본부로 무대를 옮겼다. 과도한 부담이 되었을 테고 신 27은 선을 한 발 넘은 것일 수도 있었다. 샘은 집까지 걸어가도 됐었다. 그냥 자기 집 앞에서 등장해도 됐었다.

스튜어트 감독이 나를 보고 다가왔다. 그는 나보다 겨우 한 살 많았지만 머리와 수염이 하얘서 약간 위압적으로 느

---

1 런던의 관청가. 이하 모든 주는 옮긴이의 주이다.

꺼졌다. 하지만 우리는 이미 시리즈 하나를 같이했고 이번 시리즈도 맡아 주어서 고맙게 생각하고 있었다. 그가 말했다. 「이 신은 촬영 못 하게 생겼어요.」

「왜요?」 나는 무슨 문제든 나 때문일 거라는 말도 안 되는 불안을 달래며 물었다.

「난감한 부분이 한두 군데가 아니에요. 차를 두 대나 옮겼어요. 날씨도 문제고요.」 비가 막 그친 참이었다. 「어차피 경찰 측에서 10시 전에는 촬영을 못 하게 막았지만. 그리고 버스도 고장 났어요.」

나는 좌우를 두리번거렸다. AEC 리젠트 II가 현장 밖으로 견인되고 있었다. 그걸 대체할 다른 버스가 대기 중이었다. 「루트마스터네요?」

「알아요, 알아요.」 스튜어트는 지친 얼굴이었다. 우리 둘 다 알다시피 루트마스터가 런던에 등장한 것은 1950년대 중반이었다. 「하지만 에이전시에서 저걸 보내 줬어요.」 그는 말을 이었다. 「걱정 말아요. 후반 작업에서 CG로 보정하면 되니까.」

컴퓨터 영상 합성 기술. 비용은 무척 많이 들지만 가끔 최고의 은인이 되어 준다. 폭격당한 런던을 구현할 수 있는 건 그 덕이다. 덕분에 저 멀리 있는 세인트폴 성당도 여기 데려다 놓고 말이다.

「그거 말고는요?」

「90분 안에 촬영을 끝내야 해요. 12시에 여기에서 철수해야 하는데, 찍어야 하는 컷이 네 개예요. 이래서는 안 돼요. 그러니까 괜찮으시면 대화하는 장면을 빼면 어떨까요? 샘이 버스에서 내리는 장면을 찍고 집에 가서 애덤을 만나게 하는 거죠.」

어떻게 보면 나로서는 우쭐한 상황이었다. 앞에서도 이야기했다시피 작가는 촬영장에서 유일하게 별 쓸모가 없는 존재이고, 내가 대개는 거리를 두는 이유도 그 때문이다. 나는 타이밍을 잘 맞추지 못하는 징크스가 있다. 촬영 중에 휴대 전화가 울리면 십중팔구 내 전화다. 그런데 감독이 내게 사실상 협조를 구하고 있었고 들어 보니 그의 의견에 따라도 전개상 아무 무리가 없었다.

「그래도 괜찮습니다.」 나는 말했다.

「다행이네요. 작가님이 언짢아하시면 어쩌나 했더니.」 이 말을 끝으로 그는 몸을 돌려서 멀어졌다. 내가 여기 도착하기 한참 전에 그가 이미 결정을 내렸다는 것을 그때 깨달았다.

하지만 대화하는 장면을 없애도 시간이 빠듯했다. 한 번 리허설을 한 뒤 촬영에 들어가겠지만 컷이 여전히 복잡했다. 20미터 길이의 트랙이 설치됐다. 버스가 첫 번째 도로를 덜커덩덜커덩 달리는 동안 카메라가 그 트랙을 따라 90도 각도로 교차하는 두 번째 도로를 향해 움직일 것이다. 버스는 모퉁이를 돌면 정차할 테고, 카메라가 정류장에 도착하면 두세 명의 승객에 이어 샘이 버스에서 내릴 것이다. 그와 동시에 말과 마차를 비롯한 차량들이 양방향으로 움직일 예정이다. 인도에서는 아이들이 놀고 있을 테고 그 옆으로 다양한 보행자들이 지나갈 것이다. 유아차를 밀고 가는 여자, 경찰 두 명, 자전거를 탄 남자 등등. 이 모든 걸 한 컷에 담으려면 타이밍이 완벽해야 했다.

「다들 제 위치로 가주세요!」

샘의 남편 역을 맡은 배우는 트레일러에 가 있으라는 지
시가 내려지자 뚱한 표정을 지었다. 꼭두새벽부터 대기 중
이었던 것이다. 루트마스터 기사는 간단한 설명을 듣고 있
었다. 엑스트라들이 자리를 잡았다. 나는 거치적거리지 않
게 카메라 뒤에 가서 섰다. 퍼스트 조감독이 흘긋 쳐다보자
스튜어트가 고개를 끄덕였다.

「액션!」

리허설은 대실패였다.

버스는 너무 일찍, 카메라는 너무 늦게 도착했다. 샘은 인
파 속에 묻혔다. 하필이면 그 순간에 구름이 태양을 가렸다.
말은 꿈쩍 않고 버텼다. 스튜어트가 촬영 감독과 몇 마디 대
화를 나누다가 단호하게 고개를 젓는 것이 보였다. 이대로
는 촬영에 들어갈 수 없었다. 결국 리허설을 한 번 더 해야
했다.

벌써 11시 10분이었다. 촬영장은 그런 식으로 돌아간다.
한참 동안 다들 아무것도 하지 않는 것 같다가 실제 촬영에
들어가면 고도로 응축된 행위가 짧은 시간 동안 집중적으로
펼쳐진다. 그 와중에 시간이 계속 째깍째깍 흐른다. 개인적
인 의견을 밝히자면 이때 받는 스트레스는 감당하기 힘든
수준이다. 12시에 여기에서 철수해야 한다고 했을 때 스튜
어트가 말한 시각은 12시 정각이었다. 저쪽 모퉁이에서 진
짜 경찰 두 명이 교통을 통제하며 얼른 끝내길 기다리고 있
었다. 이 길에 놓인 집 주인들이 촬영을 허락한 시간도 끝나

가고 있었다. 로케이션 담당자가 걱정스러운 표정으로 현장을 지켜보았다. 나는 벌써부터 여기 온 것이 후회가 되기 시작했다.

조감독이 메가폰을 들고 새로운 지시 사항을 크게 외쳤다. 「원위치!」승객들이 천천히, 고집스럽게 버스에 다시 올라탔고 루트마스터는 후진했다. 아이들은 제자리에 배치됐다. 말은 각설탕을 한 조각 얻어먹었다. 다행히 두 번째 리허설은 조금 나아졌다. 버스와 카메라가 원래 계획한 대로 모퉁이에서 정확히 만났다. 샘이 버스에서 내려 점점 멀어졌다. 말은 큐 사인이 떨어지자마자 움직이긴 했지만 도로에서 벗어나 인도로 돌진하는 바람에 분위기를 망쳐 놓았다. 다행히 다친 사람은 없었다. 스튜어트와 촬영 감독이 몇 마디 소곤소곤 주고받더니 이제 촬영에 들어가자고 했다. 질은 손목시계를 확인했다. 11시 35분이었다.

제작적인 측면에서 워낙 비중이 높은 장면이다 보니 우리측 사진작가가 대기 중이었고, 허니서클과 나를 인터뷰할 예정인 기자 두어 명도 기다리고 있었다. ITV에서도 고위간부 둘이 나와서 세인트존 앰뷸런스 소속 보건 안전 요원, 응급 의료진과 함께 모든 과정을 불안한 표정으로 지켜보았다. 거기에 평소처럼 특수 효과 담당자, 조명 담당자, 퍼스트 조감독, 세컨드 조감독, 서드 조감독, 메이크업 아티스트, 소품 담당자까지…… 이제 25분 안에 끝내야 하는 시퀀스의 촬영을 기다리고 있었다.

마지막 점검에서 사소한 오류가 발견되고 영영 계속될 것 같은 정적이 이어졌다. 나는 손에서 진땀이 났다. 그러다 드

14

디어 촬영 때마다 등장하는 익숙한 주문이 들려왔다.

「사운드?」

「사운드 롤링.」

「카메라?」

「카메라 롤링. 스피드…….」

「신 27. 테이크 원.」

슬레이트가 탁 맞부딪쳤다.

「액션!」

카메라가 우리 쪽을 향해 스르르 이동하기 시작했다. 버스가 덜커덩덜커덩 달렸다. 아이들은 놀고 있었다. 말이 순순히 마차를 끌며 움직였다.

그때 어디선가 난데없이 차가 한 대 등장했다. 21세기의 신형 택시였다. 심지어 버스와 함께 CG로 보정할 수 있는 검은색도 아닌 하얀색과 노란색이었고, 앞문과 뒷문에 〈다음번 탑승 시 5파운드 할인해 드립니다〉라는 전설적인 카피와 함께 밝은 빨간색으로 앱 출시를 알리는 광고 문구가 적혀 있었다. 엎친 데 덮친 격으로 택시 기사는 차창을 내린 채 저스틴 팀버레이크의 노래를 최고 볼륨으로 틀어 놓았다. 그 차가 촬영장 한가운데에 멈추어 섰다.

「컷!」

스튜어트 옴은 원래 서글서글하고 털털한 성격이다. 하지만 무슨 일인지 사태를 파악하려고 모니터에서 고개를 들었을 땐 당장이라도 폭발할 것 같은 표정을 짓고 있었다. 두말하면 잔소리지만 있을 수 없는 일이었다. 경찰이 교통을 통제하고 있지 않았던가. 우리 측에서도 보행자가 지나가지 못하게 길 양쪽 끝을 막고 있었다. 어떤 차량도 통과할 수 없었다.

나는 속이 울렁거리기 시작했다. 예감이 안 좋았다.

그리고 내 예감은 맞아떨어졌다.

택시 문이 열렸고 한 남자가 내렸다. 그는 상당한 인파가 자신을 에워싸고 있고 그들 대부분이 옛날 스타일 옷을 입고 있다는 사실에 전혀 개의치 않는 눈치였다. 다른 모두를 희생시켜 가며 자신의 필요에만 1백 퍼센트 집중하는 냉혈한 특유의 당당한 자신감을 풍겼다. 키가 크지도 몸이 탄탄하지도 않았지만 무슨 수를 써서라도 싸움에서 이기고야 말 것 같은 분위기였다. 갈색과 회색의 중간 어디쯤인 머리칼은 특히 귀 주변을 짧게 쳐올렸다. 안색이 별로 안 좋아 보이는 얼굴에서 짙은 밤색 눈이 천진하게 앞을 응시했다. 햇빛을 자주 쪼이는 사람은 아니었다. 검은색 슈트와 흰색 와이셔츠, 좁은 넥타이는 어떤 인상도 남기지 않겠다는 계산 아래 선택된 옷차림으로 보였다. 구두는 반짝반짝하게 광이 났다. 그는 앞으로 나아가면서 누군가를 찾고 있었고 나는 자문하는 수밖에 없었다. 내가 여기 있는 걸 저자가 어떻게 알았을까?

나는 모니터 뒤로 숨을 겨를도 없이 그에게 발각됐다.

「토니!」 그가 넉살 좋게 나를 불렀다. 촬영장에 있는 모든 사람이 들을 수 있을 만큼 큰 소리로.

스튜어트가 열 뻗친 표정으로 나를 돌아보았다. 「아는 사람이에요?」

「네.」 나는 솔직히 인정했다. 「이름은 대니얼 호손. 탐정이에요.」

16

촬영 기사들이 나를 빤히 쳐다보고 있었다. ITV에서 나온 두 여성은 믿기지 않는다는 표정으로 서로 귓속말을 나누었다. 질이 상황을 설명해 보려고 그들에게 다가갔다. 길거리에 있던 모든 사람이 런던의 명소를 소개하는 엽서로 돌변하기라도 한 듯 그 자리에 얼어붙었다. 심지어 말마저 짜증이 난 표정이었다.

촬영 팀은 시간이 다 되기 전에 어찌어찌 두 번째 테이크를 찍었고 하나의 시퀀스로 연결할 수 있을 만한 분량을 확보했다. 그 신을 보면 전화박스도 말과 마차도 (저 멀리) 두 명의 경찰도 걸어가는 샘도 보인다. 안타깝게도 유아차를 끄는 여자와 자전거를 타는 남자를 비롯해 엑스트라는 대부분 화면에 담기지 못했다. 샘이 들고 있던 쇼핑백도 보이지 않는다.

그리고 막판에는 예산이 바닥나서, 후반 작업에 들어갔을 땐 그 빌어먹을 버스를 어찌할 방법이 없었다.

2
햄프스테드 살인 사건

나는 호손을 내 사무실 — 사실 골목길 중간쯤에 세워 둔 위너베이고 트레일러 — 에 두고 우리 둘이 마실 커피를 커피 트럭에 가지러 나갔다. 사무실로 돌아와 보니 그가 책상 앞에 앉아서 「포일의 전쟁」 이번 화 대본을 뒤적이고 있었다. 봐도 된다고 허락한 적 없었으니 내 입장에서는 살짝 짜증이 났다. 그래도 담배는 피우지 않아서 다행이라고 할까. 요즘은 주변에 담배를 피우는 사람이 거의 없는데 호손은 여전히 하루에 한 갑씩 피웠다. 우리가 대개 카페테라스에서 만나는 이유가 그 때문이었다.

「연락도 없이 어쩐 일이에요?」 나는 안으로 들어가며 물었다.

「별로 반갑지 않은 모양이네요.」

「뭐, 솔직히 지금 좀 바빠서요. 당신은 자기가 촬영장 한복판으로 들이닥친 줄도 모르는 눈치지만.」

「만나고 싶었거든요.」 그는 내가 맞은편에 앉을 때까지 기다렸다. 「책은 어찌 돼가고 있어요?」

「끝냈어요.」

「그 제목 싫은데.」

「내 마음대로 할 거예요.」

「알았어요! 알았어요!」 그는 내가 아무 이유 없이 상처를 주기라도 한 것처럼 나를 올려다보았다. 눈동자가 진흙색인데도 어쩌면 그렇게 또렷하고 천진해 보일 수 있는지 신기할 지경이었다. 「오늘 심기가 불편한 모양이지만 늦잠을 잔 게 나 때문은 아니잖아요.」

「늦잠 잤다고 누가 그래요?」 나는 뻔한 덫에 걸려들었다.

「그리고 휴대 전화도 잃어버려서 계속 찾고 있고요.」

「호손……!」

「길에서 잃어버린 건 아니에요.」 그는 말을 이었다. 「집 안 어딘가에 있을 거예요. 그리고 내가 충고 한마디 할게요. 마이클 키친이 당신 대본을 마음에 안 들어 하면 다른 배우를 써요. 괜히 나한테 화풀이하지 말고!」

나는 그가 한 말을 속으로 되새김하며 그를 빤히 쳐다보았다. 어떤 근거로 그런 말을 했을까? 마이클 키친은 「포일의 전쟁」의 주인공이었다. 새로운 시리즈 촬영을 앞두고 그와 열띤 논쟁을 벌인 건 맞지만 어차피 알게 될 아내 말고는 어느 누구에게도 이야기한 적이 없었다. 그리고 내 수면 패턴이나 그날 아침에 휴대 전화를 찾지 못한 것에 대해서도 따로 언급한 적이 없었다.

「여기는 무슨 일로 온 거죠, 호손?」 나는 따져 물었다. 처음 만난 날부터 지금까지 난 그를 이름으로 부른 적이 없었다. 그를 이름으로 부르는 사람이 과연 있을지 의문이다. 「원하는 게 뭐예요?」

「살인 사건이 또 벌어졌어요.」 그는 말끝을 길게 늘이는 특이한 말버릇이 있었다. 〈벌어졌어요오오오.〉 그러면서 재미있어하는 것 같았다.

「그런데요?」

그는 나를 보며 눈을 깜빡였다. 당연한 걸 묻는다는 투였다.「그걸 책으로 쓰고 싶어 하지 않을까 싶어서요.」

『중요한 건 살인』을 읽은 독자라면 알겠지만 나는 「인저스티스」라는 TV 드라마를 집필하던 중에 자문 역으로 대니얼 호손을 소개받았다. 호손은 전에 런던 경찰청에서 근무했지만 아동 성 착취물을 거래한 용의자를 호송하다 그가 콘크리트 계단에서 구르는 사건이 벌어지면서 잘렸다. 당시 호손이 그 남자 바로 뒤에 서 있었던 것이다. 이 사건으로 그는 경찰청에서 쫓겨나 다른 일자리를 알아봐야 했다. 하지만 여느 전직 형사들처럼 보안 업체에 취직하는 대신 범죄 드라마를 제작하는 영화사와 방송국을 돕는 데 자기 재능을 활용했고 그런 경로를 통해 나와 만났다. 그렇지만 나도 이내 알게 됐다시피 경찰과의 인연이 완전히 끊긴 건 아니었다. 이른바 〈스티커〉, 그러니까 누가 봐도 처음부터 까다로운 사건이 발생하면 경찰 측에서 그를 불렀다.

살인범들은 대개 잔인하고 생각이 없다. 부부 싸움이 벌어진다. 어쩌면 두 사람 다 술에 취했을 수도 있다. 아무튼 둘 중 한 명이 망치를 집어 들고 — 쾅 — 내려치면 끝이다. 지문과 사방으로 튄 핏자국과 다른 법의학적 증거 때문에 스물네 시간 안에 모든 게 해결된다. 요즘은 CCTV가 하도 많아서 유쾌한 스냅 사진을 남기지 않고서는 범죄 현장에서 빠져나가기도 어렵다.

살인범이 어느 정도 계획을 하고 범행을 저지르는 경우는 이보다 훨씬 드문데, 요즘 형사들은 장비 의존도가 워낙 높아서 그런지 희한하게도 이런 사건을 훨씬 어려워한다. ITV에서 방영된 드라마 「푸아로」에 내가 넣은 단서가 생각난다. H 자가 수놓인 여성용 장갑이 현장에 남겨진다. 요즘 형사들은 그 장갑이 언제 어디에서 만들어졌고, 어떤 천이 쓰였으며, 사이즈는 어떻게 되고 지난 몇 주 동안 무엇과 접촉했는지 죄다 알아낼 수 있을 것이다. 하지만 그 H 자가 러시아 문자로는 N 자고 범인이 다른 사람에게 누명을 씌우려고 일부러 떨어뜨리고 갔다는 건 알아차리지 못할 것이다. 이건 호손 같은 사람들만 아는 비전(祕傳)이다.

문제는 경찰에서 주는 보수가 그리 많지 않다는 것이라 「인저스티스」 촬영이 끝났을 때 그가 내게 연락해 자기를 주인공으로 책을 쓸 생각이 없느냐고 물었다. 대놓고 돈벌이를 노린 제안이었다. 표지에는 내 이름만 넣되 수익은 50 대 50으로 나누자고 했다. 처음부터 이게 가지 말아야 할 길인건 분명했다. 나는 온 동네를 헤집으며 쏘다니기보다 이야기를 만들어 내는 편을 더 좋아한다. 그보다 중요하게는 내 책은 내가 통제하고 싶다. 나를 작품 속 등장인물, 그것도 영원한 조수라는 부수적인 인물로 둔갑시킬 생각은 없었다.

하지만 어쩌다 보니 그의 설득에 넘어갔고 하마터면 목숨까지 잃을 뻔하면서 첫 책의 원고를 탈고하고 출간을 기다리는 중이었다. 게다가 다른 문제도 있었다. 새로운 출판사

— 랜덤 하우스의 셀리나 워커 — 에서 세 편을 계약하자기에 에이전트의 부추김에 넘어가 그러자고 해버린 것이었다. 판매 부수에 관계없이 작가라면 누구나 마찬가지일 거라고 본다. 세 편의 계약은 안정적인 일상을 보장한다. 앞으로 뭘 해야 할지 알고 계획을 세울 수 있다는 뜻이다. 한편으로 이는 세 편을 써야만 한다는 뜻이기도 하다. 불안은 사람을 변변히 쉴 수조차 없게 한다.

호손도 당연히 이런 사정을 알고 있었다. 그래서 여름 내내 나는 전화벨이 울리길 기다리는 한편으로 울리지 않길 바랐다. 호손은 누가 봐도 탁월했다. 제시된 단서를 모두 놓친 나와 다르게 첫 번째 사건을 어린애 장난처럼 해결했다. 하지만 나는 그를 상대하기가 무척 버거웠다. 그는 비밀스럽고 혼자 있길 좋아하며 내가 그를 주인공으로 책을 쓰고 있는데도 불구하고 자신에 대해 아무것도 공개하지 않으려 했다. 그리고 아무리 아름답게 포장한다 해도 당황스럽다고 할 만한 면이 있었다. 욕을 입에 달고 다녔고 줄담배를 피웠으며 나를 〈토니〉라고 불렀다. 만약 현실에서 주인공을 고를 수 있었다면 절대 그를 선택하지 않았을 것이다.

그런데 『중요한 건 살인』을 탈고하고 몇 주 만에 그가 다시 나타나 이렇게 나를 괴롭히고 있었다. 그는 아직 원고를 보지 못해서 내가 자기에 대해 어떻게 썼는지 몰랐다. 나는 가급적 오랫동안 그 상태를 유지할 작정이었다.

「누가 살해를 당했는데요?」 나는 물었다.

「이름은 리처드 프라이스예요.」 호손은 아는 사람 아니냐는 듯 말을 멈추었다. 모르는 사람이었다. 그가 말을 이었다.

「변호사예요. 이혼 전문 변호사. 신문에 제법 자주 소개됐어요. 유명한 의뢰인도 많았고요. 셀럽…… 뭐, 그런 사람들이요.」

들고 보니 아는 이름이었다. 아까 촬영장으로 오는 동안 라디오에서 그의 이야기가 나왔는데, 잠이 덜 깬 상태라 귀담아듣질 않았다. 리처드 프라이스는 햄프스테드에서 살았다. 내가 개를 산책시키러 자주 가는 동네였다. 보도에 따르면 그가 자택에서 공격을 당했는데 와인병에 맞았다고 했다. 그뿐만이 아니었다. 그에게는 별명이 있었다. 〈강철 목련〉이었나? 아니다, 그건 헤더 밀스와의 그 신랄한 이혼 소송에서 폴 매카트니의 변호를 맡던 것으로 유명한 피오나 섀클턴의 별명이었다. 프라이스는 〈무딘 면도칼〉이었다. 이유는 나도 모른다.

「범인이 누군데요?」 나는 물었다.

호손은 슬픈 눈빛으로 나를 보았다. 「어이, 그걸 알면 내가 여기 왔겠어요?」

그의 말이 하나는 맞았다. 나는 완전히 지친 상태였다. 「경찰에서 조사해 달래요?」

「맞아요. 오늘 아침에 전화를 받았어요. 그리고 바로 당신을 떠올렸죠.」

「이렇게 고마울 데가. 하지만 그 사건이 특별할 게 있나요?」

호손은 대답 대신 재킷 안주머니에서 사진을 한 뭉치 꺼냈다. 나는 마음의 준비를 했다. 자료 조사 차원에서 범행 현장 사진을 종종 보지만 충격적일 만치 잔혹한 그 광경은 아무리 봐도 적응이 되지 않았다. 날것 그대로이기 때문이다.

23

사진은 세심함이라고는 전혀 없이 모든 걸 만천하에 드러낸다. 흑백인 것도 한몫한다. 진한 검은색 피는 실제보다 더 끔찍해 보인다. TV에 나오는 시신은 그저 옆으로 누워 있는 배우일 뿐이다. 진짜 시신과 비슷한 부분이 거의 없다.

그나마 첫 번째 사진은 괜찮았다. 생전의 리처드 프라이스가 포즈를 취하고 있는 사진으로, 매부리코에 희끗희끗한 장발을 뒤로 빗어 넘겨 우뚝한 이마를 드러낸, 그런대로 잘생기고 활기차 보이는 남자가 나를 맞았다. 저지 셔츠를 입은 그는 조만간 살인 사건의 피해자가 될 줄은 전혀 모르고서 자신의 삶에 만족하는 듯 미소를 머금고 있었다. 오른팔 위에 얹은 왼손을 보니 네 번째 손가락에 금반지를 끼고 있었다. 그러니까 결혼을 했다는 뜻이었다.

다음 사진에서는 남자가 죽었다. 그는 팔을 머리 위로 뻗고 시신만 가능할 법한 뒤틀린 자세로 나무 바닥에 누워 있었다. 온 사방이 유리 파편과 피라고 하기에는 너무 묽은 액체로 뒤덮여 있었는데, 이 액체의 정체는 와인과 피가 섞인 것으로 밝혀졌다. 상하좌우로 다양한 각도에서 사진을 찍어 상상의 여지를 조금도 남기지 않았다. 다음 사진으로 넘어갔다. 들쭉날쭉하게 잘린 목, 부릅뜬 눈, 짐승 발톱 같은 손가락. 가까이서 바라본 죽음. 나는 호손이 무슨 수로 이렇게 빨리 사진을 입수했는지 궁금해하다가 이메일로 전송된 이미지를 집에서 인쇄했을 거라는 결론을 내렸다.

「리처드 프라이스는 와인이 가득 든 병으로 이마와 전두부를 가격당했어요.」 호손이 설명했다. 이렇게 금세 전문 용어를 동원하다니 신기했다. 예컨대 〈맞았다〉고 하지 않고 〈가

24

격당했다〉고 하지 않는가. 그리고 〈전두부〉는 기상 캐스터나 씀 직한 단어였다. 「전두부에 다발성 타박상과 거미줄 모양의 균열이 생겼지만 사인은 그게 아니에요. 병이 박살 났다는 건 힘이 분산됐다는 뜻이거든요. 프라이스가 쓰러졌을 때 범인의 손에는 삐죽빼죽하게 깨진 병 주둥이가 남아 있었죠. 그걸 칼처럼 휘둘러 목을 찔렀어요.」 그는 클로즈업된 사진을 가리켰다. 「여기랑 여기를요. 두 번째로 찔렀을 때 병 주둥이가 빗장밑 정맥을 관통하고 가슴안까지 들어갔어요.」

「과다 출혈로 죽었군요.」 나는 말했다.

「아뇨.」 호손은 고개를 저었다. 「그럴 겨를도 없이 심장에 발생한 공기 색전증으로 사망했을 거예요.」

그의 말투에 연민은 없었다. 그냥 사실을 진술하는 것에 불과했다.

나는 커피를 마시려고 들었다가 사진 속의 피와 같은 색인 걸 보고 내려놓았다. 「이 남자는 비싼 집에 사는 부자였잖아요. 아무라도 침입할 수 있었을 텐데, 이 사건이 뭐 때문에 특별하다는 건지 모르겠네요.」

「뭐, 사실 여러 가지 이유가 있어요.」 호손이 명랑한 목소리로 대답했다. 「프라이스는 엄청난 사건을 맡고 있었어요. 1천만 파운드가 걸린 소송이요. 그 소송의 상대측은 여기서 별로 얻은 게 없었죠. 그 상대측이 바로 안노 아키라예요. 그 이름 들어 본 적 있어요?」

추후에 밝힐 몇 가지 이유 때문에 이름을 바꾸긴 했지만 나도 잘 아는 사람이었다. 그녀는 소설가이자 시인이었고 중요한 행사에 자주 초대되는 연사였다. 부커상 최종 후보로 두 차례 이름을 올렸고 코스타 도서상, T. S. 엘리엇상, 여성 문학상 그리고 가장 최근에는 〈표현이 독특하며 문장이 섬세하다〉는 평을 받으며 펜/나보코프상을 수상했다. 주로 페미니즘과 성 정치학을 주제로 『선데이 타임스』와 여타의 신문에 칼럼을 기고했다. 라디오에도 자주 출연해 나도 「모럴 메이즈」와 「루스 엔즈」에서 그녀의 목소리를 들은 적 있었다.

「그녀가 프라이스의 머리에 와인을 부었죠.」 나는 말했다. SNS를 도배한 사건이라 선명하게 기억했다.

「어이, 그 정도가 아니라 병으로 치겠다고 협박까지 했어요. 손님으로 가득한 식당 한복판에서. 그 말을 들은 사람이 많아요.」

「그럼 그녀가 범인이겠네요!」

호손은 어깨를 으쓱했고 나는 그게 무슨 뜻인지 알았다. 물론 현실에서는 답이 빤했을 것이다. 하지만 호손이 사는 세상에서는, 그가 나와 공유하고 싶어 하는 세상에서는 자백이라는 말의 뜻이 정반대일지 몰랐다.

「그녀에게 알리바이가 있나요?」 나는 물었다.

「지금 그 사람이 집에 없대요. 어디 있는지 아무도 몰라요.」 호손은 담배를 꺼내 손가락으로 집어서 굴리다가 불을 붙였다. 나는 일회용 컵을 그의 앞으로 밀어 주었다. 커피가 절반가량 남았으니 재떨이로 사용할 만했다.

「그럼 용의자가 있는 거네요.」 나는 덧붙여 말했다. 「또 뭐가 있죠?」

「지금 말하려고 하잖아요! 인테리어 공사 중이라 현관 앞

복도에 페인트 통이 많았어요. 물론 덜룩스 같은 평범한 브랜드가 아니라 패로 앤드 볼에서 폼 나는 색을 주문했죠. 한 통에 80파운드씩 하고 색상 이름은 베르 드 테르, 아이비, 아스닉 뭐 이런 걸로.」 그는 한 단어씩 내뱉으며 혐오감을 있는 대로 드러냈다.

「아스닉은 지어낸 이름이죠?」[2]

「아뇨. 아이비가 지어낸 이름이에요. 다른 두 개는 판매 품목에 있어요. 그가 선택한 페인트는 그린 스모크고요. 그런데 문제는 이거예요, 토니. 범인은 프라이스를 때려눕힌 뒤에 근사한 미국산 오크 마룻바닥에 쓰러져 피를 흘리는 그를 두고 붓을 집어 벽에 메시지를 남겼어요. 세 자리 숫자를요.」

「어떤 숫자요?」

그가 사진 한 장을 앞으로 밀어서 내 눈으로 직접 확인할 수 있게 해주었다.

「182.」 호손이 말했다.

「그게 무슨 뜻인지는 모르죠?」

「가능성이야 무궁무진하죠. 런던 북쪽에는 182번 버스가 다녀요. 프라이스는 대중교통을 이용할 만큼 한가한 사람은 아니었을 것 같지만. 웸블리에는 182라는 식당이 있어요. 문자 메시지를 보낼 때 쓰이는 줄임말이기도 하고. 4인승 경비행기 중에 —」

「알았어요.」 나는 말허리를 잘랐다. 「범인이 남긴 메시지인 건 확실한가요?」

2 아스닉은 〈비소〉라는 뜻이다.

「뭐, 인테리어 업자가 남겼을 수도 있겠지만 그럴 가능성은 희박하다고 봐요.」

「그것 말고는요?」

호손은 담배를 입으로 가져가다 말고 험상궂은 눈빛으로 나를 노려보았다. 「이 정도면 충분하지 않나요?」

「글쎄요.」

맞는 말이었다. 나는 이미 작가의 관점에서 리처드 프라이스 살인 사건을 보고 있었다. 거기에 끔찍한 진실이 있다면, 적어도 이 단계에서 범인이 누군지는 별로 중요하지 않다는 것이었다. 누가 봐도 안노 아키라가 유력한 용의자였고 나는 그녀의 작품을 읽은 적 없지만 이름은 알았기에 그 사실이 흥미로웠다. 하지만 그보다 중요한 부분은 이거였다. 호손을 주인공으로 한 두 번째 책을 쓰려면 적어도 8만 단어는 나와야 할 텐데 그럴 만한 건더기가 있을지 벌써부터 의심스럽다는 것. 아키라는 와인병을 들먹이며 그를 협박했다. 그는 와인병에 맞아서 죽었다. 그녀가 범인이었다. 끝.

그리고 피해자가 이혼 전문 변호사라는 사실도 신경이 쓰였다. 나는 변호사라는 직업에 아무 감정이 없지만 웬만하면 그들을 피하려고 하는 건 사실이다. 나는 법에 대해 잘 모른다. 예컨대 상표 등록과 같은 아주 간단한 문제가 어떻게 수개월과 수천 파운드가 소요되는 문제로 발전할 수 있는지 아무래도 이해하지 못하겠다. 심지어 유언장 작성조차 불쾌한 경험이었고 법적인 절차가 마무리되자 아이들에게 돌아갈 유산이 상당히 쪼그라들었다. 유명한 배우를 아들로 둔 죄밖에 없었던 다이애나 쿠퍼의 이야기는 즐겁게 썼지만,

남의 불행을 밑천으로 먹고사는 리처드 프라이스 같은 남자에게서 어떤 영감을 얻을 수 있을까?

「하나가 더 있어요.」 호손이 중얼거렸다. 그는 내 머릿속을 들여다보기라도 하려는 듯 나를 유심히 관찰하고 있었는데, 이미 입증한 적 있다시피 사실 내 머릿속을 들여다볼 수 있었다.

「뭔데요?」

「와인병이요. 1982년산 샤토 라피트 로트실드 포야크예요.」 호손은 단어 하나하나가 무슨 욕이라도 되는 듯이 발음했다. 「와인에 대해서 뭐 아는 거 있어요?」

「아뇨.」

「나도 마찬가지예요. 하지만 이 와인 가격이 최소 2천 파운드라고 하더군요.」

「리처드 프라이스의 취향이 고급이었나 보네요.」

호손은 고개를 저었다. 「아뇨. 그는 철저한 금주자였어요. 술을 입에 대지도 않았죠.」

나는 잠깐 생각해 보았다. 유명한 페미니스트 작가에게 공개적인 자리에서 당한 협박. 초록색 페인트로 적힌 메시지. 어마어마하게 비싼 와인. 표지에 적힐 문구들이 그려지는 듯했다. 하지만······.

「글쎄요.」 나는 말했다. 「요즘 너무 바빠서요.」

그는 실망한 표정을 지었다. 「어이, 왜 그래요? 내 얘기를 들으면 당장 달려들 줄 알았더니.」

「고민해 볼 테니까 시간을 좀 줘요.」

「지금 현장으로 가려는 참이에요.」

나는 아무 대꾸도 하지 않았다.

「그나저나 궁금하네요.」 그러다 혼잣말처럼 중얼거렸다. 「아까 당신이 한 얘기 말이죠. 마이클 키친도 그렇고 내 휴대 전화도 그렇고. 어떻게 알았어요?」

그는 내 질문의 의도를 알아차렸다. 「별거 아니에요.」

「그냥 궁금해서요.」 나는 잠깐 말을 멈추었다. 「책을 또 한 권 출간하려면…….」

「어이, 알았어요. 하지만 이보다 간단할 수가 없는데.」 나는 그냥 넘어가지 않을 작정이었고 그도 그렇다는 걸 알았다. 「당신은 급하게 옷을 갈아입었어요. 그래서 두 번째 단추를 세 번째 구멍에 끼우는 전형적인 실수를 했죠. 아침에 면도를 할 때도 코 아랫부분을 조금 남겨 놓았고요. 콧구멍 바로 옆에 남은 수염이 여기서도 보여요. 솔직히 보기 좋지는 않네요. 그리고 소매에 치약이 묻은 걸 보니 옷을 먼저 갈아입고 화장실로 들어갔다는 뜻이죠. 눈을 뜨자마자 벌떡 일어나 옷을 갈아입었다는 거니까 알람이 울리지 않았나 보다 싶었어요.」

「나는 알람 시계가 없어요.」

「하지만 휴대 전화가 있으니 촬영장 방문과 같은 중요한 일정이 있는 날에는 설정을 해놨을 텐데 어쩐 일인지 알람이 울리지 않았단 말이죠.」

「그렇다고 휴대 전화를 잃어버렸다는 뜻이 되는 건 아니잖아요.」

「내가 오늘 찾아가겠다고 알리려고 두 번이나 전화했는데 안 받더라고요. 그리고 휴대 전화가 수중에 있었다면 운전

기사가 전화해서 가는 중이라거나 앞에서 기다리고 있다고 알렸을 테니 당신이 늦잠을 잔다고 해서 그렇게 당황할 일도 없었겠죠. 그나저나 아무도 받지 않았지만 음성 사서함으로 곧장 넘어가지 않은 걸 보면 전원이 켜져 있다는 뜻이에요. 무음 상태로 집 안 어딘가에 있을 거예요.」

내가 촬영장에 도착했을 때 호손은 없었다. 그런데 내가 뭘 타고 왔는지 어떻게 알았을까? 나는 따지고 들었다. 「왜 나를 태우고 온 기사가 있다고 생각하는 거죠? 그냥 전철을 타고 왔을 수도 있잖아요.」

「당신은 〈포일의 전쟁〉 거물급 작가잖아요. 당연히 제작사에서 누굴 보냈겠죠. 그리고 오늘 아침에 불과 한 시간 전까지 비가 퍼부었는데, 하나도 젖지 않았잖아요. 신발을 봐요! 오늘 아무 데서도 걷질 않았어요.」

「그럼 마이클 키친은요? 그 배우와 대화를 나누어 보았나요?」

「그럴 필요 없었어요.」 그는 내가 들어오는 걸 보고 덮었던 대본을 손가락으로 톡톡 두드렸다. 「분홍색 페이지가 제일 마지막 수정본이잖아요, 그렇죠? 잠깐 훑어봤더니 하나하나가 다 그 배우가 등장하는 장면과 관련이 있더군요. 마치 당신의 대본에 불만을 품은 배우가 그 사람 한 명인 것처럼.」

「그 사람도 전혀 불만 없어요.」 나는 으르렁거렸다. 「내가 그냥 미세하게 다듬고 있을 뿐.」

호손은 쓰레기통 쪽을 흘끗 쳐다보았다. 꾸깃꾸깃 뭉쳐서 버린 종이가 그 안에 가득 들어차 있었다. 「상당히 열심히 다듬고 있네요.」

　더는 촬영장에 있을 이유가 없었다. 게다가 그런 해프닝
이 벌어진 뒤에 호손과 같이 있는 걸 아무에게도 보이고 싶
지 않았다.

　「좋아요.」나는 말했다. 「갑시다.」

3
헤런스 웨이크

　리처드 프라이스의 집은 피츠로이 파크에 있었다. 햄프스테드히스 가장자리에 있는 피츠로이 파크는 런던을 통틀어 땅값이 가장 비싼 길이다. 사실 길처럼 보이지도 않는다. 히스 쪽에서 진입하면 특히 여름철에는 아서 래컴의 그림에서 봄 직한 고풍스러운 게이트를 지나자마자 온 사방이 어찌나 파릇파릇한지 여기가 도시가 맞나 싶을 정도다. 나무, 덤불, 장미, 클레머티스, 등나무, 인동 그리고 온갖 덩굴 식물이 북런던의 네버랜드에 해당하는 이곳에서 자리싸움을 벌이며 햇빛마저 초록색으로 물들인다. 집들은 서로 멀찍이 떨어져 있고 불문율처럼 서로 닮은 구석이 전혀 없다. 건축 양식도 다양해서 엘리자베스 시대 양식이 있는가 하면 아르 데코도 있고, 지붕과 비스듬한 처마와 박공에 이르기까지 〈클루〉 보드게임을 고스란히 재현해 머스터드 대령이 잔디를 깎고 피콕 부인이 그린 목사와 차를 마실 것 같은 곳도 있다.

　이 모든 걸 반박이라도 하려는 듯 프라이스의 집은 공격적으로 느껴질 만치 현대적이었다. 로열 내셔널 시어터를 사랑해 마지않는 사람이 설계했는지 거기처럼 브루털리즘을 추구해 조립식 콘크리트에 가정집보다는 공공시설에 더 어울리는 3층 높이의 창문이 길게 이어졌다. 심지어 집 앞 정원에 일본식으로 심긴 부들도 간격이 정확하고 높이가 일정했다. 1층에는 전면이 목재로 된 발코니가 있었는데, 이 일대에서 자라는 나무가 아니라 스칸디나비아 소나무나 자작나무였다.

집은 넓지 않았지만 — 방이 세 개인가 네 개였을 것이다 — 온통 정사각형이나 직사각형이고 지붕은 캔틸레버식[3]이라 실제보다 커 보였다. 나라면 그런 집에서 살고 싶지 않았을 것이다. 로스앤젤레스나 마이애미라면 모를까, 바로 옆에 볼링 클럽이 있는 런던 외곽에서 이런 식의 현대적인 건축물이라? 무리하게 애쓰는 느낌이었다.

호손과 나는 버몬지에서 택시를 타고 하이게이트를 따라 햄프스테드 레인을 올라가다 갑자기 방향을 돌려 가파른 내리막길을 내려갔다. 그러자 동화에나 나올 법한 이 〈도시 속의 시골〉이 등장했다. 언덕을 따라 내려가자 표지판에 따르면 바로 앞에 북런던 볼링 클럽이 있다는 네거리가 나왔다. 거기서 우회전했다. 프라이스의 집은 〈혜런스 웨이크〉라고 불렸고 어딘지 금세 찾을 수 있었다. 노란색 테이프가 쳐진 대문 앞에 경찰차가 서 있었고 흰색 옷을 입은 감식반이 정원 주변을 슬로 모션으로 오갔다. 제복을 입은 경찰들과 와글와글 시끄러운 기자들도 있었다. 피츠로이 파크에는 인도도 가로등도 없었다. 몇 집에 도난 경보기가 설치돼 있었지

3 한쪽 끝만 고정되고 다른 끝은 돌출되는 형태.

만 놀랍게도 CCTV 카메라는 별로 눈에 띄지 않았다. 따라서 살인을 저지르기에 이보다 좋은 곳도 없었다.

택시에서 내릴 때 호손은 기사에게 기다려 달라고 했다. 우리는 어울리지 않는 한 쌍이었다. 양복을 입은 그는 똑똑한 전문가 같아 보였지만 이제 보니 나는 촬영장에서 오느라 등판에 〈포일의 전쟁〉이라고 적힌 패딩 점퍼에 청바지를 입고 있었다. 두어 명의 기자가 내 쪽을 흘끗거렸다. 이러다 지역 일간지 1면을 장식하겠다 싶어서 점퍼 등판이 보이지 않도록 게걸음을 치며 옷 갈아입을 틈이 생기길 바랐다.

한편 호손은 나의 존재를 까맣게 잊고, 오랜만에 집으로 돌아온 아들이라도 되는 양 진입로를 성큼성큼 걸어갔다. 그에게는 살인 사건이 항상 이런 영향력을 발휘했다. 그때만큼은 다른 모든 게 차단됐다. 내 평생 집중력이 이렇게 엄청난 사람은 처음이었다. 그는 잠깐 걸음을 멈추고 나란히 주차된 두 대의 차량을 살폈다. 하나는 검은색의 벤츠 S 클래스 쿠페였다. 탄탄한 업무용 차량이었다. 1970년대에 출시된 클래식 MG 로드스터가 말쑥한 동생처럼 그 옆을 지키고 있었다. 우체통 색 같은 빨간 차체에 검은색 지붕과 반짝이는 와이어 휠이 달린 컬렉션용 차량이었다. 나는 그가 보닛에 손을 얹는 걸 보고 얼른 옆으로 달려갔다.

「엔진이 아직 따뜻하니…….」

「여기 주차한 지 얼마 되지 않았군요.」

호손은 고개를 끄덕였다. 「눈치가 빠르네요, 토니.」

그는 5센티미터쯤 열려 있는 조수석 창문을 흘끗 쳐다보고 킁킁대며 냄새를 맡더니 경찰이 지키고 있는 현관문을 향해 걸음을 옮겼다. 곧장 안으로 들어갈 줄 알았는데, 이번에는 입구 옆쪽에 있는 완벽한 정사각형 모양의 화단에 정신이 팔렸다. 화단 양쪽으로 부들이 열병식을 거행하는 군인처럼 꼿꼿하게 서 있었다. 호손은 그 앞에 쭈그리고 앉았다. 이제 보니 누가 휘청하다 밟기라도 한 듯 화단 오른쪽의 부들 몇 줄기가 부러져 있었다. 범인이 그랬을까? 내가 물어볼 겨를도 없이 그가 몸을 일으키더니 경찰에게 이름을 대고 안으로 들어갔다.

나는 저지당할까 봐 희미하게 미소를 지었지만 미리 이야기가 됐는지 경찰이 그냥 들여보내 주었다.

헤런스 웨이크의 실내 구조는 평범하지 않았다. 공간이 벽과 문으로 나뉘는 게 아니라 서로 자연스럽게 연결됐다. 넓은 현관을 지나면 한편은 최첨단 주방으로, 맞은편은 거실로 이어졌다. 뒤편은 전면이 유리라 멋진 정원이 그대로 내다보였다. 카펫은 없었다. 대신 다양한 크기의 값비싼 러그가 미국산 오크 마룻바닥 위에 감각적으로 군데군데 놓여 있었다. 현대적인 가구는 유명 디자이너의 제품이었고 벽에 걸린 작품은 주로 추상화였다. 전체적으로 심플한 분위기를 풍겼지만 인테리어에 얼마나 공을 들였는지 한눈에 알 수 있었다. 예를 들어 문손잡이와 조명 스위치도 플라스틱이 아니라 파리나 밀라노라고 속삭이는 듯한 브러시트 스틸[4] 제품이었다. 카탈로그를 보고 신중하게 제품을 고르는 광경이 그려지는 듯했다. 내부는 온통 하얬지만 프라이스가 얼마 전에 색을 입히기로 한 현관 앞 먼지막이 커버 위에 페인

---

4 금속 표면을 결이 생기도록 균일하게 긁어 처리한 방식.

트 통과 붓이 가지런히 놓여 있었다. 열린 입구를 지나자 눈길을 사로잡는 샛노란색 화장실이 나왔다. 주방 창틀은 적갈색이었다. 이 변호사가 유부남인가 싶었는데, 사는 집만 봐서는 아주 돈이 많은 독신 남자 같았다.

내가 호손을 따라잡았을 때 연보라색 바지 정장에 검은색 터틀넥 스웨터를 입은, 덩치 크고 매력 없는 여성이 팔꿈치로 사람들을 밀치며 주방에서 나왔다. 무엇 때문에 이 여성이 매력적이지 않게 느껴졌을까? 등이 굽고 과체중에 얼굴 살이 투실투실했지만 그 때문만은 아니었다. 그보다 결정적인 이유는 그녀의 태도였다. 우리와 말 한마디 섞지 않았는데 벌써부터 인상을 쓰고 있었다. 안경이 너무 커서인지 눈이 너무 작아서인지는 몰라도 악의가 마스카라처럼 들러붙은 시선으로 세상을 내다보는 것이 심술궂고 적대적인 인상을 풍겼다. 가장 눈에 띄는 부분은 머리칼이었다. 새까맣고 나일론처럼 번들거려서 백화점 마네킹에 씌운 싸구려 가발 같았다. 진짜 머리 같지가 않았다. 〈런던 경찰청 카라 그룬쇼 경위〉라고 적힌 신분증을 매단 끈이 금목걸이 아래로 널찍한 가슴을 가로질렀다. 그녀는 경기장으로 입장하는 레슬링 선수처럼 빠르게, 공격적으로 움직였다. 내가 범죄자였다면 그녀를 보고 위협을 느꼈을 것이다. 아무 잘못도 저지르지 않았는데 겁이 났다.

「어서 와요, 호손.」 그녀가 말했다. 놀랍게도 외모와 달리 상당히 익살맞은 투였다. 「올 거라고 들었어요.」

「오랜만이에요, 카라.」

그들은 서로 아는 사이였다. 그리고 친한 것 같았다. 호손이 나를 돌아보며 〈이쪽은 카라 그룬쇼 경위예요〉라고 괜한 말을 했다. 그녀에게 나를 소개하지는 않았다. 그녀도 내게 딱히 관심이 없는 눈치였다.

「세부 사항은 전달받았어요?」 그녀는 잡담 없이 본론으로 직행했다. 굵직한 목소리에는 아무런 감정도, 특별한 억양도 없었다. 「초동 보고서는? 사진은?」

「받았어요.」

「그쪽에서 지체없이 처리했네요? 오늘 아침에 발견됐는데.」

「발견한 사람이 누구예요?」

「청소부요. 불가리아 출신. 마리엘라 페트로프. 원한다면 만나도 상관없지만 시간 낭비일 거예요. 아무것도 모르거든요. 이 집 청소를 맡은 지 6주밖에 안 됐고…… 나이츠브리지의 평판 좋은 중개업소를 통해 이 일을 소개받았어요. 남편과 두 아이와 함께 베스널그린에서 살고요. 오늘 맨 처음한 일이 하이게이트에서 프라이스가 아침에 먹을 갓 구운 빵과 우유를 사 온 거였어요. 주방에 아침을 다 차려 놓고 서재로 들어갔더니 그가 죽어 있더래요. 시신은 옮겼지만 원한다면 한번 둘러봐요.」

「그럴게요.」

「여기…….」 그녀는 비닐로 된 신발 커버를 꺼내 냅킨이라도 되는 양 아무렇지 않게 우리에게 건넸다.

나는 조금 실망했다. 담당 수사관이 메도스 경위이길 내심 바랐던 것이다. 그는 다이애나 쿠퍼 살인 사건 때 만난 형사였고 나중에 내가 회원인 클럽에서 단둘이 술을 마신 적도 있었다. 나는 그와 호손의 관계가 궁금했다. 둘은 전에 함께 근무한 적이 있었고 누가 봐도 서로 증오하는 사이였다. 나는 호손에 대해 좀 더 알아내고 싶었다. 메도스는 입이 무겁고 몸값이 비쌌지만(만나려면 돈을 주어야 했다) 그에게 얻어 낼 만한 정보가 좀 더 있을 게 분명했다.

그뿐 아니라 호손을 주인공으로 한 책을 계속 쓸 거라면 그가 쓸모 있는 캐릭터가 될 수 있었다. 홈스에게는 레스트레이드 경감이 있었다. 푸아로에게는 재프 경감이 있었다. 모스는 스트레인지 총경과 종종 격하게 싸웠다. 사진에 명암이 필요하듯 영리한 사설탐정 옆에는 그보다 한참 못한 경찰이 있어야 한다. 그것이 삶의 진리다. 그래야 그림이 명확해진다. 메도스가 아둔하다는 건 아니지만 그는 쿠퍼 부인 사건을 강도의 소행으로 간주하는, 그보다 심할 수 없는 실수를 저질렀다.

모든 범죄 현장에서 메도스를 만나면야 좋겠지만 런던 경찰의 수가 3만 명이 넘으니 그가 (첫 번째 살인 사건이 벌어졌던) 첼시와 햄프스테드, 양쪽 모두에 등장할 가능성은 0에 가까웠다. 나는 그룬쇼를 따라 거실을 가로지르는 동안 그녀는 메도스보다 도움이 안 되겠다는 결론을 내렸다. 그녀는 철저하게 사무적이었고 뭐가 뭔지 제대로 아는 눈치였다. 내게 관심이 전혀 없었다.

생활 공간을 지나 계단을 두 칸 내려가자 장식을 최소화한 인테리어와 나무 바닥 때문에 회의실 같은 분위기를 풍기는 서재가 나왔다. 책상은 없었다. 책꽂이와 창문 사이에 놓인 유리 테이블 주변에 흰색 가죽 의자 네 개와 철제 의자가 놓여 있었다. 여기도 바닥에서 천장까지 전면이 유리로 되어 있어서 햇빛이 쏟아져 들어왔다. 테이블 위에 콜라 캔이 두 개 있었는데, 그중 하나는 마개가 열려 있었다.

　시신은 옮겨졌지만 리처드 프라이스가 어디에 쓰러져 있었는지 모를 수가 없었다. 끈적끈적한 진홍색 웅덩이가 사방으로 번져 있었다. 레드와인이 섞인 핏자국이었다. 끔찍하긴 했지만 그 흔적 덕분에 변호사의 머리, 어깨, 위로 뻗은 한쪽 팔이 그려졌다. 깨진 병 조각이, 그중 일부는 라벨에 들러붙은 채로 이 난장판의 한복판에 흩뿌려져 있었다.

　내 시선은 책꽂이 사이 벽으로 향했다. 호손이 보여 준 숫자, 초록색 페인트로 급하게 휘갈겨 쓴 숫자가 거기 있었다. 182. 공포 영화 포스터처럼 페인트가 주르륵 흘러내렸다. 엉성하고 비뚤배뚤했고 8이 1과 2보다 훨씬 컸다. 바닥에 떨어진 붓이 마룻바닥에도 초록색 자국을 남겼다.

　「살해된 시각은 8시에서 8시 반 사이예요. 집에 혼자 있었지만 8시 5분 전에 손님이 찾아왔어요. 동네 주민 헨리 페어차일드가 개를 산책시키다가 누가 히스 쪽에서 오는 걸 봤대요. 그 사람 만나 보세요. 이 도로 끝에 살아요. 분홍색 집이고…… 로즈 코티지예요. 이 동네의 집들은 번지수가 없어요. 겁나게 으리으리해서 그딴 거 필요 없다 이거죠.」그녀는 잠깐 미소를 지었다. 「헤런스 웨이크처럼…… 하나같이 근사한 이름이 있어요. 그게 무슨 뜻인지도 모르겠는데. 아무튼 페어차일드 씨는 퇴직자고 매력적인 인물이에요. 만나보면 분명 도움이 될 거예요.」

　「프라이스가 집에 혼자 있었다고요?」

　「어젯밤에는요. 그는 결혼했지만 남편은 집에 없었어요.

클랙턴온시에 세컨드 하우스가 있대요. 남편이 한 시간 전쯤 거기서 돌아와 우리를 맞닥뜨렸는데 충격이 여전한가 봐요. 지금 2층에 있어요.」 빨간색 MG의 엔진이 아직 따뜻했던 이유가 그 때문이었다. 「상태가 별로 안 좋아요.」 그녀는 이야기를 계속했다. 「대화를 몇 분 나눴는데 횡설수설하더라고요. 하도 울어서 부하에게 차 한잔 가져다주게 했어요.」 그녀는 말을 멈추고 코웃음을 쳤다. 「캐모마일로 달라고 하더군요.」

그녀의 말을 듣는 동안 두려움이 엄습했다. 호손의 좋지 못한 특성 중 하나가 대놓고 인간을 혐오한다는 것이었다. 첫 번째 사건을 수사하느라 어느 용의자를 찾아갔을 때 그의 입으로 직접 고백한 적 있었다. 그런데 그녀가 마지막으로 한 말을 들어 보니 카라 그룬쇼도 그와 비슷할지 모르겠다는 생각이 들었다. 어쩌면 그저 햄프스테드에 사는 사람들을 좋아하지 않는 것일 수도 있지만.

「남편 이름은 스티븐 스펜서예요.」 그녀는 말을 이었다. 「그자에 대해서는 아직 정보가 별로 없어요. 제대로 대화를 나눌 기회도 없어서. 하지만 프라이스가 죽기 전에 마지막으로 대화한 사람인 건 확실해요.」

「통화한 모양이죠?」

「어젯밤 8시예요.」 그녀는 호손이 이 정보를 소화하는 것을 지켜보았다. 「맞아요. 통화가 이루어질 때 범인이 바로 집 앞에 있었거나 이쪽으로 걸어오고 있었을 거예요. 근처에 사는 페어차일드 씨가 누가 여기로 향하는 걸 봤다는 시각이 바로 그 무렵이니까요. 인상착의는 모르겠다고 했어요.

너무 어둡고 거리가 멀었다고. 프라이스는 전화를 끊고 문을 열어 주었죠. 아는 사람이었던 것 같아요. 음료를 권한 걸 보면.」

나는 유리 테이블에 놓인 콜라 캔을 흘끗 보았다.

「그럼 와인은 마시지 않았네요.」 호손이 말했다.

「병을 따지도 않았어요. 보고서 봤어요? 2천 파운드짜리 가격표가 달려 있었다는 거!」 그룬쇼는 고개를 저었다. 「그게 이 나라의 문제예요. 북쪽에서는 푸드 뱅크[5]로 연명하는데 여기 이 햄프스테드 사람들은 떼돈을 주고 빌어먹을 와인 한 병을 사는 데 일말의 고민도 하지 않는다는 거. 말이 안 돼요.」

「리처드 프라이스는 술을 마시지 않았잖아요.」

「스펜서에 따르면 의뢰인에게 받은 선물이었대요. 거기까지는 어찌어찌 알아냈어요. 선물한 의뢰인 이름은 에이드리언 록우드.」

「안노 아키라의 남편이죠?」 나는 말했다. 라디오 보도에서 그 이름을 들은 기억이 났다.

「전남편이요. 프라이스가 이혼 소송에서 그의 변호를 맡았는데 그녀가 재판 결과에 불만을 품게 됐죠.」

그녀는 와인병으로 그를 치겠다고 협박했다. 범상치 않은 우연의 일치였다. 하지만 손님으로 가득한 식당에서 공개적으로 그렇게 선포를 했으니, 그녀가 정신이 나간 게 아닌 이상 바로 그 방법으로 그를 죽이지는 않았을 것이다.

한편 호손은 벽에 적힌 초록색 숫자를 보고 있었다. 「저건

5 식품이나 생활용품을 기부받아 필요한 곳에 지원하는 사업.

뭘까요?」

「182요? 전혀 모르겠어요.」그룬쇼 경위는 코웃음을 쳤다. 「호손, 당신은 그 숫자에 고마워해야 해요. 그것 때문에 여기로 호출됐으니까. 범인은 이게 재밌는 장난인 줄 아는 교활한 놈이에요.」그녀는 거대한 팔을 교차해 가슴에 대고 팔짱을 꼈다. 「내가 보기에 가능성은 두 가지예요. 첫 번째는 프라이스가 어떤 메시지를 남기려고 직접 적었다는 거. 그러려면 머리가 박살 나기 전에 적었어야 하겠죠. 그러니까 범행 후에 범인이 적었을 공산이 더 커요. 하지만 솔직히 그것도 말이 안 돼요. 범인이 뭐 하러 명백한 단서를 남기겠어요? 자기 이니셜을 적는 거나 다름없는 짓인데.」그녀는 말을 하다 말고 멈추었다. 「와인과 연관이 있나 싶기는 했어요.」

「1982년산 샤토 라피트였죠.」내가 말했다.

「9만 빼면 같은 숫자예요.」그룬쇼는 그제야 내 존재를 알아차린 것처럼 나를 흘끗 쳐다보았다. 그 작은 눈으로 잠깐 응시하며 사람을 불편하게 만들더니 휙 시선을 돌렸다. 「그게 무슨 뜻인지 알아내는 건 당신한테 맡길게요, 호손.」그녀는 말을 이었다. 「나는 개인적으로 이런저런 엉뚱한 장식이 덧달린 살인 사건이 싫어서요. 그런 건 여기 이 〈포일의 전쟁〉 씨에게 넘길게요.」

내가 안 보이게 하려고 최선을 다했음에도 불구하고 점퍼 등판을 본 모양이었다. 호손이 내 정체를 그녀에게 미리 밝혔는지 궁금해졌다.

「지문은요?」호손이 물었다.

그녀는 고개를 저었다. 「하나도 없어요. 전부 닦아 냈어요, 따지 않은 콜라 캔까지. 프라이스의 지문만 남았어요. 캔에 묻은 그의 DNA를 입수했고 입술에도 콜라의 흔적이 남아 있더라고요.」

「그래서 어떻게 생각해요?」

「내가 그걸 당신이랑 공유할 거 같아요?」 카라 그룬쇼 경위는 호손의 눈을 똑바로 쳐다봤지만 말투에 악의가 깃들어 있진 않았다. 「당신 일당은 당신 손으로 벌어야죠. 위에서 당신이 필요하다고 생각해서 돈을 들여 가며 부른 거라면 본전을 뽑아야 하지 않겠어요? 나는 그들과 생각이 다르지만.」

그녀는 손가락으로 자기 팔을 두드리다가 마음이 풀린 듯 입을 열었다.

「맨 처음 찾아가 봐야 할 사람은 안노 씨인 것 같아요. 휴대 전화 전원이 꺼져 있더라고요. 아직 소재를 모르지만 파악하면 알려 줄게요. 지금 프라이스의 남편을 만나려고 하는데 같이 가든지요. 나중에 동네 주민은 꼭 만나 봐요. 더 필요한 게 있으면 내 전화번호 알 테니까 연락하고요. 이렇게 하기로 하죠.」 그녀는 짧고 굵은 손가락으로 호손을 쿡 찔렀다. 「당신이 아는 건 나도 알고 싶어요, 알겠어요? 수사에 진전이 있으면 나한테 알려 주고 범인 체포는 나한테 넘겨요. 내 뒤통수를 치면 당신 불알을 뜯어서 지압용 호두 대신 쓸 거예요. 알아들었어요?」

「내 걱정은 할 것 없어요, 카라.」 호손은 더없이 해맑고 천진한 미소를 지으며 말했다. 「내가 여기 있는 이유는 오로지 돕기 위해서니까.」

나는 그의 말을 믿지 않았다. 그는 이른바 외톨이 늑대였다. 나는 그룬쇼 경위가 범인의 체포 소식을 신문에서 접하게 될 거라고 장담할 수 있었다.

「그럼 갑시다.」

그룬쇼는 성큼성큼 앞장섰다. 나도 기꺼이 따라나섰다. 피와 와인이 섞인 역겨운 냄새 때문에 속이 울렁거리기 시작했는데, 범죄 현장에다 토악질을 했다가는 아주 골치 아파진다는 걸 알고 있었다. 얼른 이곳을 벗어나고 싶어서 좀이 쑤실 지경이었다. 그런데 호손이 미적대더니 중얼거렸다.

「내가 당신이라면 저 사람을 조심하겠어요.」

「그룬쇼 경위요?」

「제발 저 사람 앞에서는 입 다물고 있어 줘요. 부탁할게요. 별로 좋은 인간이 못 되거든요.」

「내가 보기에는 괜찮은 사람 같던데요.」

「잘 모르고서 하는 말이에요.」

우리는 2층으로 올라갔다.

4
마지막 말

2층으로 올라가는 계단은 흰색 콘크리트 평판이었고 받침대 없이 그냥 벽에 박혀 있었다. 긴 철제 난간이 나란히 이어져 있어 그걸 붙잡고 오르내렸다. 카라 그룬쇼가 쿵쿵거리며 올라갔고 호손은 좀 더 조용히 터벅터벅 따라갔다. 꼭대기에 다다르자 거실이 내려다보이는 관람석 같은 공간이 나왔다. 좌우로 문이 줄줄이 이어졌다.

손님들이 거실로 추락하지 않도록 막아 주는 기둥에 한 형사가 기대서서 우리를 기다리고 있었다. 그는 그룬쇼보다 작고 호리호리했으며 덤불 같은 모래색 머리칼과 콧수염이 인상적이었다. 그 옛날 TV 드라마[6]에서 영감을 받았나 싶은 갈색 가죽 재킷을 입어서 스타스키의 파트너 허치인가 싶었다. 아니면 그 반대일 수도 있고.

「이 방에 있습니다, 경위님.」

「고마워, 대런.」

그룬쇼는 벽에 걸린 그림을 본체만체하고 먼저 가버렸다.

6 두 형사를 주인공으로 한 1970년대 미국 드라마 「스타스키와 허치」.

여기 걸린 그림은 1층과 전혀 달랐다. 나는 대학에서 미술사를 공부했기 때문에 에릭 래빌리어스의 수채화와 에릭 길의 목판화 연작을 알아보았다. 에릭 컬렉션이었다. 이 집의 꼭대기 층은 전체적으로 조금 더 전형적인 형식을 따랐다. 바닥에는 카펫이 깔렸고 구조가 폐쇄적이었다. 그룬쇼는 대런이 알려 준 방의 문을 두드리더니 대답을 기다리지도 않고 안으로 들어갔다. 알고 보니 그 방은 서재였다. 바닥에서부터 천장까지 책꽂이로 뒤덮였는데 집 앞 진입로가 내려다보이는 두 개의 유리창과 벽에 달린 와이드 스크린 TV만 예외였다. 흰색 가죽 소파 두 개, 유리 테이블 여러 개 그리고 바닥에는 가짜 — 그게 아니라 〈모조〉라고 해야 하나? — 얼룩말 가죽 러그가 깔려 있었다.

스티븐 스펜서는 리처드 프라이스와 자신의 독사진, 둘이 함께 찍은 사진이 담긴 액자들에 둘러싸인 소파 한구석에 웅크리고 앉아 있었다. 쭈글쭈글한 리넨 셔츠와 옅은 파란색 코듀로이 바지를 입고 로퍼를 신었다. 30대 초반으로 남편보다 열 살쯤 어렸고, 울어서 눈이 퉁퉁 붓고 얼굴이 벌게지고 축축한 금발이 납작하게 눌려서 그렇지 잘생긴 얼굴이었다. 목이 백조같이 호리호리해서 후골이 도드라졌다. 한쪽 손에 손수건을 쥔 채 호손이 보여 준 사진 속의 리처드 프라이스가 끼고 있던 것과 똑같이 생긴 금반지를 넷째 손가락에 끼고 있었다.

인원이 다섯 명으로 늘어나자 방 안이 비좁아졌다. 그룬쇼 경위는 다리를 벌리고 소파 한쪽 끝에 털썩 자리를 잡았다. 호손은 창가로 갔다. 나는 점퍼 등판에 새겨진 문구를 가리고 싶어서 벽에 어깨를 대고 문 옆에 섰다. 같이 따라 들어온 대런은 보란 듯이 수첩과 펜을 들고 스스럼없는 자세로 서 있었다.

「좀 어떠십니까, 스펜서 씨?」 그룬쇼가 물었다. 말투에 연민을 담으려고 했지만 운동장에서 넘어져 무릎이 까진 어린아이를 대하듯 어색하고 생색을 내는 것처럼 들렸다.

「아직도 믿기지가 않아요.」 스펜서는 슬픔에 잠긴 목소리로 대답하고는 손수건을 좀 더 세게 움켜쥐었다. 「금요일에 만났는데. 다녀오겠다고 인사했는데. 이럴 줄은…….」 그는 말끝을 흐렸다.

대런은 그의 말을 전부 받아 적었다.

「지금 이런 대화를 청할 수밖에 없다는 점을 이해해 주시기 바랍니다.」 그룬쇼는 별로 상냥하지 않은 투로 말을 이었다. 「의문점을 얼른 확인해야 수사를 시작할 수가 있어서요.」

그는 고개를 끄덕였지만 대꾸는 하지 않았다.

「서퍽에 갔다가 막 돌아오는 길이라고 하셨는데…….」

「에식스요. 클랙턴온시. 거기에 세컨드 하우스가 있어서요.」 그는 사진 하나를 가리켰다. 사진 속의 하얀색 건물은 아담한 크기에 둥그스름한 발코니와 납작한 지붕이 달린 1930년대 스타일이었다. 진짜처럼 보이지 않았다.

「혼자 다녀오신 이유가 있을까요?」

스펜서는 침을 삼켰다. 「리처드는 안 가겠다고 했어요. 일이 많다고. 그리고 토요일 오후에 누가 집으로 찾아오기로 했다고요. 저는 어머니를 만나러 나선 참이었어요. 프린턴의 요양원에 계시거든요.」

「아드님을 만나서 좋아하셨겠어요.」

「어머니는 알츠하이머병을 앓고 계셔서 제가 갔던 걸 기억도 못 하실 거예요.」

「거기서 언제쯤 출발하셨나요?」

「아침 식사 후에요. 집을 청소하고 문을 잠갔어요. 오늘 아침 11시쯤이었을 거예요.」

「출발하기 전에 프라이스 씨에게 전화를 하지 않았나요?」

시시콜콜 수첩에 받아 적고 있던 대런이 펜을 든 채로 멈추었다. 나도 휴대 전화를 꺼내 — 그나저나 호손의 말이 맞았다. 여기로 오는 길에 집에 들러서 휴대 전화를 찾았다 — 조용히 켰다. 경찰 신문을 녹음하면 불법일까? 때가 되면 알게 될 것이다.

「했어요. 네. 하지만 받질 않았어요.」 스펜서는 다시 손수건을 들어 눈가에 대고 눌렀다. 「둘이 갔어야 했는데. 그와 함께한 지 9년째예요. 우린 모든 걸 같이했어요. 이 집도 같이 샀고. 그에게 이런 짓을 저지를 만한 사람이 있다니 믿기지가 않아요. 세상에 리처드처럼 다정한 사람도 없었는데.」

「월요일 오전에는 항상 출근을 안 하시나요?」 이제 그룬쇼의 목소리에서는 아무 감정도 느껴지지 않았다. 앉은 자세에서부터 묵직한 플라스틱 안경, 푸딩 그릇처럼 자른 까만색 머리칼에 이르기까지 그녀의 모든 것이 감정 이입을 차단하기 위해 고안된 것 같았다.

스펜서는 고개를 끄덕였다. 「일요일 저녁에는 A12 고속 도로를 타지 않아요. 너무 막히거든요. 리처드랑 같이 갔더라면 동이 트자마자 출발했을 거예요. 항상 자기 일에 최선을 다하는 사람이라. 하지만 나는 자영업자예요. 크리스티스에서 모퉁이만 돌면 나오는 베리 스트리트에 내 갤러리가 있어요. 20세기 초반의 작품을 전문적으로 다뤄요.」길과 래빌리어스가 걸린 이유가 이렇게 설명이 됐다. 「화요일부터 토요일까지 영업하기 때문에 월요일에는 재택근무를 해요.」

「어젯밤에 프라이스 씨와 통화를 하셨죠.」그룬쇼가 다시 본론으로 돌아갔다.

「네. 8시쯤에 전화했어요.」

「어떻게 시간을 그렇게 정확히 기억하시죠?」

「어제가 27일이라 윈터 타임에 맞춰서 시계를 뒤로 돌렸거든요. 집 안을 한 바퀴 돌며 시계를 맞춘 뒤에 전화를 걸었어요.」그는 휴대 전화를 꺼내 화면을 두드리며 통화 기록을 확인했다. 「보세요!」그가 외쳤다. 「8시 정각에 했네요.」

「클랙턴에서 전파가 잘 잡힙니까?」호손이 처음으로 말문을 열었는데 거의 으르렁대는 투였다. 새삼스러울 건 없었지만.

스티븐 스펜서는 그의 말을 못 들은 척했다.

「통화할 때 부군이 뭐라고 하셨나요?」그룬쇼가 물었다.

「뭐 하고 있었느냐고 물었어요. 날씨, 엄마…… 뭐 그런 늘 하던 얘기를 했고요. 좀 처져 있는 것 같았어요. 맡고 있는 소송 건 때문에 걱정이 된다고 했어요.」

「어떤 소송이요?」

「이혼 소송이요. 리처드가 잘나가는 이혼 전문 변호사였던 건 아시죠? 에이드리언 록우드라는 부동산 개발업자의 소송을 막 마친 참이었어요. 그 사람 부인이 작가거든요.

그…… 아키라…….」그는 성을 기억하지 못했다.

「안노 아키라요.」내가 말했다.

「맞아요.」그는 퍼뜩 생각이 난 듯 눈을 동그랗게 떴다. 「그 부인이 리처드를 협박했어요. 식당에서 그에게 와인을 부었어요. 내가 그 옆에 있었어요!」

「전후 상황을 정확히 알 수 있을까요?」

「그것부터 말씀드렸어야 했는데 정신이 없었네요. 하지만 오늘 아침에 집으로 돌아왔을 때 경찰이 진을 치고 있고 리처드가 그렇게 된 걸 보고…….」

그는 잠깐 멈추고 마음을 추스른 다음 이야기를 계속했다.

「우리는 올드위치의 들로네에서 같이 저녁을 먹고 있었어요. 지난주 월요일, 그러니까 일주일 전이었을 거예요. 리처드가 좋아하는 식당이라 퇴근 후에 종종 거기서 만났거든요. 둘 다 가기 편하고 나중에 같이 택시를 타고 집으로 오면 되니까. 아무튼 식사를 마쳤을 때 한 여자가 테이블 사이를 지나 우리 쪽으로 걸어오는 게 보였어요. 키가 작았고 일본 사람 같았고 나는 누군지 알아보지 못했죠. 바로 뒤에 여자가 한 명 더 있었어요.

아무튼 그 사람이 우리 테이블 앞에서 걸음을 멈췄고 리처드가 올려다봤어요. 그는 당연히 그 사람이 누군지 한눈에 알아봤지만 딱히 당황한 것 같지는 않았어요. 그냥 예의를 갖춰서 〈무슨 일이시죠?〉 같은 말을 중얼거렸을 뿐이에요. 그 사람이 묘한 미소를 지으며 그를 내려보더군요. 색이 들어간 안경을 쓰고 있어서 표정을 읽을 수가 없었어요. 〈이 돼지야!〉 그녀의 첫마디가 이거였어요. 그러고는 이혼 어쩌고 하며 너무 부당하다고 했죠. 그러더니 손을 내밀어 내 와인 잔을 집더라고요. 식사는 끝났지만 레드와인이 5센티미터쯤 남아 있었거든요. 순간 저는 이 사람이 와인을 마시려는 줄 알았는데 그걸 그의 머리 위에 붓더라고요. 리처드의 얼굴과 셔츠 위로 와인이 흘렀어요. 어이가 없었죠. 저는 경찰을 불러야 하는 거 아니냐고 했지만 그가 소란 피우고 싶지 않다고, 그냥 나가자고 하더라고요.」

「그 여자분이 또 뭐라고 하던가요?」

「아니, 그게 정말 어이가 없었어요. 와인을 붓고 잔을 내려놓자마자 와인병으로 한 대 치면 좋겠다고 하지 뭐예요.」스펜서는 여기에 담긴 의미가 파악이 되었는지 말을 멈추었다. 「이럴 수가! 그가 그렇게 살해당했잖아요, 그렇죠?」그는 두 손을 올려 머리를 감싸 쥐었다. 「그 사람이 그러겠다고 했는데!」

「성급하게 결론을 내리지 않는 게 좋겠습니다, 스펜서 씨.」그룬쇼가 말했다.

「그게 무슨 말씀이세요, 성급하게 결론을 내리지 않겠다니요? 그 사람이 자백했어요. 범행을 시인했다고요. 증인이 열 명이 넘어요.」

「일요일 저녁에 통화했을 때 부군이 그녀의 이름을 언급했나요?」

스펜서는 기억을 더듬었다. 「아뇨. 그러지는 않았어요. 하지만 그녀와 연관된 얘기를 하긴 했어요. 그이는 그 이혼 소송에 대해 계속 생각하고 있었거든요. 들로네에서도 잠깐 얘기를 꺼냈었는데, 말을 아껴 가면서요, 자세한 내용은 절대 함구했지만. 아무튼 그때 통화하면서 올리버랑 의논했다는 얘기를 했어요. 올리버 메이스필드요. 그와 같은 로펌의 시니어 파트너예요. 메이스필드 프라이스 턴불이라고……. 뭘 의논했느냐고 물어보려던 찰나 초인종이 울렸어요.」

「이 집 초인종이요?」 그룬쇼가 물었다.

「네. 전화기 너머로 들리더라고요. 리처드가 말을 하다 말고 〈누구지?〉 했어요. 오기로 한 사람이 없었거든요. 그는 잠깐 기다리라고 하고서 전화기를 내려놨어요.」

「계속 통화 중이었고요?」

「네. 현관 앞 테이블에 내려놨을 거예요. 한참 정적이 이어지다가 나무 바닥을 밟는 소리가 들렸고 문이 열리는 소리도 들렸던 것 같아요. 잠시 후에 그의 말소리가 들렸어요. 〈여긴 어쩐 일로?〉 놀란 듯한 목소리로 이렇게 묻더라고요. 〈조금 늦었는데.〉」

그때까지 받아 적고 있던 대런이 잠깐 멈추더니 물었다. 「정확히 그렇게 말했나요?」

이번에는 스펜서가 머뭇거리지 않고 대답했다. 「확실합니다. 〈조금 늦었는데〉 그랬어요.」

「그런 다음에는요?」

「다시 전화기를 들어서 나중에 전화하겠다고 하고는 끊었어요.」

「찾아온 사람이 누군지는 말하지 않았고요?」 대런은 줄곧 위협하듯 시비조로 물었다. 아침 인사만으로도 상대방의 불안을 자극할 수 있을 듯했다. 「두 사람의 대화는 못 들으셨나요?」

「그걸로 끝이었어요. 말씀드렸잖아요, 그냥 전화를 끊었다고.」 스펜서의 눈에 눈물이 고였다. 「다시 연락이 오길 기다렸지만 감감무소식이길래 바쁜가 보다 했어요. 종종 그랬거든요. 일에 빠져서 정신이 없으면. 오늘 아침에 집에 도착했을 때 경찰차를 보고도 전혀 예상을……」

호손은 처음부터 창문 쪽으로 어깨를 반쯤 돌린 채 이야기를 듣고 있다가 그제야 뒤를 돌아보았다. 「차가 좋네요.」 그가 말했다. 「창문이 자동식입니까?」

「네?」 스펜서는 그의 질문을 듣고 놀라서 잠깐 울음을 멈추었다. 나는 그렇게까지 놀라진 않았다. 지금까지 경험상 갑자기 엉뚱한 질문을 퍼붓는 그의 습성을 익히 알고 있었기 때문이다. 일부러 스펜서의 심기를 건드리려고 그러는 건 아니었다. 그저 상대방의 심기를 건드리는 태도가 그의 기본자세였다.

「클래식 모델이네요.」 호손은 말을 이었다. 「연식이 어떻게 됩니까?」

「1968년이요.」

스펜서는 이제 입을 꾹 다물고 다시 분위기를 주도해 주길 바라며 그룬쇼 경위를 쳐다보았다. 그녀는 그의 요구에 응했다. 「부군께서 와인병으로 공격을 당했다는 건 아시죠? 샤토 라피트 로트실드였어요. 그 와인을 선물한 사람이 에이드리언 록우드가 맞습니까?」

「확실하지는 않지만…… 네, 아마 그럴 거예요. 리처드 말로는 엄청 비싼 와인이라던데. 그는 술을 마시지 않았으니 헛돈 쓴 거죠.」

「술을 전혀 입에 대지 않았죠?」

「네.」

「그럼 집 안에 술이 없겠네요?」 호손이 말했다.

「사실 주방에 제법 있습니다. 위스키, 진, 맥주 등등이요. 제가 가끔 마시거든요. 하지만 리처드는 술을 좋아하지 않았어요. 그뿐입니다.」

카라 그룬쇼는 호손을 보며 미소를 지었다. 그런다고 그녀의 매력 지수가 올라가지는 않았다. 서글서글한 가면 사이로 적의가 느껴지기 시작했다. 「또 궁금한 거 있어요?」 그녀가 물었다.

「딱 하나만 더요.」 호손은 스펜서를 돌아보았다. 「아까 토요일 오후에 누가 집으로 찾아오기로 했다 그랬죠? 누군지 리처드에게 들었습니까?」

스펜서는 기억을 곰곰이 더듬었다. 「아뇨. 그냥 누가 온다고만 했어요. 누군지는 말하지 않았고요.」

「이쯤 했으면 됐죠?」 그룬쇼가 어디 반박하려면 해보라는 듯이 말허리를 잘랐다. 「나는 스펜서 씨의 최종 진술서를 작성해야 하니 당신은 이제 그만 나가 보지 그래요?」

「분부 거행하겠습니다.」

나는 그녀의 대처 능력에 계속 감탄하고 있었다. 그녀는 메도스와 정반대였다. 호손이 자신의 신경을 건드리도록 내버려둘 생각이 없었고 누가 이 자리의 책임자인지 분명히 했다. 우리 둘은 방에서 나왔고 계단을 내려가 현관을 지났다. 밖으로 나오자마자 호손이 담배에 불을 붙였다. 그동안 나는 부러진 부들을 살피며 발자국을 찾았다. 아니나 다를까, 흙이 조그맣게 움푹 파인 곳이 있었다. 신발코 아니면 하이힐 뒷굽이 남긴 자국 같았다. 내가 보기에는 후자일 가능성이 더 높았다.

「짜증 나서 죽는 줄 알았네.」호손이 중얼거렸다.

「그룬쇼 때문에요?」

「스티븐 스펜서 때문에요.」호손은 연기를 내뿜었다. 「으! 그 방에 더 있었다간 폭발했을 거예요. 손을 그렇게 흔들어 대는데 용케 붙어 있더군요.」

「그만해요. 내가 말했죠. 다른 사람의 성적 지향을 그런 식으로 얘기하면 안 된다고. 나는 용납하지 않을 거고 책에 쓰지도 않을 거예요.」

「어이, 책에는 뭐든 꼴리는 대로 써요. 하지만 나는 성적 지향을 두고 한 말이 아니에요. 연기를 두고 한 말이지. 그가 한 말을 믿어요? 그 눈물도? 손수건도? 새빨간 거짓말을 하고 있던데.」

나는 좀 전의 광경을 떠올려 보았다. 그럴 리 없다는 생각이 들었다. 「내가 보기에는 진심으로 심란해하는 것 같던데요.」

「그랬을지도 모르죠. 하지만 뭔가를 숨기고 있었어요.」MG가 바로 앞에 서 있었다. 호손이 담배를 든 손으로 그 차를 가리켰다. 「저걸 몰고 에식스든 서퍽이든 바닷가 근처에 다녀왔을 리 없어요.」

「그걸 어떻게 알아요?」

「그자가 사진으로 보여 준 집에는 차고가 없었어요. 이 차가 3일 동안 바닷가에 세워져 있었을 리도 없고요. 갈매기

똥이 하나도 묻지 않았잖아요. 앞 유리창에 죽은 벌레도 없고. A12 고속 도로를 타고 150킬로미터 넘게 달려왔는데 깔따구나 파리 한 마리 부딪히지 않았다고요? 그는 좀 더 가까운 데서 누군가와 함께 있었을 거예요.」

「그걸 어떻게 알아요?」

「아는 게 아니라 짐작이에요. 조수석 창문이 살짝 열려 있는데, 저 차의 창문은 수동으로 조작한단 말이죠. 조수석에 앉아 있던 사람이 열었을 가능성이 높아요. 만약 혼자 타고 있었다면 조수석을 가로질러 창문을 열어야 했을 텐데 뭐하러 그랬겠어요?」

「그것 말고 또 있어요?」

「네, 하나 더 있어요. 리처드 프라이스가 마지막에 한 말이요. 〈조금 늦었는데.〉 어째 이상하다 싶지 않아요?」

「왜요?」

「일요일 저녁 8시였어요. 뜻밖의 손님이 찾아왔는데 아는 사람이었고요. 안으로 들이고 마실 것을 줬죠. 그런데 해가 졌을지는 몰라도 늦은 시각은 분명 아니었어요.」

「스티븐 스펜서가 지어낸 얘기라고 생각해요?」

「그건 아닐 거라고 봐요. 자기가 들은 대로 말했을 거예요. 그래도 이상하긴 하죠. 프라이스가 시간을 두고 한 말이 아니라 다른 뜻에서 한 말이었을 수도 있어요.」

우리는 경찰차와 감식반을 뒤로한 채 피츠로이 파크를 걸어가며 대화를 나눴다. 우리를 여기까지 태워다 준 택시 기사는 미터기를 멈추지 않고 신문을 보며 기다리고 있었다. 우리는 여기 도착하기 전에 지나쳤던 갈림길을 다시 지났다.

햄프스테드히스의 저 너머로 여성용 연못[7]과 또 다른 호수가 눈앞에 나타났다. 몇 걸음 더 걸어가자 로즈 코티지가 보였다. 정말로 분홍색에 예쁜 집이었다. 관목과 꽃 속에 반쯤 파묻힌 채 자기만의 세상 속으로 들어앉아 있었지만 장미는 다가오는 겨울에 대비해 잘린 상태였다. 호손이 다가가 초인종을 누르자마자 집 안 어딘가에서 개가 짖었다.

한참 지났을 때 밀대로 떴나 싶은 카디건을 걸친 80대의 남자가 문을 열어 주었다. 그는 서 있는 동안에도 옷 안에서 점점 쪼그라들고 있는 듯한 느낌을 주었다. 축축한 눈으로 우리를 물끄러미 응시했다. 머리는 덥수룩했고 얼굴에 검버섯이 피어 있었다. 개는 어디에 가두어 놓았는지 보이지 않았지만 문 안쪽에서 계속 짖어 댔다.

「페어차일드 씨?」 호손이 물었다.

「그렇네만. 살인 사건 때문인가?」 그의 카랑카랑한 목소리는 모든 걸 짚고 넘어가다 못해 의심하는 것처럼 들렸다. 「아는 건 전부 경찰에게 이야기했는데.」

「저희는 경찰 수사를 돕고 있습니다. 2~3분만 시간을 내주시면 정말 감사하겠습니다.」

「얘기하는 건 상관없지만 괜찮으면 그냥 여기서 하지. 루퍼스가 낯선 사람을 좋아하지 않아서.」

개 이름이 루퍼스인 모양이었다.

「어제저녁에 누군가가 헤런스 웨이크 쪽으로 가는 걸 보신 모양이던데요.」

---

7 햄프스테드히스의 연못들은 여성용, 남성용, 혼성용으로 나뉘어 수영이 허가되어 있다.

「헤런스 웨이크?」

「리처드 프라이스의 집이요.」

「아, 그 집이 어딘지는 나도 알아요.」 노인은 헛기침을 했다. 「내가 집 앞에 도착했을 때 그 남자가 히스 쪽에서 건너왔지. 항상 저녁을 먹고 나서 잠자리에 들기 전에 루퍼스를 데리고 나가거든. 멀리까지 가지는 않아요. 그냥 볼링 클럽까지 갔다 오는 수준이지. 녀석이 볼일을 볼 수 있게 말이야.」

「그때 어떤 걸 보셨습니까?」

「뭐, 별거 없어. 어두컴컴해서. 누가 손전등을 들고 히스 쪽에서 건너오더라고.」

「손전등이요?」 호손이 놀란 목소리로 물었다.

「귀가 먹었나? 못 들었어요? 손전등을 들고 있었다니까. 그 남자를 제대로 보지 못한 이유가 그거야. 불빛 때문에 눈이 부셔서. 거리가 제법 멀기도 했고.」 그는 헤런스 웨이크의 반대편에 있는 게이트 쪽을 가리켰다. 「이상하다는 생각이 들기는 했지. 그 시각에 개도 없이 혼자 걷고 있다니. 적어도 내 눈에는 아무도 보이지 않았거든.」

「남자였던 게 분명합니까?」

「음? 남자였는지 여자였는지 몰라요. 손전등 때문에 안 보여서.」

「아까 〈그 남자〉라고 하셨잖습니까!」 호손은 짜증을 냈다. 눈빛과 거의 일직선으로 다물린 입이 그것을 입증했다. 솔직히 헨리 페어차일드에게는 사람을 열받게 하는 구석이 있었다. 그룬쇼 경위가 〈매력적인 인물〉이라고 했던 건 분명 반어법이었다.

「남자였는지 여자였는지 모르겠고 피부색이 어땠느냐고 물어도 해줄 말이 없어. 경찰한테 이미 얘기했다시피. 집으로 들어가려는데 그자가 눈에 들어왔을 뿐이고 아침에 일어나서 살인 사건이다 경찰이다 해서 난리가 난 걸 보기 전까진 잊고 있었거든.」

「아무 소리도 못 들으셨고요?」

「뭐라고?」 페어차일드는 오므린 손을 귀에 갖다 대는 것으로 무심결에 답을 대신했다.

「됐습니다. 마지막으로 하나만 더 여쭐게요. 시간은 확실합니까?」

페어차일드는 자기 손목시계를 들여다보았다. 「3시 10분 전인데.」

「아뇨.」 호손은 언성을 높였다. 「개와 산책을 나가셨던 시간 말입니다. 8시 5분 전쯤이라고 하셨잖아요. 확실합니까?」

「확실하지. 항상 저녁을 먹고 나가는데 어제는 〈앤티크 로드쇼〉[8]를 처음부터 챙겨 보고 싶어서 문 앞에 도착했을 때 손목시계를 확인했거든.」

「감사합니다, 페어차일드 씨.」

「이 집을 팔아 버리든가 해야지. 시끄러워서 살 수가 있나. 그 사람들이며 뭐며……. 나는 평화롭고 조용한 게 좋은데.」

그의 뒤편 어딘가에서 루퍼스가 귀청이 떨어져라 짖어 댔다.

「그러게나 말입니다. 살해를 당하다니 프라이스 씨도 너무 생각이 없지 뭡니까.」 호손이 세상에 둘도 없이 표독스럽

8 BBC에서 방영하는 골동품 감정 프로그램.

게 맞장구를 쳤다.

우리는 왔던 길을 되짚어갔다. 이제 그만 택시에 타려나 보다 했더니 그는 그대로 걸어가 헤런스 웨이크 앞을 다시 한번 지나쳤다. 「도무지 말이 안 되는 걸 하나 알려 줄게요.」 걸으면서 호손이 중얼거렸다. 「페어차일드 씨의 말이 사실이라고 칩시다. 귀가 먹었고 눈도 반쯤 멀긴 했지만. 어제는 보름달이 떴거든요.」

「그래요?」

「네.」 호손은 좌우를 두리번거렸다. 「상당히 어두웠겠지만 이 일대가 앞이 보이지 않을 정도로 어둡지는 않았을 거예요. 페어차일드 씨는 손전등을 들지 않았잖아요. 적어도 손전등을 들고 나왔다고 하지는 않았어요. 그런데 정체불명의 이 방문자는 왜 손전등이 필요했을까요?」

「어디가 어딘지 몰라서 문패를 읽어야 했으니까요!」 나는 말했다.

호손은 곰곰이 생각했다. 「흠, 그것도 하나의 가설이 될 수 있겠네요, 토니.」

우리는 햄프스테드히스 입구의 게이트에 다다랐다. 정체불명의 방문자가 등장했다는 지점이었다. 저 앞으로 풀밭이 멀리까지 이어졌고 축축한 10월의 대기를 가르며 몇 사람이 걷고 있었다. 나도 13년 동안 개를 키우면서 이 길로 가끔 지나다녔다. 왼쪽으로 가면 켄우드가 나왔고 계속 직진하면 햄프스테드와 하이게이트를 연결하는 햄프스테드 레인이 나왔다. 지난달에 비가 많이 와서 큼지막한 웅덩이가 우리 앞을 가로막았다. 누구든 손전등을 들고 이 길을 지나왔으면 조심스럽게 발을 디뎌야 했을 텐데, 놀랍게도 프라이스의 집에는 진흙 발자국이 남아 있지 않았다. 신발을 벗었나?

호손도 나와 같은 결론을 내렸는지는 알 수 없었다. 그는 골똘히 생각에 잠겼고 무슨 생각을 하는지 나와 공유할 마음이 전혀 없어 보였다.

「이제 어쩔까요?」 나는 물었다.

「오늘은 여기까지 합시다. 나는 햄프스테드역에 내려 줘요. 내일 메이스필드 프라이스 턴불 로펌에서 만납시다. 안노 아키라가 등장하지 않는 이상 거기서부터 출발하는 편이 제일 좋을 듯한데……. 그녀가 등장하면 그룬쇼가 당장 만나고 싶어 할 거예요.」

「내일 올드 빅에서 회의가 있어서요.」 나는 말했다. 「당신 집 앞에서 10시쯤 만나면 어떨까요? 거기서 같이 메이스필드 프라이스 턴불로 가는 걸로 해요.」

호손은 고민했다. 내키지 않는 눈치였지만 어쩔 수 없다는 듯 어깨를 으쓱했다. 「좋아요. 그러죠, 뭐…….」

택시로 돌아갔다. 확인해 보니 요금이 60파운드 구간을 넘어서고 있었다. 늘 그렇듯 내가 내야 하는 금액이었다. 택시와 카페에서 호손은 자기 지갑을 잘 열지 않았다. 하지만 상관없었다. 나는 이미 이 사건에 마음을 빼앗겼다. 벽에 적힌 숫자의 의미는 뭘까? 스티븐 스펜서는 왜 거짓말을 했을까? 누가, 왜 리처드 프라이스를 살해했는지 진심으로 궁금했다.

지금까지 나는 세 개의 단서를 놓쳤고 두 개를 착각했다.

앞으로 그 개수는 더 늘어날 예정이었다.

5
메이스필드 프라이스 턴불

올드 빅은 내가 각별히 아끼는 곳이다. 런던에서 가장 아름다운 극장이고 나는 10대 시절부터 여길 드나들었다. 「헤다 가블러」의 매기 스미스, 「더 파티」의 로런스 올리비에, 전 세계 초연이었던 톰 스토파드의 「점퍼스」에 나오는 다이애나 리그가 보고 싶어서 입석 표를 구하려고 줄을 섰던 기억이 아직도 생생하다. 나는 첫 어린이책을 출간하기 한참 전부터 희곡을 쓰고 싶었다. 극장은 내게 신비한 매력을 지닌 곳이라 이 극장의 이사회에 들어오겠느냐는 제안을 받았을 때 재정이나 보건 안전, 자선에 관한 법에 대해 아는 게 별로 없는데도 불구하고 덥석 수락했다.

하지만 화요일 오전에는 거기서 회의가 열리지 않았다. 블랙프라이어스 다리 건너편에 있는 내 아파트에서 10분 거리밖에 안 되는 곳이자 호손이 사는 곳인 리버코트로 찾아가려고 그렇게 핑계를 댄 것이었다.

나는 호손에 대해 좀 더 알아내고 싶었다. 아동 성 착취범을 계단 아래로 떠밀어 형사 생활을 종 친 이유는 뭔지, 어쩌다 싱가포르로 간 집주인을 대신해 빈집을 관리해 주며 혼자 살게 됐는지 궁금했다. 부동산 중개업자로 일하는 이복동생이 있다고 했지만 그래도 특이한 케이스였다. 그의 전부인이 내 책을 읽지 않는 열한 살짜리 아들과 갠츠힐에서 살고 있다는 건 알았다. 두 사람은 지금도 가끔 만나는 사이였다. 호손에게는 두 가지 취미가 있었다. 그중 하나가 제2차 세계 대전 때 쓰인 전투기 플라모델 조립이었다. 이것만으로도 믿기 어려운데, 심지어 그는 독서 모임 회원이었다.

하지만 이 모든 게 눈속임 같았고 그의 진면모가 아니라 껍데기 같았다. 그를 주인공으로 책을 세 권 쓸 작정이라면 ─ 그가 사건을 계속 들고 오면 권수가 늘어날 수도 있었다 ─ 그에 대해 더 알아야 했다. 그는 무슨 일인가를 겪고 그로 인해 망가진 것이 분명했다. 나는 그의 극단적인 행동에 면벌부를 주기 위해서라도 그게 어떤 일이었는지 알아내고 싶었다. 타고나길 정이 안 가는 인물을 주인공으로 삼을 수는 없지 않은가. 호손을 정이 안 가는 인물로 몰고 갈 생각은 없지만 예를 들어 〈빌어먹을 게이〉 운운할 때는 위험했다. 어떻게 보면 그를 도우려는 거였다. 그가 나를 자신의 전기를 쓸 작가로 선택했으니 그를 최대한 호감이 가는 인물로 그리는 것이 나의 역할이었다. 문제는 그가 자신의 개인적인 정보를 광적으로 감춘다는 것이었다. 내가 온갖 핑계를 대가며 그의 아파트에 다시 찾아가는 이유가 그 때문이었다. 그가 어쩌다 지금과 같은 인물이 되었고, 왜 내가 지금까지 겪은 모든 일과 내 본능이 보내는 신호에도 불구하고 그를 좋아하게 되었는지 설명해 줄 일말의 단서를 찾고 싶었다.

1970년대에 건설된 리버코트는 그다지 매력적이지 않은 베이지색 발코니와 직사각형의 창문으로 이루어졌고 어쩌다 보니 템스강 변이라는 최고의 입지를 자랑하게 된 저층 아파트 단지였다. 지금까지 로열 내셔널 시어터와 사우스뱅크로 가는 길에 수십 번 지나쳤으면서도 그런 아파트가 있는 줄 몰랐다. 그게 런던에 사는 재미다. 워낙 넓고 흥미진진한 건물이 많아서 항상 허를 찔린다. 심지어 어떤 골목길을 걷다가 우리 집에서 불과 몇 분 거리인데 처음 보는 길이라는 것을 알아차릴 때도 있다.

나는 약속 시간보다 20분 일찍 도착했다. 아파트 현관에서 벨을 누르면 호손이 문을 열어 주지 않고 인터폰으로 건물 앞에서 기다리라고 할 것이다. 그러므로 바보처럼 벨을 누르지 않을 것이다. 기다리고 있다가 입주민이 나오면 바로 그 순간, 맞지도 않는 열쇠를 꽂으려는 척하다가 웃으며 문이 완전히 닫히기 전에 얼른 들어갈 것이다.

엘리베이터를 타고 12층으로 올라갈 때까지만 해도 흡족했건만 혼자 서 있다 보니 불안해지기 시작했다. 호손은 내꿍꿍이를 완벽하게 간파할 것이다. 그가 내게 빈정대거나 짜증을 부린 적은 몇 번 있지만 분통을 터뜨린 적은 없었는데 그게 오늘이 될 수 있었다. 뭐, 그렇다면 유감이랄 수밖에. 그에게는 내가 필요하다는 사실을 상기해야 했다. 그는 자신을 주인공으로 책을 써줄 작가를 다시 찾아 나설 것처럼 협박하긴 했지만 실제로 그럴 것 같지는 않았다.

엘리베이터 문이 열리자마자 사람들 목소리가 들렸고 거기에 호손의 목소리도 섞여 있었다. 오전 9시 45분이라는 그

이른 시각에 집으로 찾아온 누군가에게 잘 가라고 인사하고 있었다. 최대한 몸을 숨기고 모퉁이 너머로 고개만 빼꼼 내밀고 보니 열여덟이나 열아홉 살쯤 됐을까 싶은 남자가 보였다. 나이를 단정하기 어려웠다. 나와 거리가 좀 있기도 했지만 전동 휠체어에 타고 있었다. 그뿐만이 아니었다. 한눈에 보기에도 인도, 아마도 벵골 출신인 그는 근육 위축병 환자였다. 한 손에 리모컨을 들었고 다른 손은 무릎 위에 올려 두었다. 인공호흡기를 착용하지는 않았지만 가슴에 달린 플라스틱병에서 이어진 삽입관이 입술까지 연결돼 있었다. 짧게 친 까만 머리에 듬성듬성한 콧수염과 턱수염이 영화배우처럼 잘생긴 얼굴을 망쳐 놓았다. 조각 같은 광대뼈와 강렬한 눈빛, 립스틱을 바른 듯한 입술이 두드러졌다.

「자, 그럼. 또 보자.」 호손이 하는 말이었다.

「고맙습니다, 호손 씨.」

「고맙다는 인사는 내가 해야지, 케빈. 네 덕분에 그 일을 해결할 수 있었는데.」

뭘 해결했다는 걸까? 플라모델과 관련된 일일까? 아니다, 그럴 리는 없었다. 하지만 휠체어를 탄 젊은 남자에게 호손이 도움을 받을 만한 일이 뭐가 있을까? 단서를 찾으러 왔다가 골치 아픈 수수께끼만 하나 더 떠안게 생겼다.

「그럼 갈게요.」

「그래. 어머님께 안부 전해 줘.」

호손은 집 안으로 들어가지 않고 그 자리에 서서 엘리베이터를 향해 가는 케빈을 지켜보았다.

복도가 어두컴컴해서 다행이었다. 그렇지 않았다면 호손

에게 들켰을 것이다. 하지만 엘리베이터 안에 숨어 있는 것
도 난감하긴 마찬가지였다. 이제 와 엘리베이터에서 내리면
호손에게 지금까지 염탐하고 있었다는 걸 들킬 수밖에 없었
다. 그런가 하면 케빈이 점점 내 쪽으로 다가오고 있었다. 나
를 보면 안에 숨어서 뭐 하고 있었는지 궁금해할 것이었다.
나는 그냥 거기 있기로 했다. 그가 엘리베이터에 올라탔을
때 마치 좀 전에 들어와서 어디로 가려고 했는지 잊어버리
기라도 한 것처럼 버튼을 빤히 쳐다보다가 1층을 눌렀다.

「3층 부탁드릴게요.」 케빈이 내 옆에서 앞을 쳐다보며 말
했다. 문이 스르르 닫혔고 불현듯 사방이 막힌 공간에 둘만
있게 됐다. 휠체어에 앉은 그는 나보다 조금 아래에 위치했
다. 가죽 패드 두 개가 그의 머리를 받치고 있었다. 나는 그
를 대신해 버튼을 눌렀다. 엘리베이터가 고통스러울 정도로
천천히 내려가기 시작했다.

「제가 누를 수도 있었어요.」 그가 말했다. 「12층에 갈 때만
힘들거든요.」

「어째서요?」

「버튼이 너무 높이 달려 있어서요.」

어느 정도 시간이 지난 다음에야 이것이 케케묵은 농담의
변주임을 알아차렸다. 「여기 살아요?」

「3층에요.」

「집 좋네요.」

「전망이 좋죠.」 그도 맞장구쳤다.

「강이 보여서.」

그는 미간을 찌푸렸다. 「무슨 강이요?」

나는 순간 얼어붙었다. 어떻게 그걸 모를 수가 있지? 장애 때문에 그런가? 잠시 후에 씩 웃는 그의 얼굴을 보고 또다시 농담이었음을 알아차렸다. 우리 사이에 정적이 흘렀고 잠시 후에 움찔하며 문이 열렸다. 케빈이 레버를 앞으로 밀면서 밖으로 나갔다.

「좋은 하루 보내요.」 나는 말했다. 미국식이지만 요즘 들어 자주 쓰고 있는 인사말이었다.

「선생님도요.」

엘리베이터는 다시 움직이기 시작해 1층에 도착했다. 부부인가 싶은 두 사람이 기다리고 있었고 내리지 않는 나를 보고 당황스러워했다. 「잘못 눌렀어요!」 나는 들릴락 말락하게 중얼거렸다. 그들은 9층으로 올라갔다. 거기 사는 모양이었다. 문이 닫혔고 마침내 체감상으로는 아주 한참 만에 원하던 곳으로 돌아갈 수 있었다.

나는 호손의 집으로 직행해 초인종을 눌렀다. 곧바로 문이 열렸고 레인코트를 한쪽 팔에 걸친 그가 등장했다. 그는 나를 보고 놀라지 않는 눈치였다. 원래 일찍 오려고 했는데, 엘리베이터를 타고 올라갔다 내려갔다 난리를 부리느라 제시간에 오게 된 셈이었다.

「아래에서 벨을 누르지 그랬어요.」 그가 명랑하게 말했다. 「여기까지 번거롭게 올라올 것 없이.」 그는 나를 데리고 나가 엘리베이터 버튼을 눌렀다. 「올드 빅은 어땠어요?」

「재밌었어요.」 내가 말했다. 「다음 주에 이사회 회의가 있어요.」

「우리 책을 쓸 시간만 확보된다면야…….」

「나도 그 생각을 제일 먼저 했죠.」호손 앞에서는 빈정거려 봐야 헛수고였다. 자기는 노상 빈정거리면서 남이 빈정거리는 건 못 알아듣는다니 놀라울 따름이었다.

엘리베이터가 도착했다. 이제 그걸 보기만 해도 속이 울렁거렸다. 다시 내려가는데 9층에서 좀 전에 만났던 부부가 올라탔다. 나는 심장이 철렁 내려앉았다. 그들은 궁금해하는 눈빛으로 나를 보았지만 말을 걸지는 않았다. 호손과는 서로 모르는 사이인 듯했다.

마침내 건물 밖으로 나오자 기뻤다. 「그쪽에서는 우리가 간다는 걸 아나요?」

「메이스필드 프라이스 턴불이요? 네. 올리버 메이스필드와 통화했어요. 바로 강 건너에 있어요. 챈서리 레인 근처요.」

「그럼 걸어가면 되겠네요.」

케빈은 걸을 수 없었다. 다른 문화권 출신의 10대 장애인이 호손의 집에는 무슨 일로 찾아갔을까? 두 사람은 오랜 친구 사이 같았다. 나는 궁금해서 죽을 것 같았지만 당연히 물어볼 수는 없었다.

가는 내내 그 생각뿐이었다.

호손을 만나려고 블랙프라이어스 다리를 건너왔건만 이제 왔던 길을 되짚어가게 생겼다. 메이스필드 프라이스 턴불 사무실은 케리 스트리트에 있었다. 우리 집에서 모퉁이만 돌면 바로 나오던 런던 중앙 지방 법원 뒤편이었다. 이쪽 일대는 오롯이 법조계에 할당된 구역이었고 온몸으로 그런 티를 냈다. 심지어 현대적인 신축 건물들마저 일부러 보수적으로, 전혀 화려하지 않게 지어졌다.

메이스필드 프라이스 턴불은 소형 로펌 두 곳과 근사한 타운하우스를 공유하며 그중 꼭대기 두 개 층을 쓰고 있었다. 19세기 건물 안의 21세기 로펌이었다. 고전적인 아치와 조각된 박공벽 뒤편에 유리로 된 미닫이문과 탁 트인 사무 공간이 있었다. 미소를 머금은 젊은 비서의 안내에 따라 구석진 방으로 들어가 보니 올리버 메이스필드가 눈부시게 반짝거리는 거대한 책상 뒤에 앉아서 우리를 기다리고 있었다. 여기는 이혼 — 그들의 표현에 따르면 혼인법 — 전문 로펌이라 괴로워하고 분노하는 의뢰인과 변호사 사이를 가로막을 튼튼한 장벽이 필요한 모양이었다.

우리를 맞이하기 위해 자리에서 일어난 그는 풍채가 아주 당당한 흑인이었다. 매끈한 맞춤 양복을 입었고 나이는 쉰 정도 되어 보였다. 우뚝한 이마는 둥그스름하게 튀어나왔고 관자놀이 주변이 희끗해지기 시작한 검은색 머리칼은 직업이나 지위와 완벽하게 어울렸다. 그는 파트너의 참혹한 죽음을 수사하러 온 우리를 보고도 남다르게 명랑한 성격을 감추지 못했다. 문자 그대로 두 눈이 반짝거렸다. 천장에 달린 조명 때문에 그렇게 보였을 수도 있다. 하지만 상황에 걸맞게 공감과 회한이 어린 표정을 지을 때조차 폭소를 터뜨리며 우리를 와락 끌어안고 술이나 한잔하자며 데리고 나가고 싶어 하는 듯한 인상을 풍겼다.

「자, 어서 들어오세요.」 그는 이미 들어와 있는 우리를 향해 말했다. 목소리가 어찌나 크고 쩌렁쩌렁한지 연극배우 같았다. 「앉으십시오. 경찰과 어제저녁에 통화했습니다. 정말이지 끔찍한 사건이지 뭡니까…… 가엾은 리처드! 그 친구와 같이 일한 지도 여러 해가 되었는데, 뭐든 제가 도울 일이 있으면 기꺼이 돕겠습니다! 커피나 차를 드릴까요? 괜찮으세요? 날씨가 아주 습하고 불쾌하네요. 그럼 물 한잔 드릴까요?」

테이블 위에 물병이 놓여 있었다. 우리가 자리에 앉는 동안 그가 잔에 물을 따라서 건네고는 책상 저편의 자기 자리로 돌아갔다. 「어디서부터 시작하고 싶으십니까?」

「프라이스 씨와 마지막으로 대화를 나누신 게 언제입니까?」 호손이 물었다.

「일요일이었을 겁니다. 사건이 벌어진 날이요. 저녁 6시쯤에 통화했어요.」

「프라이스 씨가 전화를 거셨죠.」

「네, 맞습니다.」 올리버 메이스필드는 요란하게 한숨을 쉬었다. 그의 모든 행동이 호들갑스러웠다. 「얼마나 가슴 아픈지 말로 다 표현할 길이 없습니다. 그 친구가 걱정되는 일이 있다며 조언을 구하려고 전화를 했는데, 제가 통화를 할 수가 없었어요.」 그는 인상을 썼다. 「아내와 함께 앨버트 홀에서 열리는 공연을 보려고 이동하는 중이었거든요. 모차르트의 〈레퀴엠〉이요. 타이밍이 그보다 안 좋을 수가 없었죠.」

「그래서 프라이스 씨가 뭐라고 하던가요?」

「별말 없었어요. 얼마 전에 열린 공판 때문에 걱정이 된다고 전에도 이미 한두 번 얘기한 적이 있었거든요.」 호손이 끼어들 겨를도 없이 그가 말을 이었다. 「록우드 이혼 소송이요. 제게 의뢰인의 비밀을 지켜야 할 의무가 있다는 건 두 분도 아실 거라고 봅니다만, 대부분의 사실이 공개됐죠. 이 자리에서 하는 얘기는 뭐가 됐든 찾아보면 다 알 수 있는 정보입니다.」

그는 이렇게 분명하게 짚고 넘어간 뒤에 설명을 시작했다.

「저희 측 의뢰인이 에이드리언 록우드였어요. 납득할 수 없는 행동을 이유로 부인 안노 아키라와 이혼하길 원했죠. 제가 시시콜콜 설명할 필요는 없겠죠. 핵심적인 내용은 신문에 소개가 됐으니까요. 중앙 가정 법원에서 합의가 이루어졌는데, 저희 측 의뢰인에게 아주 유리한 방향이었다고 할 수 있겠습니다. 이게 16일 수요일에 있었던 일이에요. 안노 씨는 소송 결과를 불쾌하게 여기던 찰나 — 사실 그 이상이었죠 — 그로부터 4일인가 5일 뒤에 식당에서 우연히 리처드와 맞닥뜨렸어요. 올드위치에 있는 들로네에서요. 거기서 단순 폭행 사건이 벌어졌죠. 리처드가 그냥 넘어가지 않기로 마음먹었다면 안노 씨는 아주 골치 아파졌을 겁니다.」

「그에게 와인을 부었다고요.」

「그렇습니다.」

「협박도 했고요.」

「욕을 했고 와인병으로 폭행하고 싶다는 뉘앙스의 발언을 했죠. 아주 어리석은 행동이었지만 극도로 예민한 성격이라고 하니까요.」

「프라이스 씨에게 걱정거리가 있었다고 하셨죠. 뭐였습니까?」 호손이 물었다.

「저와 직접적으로 연관된 일은 아니라 정확하게는 모르겠습니다. 다만 리처드가 허위 공개를 의심하고 심지어 판결

무효 신청을 고민할 정도로 걱정하고 있었다는 것까지는 말씀드릴 수 있겠네요.」

「제가 알아듣게 말씀해 주시면 감사하겠는데요, 메이스필드 씨.」

변호사의 눈이 가늘어졌고 사근사근하던 태도가 조금 수그러들었다. 「지금 그러고 있다고 생각하는데요, 호손 씨. 하지만 전직이 됐건 현직이 됐건 경찰이 알아들을 수 있을 만한 용어로 설명하도록 노력해 보겠습니다.」

그 말을 듣고 나도 모르게 미소를 짓다가 호손이 보지 못하게 고개를 돌렸다.

메이스필드는 이야기를 계속했다. 「고소득층의 이혼 소송에서는 양측이 수입, 연금, 저축, 부동산 등을 전부 공개해야 합니다. 그러니까 순자산을 〈E 서식〉이라고 불리는 서류에 모두 적게 되어 있죠. 가끔 한쪽에서 자신의 재산을 일부 은닉하는 경우가 발생하는데, 그러다 발각되면 합의가 파기되고 양측은 사실상 처음부터 다시 시작해야 합니다. 법원 안에서 이루어진 합의건, 밖에서 이루어진 합의건 상관없이 말이죠.」 그는 헛기침을 했다. 「그걸 판결 무효라고 합니다. 리처드는 안노 씨에게 밝히지 않은 수입원이 있을지 모른다는 의심 아래 내비건트와 연락을 취하며 ―」

「내비건트요?」

「런던에 있는 컨설팅 업체예요. 최고의 포렌식 회계 팀을 갖추고 있어 저희가 종종 조사를 의뢰합니다.」

「그들이 안노 아키라를 조사하고 있었나요?」

「네, 처음에는요. 하지만 결국 그럴 필요가 없게 됐습니다.

자기 변호사의 조언에 따른 결과겠습니다만 안노 씨가 FDR 직후에 록우드 씨의 조건을 수용했거든요.」

「FDR이 뭡니까?」 다시 맞부딪칠 필요가 없도록 — 호손을 배려하는 차원에서 — 이번에는 내가 물었다.

「미안합니다. 금융 분쟁 조정이라는 뜻이에요. 저희는 최종 공판까지 가지 않도록 최선을 다해 의뢰인을 설득합니다. 그래야 수천 혹은 수십만 파운드를 아낄 수 있거든요. 이번이 그런 경우였습니다. 리처드가 아직 늦지 않았을 때 물러서는 편이 낫다고 안노 씨 측 변호인단을 설득한 거죠. 그가 합리적인 합의안을 제시했고 결국에는 그들도 받아들였습니다.」 메이스필드는 손깍지를 꼈다. 「안노 씨는 못마땅했나 봅니다. 며칠 뒤에 그런 일이 벌어진 걸 보면. 하지만 믿기 어려울지 몰라도 그것이 그녀에게는 최선이었어요.」

「그러니까 이해가 안 되는 부분이 이겁니다.」 호손이 말했다. 「다 끝난 일 아닙니까. 리처드 프라이스는 원하던 합의를 이끌어 냈어요. 의뢰인은 기뻐했고 —」

「록우드 씨는 아주 좋아했죠.」

「그런데 이렇게 잘 끝났는데 일요일에 그가 당신에게 전화를 한 이유가 뭘까요?」

「유감이지만 거기에 대해서는 답변할 길이 없겠네요.」

「그가 아무 얘기도 하지 않던가요?」

나는 메이스필드가 대답을 하지 않을 줄 알았다. 그는 의뢰인에 대한 의리와 책임감, 그리고 호손에 대한 가벼운 반감 사이에서 갈등하는 눈치였다. 하지만 결국에는 죄책감에 설득됐다.

「그 친구한테 무슨 일로 전화했는지 물었어야 했는데!」
그는 외쳤다. 「내 생각이 짧았어요. 하지만 말했다시피 공연
을 보러 가는 길이었고 늦으면 안 됐거든요. 짧게 대화를 나
누었는데, 리처드가 심란해한다는 걸 알 수 있었습니다. 사
무 변호사[9] 협회 윤리 상담실에 자문을 구할까 생각 중이라
더군요. 사무 변호사 협회는 저희를 관할하는 기관이니 그
랬다면 아주 심각한 사안이 됐을 겁니다.」

「그럼 판결이 취소될 수도 있었겠군요.」

「맞습니다. 그런데 이미 승소한 사건의 판결을 취소할 필
요가 있을까요? 안노 씨가 거금을 깔고 앉아 있었다 한들 전
남편에게서 갈취했거나 사취한 게 아닌 이상 조정안에는 아
무 차이가 없었을 테고, 그랬다 한들 저희가 상관할 바는 아
니었는데 말이죠.」

「그래서 친구분에게 뭐라고 말씀하셨습니까?」

「긁어 부스럼 만들 필요가 뭐가 있느냐는 식으로 말하고
월요일에 출근하자마자 논의하자고 했습니다. 그런 다음 즐
거운 저녁 시간 보내라고 하고 전화를 끊었죠.」

리처드 프라이스는 즐거운 저녁 시간을 보내지 못했다.
월요일에 출근하지도 못했다.

「그의 별명이 〈무딘 면도칼〉이었던 이유가 뭡니까?」 내가
물었다. 다른 무엇보다도 갑자기 찾아온 정적을 깨뜨리고
싶어서 던진 질문이었다.

그 말을 듣고 메이스필드는 미소를 짓더니 나를 향해 고

---

9 영국 변호사는 법정에서 변론을 하는 법정 변호사와 소송에 관한 사무 처리
를 하는 사무 변호사가 따로 나뉘어 있다.

개를 끄덕였다. 「아주 좋은 질문이네요. 지금 우리가 논의 중인 문제의 상당 부분을 설명할 수 있는 질문이기도 하고요. 저희는 원래 그런 별명에 대해서는 신경 쓰지 않습니다만, 리처드는 유명한 사건을 한두 건 맡고 나서 일부 기자들에게 그렇게 불리기 시작한 이후로 그게 고정적인 수식어가 됐죠. 그의 특징이 면도칼처럼 예리하지만 고지식하리만치 솔직하다는 거였어요. 의심스러운 구석이 있다 싶은 의뢰인은 웬만하면 맡지 않았고 항상 자기 생각을 서슴없이 밝혔거든요. 안노 씨가 폭발한 이유도 그거였어요. 그녀에게 서신을 보냈는데, 그런 성격의 소송에서는 일반적이고 적절한 조치였지만 표현이 아주 무뚝뚝했던 모양이에요.」

「입바른 소리를 일삼는 성격이었단 말이죠?」 호손이 말했다.

「저라면 그런 식으로 표현하지 않겠습니다만…… 네, 맞습니다. 직설적이었어요. 그런 성격이었으니 걱정되는 일이 생겼을 때 주말에도 저한테 전화를 할 수밖에요.」 그는 고개를 저었다. 「그 친구의 말을 흘려들은 저 자신을 절대 용서하지 못할 겁니다. 리처드는 저와 20년 지기예요. 클리퍼드 찬스[10]에서 만나 같이 독립했죠. 모리스는 너무 충격을 받아서 오늘 출근도 하지 못했어요.」

「모리스요?」

「모리스 턴불. 이 회사의 또 다른 시니어 파트너요.」

한동안 아무도 입을 열지 않았고 사무실은 무척이나 고요했다. 케리 스트리트를 달리는 차량이 있었다 한들 이중 유

10 런던에 본사를 둔 다국적 로펌.

76

리창으로 인해 소음이 차단됐고, 유리 파티션 너머를 오가는 사무원들과 법무사들이 보였지만 볼륨을 줄인 영화 속 등장인물 같았다. 내가 경험한 바에 따르면 로펌은 항상 고요하다. 워낙 비싼 말을 만들어 내는 사람들이라 자기들끼리는 말을 아끼는 걸까?

이쯤에서 마무리하고 자리에서 일어나겠거니 하고 생각할 때 호손이 뜻밖의 질문을 던졌다. 「마지막으로 하나만 더요, 메이스필드 씨. 친구분의 유언장에 대해서 저희에게 들려주실 말씀은 없나요?」

유언장이라……. 나는 생각지도 못한 부분이지만, 리처드 프라이스는 부자였다. 벽에 값비싼 작품들이 걸려 있는 피츠로이 파크의 집도 있었고, 클랙턴온시에 세컨드 하우스도 있었고, 고급 차 두 대도 있었다. 물론 그 밖에도 가진 게 많았을 것이다.

「사실 불과 몇 주 전에 리처드와 그 문제에 대해서 논의한 적이 있어요. 제가 유언 집행인이라 어떤 내용인지 잘 알고 있습니다.」

「어떤 내용입니까?」 호손은 기다렸다.

메이스필드는 이번에도 머뭇거렸다. 그는 호손에게 반감을 품고 있었지만 결국에는 선택의 여지가 없다는 걸 모를 만큼 어리석지는 않았다. 「부동산은 대부분 남편에게로 유증됩니다. 북런던의 부동산과 클랙턴온시의 집이 있죠. 자선 단체도 몇 군데 언급했지만 또 거액을 물려받게 될 사람은 데이비나 리처드슨 부인이에요. 10만 파운드 정도인데요. 부인과 만나고 싶으시면 제 비서가 주소를 알려 드릴 수 있습니다.」

「만나고 싶습니다.」 호손은 이렇게 말하며 눈을 번뜩였다. 익히 알다시피 문이 또 하나 열렸을 때, 수사할 대상이 또 한 명 생겼을 때 나오는 반응이었다. 「그 전에 친구분이 그녀에게 왜 그렇게 선심을 쓸 수밖에 없었는지 알 수 있을까요?」

「그건 제가 관여할 사안이 아니라고 봅니다만.」 올리버 메이스필드는 처음 만났을 때보다 한결 무뚝뚝하게 말했다. 호손은 사람들에게 이런 영향을 미쳤다. 그는 바늘이고 모든 증인, 모든 용의자는 풍선이라고 보면 될 것이다. 「리처드슨 부인은 인테리어 디자이너예요. 리처드와 가깝게 지낸 친구였고요. 리처드가 그 아들의 대부이기도 했죠. 연락처를 알려 드릴게요.」 그는 컴퓨터 화면을 들여다보며 연락처를 메모지에 적어서 건넸다. 「이 이상의 정보는 부인에게 직접 확인하시기 바랍니다.」

사무실을 나서는데 호손의 휴대 전화가 울렸다. 그룬쇼 경위였다. 안노 아키라가 등장해 신문을 받을 준비가 됐음을 알리는 전화였다.

6
그녀의 이야기

안노 아키라는 홀랜드 파크에 살았지만 그 집으로 찾아갈 필요는 없었다. 그녀는 프라이버시를 지키고 싶었는지, 노팅힐게이트 경찰서에서 신문을 받겠다고 했다. 래드브로크 그로브 모퉁이에 자리 잡은, 상당히 번듯하고 인상적인 건물이었다. 런던의 경찰서를 반으로 줄이겠다는 기발한 정책의 일환으로 폐쇄되었는데, 덕분에 제복을 입고 인근을 순찰하는 경찰이 줄어 칼부림 범죄가 만연하고 오토바이를 타고 다니는 절도범에게 빼앗길 각오를 하지 않는 이상 길에서 휴대 전화를 쓸 수도 없게 됐다.

이번 수사를 경쟁으로 간주하며 전의를 불태우는 그룬쇼 경위가 우리를 그 자리에 부르다니 나로서는 영문을 알 수 없었다.

「안노라는 여자가 범인이라고 생각하기 때문이죠.」호손이 설명했다.

「그게 무슨 논리예요?」

「자기 손으로 안노를 체포해 내 체면을 구기겠다는 의도예요. 나도 그 자리에 있었지만 자기가 한발 앞섰다는 식으로 말이죠.」

「당신은 그룬쇼 경위를 좋아하지 않는군요.」

「누구든 그래요.」

우리는 신분증을 제시하고 나서야 경찰서 안으로 들어갈 수 있었다. 그룬쇼가 1층에 연한 미색으로 둘러싸인 음산한 취조실을 잡아 놓았다. 불투명한 유리창이 시야를 차단했고 테이블은 바닥에 고정되어 있었다. 인테리어 용품이라고는 벽에 걸린 보건 안전 포스터가 전부였다.

안노 아키라는 유난히 가혹해 보이는 나무 의자 끝에 불편하게 앉아 있었다. 체구가 아담하고 상당히 보이시했다. 키가 작지는 않았지만 자기 자신을 축소해서 만든 모형이라도 되는 것처럼 비현실적이었다. 새까맣고 강렬한 눈빛이 동그란 연보라색 안경에 일부 가려졌다. 도자기 같은 뺨과 현대 의술의 손을 빌렸을 수도 있는 뾰족한 콧잔등 위에 안경이 얹혀 있었다. 어깨까지 내려오는 까만 직모가 늙어 보이기도 하고 젊어 보이기도 하는 얼굴을 감쌌다. 엄청나게 신중하고 똑똑해 보였는데, 그 이유는 절대 웃지 않기 때문이었다. 지금은 샐쭉한 표정을 짓고 있었다. 막 옥스퍼드에서 온 길이라고 했다. 그녀는 전남편의 변호사가 잔인하게 살해당했다는 데 전혀 양심의 가책을 느끼지 않는 것 같았고, 다만 자신이 이 사건과 관련이 있다고 생각하는 사람이 있다는 데 화가 난 것 같았다.

나는 안노 아키라를 만난 적이 있었다. 그것도 두 번이나.

이쯤에서 미리 밝히지만 내가 그녀나 그녀의 작품에 반감을 품고 있는 건 아니다. 리처드 프라이스의 사망 당시 내가 읽은 그녀의 작품은 『뉴 스테이츠먼』에 소개된 시 두어 편 — 도무지 이해할 수가 없었다 — 이 전부였다. 그녀를 처음 만난 곳은 에든버러 도서전이었고 그로부터 6개월 뒤에 런던에서 열린 어느 출판 기념회에서 다시 만났다. 그 이후에 난 비라고 북스 출판사 홈페이지에서 약력을 찾아보았다. 그 정도로 깊은 인상을 받았기 때문이다.

그녀는 1963년에 도쿄에서 외동딸로 태어났다. 은행원이 었던 아버지를 따라 아홉 살 때 뉴욕으로 건너가 거기서 어린 시절을 보냈다. 1986년에 매사추세츠주의 스미스 대학을 졸업한 직후 데뷔작 『다수의 신』을 출간했고 〈일본의 가마쿠라 시대를 배경으로 여성의 순종과 종교적 가부장제를 다룬 작품〉이라는 평가를 받았다. 전 세계적인 찬사와 엄청난 호평이 쏟아졌지만 메릴 스트리프 주연으로 제작된 영화의 성적은 썩 훌륭하지 못했다. 그 밖의 작품들 중에서 대표작을 꼽으라면 『세숫대야』와 『히로시마의 서늘한 바람』, 미국에서 보낸 어린 시절을 회고한 자전적인 이야기 『아버지는 나를 전혀 알지 못했다』가 있었다. 그런가 하면 시집도 두 권이나 냈는데, 그중 한 권은 이 해 초에 출간됐다. 책 제목이 『2백 편의 하이쿠』이고 딱 그 숫자만큼 시가 수록됐다. 그녀는 자신이 모든 단어를 태피스트리의 한 땀이 아니라 태피스트리 자체로 간주하기에 소설을 한 편 쓰려면 몇 년이 걸린다는 유명한 말을 남겼다. 그게 무슨 뜻인지도 나로서는 잘 모르겠다.

그녀는 자신의 작품을 각색한 영화에서 촬영을 맡은 영국 출신의 감독 마커스 브랜트와 결혼하면서 런던으로 건너와 여태껏 살고 있었다. 『선데이 타임스 매거진』에서 아홉 페이지에 걸쳐 소개했고, 그 이후에는 BBC의 다큐멘터리 프로그램 「이매진」에서 다루었다시피 학대로 점철됐던 그들의 결혼 생활은 2008년에 파경을 맞았다. 아이는 없었다. 그로부터 2년 뒤인 2010년에 그녀는 부동산 개발업자 에이드리언 록우드와 결혼함으로써 언론계 종사자들에게 충격을 안겼다.

그녀는 삶의 어느 시점에 신도(神道)라는 일본의 전통적인 종교에 입문했고, 이것은 그녀의 작품에서 특히 무생물에도 영혼이 있다는 애니미즘을 통해 드러났지만, 신사를 찾아다니거나 무속 춤에 빠져들지는 않았다. 그런가 하면 다름의 본질, 자신의 이중적인 민족성 그리고 모태가 된 문화와 단절된 삶에 대해서도 탐구했다. 여기까지는 그녀의 책에 소개된 문구를 그대로 옮긴 것이다.

에든버러 도서전에서는 해마다 〈유르트〉라는 몽골식 작가용 천막을 설치하는데, 나는 거기서 그녀를 소개받았다. 유르트는 넓진 않지만 조용히 시간을 보내기에 좋다. 하루 종일 커피와 간식이 제공되며, 저녁에는 주최 측에서 이제 그만 집으로 돌아가 달라고 할 때까지 몰트위스키를 마실 수 있다. 나는 그때까지 쓴 어린이책을 주제로 강연을 하기 위해서 에든버러를 찾았다. 그녀는 그곳에서 시 낭송회를 열었다. 내가 먼저 유르트에 앉아 있었는데 그녀가 홍보 담당자, 에이전트, 출판사 대표, 기자 두 명, 사진작가, 도서전 책임자로 이루어진 시끄러운 부대를 몰고 들이닥쳤다. 이유는 모르겠지만 남성용 스리피스 정장에 중절모까지 쓰고 있었다. 어깨 쪽에 꽂은 은색 브로치 — 일본 문자인 것 같았다 — 만 아니라면 마그리트의 그림에서 걸어 나왔다고 해도 믿길 정도였다.

천막 안에는 사람이 거의 없었다. 아키라가 녹차만 받고 좀 눅눅해 보이는 달걀새싹샌드위치는 거절했을 때 누군가가 나의 존재를 알아차리고 〈앨릭스 라이더〉 시리즈 저자라고 소개했다.

「아, 그래요?」

이것이 그녀가 처음으로 건넨 두 마디였다. 나는 죽을 때까지 이 두 마디를 잊지 못할 것이다. 이후로 무성의하게, 번갯불에 콩 볶아 먹듯 아주 잠깐 내 손을 잡았던 것도.

나는 팬이라고 웅얼웅얼 말했다. 거짓말이었지만 왠지 그렇게 이야기해야만 할 것 같았다.

「고마워요. 만나서 정말 반가워요.」 한마디 한마디가 가시철사로 엮은 태피스트리였다.

그러면서 그녀는 좀 더 그럴듯한 인물이 없는지 내 어깨 너머를 쳐다보는 만행을 저질렀다. 아무도 보이지 않자 내게 등을 돌리고 홍보 담당자에게 뭔가를 확인했다. 잠시 후 그들 일행이 썰물처럼 빠져나갔다.

딱히 불쾌하지는 않았지만 이상하다는 생각을 하긴 했다. 도서전에 참석하는 작가들은 항상 서로에게 호의적이고 다 같이 격려하는 분위기라 잘난 체하는 작가와 맞닥뜨리는 경우는 거의 없다. 나는 일단 좋게 해석하기로 했다. 아키라는 시 낭송회를 앞두고 불안했을 것이다. 나도 마찬가지다. 아무리 대중 앞에서 자주 강연을 한다 해도 무대에 오르기 전에는 종종 불안하고 대화를 나눌 기분이 들지 않는다. 그런 나를 예의 없다고 생각하는 사람도 많을 것이다.

하지만 몇 달 뒤에 출판 기념회에서 만났을 때 그녀는 또다시 나를 냉대했고 이번에는 의도적인 행동이라고 단정할 수 있었다. 전에 만난 걸 기억하지 못하는 눈치였고 내가 어린이책 작가라는 말을 (다시) 듣자마자 관심을 껐다. 정말이지 누가 스위치를 내린 것만 같았다. 그 무렵부터 그녀는 오노 요코 스타일의 색안경을 쓰기 시작했다. 내가 보기에는 다소 우스꽝스러웠다.

이제 그녀는 값비싼 검은색 바지 정장 위로 옅은 회색 파시미나를 어깨와 한쪽 팔에 두른 채 다시 나와 대면했다. 카라 그룬쇼가 맞은편에 앉았고 대런이라는 남자가 부적과도 같은 수첩을 들고 한쪽 옆에 서서 껌을 씹거나 씹는 척했다.

그룬쇼는 호손을 소개했지만 나에 대해서는 아무 말도 하지 않았다. 오히려 다행이었다. 내가 그 자리에 있는 것을 아키라 쪽에서 어떻게 생각할지 알 수 없었고 내 책에 등장하게 된 것을 과연 기뻐할지 의심스러웠다. 게다가 비공식 신문이었다. 변호사도 배석하지 않았고 진술에 대한 사전 경고도 없었다.

「이렇게 와주셔서 감사합니다.」 그룬쇼가 아키라를 향해 말문을 열었다. 「아시다시피 리처드 프라이스가 어제 자택에서 시신으로 발견돼 사건 수사에 선생님의 도움을 받고자 합니다.」

아키라는 어깨를 으쓱했다. 「내가 무슨 수로 도움을 줄 수 있을지 모르겠네요. 프라이스 씨에 대해 아는 것도 없는데. 전남편을 대리한 변호인이었다지만 나와는 말을 섞은 적도 없는걸요. 나는 그 사람에 대해 할 얘기가 전혀 없어요. 죽어 버린 사랑과 깨어진 꿈을 가지고 돈을 버는 사람이었다, 그것 말고 달리 할 얘기가 뭐가 있겠어요?」

그녀는 억양이 독특했다. 기본적으로 미국식이었지만 일본식 어조가 살짝 섞였다. 부드러운 목소리에는 감정이 전혀 실려 있지 않았다. 그저 넌더리가 난다는 투였다.

「그분을 협박하셨죠.」

「아뇨. 그런 적 없어요.」

「유감이지만 10월 21일 들로네에서 상황을 목격한 증인이 여럿입니다, 안노 씨. 선생님은 거기서 저녁 식사를 하고 나오던 길에 남편과 함께 온 프라이스 씨를 보고 와인 잔을 던졌죠.」

「그 사람 머리에 와인을 부었어요. 그래도 할 말 없을 인간이라.」

「돼지라고 부르면서 병으로 치겠다고 협박하셨고요.」

「농담이었어요!」 그녀는 남들이 보기에는 빤한 것을 그룬쇼가 일부러 못 본 체하고 있기라도 한 것처럼 유난히 표독스럽게 이 여섯 음절을 내뱉었다. 「5센티미터쯤 든 와인을 붓고 나서 병으로 주문하지 않은 걸 다행으로 알라고 했을 뿐이에요. 내 뜻은 명확했어요. 병으로 주문했으면 그 정도로 끝나지 않았을 거라는 뜻이었죠. 그걸로 치겠다는 게 아니라.」

「그분이 어떤 식으로 살해당했는지를 감안하면 유감스러

운 단어 선택이라 하겠습니다.」

그녀는 곰곰이 생각에 잠겼다. 식당에서 벌어진 일로 단편이나 하이쿠라도 쓰려는 양 상황을 재현하고 분석해 보는 것 같았다. 그 짙은 까만색 눈을 보면 알 수 있었다. 마침내 그녀는 결론에 도달했다. 「내가 한 말을 후회하지 않아요. 말했잖아요. 농담이었다고.」

「재밌는 농담은 아니네요.」

「나는 농담이 재밌어야 한다고 생각하지 않아요, 경위님. 내 책에서도 현상을 전복하기 위해서만 유머를 동원하니까요. 프랑스 철학자 알랭 바디우의 책을 읽어 보신 적 있는지 모르겠지만, 그가 내린 정의에 따르면 농담은 진실을 드러내는 파열의 한 가지 유형이에요. 그나저나 소르본에서 그를 만난 적이 있거든요? 범상치 않은 인물이더군요. 나는 적을 조롱함으로써 그를 물리쳐요. 알랭을 통해 얻은 통찰이 그거예요. 내 행동을 변명할 필요는 없다고 느끼지만 들로네에서 내가 사용한 기제가 바로 그거였어요.」

한밤중까지 대화를 나누는 안노 아키라와 알랭 바디우의 모습이 그려지는 듯했다. 그 자리에서는 폭소가 난무했을 것이다.

「그날 저녁 식사는 누구랑 하셨나요, 안노 씨?」

「친구요.」

「그분의 성함을 알려 주시면 감사하겠는데요.」

「묻지 말아 주시면 감사하겠어요. 아무튼 남자는 아니었어요. 여자였지.」

그룬쇼 경위는 한숨을 내쉬었다. 대런이 옆에서 펜으로

86

종이를 긁어 가며 열심히 받아 적고 있었다. 그들은 이런 식으로 말하는 사람을 상대하는 데 익숙하지 않은 모양이었다. 「같이 저녁을 드신 친구분이 선생님의 말씀을 들었다면, 그리고 그게 농담이었다면 그분에게 진술서 작성을 요청하는 것이 선생님에게 도움이 될 수도 있습니다.」

「알겠어요.」 아키라는 어깨를 으쓱했다. 「출판사 대표예요. 돈 애덤스요.」

「선생님의 책을 내는 출판사 대표인가요?」

「아뇨. 그냥 친구예요.」

대런은 수첩에 이름을 추가하고 밑줄을 그었다. 아키라가 사건과 무관한 정보를 왜 그렇게 마지못해 공개하는지 궁금해졌다.

「지난 주말에는 어디 계셨습니까, 안노 씨?」

「린드허스트 인근의 오두막집에 다녀왔어요. 거긴 다른 친구의 별장이에요. 요가 선생님이요.」

「그분에게 사실 확인을 받을 수 있을까요?」

「와인병으로 살해당하지 않았다면 아마 그럴 수 있을 거예요.」

그녀는 또다시 현상 전복을 시도했다.

「린드허스트에서는 동행이 있었습니까?」 호손이 끼어들었다.

「린드허스트 〈인근〉이요.」 아키라는 그 단어에 밑줄을 긋듯이 말했다. 「별장은 아주 외진 곳에 있고 나 혼자 갔어요.」

「거기서 몇 시에 출발하셨습니까?」 호손이 다시 물었다. 그녀의 이야기를 믿지 않는다는 걸 알 수 있었다.

「월요일 아침 7시 30분쯤요. 플리트 인근에서 잠깐 커피를 마시고 곧장 집으로 갔어요. 샤워하고 옷 갈아입고 다시 나왔고요. 그리고 옥스퍼드 대학에서 강연이 있어서 거기서 하룻밤 묵었어요. 그러고 나서 오늘 아침에 런던으로 돌아왔더니 경찰에서 나를 찾고 있다더군요.」그녀는 시선을 돌려 그룬쇼를 쳐다봤다. 「솔직히 내가 그렇게 찾기 어려운 사람은 아니라고 보는데요. 범인이 누군지는 모르겠지만 그 사람을 찾을 때는 좀 더 운이 따라 주길 바랄게요.」

「커피는 어디서 드셨나요?」대런이 물었다.

그녀는 하품을 하기 직전이었다. 「웰컴 브레이크 휴게소였고 사람이 많았어요. 날 봤다는 사람이 제법 있을 거예요. 나중에 물어보세요.」

「알겠습니다.」

「리처드 프라이스를 싫어하신 이유가 뭐죠?」호손이 끼어들었다. 아키라가 경멸하는 눈빛으로 흘끗 쳐다봤지만 뭐라고 대답할 겨를도 주지 않고 그가 말을 이었다. 「조금 전에는 그에 대해 아는 것도 없고 서로 말을 섞은 적도 없다고 하셨는데요. 그는 선생님 남편분의 변호를 맡았고 이혼 소송이 남편분에게 아주 유리하게 끝났다고 들었습니다. 프라이스 씨 때문에 그렇게 됐다고 생각하셨나요? 그가 식당에서 폭행을 당한 일로 선생님에게 법적 조치를 취할 수도 있었는데, 그를 공격하신 이유가 뭡니까?」

그녀는 대답을 하기 전에 파시미나로 몸을 좀 더 단단히 감쌌다. 「리처드 프라이스는 거짓말쟁이였어요. 내 전남편을 변호하면서 그를 보호하려고 의도적으로 거짓말을 하고 나를 협박했어요.」

「어떤 식으로요?」 호손이 진심으로 공감하는 듯한 표정을 지으며 정말 궁금하다는 듯이 묻자 아키라마저 넘어갔다. 그의 또 다른 수법이었다. 그에게는 사람들이 의도했던 것보다 더 많은 걸 털어놓게 만드는 재주가 있었다.

「무슨 뜻인지 알려 줄게요.」 그녀가 말했다. 「당신이 알게 되더라도 상관없어요. 이제는 지나간 얘기니까. 나는 이혼이 정화의 과정이었다고 생각해요. 샤워기 아래로 들어가야 더러움을 씻어 낼 수 있으니까요.」

「그렇죠.」

그녀는 평정심을 되찾았다. 「내가 결혼한 상대는 에이드리언 록우드가 아니었어요. 내가 그를 가지고 만든 허상, 웃는 얼굴의 체셔 고양이였지. 그걸 깨닫기까지 3년이 걸리긴 했지만 진실은 진실이에요. 내 첫 번째 결혼은 치욕이었죠. 첫 남편 마커스는 전형적인 나르시시스트였고 나는 모든 면에서 그의 속을 결코 알 수가 없었어요. 그를 따라 런던으로 건너오면서 나고 자란 도쿄는 물론이고 어린 시절을 보낸 뉴욕에서조차 멀어지게 됐죠. 동심원을 따라 빙글빙글 나선을 그리며 점점 멀리 추락하는 느낌이었어요. 결국에는 마커스만 남았고 그도 그렇다는 걸 알았어요. 그래서 그가 날 마음대로 할 수 있게 된 거예요. 그로 인해 내 인생은 비참해졌고 그의 곁을 떠날 힘이 생겼을 땐 내게 남은 게 아무것도 없었어요.」

「쓰신 책이 있었잖습니까.」 잠자코 있을 생각이었는데 나도 모르게 말이 튀어나왔다.

「작가는 지면(紙面) 위에 드리워진 그림자일 뿐이에요. 맞아요. 내 책이 전 세계적으로 인정을 받았고 47개 언어로 번역이 되긴 했죠. 상도 많이 받았고요. 당신도 내 작품을 익히 알겠지만.」

「음, 사실…….」

「하지만 나는 아무것도 아니었어요.」 그녀가 테이블을 내리쳤지만 주먹이 하도 작고 손가락도 워낙 얇아서 소리가 거의 나지 않았다. 「내면에 생명이라고는, 자신감이라고는 전혀 없었으니까.

그러다 어느 파티에서 에이드리언을 만났죠. 부동산 개발업자를! 나와 그보다 이질적인 직업이 또 있을까요. 그는 매력적이지도 않았는데 나는 그에게 끌렸어요. 아주 시끄럽고 명랑한 사람이었죠. 그리고 돈도 많았고. 맞아요. 세계 곳곳에 집이 있었고 근사한 차도 있었고 카마르그에 요트도 있었어요. 물론 책은 전혀 읽지 않았죠. 문학에 관심도 없었고. 회사 동료들에게 이끌려 연극이나 오페라를 보러 다니기도 했지만 그는 어떤 작품을 보건 개의치 않았죠. 그에게는 아무 의미가 없었으니까.

그는 내게 안전한 공간을 제공했고 나는 그 안에서 자신감을 회복하며 내면의 자아 비슷한 걸 찾을 수 있었어요. 그의 무지가 위안이 됐어요. 그는 물론 나를 우러러보았고 떠받들었죠. 아마 자기만의 방식으로 나를 사랑했을 거예요. 그의 사랑은 결코 피상적인 수준을 넘어서지 못했지만.」 그녀는 손으로 머리칼을 쓸어 넘겼다. 「그런 건 견딜 수 있었어요.」

「그럼 뭐가 문제였습니까?」호손이 물었다.

그녀는 어깨를 으쓱했다.「싫증이 났어요. 진지한 작가, 평론가, 퍼포먼스 시인으로서의 삶과 그의 아내 역할 사이에서 균형을 유지하기가 점점 어려워지더라고요. 그리고 그가 바람을 피우기도 했고요. 그는 재밌는 얘기도 할 줄 몰랐어요. 입만 열었다 하면 그저 사업, 사업! 한마디로 짐승이었죠.」그녀는 몸을 부르르 떨었다.「게다가 성격이 고약하고 다혈질이에요. 자꾸 내 몸에 이런저런 요구를 하는 통에 구역질이 나기도 했고요.」

「하지만 안노 씨가 식당에서 공격한 사람은 남편이 아니었잖습니까.」그룬쇼가 짚고 넘어갔다.「그의 변호사였지.」

「말했잖아요. 리처드 프라이스가 거짓말을 했다고.」그녀는 눈을 감았다. 머리칼은 늘어졌고 두 손은 손바닥을 위로 향한 채 테이블에 놓여 있었다. 그 잠깐은 숫제 요가 수업을 받는 수강생 같았다.「먼저 합의금 문제가 있었죠. 나는 욕심을 부리지 않았어요. 터무니없는 요구를 하지 않았어요. 돈이야 없어도 살 수 있으니까요. 내 투자처는 내가 쓰는 글이에요. 기존의 생활 방식과 두 채의 집을 유지하면서 여행 자금과 기타 경비로 쓸 수 있을 만큼만 요구했을 뿐이에요. 나는 정당한 내 몫을 받기 위해서 법원까지 가서 싸울 준비가 되어 있었어요.

그런데 프라이스 씨가 내게 프레임을 씌우는 바람에 그럴 수도 없게 돼버렸어요. 그는 나를 폄하했어요. 나를 빈손으로 결혼한 뒤 에이드리언을 일종의 감정적인 목발로 이용한 사람처럼 보이게 만들었어요. 불구자는 내가 아니었는데도!

91

그래요, 에이드리언이 내 필요를 채워 주었던 건 인정할게요. 하지만 나로 인해 그의 삶에서 새로워진 부분이 많았고 그는 내가 대주는 샘물을 벌컥벌컥 마셨어요. 나는 기생충이 아니었다고요!」 그녀는 마지막 말을 내뱉으며 격한 분노를 표출했다. 「내 변호인단은 재판을 고집하면 비호감으로 비칠 수도 있다고 걱정했어요. 그 부분에서는 나를 오래 설득할 필요도 없었죠. 법은 예전부터 여성을 억압하는 데 중추적인 역할을 했잖아요. 나라고 다를 바 있겠어요?」

그녀는 이 말을 끝으로 입을 다물었지만 그룬쇼 경위의 신문은 아직 끝나지 않았다. 「리처드 프라이스가 부인의 뒤를 캤다는 걸 아셨나요?」 그룬쇼가 물었다. 그걸 알아냈다니 뜻밖이었다. 경위도 올리버 메이스필드를 만난 모양이었다.

「아뇨.」

「확실합니까?」

「그가 내 인세와 부수입에 관심을 기울일지 모른다는 조언은 들었지만 상관하지 않았어요. 감출 게 없었으니까요.」

그룬쇼가 흘끗 쳐다보자 호손은 고개를 짧게 저었다. 더는 궁금한 게 없다는 뜻이었다. 「저희가 다시 면담을 요청할 수도 있습니다, 안노 씨.」 경위가 말했다. 「런던을 떠날 계획이 있으신가요?」

「다음 주에 올드버러에서 열리는 시(詩) 축제에 참석해요.」

「해외로 나갈 계획은 없으시죠?」

「네.」

「그럼 조만간 연락드리겠습니다.」

신문이 그렇게 끝나려던 찰나, 문득 정신을 차리고 보니 안노 아키라가 나를 빤히 쳐다보고 있었다. 나는 고개를 돌리며 어물쩍 넘어가려고 했지만 이미 엎질러진 물이었다. 그녀가 나를 기억해 낸 순간을 사실상 목격한 거나 다름없었다.

「나 당신 알아요!」 그녀가 외쳤다. 「우리 만난 적 있죠?」

나는 아무 말도 하지 않았다. 극도로 불편한 상황이었지만 호손도 그룬쇼도 나를 구원하러 나서지 않았다.

「당신 작가잖아요!」 칭찬하는 뜻에서 한 말이 아니었다. 그녀는 주먹 쥔 두 손으로 테이블을 짚으며 자리에서 일어났다. 「여긴 어쩐 일이죠?」 그녀가 따져 물었다. 미국식이었던 억양이 좀 더 일본식에 가까워졌다.

「그게……」 나는 호손이 개입해 주길 바라며 말문을 열었다.

「저 사람이 왜 여기 있어요?」 그녀는 씩씩대며 그룬쇼 경위를 돌아보았다.

그룬쇼는 어깨를 으쓱했다. 「내가 부른 거 아니에요. 책을 쓰고 있다던데요.」

「책을요? 자기 책에 나를 등장시킨다고요? 나는 저 인간이 쓰는 빌어먹을 책에 등장하고 싶지 않아요! 변호사 불러 줘요. 저 인간이 나를 책에 등장시키면 고소하겠어요.」

「그쪽은 이만 나가 보는 게 좋겠네요.」 그룬쇼가 내게 말했다.

「염병할, 말도 안 돼! 나는 허락한 적 없어요. 내 말 들려요? 나에 대해 쓰기만 해봐, 죽여 버릴 거야!」

그녀는 온몸을 부들부들 떨며 크지는 않아도 높고 날카로

93

운 목소리로 비명을 질렀다. 나는 호손과 함께 최대한 빨리 거기서 빠져나왔다. 내 평생 그렇게 길길이 날뛰는 사람은 처음이었다. 그 순간에는 와인병을 집어 리처드 프라이스의 머리를 내리치고 삐죽빼죽하게 깨진 주둥이로 그의 목을 짓이겨 놓는 그녀의 모습을 금세 떠올릴 수 있었다.

그 자리에 병이 있었다면 내게도 그렇게 했을 거라고 확신할 수 있었다.

7
그의 이야기

「그 여자와 결혼한 것 자체가 실수였죠!」에이드리언 록우드는 고개를 뒤로 젖히며 껄껄대고 웃었다. 「내 인생 최대의 실수였어요. 내가 실수를 어지간히 저지르는 사람인데도 말이죠. 그 여자가 워낙 섹시했어야죠……. 끝내주게 매력적인 걸로 어마어마하게 유명했죠. 다들 그녀 얘기뿐이었을 정도로. 하지만 신혼여행에서 돌아오자마자 자기밖에 모르는 재미없는 여자라는 걸 알아 됐어요! 솔직히 이제 와 생각해 보면 출국하는 비행기에서부터 알아차린 것 같기도 해요. 활주로에서 이륙하기도 전에 이미 진토닉을 세 잔이나 마셨거든요. 마실 수밖에 없어서.

처음부터 어떤 인간인지 알아차렸어야 하는 건데. 아니, 지적이잖아요. 나는 대학 문턱을 밟아 본 적 없어서 전부터 글 잘 쓰는 사람을 우러러보는 마음이 있었거든요. 하지만 그 여자는…… 정도를 모르더라고요. 그저 글, 글, 글. 작업 습관만 두고 하는 말이 아니에요. 그 빌어먹을 시를 쓸 때는 한 번에 몇 시간씩 방문을 잠그고 틀어박히고 그랬지만. 고

작 세 줄 쓰면서 해가 떠서 질 때까지 컴퓨터 자판 두드리는 소리는 어찌나 쉴 새 없이 들리던지.」

「그녀의 작품에 관심이 있으셨습니까?」 호손이 물었다.

「나라면 그걸 관심이라고 표현하지는 않겠어요. 소설을 한 편 읽긴 했지만 존 그리섬의 작품이 더 좋았고 도무지 뭔 소리인지 모르겠더군요. 그 하이쿠 작품집도 받긴 했는데 그즈음에는 우리 사이가 이미 틀어진 뒤였거든요. 그 여자가 사인을 해서 줬으니 이베이에 내놓으면 몇 푼 건질 수 있을지 모르겠네요. 그 빌어먹을 물건은 달리 쓸 데도 없는데 말이죠.」

에이드리언 록우드는 최선을 다해 우리 수사를 돕고 있었지만 좋아하기 힘든 인물이었다. 청바지 차림으로 다리를 꼬고 반짝이는 검은색 첼시 부츠를 면전에 대고 대롱거려 가며 소파에 반쯤 누워 두 팔을 쿠션 위로 벌린 모습은 영락없는 사기꾼이었다. 전 부인과 비슷한 선글라스로 비열한 눈빛을 가렸지만 그의 경우에는 포르셰나 재규어 같은 레이싱 카 스타일이었다. 검은 머리는 하나로 묶었는데 전혀 어울리지 않았고 — 나이가 쉰이 넘었다 — 카마르그에서 요트를 타느라 그랬는지 피부가 까무잡잡했다. 디자이너 브랜드의 청바지에 맞춰 입은 진한 파란색 벨벳 재킷의 어깨 부근에 비듬이 떨어져 있었고, 야들야들한 흰색 셔츠는 단추를 풀어서 목을 드러내고 있었다.

우리는 그날 오후에 에드워즈 스퀘어에 있는 자택에서 그를 만났다. 경찰서에서 홀랜드 파크를 가로질러 20분만 걸어가면 됐다. 그 일대의 테라스트 하우스는 서로 비슷하게

96

생긴 정도가 아니라 일부러 변형을 허락하지 않았는지 크기도 같고, 아치형 입구도 같고, 검은색 난간도 같았다. 아마 주인들도 비슷한 계층의 억만장자일 것이었다. 우리는 앞에 주차된 차를 보고 그의 집이 어딘지 알아차렸다. RJL 1 번호판이 달린 은색 렉서스 세단이었다.

록우드는 혼자 살았지만 값비싼 꽃다발이 담긴 꽃병과 철저하게 청소가 된 카펫과 먼지 한 톨 없는 집 안을 보면 청소부가 있고 어쩌면 가정부도 있는 듯했다. 그는 문 앞으로 마중 나와 호손의 외투를 아르 데코 스타일의 코트 스탠드에 걸었다. 해골 손잡이가 달린 우산 — 무려 알렉산더 매퀸이었다 — 이 그 아래에서 빼죽 고개를 내밀고 있었다. 우리는 사무실과 홈 시어터를 지나 2층으로 올라갔다. 2층은 전체가 하나의 방이었고 창밖으로 에드워즈 스퀘어 앞쪽의 공용 정원과, 그 뒤로 그보다 작지만 아주 화려한 개인 정원이 내다보였다.

그곳이 개방형 주방을 갖춘 생활 공간이었다. 10월의 눈부신 햇살이 쏟아져 들어와 두툼한 연베이지색 카펫, 단단하고 고풍스러운 가구, 묵직하게 드리워진 커튼, 책꽂이 위에 흩뿌려져 있는 책을 비추었다. 그 책들 중에는 그가 언급한 안노 아키라의 『2백 편의 하이쿠』도 있었다. 대리석 조리대가 주방과 나머지 부분을 분리했다. 싱크대는 페달식 쓰레기통에까지 일곱 자리 숫자의 가격을 매기는 회사 제품이었고 한 번도 사용된 적 없는 것처럼 보였다.

「이번이 재혼이셨죠.」 호손이 말했다. 그는 이 집이나 집주인을 보고도 전혀 동요하는 기미가 없었다. 소파 가장자리에 걸터앉아 무릎 아래로 손깍지를 끼고 당장이라도 달려들 것처럼 온몸에 힘을 준 상태로 록우드를 마주 보기만 했다.

「그렇습니다.」 그는 잠깐 정색했다. 「선생도 아시리라 봅니다만, 첫 번째 결혼은 아주 불행하게 막을 내렸죠.」

록우드의 첫 번째 부인은 ITV 드라마 「코로네이션 스트리트」에 출연했고 「댄싱 위드 더 스타」 결승전까지 진출한 적 있는 스테퍼니 브룩이라는 배우였다. 그녀가 바베이도스의 요트 위에서 약물 과다 복용으로 사망하자 타블로이드 언론들은 자살이라고 떠들었지만 그는 줄곧 부인했다. 나는 여기 오기 전에 휴대 전화로 관련 기사를 검색해 보았다. 어떤 기사의 제목에 따르면 스테퍼니는 〈체격이 크고 금발에 명랑한 성격〉이었다고 했다. 아키라와 정반대였다.

「두 번째 부인은 어디서 만나셨습니까?」 호손은 질문을 계속했다.

「로니 스콧 재즈 클럽에서요. 누가 소개해 줬어요.」

「결혼은 언제……?」

「2010년 2월 18일, 어쩌다 보니 내 생일 3일 뒤에요. 그때를 끝으로 한동안 행복한 생일은 없었죠! 웨스트민스터 등기소에서 혼인 신고를 하고 도체스터 호텔에서 2백 명과 함께 점심 식사를 했어요. 내가 선물은 사양한다고 미리 못을 박았기에 망정이지, 안 그랬으면 모두 돌려보내야 했을 거예요!」 그는 또다시 자기가 한 농담에 자기가 웃었다. 「살인 사건을 수사 중이라는 경찰의 연락을 받았을 때 누군가가 그 여자를 죽였나 보다 하는 생각에 아주 잠깐이나마 행복했는데 말이죠.」

「어째서요?」호손이 물었다.

「그만큼 끔찍한 여자니까요! 그녀를 보면 예전에 키웠던 샴고양이가 생각나요. 벽난로 앞에 웅크리고 앉아 있을 때는 그렇게 예쁠 수가 없고 쓰다듬으려고 손을 내밀면 가르랑거리거든요? 그러다 잠시 후에는 아무 이유 없이 고개를 홱 돌려서 손을 콱 물곤 했어요. 그 빌어먹을 심보를 도무지 알 수가 없었다니까요.」

아키라가 어떤 식으로 나를 대했는지 기억이 났다. 「그 고양이는 어떻게 됐습니까?」나는 물었다.

「아, 안락사를 시켰죠.」

「그럼 피해자가 선생님의 변호를 맡았던 리처드 프라이스라는 얘기를 들었을 때 놀라셨겠습니다.」호손이 말했다.

「그럼요!」그는 이렇게 대답해 놓고는 손가락을 들더니 자기가 한 말에 반론을 제기했다. 「뭐, 변호사였잖습니까. 변호사라는 직업이 어떤 평가를 받는지는 잘 아실 테고요. 바다 밑바닥에 쇠사슬로 한데 묶여 있는 1천 명의 변호사를 뭐라고 부르는지 아십니까?」

「모르겠는데요.」

「순조로운 시작이요!」

그는 껄껄대고 웃었다. 호손은 전혀 표정의 변화가 없었다. 「그러니까 변호사는 살해당해도 마땅하다는 말씀이로군요.」

「농담이에요!」록우드는 조심스럽게 표정을 바꾸고 호손을 노려보았다. 「아니, 내가 이 사건과 연관이 있다고 생각하는 건 아니겠죠? 내가 뭐 하러 그런 짓을 저지르겠습니까?

리처드는 쪼잔한 인간이었어요. 조금 장황하기도 했고…….
뭐, 모든 걸 꼼꼼하게 따져야 하니 당연히 그럴 수밖에 없겠
죠. 말을 많이 할수록 돈을 많이 받으니까. 하지만 일 하나는
잘했어요. 이혼 소송이 딱 내가 원하던 결과로 끝이 났거
든요.」

「그에게 선물을 하셨죠, 맞습니까?」

「네, 와인을 선물했어요.」록우드는 그게 살인 무기였다는
걸 모르는 눈치였다. 「별건 아니었지만 최소한의 성의를 표
시하는 차원에서요. 최종 공판까지 가지 않도록 아키라를
설득해 준 덕분에 수천 파운드를 아낄 수 있었거든요.」록우
드는 자신의 금색 커프스단추를 흘끗 쳐다보더니 위치를 바
로잡았다. 「그런데 돈 낭비였어요. 알고 보니 술을 마시지 않
는다더라고요. 그래도 마음이 중요한 거라지 않습니까!」

「구체적인 내용을 알 수 있을까요? 그러니까…… 선생님
과 부인의 합의 조건이요.」

「궁금은 하시겠습니다만, 그건 호손 씨가 상관할 바가 아
니라고 생각하는데요.」

호손은 어깨를 으쓱했다. 「리처드 프라이스가 선생님의
부인을 조사하려고 포렌식 회계 팀을 고용했던 걸 아십
니까?」

「전 부인이라고 해주세요. 네, 당연히 알죠. 내비건트! 그
비용을 누가 댔을 거라고 생각하십니까?」

「하지만 그가 살해당하기 직전에 파트너인 올리버 메이스
필드에게 전화해 합의안과 관련해서 걱정되는 부분이 있다
고 했던 건 모르실 거라고 봅니다만. 심지어 사무 변호사 협

회에 자문을 구할까 고민했답니다. 범인이 그 사태를 막기 위해 그를 살해했을 수도 있습니다. 그러니까 저와 아주 상관이 있는 사안이죠, 록우드 씨. 경찰 측과도 마찬가지고요. 선생님이 알고 계신 사건의 내막을 먼저 공개하시는 편이 유리할 겁니다.」

록우드는 당황했다. 까무잡잡하게 그을린 양 뺨 위로 두 개의 빨간 점이 돋아났다.「뭐, 나는 숨길 게 아무것도 없어요. 모든 게 기록으로 남아 있고 선생은 모든 서류를 입수해서 보실 수 있잖습니까. 다 지나간 얘기라 다시 들쑤시고 싶지 않을 뿐입니다.

사실 말하자면 아주 간단합니다. 안노 씨는 ― 그렇게 불러도 될지 모르겠습니다만 ― 내 재산의 절반을 가로챌 수 있으리라고 생각했지만 리처드가 금세 착각을 바로잡아 주었죠. 맨 먼저 짚고 넘어갈 사안이 있다면 그녀는 빈손으로 결혼을 했다는 겁니다. 나와는 정반대로. 심리 치료, 헬스클럽, 요가 수업, 기타 등등에 드는 비용을 전부 내가 부담해야 했어요. 그러면서 신혼여행 이후로는 나를 자기 침대 위로 올라오지도 못하게 했고, 심지어 신혼여행 때도 그녀가 골라 놓은 멕시코 한복판의 친환경 리조트에서 빌어먹을 숨바꼭질을 벌여야 했죠.」

그의 옆쪽으로 테이블 위에 빌베리가 담긴 그릇이 놓여 있었다. 록우드는 빌베리를 한 움큼 집어서 한 알씩 먹으며 말을 이었다.

「그런 얘기까지 할 필요도 없습니다. 문제는 돈이었거든요. 그녀의 속셈은 그거였어요! 시인을 자처하는 사람치고 돈을 참 밝힌단 말이죠. 호손 씨, 진실을 공개하자면 이렇습니다. 아시다시피 나는 부동산으로 먹고사는 사람입니다. 지금까지 성적이 나쁜 편은 아니었어요. 사실 제법 잘나가던 시절도 있었죠. 하지만 기본적으로 기복이 있는 업종이고 안타까운 사실이지만 요즘 들어서는 잘될 때보다 안될 때가 더 많았어요. 신용 경색 사태가 있었고 그 여파가 아직 남아 있거든요. 런던의 경기가 둔화되고 은행에서는 대출을 거부하고……. 시시콜콜 설명할 필요는 없겠습니다만 상당히 끔찍했었는데 우리 사랑스러운 아키라는 최악의 시점에 여기다 숟가락을 얹었죠.

나는 그녀와 부부로 지낸 3년 동안 실적이 전혀 없었어요. 단 한 건도! 완전히 제로. 그게 핵심이었죠. 아키라에게는 0의 절반을 분할받을 권리가 있었고 나는 기꺼이 내줄 용의가 있었다는 거.」

「부인이 선생님의 말을 믿던가요?」 호손이 물었다.

「당연히 안 믿었죠! 들어 보세요. 나는 회계 사무실을 통해 작성한 서류를 그쪽 변호인단에 제출했어요. 내 재정 상태를 마지막 1파운드까지 정정당당하게 공개했다고요. 그럴 수밖에 없었죠. 그게 법이니까요. 하지만 아키라는 받아들이지 않았어요. 모든 항목을 일일이 걸고넘어졌고 자기 포렌식 회계 팀에 몇 년 치인지 모를 거래 내역을 파헤치게 했어요. 그들이 뭘 찾고 싶었는지는 모르겠지만 빈손으로 물러나야 했죠.」

록우드는 점점 긴장이 풀리는지 열을 내기 시작했다. 얼굴에 미소가 돌아왔다.

「이왕 말이 나왔으니 그녀의 수입에 대해서도 짚고 넘어가야겠네요. 그녀는 자기가 얼마를 버는지 절대 밝히지 않았지만 꼬불쳐 놓은 현금이 제법 됐어요. 3년 동안 부부로 지내다 보면 그런 걸 모를 수가 없거든요. 아무리 우리처럼 망가진 사이라 하더라도요. 재밌는 게 뭔지 아세요? 그녀는 돈이 많았지만 출처가 어딘지 알 수 없었어요. 책은 아니었고요. 비라고 북스에서 보낸 인세 보고서를 어쩌다 우연히 본 적이 있는데, 토키에서 음습한 주말을 보낼 만한 액수도 안 되더라고요! 잘난 척은 혼자 다 하더니 우울증을 앓는 히로시마 생존자 콜걸 이야기나 말도 안 되는 이상한 일본 시를 좋아하는 독자가 몇 명 안 되는 모양이에요.」

그는 빌베리를 다시 한 움큼 집었다.

「사실 내비건트에 연락해 보라고 리처드에게 언질을 준 사람이 나였어요. 그러길 잘했죠. 우리가 뒤를 캐러 나섰다는 걸 알아차린 순간 그녀가 백기를 들었거든요. 갑자기 합의를 보겠다며 법원이니 뭐니는 잊어버리라더군요. 그렇게 끝이 났어요. 재판까지 가지 않고 합의를 마쳤죠. 그녀가 홀랜드 파크의 집을 갖고 재규어도 넘기는 걸로. 솔직히 그건 그녀가 요구한 몫의 10분의 1밖에 안 됐고 나는 그녀를 보지 않을 수만 있다면 그 두 배도 기꺼이 내줄 용의가 있었습니다.」

그는 다시 폭소를 터뜨렸다. 에이드리언 록우드만큼 자기가 한 농담을 재미있어하는 사람도 드물 것이다.

호손은 여전히 무표정했다. 「그렇다면 리처드 프라이스가 사망 당일에 왜 그런 전화를 했을까요?」 그는 물었다. 「분명 걱정거리가 있었는데요.」

「내 이혼과 연관이 있었던 게 분명합니까?」

「네.」

「그럼 전혀 모르겠네요. 아키라나 그녀의 수입에 대해서 뭔가 알아낸 것 아닐까요? 수입의 출처에 대해서 말이죠. 위법 사항이 발견됐다면 분명 더 파헤치고 싶어 했을 겁니다. 하지만 나로 말할 것 같으면 그녀가 마피아 조직의 일급 암살자였다 한들 상관없다고 했을 거예요. 그에게 그냥 잊어버리라고 했겠죠. 내 입장에서 그녀는 끝난 얘기니까요. 합의를 보았고 싱글이 됐으니 그녀의 이름은 두 번 다시 듣고 싶지 않습니다.」

록우드는 으스대는 표정을 지으며 소파에 몸을 묻었다.

「그냥 궁금해서 묻는 겁니다만 변호사가 살해된 시각에 어디에 계셨습니까, 록우드 씨?」호손이 물었다.

「그걸 궁금해하는 이유가 도대체 뭡니까?」

「뭐겠습니까?」호손의 말투는 무례하게 들릴 만큼 음산했다. 「관련자 전원이 일요일 밤 8시에서 9시 사이에 어디에 있었는지 파악해야 하기 때문이죠.」

「그래야 용의선상에서 제외할 수 있으니까요? 경찰에서는 그런 식의 표현을 쓰는 걸로 알고 있습니다만.」

「그렇습니다.」

「흠, 기억을 더듬어야겠군요. 일요일 밤이라……. 하이게이트에서 친구와 술을 한잔했어요. 데이비나 리처드슨하고. 6시쯤에 그녀의 집으로 가서 8시 15분쯤에 나왔습니다. 그러고 나서 차를 몰아 집으로 갔고 9시쯤에 도착해서 TV를 봤습니다.」

「뭘 보셨습니까?」

「〈다운턴 애비〉요. 그러면 답변이 되겠습니까, 호손 씨?」

나는 데이비나 리처드슨이라는 이름이 나왔을 때 자세를 바로 했지만 그 이름을 어디에서 들었는지는 잠시 후에야 기억해 냈다. 그럼 그렇지, 리처드 프라이스가 유언장에서 10만 파운드를 남기겠다고 한 사람이었다. 그러니까 그녀와 프라이스, 록우드가 삼각관계를 맺고 있었다! 거기에는 뭔가 의미가 있을 수밖에 없었다.

호손도 그 이름의 출처를 알아차렸다. 「리처드슨 부인에 대해서 듣고 싶습니다만.」 그는 보고서를 작성하는 데 필요한 정보라도 되는 양 지나가는 말처럼 물었다.

「얘기하고 말고 할 것도 없습니다. 어쩌다 만난 인테리어 디자이너예요. 사실 리처드를 통해 소개를 받았죠. 앙티브에 있는 집 인테리어를 맡겼는데, 솜씨가 아주 훌륭하더라고요.」

「그분은 리처드 프라이스와 어떻게 알게 됐을까요?」

「그건 그녀에게 물어보시죠.」

「물어볼 겁니다. 하지만 지금은 선생님의 얘기를 듣고 싶은데요.」

「뭐, 나는 친구들에 대해 이러쿵저러쿵 떠드는 걸 별로 좋아하지 않습니다만 그러시다면야 알려 드리죠. 그 둘은 오래전부터 알고 지낸 사이예요. 리처드가 그녀의 남편과 같은 대학을 나왔고 그 집 아이의 대부죠. 그 사고가 벌어졌을 때도 같이 있었고요.」

「그 사고라뇨?」

「여기까지 찾아왔으면서 그 사건에 대해서는 모르신다니 의외네요, 호손 씨.」록우드는 자기가 우위를 점하자 거들먹거렸다. 「지금으로부터 6년인가 7년 전에 있었던 동굴 탐사 사고요. 데이비나의 남편 찰스 리처드슨과 리처드 프라이스 그리고 대학 동창이 한 명 더 있었는데, 이름은 잊어버렸네요. 아무튼 찰스가 저 위쪽, 요크셔 어딘가의 동굴 지대에서 길을 잃고 빠져나오질 못했어요.」

그는 손가락을 꿈틀거렸다. 「혹여 리처드한테 잘못이 있나 보다 하고 생각하지는 말아 주세요. 철저한 사인 심문이 이루어졌고 어느 누구의 탓도 아니었던 걸로 밝혀졌으니까. 데이비나에게 들은 바로는 상황 정리가 끝났을 때 그 친구가 아주 훌륭하게 처신했다고 해요. 그녀와 아들 콜린에게 지원을 아끼지 않았고 심지어 사립 학교 등록금까지 모두 부담했다고 하더군요. 물론 그 친구는 아이가 없었죠. 내가 굳이 짚고 넘어가지 않아도 아실 거라고 봅니다만. 리처드는 그녀가 인테리어 디자인 사업을 시작할 수 있게 도와주었고 유언장에 그녀의 이름을 넣을 거라고 입버릇처럼 말하고 다녔어요.」

「그 부인도 그걸 아셨나요?」내가 물었다.

록우드는 미간을 찌푸렸다. 나의 존재를 그때 처음으로 알아차린 듯했다. 「미안합니다만 댁은 누구시죠?」

「이분의 수사를 돕고 있습니다.」나는 말했다. 애매모호하게 얼버무리는 편이 나았다.

「데이비나가 돈 때문에 리처드를 죽였을지 모른다고 생각한다면 헛다리 짚는 거예요. 그의 돈은 이미 그녀의 돈이었거든요. 원하는 게 있으면 뭐든 사주었으니까요. 리처드는 그녀를 위한 일이라면 뭐든 마다하지 않았어요. 동성애자만 아니었으면 같이 자주기도 했을 거예요.」

「전 부인께서 그를 죽였다고 생각하십니까?」 호손이 난데 없이 물었다.

「모르겠습니다.」

「하지만 프라이스 씨가 그녀에게 협박을 당했다는 건 알 고 계셨죠?」

「네. 식당에서 어떤 일이 있었는지 들었어요. 아키라다운 사건이었죠! 그런 식으로 오버하는 걸 좋아하거든요. 그리 고 짜증 나게 한다는 이유로 누군가를 쳐서 죽일 수도 있는 여자라고 생각합니다. 아, 먼저 자기 시를 한 편 읽어 주는 것으로 고문을 가한 다음에 죽일 수도 있겠네요.」

호손은 자리에서 일어났다. 이제 그만 마무리할 때가 됐 다고 판단한 것이었다.

「리처드 프라이스를 살해한 범인을 잡고 싶다면 내 사무 실에 침입한 인간부터 알아보는 편이 나을지도 모르겠습니 다.」 그는 뒤늦게 생각났다는 듯이 덧붙였다.

「그렇습니까?」 호손은 자리에서 일어나 있었다.

「경찰에 이미 신고했지만 전혀 신경을 쓰지 않더군요.」 그 는 우리가 그렇다고, 경찰은 정말 무용지물이라고, 그의 민 원을 처리하는 데 더 많은 시간과 노력을 기울여야 하는 거 아니냐고 맞장구쳐 주길 기다리기라도 하는 듯 잠깐 말을 멈추었다. 「지난주 목요일에 있었던 일이에요. 메이페어에 조그만 사무실을 하나 두고 주로 회의실로 쓰고 있거든요.

별건 없습니다. 그냥 안내 데스크 직원, 비서, 회계 담당자가 전부예요.

아무튼 목요일 점심때 내가 고객과 나간 새 이 녀석이 찾아왔어요. 안내 데스크 직원에게 내 컴퓨터에 발생한 문제를 해결하러 우리 IT 담당 업체에서 파견을 나왔다고 했고요. 안내 데스크 직원은 바보같이 그 말을 믿었고 이후 30분 동안 그 녀석이 내 방에 혼자 있었답니다. 내 컴퓨터에는 아무 문제도 없었고 심지어 우리는 IT 담당 업체도 없는데 말이죠! 다행히 개인적인 서류는 모두 금고에 있고 하드 드라이브에는 별게 없었기 때문에 그자가 뭘 노리고 왔는지 몰라도 그걸 입수하지는 못했을 겁니다. 사라진 것도 없어 보였고요. 경찰에 신고는 했지만 아까 말했던 것처럼 전혀 관심이 없더군요. 불과 3일 후에 리처드 프라이스가 살해당했으니 관점이 바뀌지 않았을까 생각했지만 서로 연관성이 없다고 생각하는 눈치예요.」

「안내 데스크 직원이 그 남자의 인상착의를 기억하던가요?」호손이 물었다.

「마흔 살쯤 되어 보였고 키는 중간에 백인이었다고 하더군요.」

「별로 도움이 안 되는 설명이네요.」

「안경을 썼대요. 그건 기억이 난다더군요. 안경테가 묵직한 플라스틱에 파란색이었다고. 얼굴 옆면에 피부 트러블 같은 게 있었다고 하더군요. 머리는 벗어져 가고 있었고 양복 차림에 서류 가방을 들었고요. 명함을 보여 주었다는데, 어느 회사에서 일하는지 확인해 보지도 않았대요. 바보 같으니라고. 당연히 당장 잘랐죠.」

「두말하면 잔소리일 테죠.」호손은 중얼거렸다.「사무실에 CCTV는 없었나요? 그 남자의 생김새를 알면 도움이 될 것 같은데요.」

록우드는 고개를 끄덕였다.「중앙 계단에 한 대 달려 있는데 마침 고장이 났어요. 어쨌든 그 사건에 뭔가 있을지 모른다고 생각해 주시니 반갑네요.」

「그렇게 생각한다고 얘기하지는 않았는데요.」호손은 이렇게 대꾸했다.「하지만 그 남자가 또 찾아오거나 하면 연락 주십시오.」

에이드리언 록우드가 우리를 배웅했다. 나가는 길에 보니 주방 조리대 위에 여러 종류의 약이 놓여 있었다. 대부분 동종 요법 치료제인 것 같았다. 그중에서도 큼지막한 병이 눈에 띄었다. 비타민 A였다. 록우드는 대체 의학을 신봉할 만한 사람으로 보이지 않았기에 이상했다. 그가 무슨 병을 앓고 있는지 궁금해졌다.

이제 와서 묻기도 뭐했다. 그는 앞장서서 계단을 내려가 호손에게 외투를 건네고 현관문을 열어 주었다. 내게는 아무 말도 하지 않았다. 등 뒤에서 문이 닫혔고 우리는 다시 거리로 나섰다.

8
어머니와 아들

그날 오후에는 패링던에 있는 내 아파트를 지켰다.

불과 하루 전에 내가 「포일의 전쟁」 촬영장을 찾았고 그들은 지금도 런던 어딘가에서 여전히 촬영을 진행하고 있다니 믿기지가 않았다. 그 모든 게 딴 세상 이야기 같았다. 다음 화 대본 수정을 비롯해 해야 할 일이 많다고 나 자신을 다그쳐야 했다. ITV와 감독과 마이클 키친과 질에게서 받은 메모가 있었다. 소설과 TV 드라마 대본 작업의 차이가 그거다. 드라마를 만들 때는 모두에게 의견이 있다.

집중이 되지 않았다. 지난 이틀 동안 벌어진 일들로 머릿속이 복잡했다. 헤런스 웨이크의 범행 현장, 호손, 지금까지 만난 여러 증인과 용의자. 결국 나는 대본을 한쪽으로 밀어 놓고 휴대 전화를 컴퓨터에 연결했다. 스티븐 스펜서, 한동네에 사는 헨리 페어차일드, 올리버 메이스필드…… 그들이 호손과 그룬쇼를 만났을 때 뭐라고 했는지 들어 보았다. 옆에서 간간이 신문을 거드는 내 목소리도 들렸다. 그다음 차례인 안노 아키라와 그녀의 전남편 에이드리언 록우드는

110

꼬불쳐 놓은 재산이 있지 않은지 서로 뒤를 캐던 사이였다.

〈리처드 프라이스를 살해한 범인을 잡고 싶다면 내 사무실에 침입한 인간부터 알아보는 편이 나을지도 모르겠습니다.〉

이건 파란색 안경을 쓴 남자를 두고 에이드리언 록우드가 한 말이었다. 파란색 안경을 쓴 남자. 그럴듯한 장 제목으로 보였지만 그가 정말 이 사건과 연관이 있을까? 심지어 실존 인물일까?

호손은 그렇다고 생각하는 눈치였다. 에드워즈 스퀘어를 가로지르는 동안 그는 혼잣말처럼 중얼거렸다.「그자는 뭘 좀 아는 인간이에요.」

「누구요?」

「파란색 안경이요. 그런 안경을 쓰면 사람들의 시선이 거기로 쏠리게 되죠. 반창고나 금니로도 동일한 효과를 연출할 수 있어요. 사람들에게 기억에 남을 만한 것을 제공하면 나머지는 잊어버리게 되어 있거든요.」

그자가 록우드의 사무실에 침입한 건 살인 사건이 벌어지기 3일 전인 목요일이었다. 서로 연관이 있을 수밖에 없는데, 어떤 식일까?

녹취록을 완성하는 데 두 시간 가까이 걸렸고 막바지에 이르자 내가 만난 사람 중에 범인이 있을지 궁금해졌다. 이 중에 리처드 프라이스를 살해한 사람이 있을까? 그와 동시에 또 다른 생각이 퍼뜩 떠올랐다. 비록 나한테 호손과 같은 전문적인 기술은 없을지 몰라도 — 이러니저러니 해도 형사 수업을 받은 적은 없지 않은가 — 살인이 벌어지는 미스터리 드라마는 수십 편 집필한 이력이 있었다. 나는 그것이 어떻게 작동하는지 알았다. 그렇다면 내가 혼자서 이 사건을 해결할 수 있지 않을까.

안노 아키라. 그녀의 이름에 동그라미를 쳤다. 아직까지는 가장 유력한 용의자였다. 심지어 나를 죽여 버리겠다는 협박까지 하지 않았는가!

전화벨이 울렸다. 호손이었다.

「토니! 6시에 하이게이트 전철역에서 만날 수 있어요?」

손목시계를 확인했다. 5시 20분이었다. 「왜요?」

「데이비나 리처드슨을 만나러 가려고요.」 그는 내 대답을 기다리지도 않고 전화를 끊었다.

외출 준비는 금방 끝났다. 평소처럼 늘 들고 다니는 검은색 가죽 숄더백에 안경, 열쇠, 지갑, 교통 카드를 챙기고 막 나서려는데 초인종이 울렸다. 나는 인터폰 앞으로 가서 버튼을 눌렀다. 영상 지원은 되지 않았지만 나를 찾는 목소리를 들어 보니 누군지 알 수 있었다. 카라 그룬쇼 경위였다. 「좀 들어가도 될까요?」 그녀가 물었다.

「네? 지금요?」

「네.」

「사실 막 나가려던 참인데요.」

「잠깐이면 됩니다.」

심장이 철렁 내려앉았다. 안 된다고 할 수는 없었다. 「알겠습니다. 내려갈게요.」

그냥 문을 열어 줄 수도 있었지만 그녀를 집 안에 들이고 싶지 않았다. 인터폰으로는 말투가 서글서글하게 들렸지만 무슨 일인지 알 길이 없는데 나 혼자 만나려니 긴장이 됐다. 나는 여섯 개의 계단을 내려가 현관문을 열었다. 그녀가 가죽 재킷을 입은 조수 대런을 뒤에 구부정하니 거느리고 문 앞에 서 있었다.

「경위님…….」 나는 말문을 열었다.

「잠깐 얘기 좀 할 수 있을까요?」 그녀는 더할 나위 없이 유쾌하고 느긋해 보였다.

「무슨 일로 그러세요?」

「무슨 일일 것 같습니까?」

「제가 회의가 있어서…….」

「잠깐이면 됩니다.」

그녀는 내게서 시선을 옮기더니 그냥 밀고 들어왔고 나는 거부할 방법이 없었다. 이러니저러니 해도 그녀는 경찰이었고 우리는 같은 사건으로 엮여 있었다. 그녀가 나와 정보를 공유하려 하는지도 몰랐다. 옆으로 비켜서자 그 둘은 나를 지나 현관으로 들어왔다. 한쪽에는 아들들이 타는 자전거가 놓여 있고 다른 쪽 벽은 노출 벽돌로 되어 있는 널찍한 공간이었다. 손을 놓자 문이 저절로 딸깍 잠겼다.

「죄송하지만 —」 내가 그들을 2층으로 안내할 수 없는 이유를 설명하려던 찰나 그녀가 느닷없이 내 재킷의 옷깃을 움켜쥐었다. 그러고는 어찌나 세게 벽에 대고 내동댕이치는지 숨이 턱 막히고 척추를 타고 충격의 파도가 일었다. 그녀가 내 앞에 얼굴을 바짝 들이밀었다. 하도 가까워서 점심때 먹은 튀김 냄새를 맡을 수 있을 정도였다. 단춧구멍 같은 두 눈이 일그러졌고 입술은 험상궂게 찌그러졌다.

113

「내 말 잘 들어, 이 쥐새끼야.」그룬쇼가 경멸 조의 탁한 목소리로 말했다. 「알량한 어린이책 작가 주제에 네가 뭐라고 내 살인 사건 현장에 들어와서 〈앨릭 라이더〉의 한 장면이라도 되는 듯이 구는지 모르겠지만—」

「〈앨릭스 라이더〉요.」나는 캑캑대며 바로잡았다.

「호손이 호출된 것만으로도 기분 잡치는데, 그 인간은 염병할 형사라도 되지. 지금은 쫓겨났지만. 하지만 그 작자를 등에 업고 경찰 수사를 들쑤셔도 된다고 여겼다면 생각을 고쳐먹어야 할 거야.」

「그 문제는 호손이랑 얘기하세요.」나는 숨을 헐떡이며 말했다. 그녀는 대포알처럼 생긴 주먹으로 나를 잡고 계속 벽에 대고 눌렀다. 덩치가 큰 줄은 진작 알았지만 그게 다 근육인 줄은 미처 몰랐다. 그 손에 붙들려 있자니 마치 심장 마비가 연속으로 이어지는 느낌이었다. 대런은 무관심한 표정으로 이 광경을 지켜보고 있었다.

「내가 지금 상대하고 있는 사람은 호손이 아니라 너잖아.」그녀가 살짝 힘을 풀자 내 어깨뼈가 벽을 타고 몇 센티미터쯤 내려왔다. 「내 말 잘 들어.」그녀가 아까 했던 말을 반복했다. 「내가 너를 내버려두는 이유는 하나뿐이야. 너를 공무 집행 방해죄로 체포하지 않는 이유는 하나뿐이라고. 네가 날 도와야 하기 때문이지.」

「나는 못 해요.」내가 말했다. 「아는 게 아무것도 없어요!」

「그건 나도 알아. 누가 봐도 알 수 있어.」그녀는 혐오하는 눈빛으로 나를 살펴보았다. 「문제는 이거야. 호손이 다 된 밥에 재를 뿌리도록 두고 보지 않겠다는 거. 그 인간이 이번에

114

는 공을 가로채지 못하게 할 거야. 이건 내 사건이고 범인을 체포하는 사람은 내가 될 거라고.」

「마음대로 하세요. 하지만 그게 —」

그녀는 몸을 앞으로 기울여 다시 한번 나를 벽돌에 대고 눌렀다. 내 얼굴에 그녀의 입술이 바짝 다가붙어 뺨이 축축해졌다.

「그 인간이 뭘 알고 있고 뭘 하고 다니는지 나한테 전부 보고해. 그 인간이 뭐든 알아내면 당장 나한테 연락하라고. 알겠어? 내가 찾아왔었다고 호손에게 얘기하면, 우리가 이런 대화를 나눴다고 흘리기라도 하면 네 인생을 지옥으로 만들어 주겠어.」

「얼마든지 그럴 수 있는 분이에요.」 대런이 웃으며 말했다. 그가 건넨 첫마디였고 나는 그 말을 믿었다.

「내 말 알아들었지?」

「네!」 달리 뭐라고 대답할 수 있었을까?

「다행이로군.」 그녀는 손을 놓고 허리를 폈다. 그와 동시에 명함을 꺼내 거의 천을 뜯을 기세로 내 재킷 주머니에 쑤셔 넣었다. 「내 전화번호. 아무 때나 연락해. 안 받으면 메시지 남기고.」

「호손은 원래 나한테 아무 말도 하지 않아요.」 나는 항변했다. 「뭔가를 알아내더라도 나는 제일 나중에 알게 될 거예요.」

「전화나 해.」 그룬쇼가 말했다. 그건 명령이자 협박이었다.

이 말을 끝으로 두 사람은 떠났다.

나는 그 자리에 서서 내게 벌어진 일을 반신반의하며 그들의 그림자가 불투명한 유리문 저편으로 사라지는 것을 지켜보았다.

6시가 몇 분 지나 호손을 만났을 때 나는 여전히 진정되지 않은 상태였고 두말하면 잔소리지만 그는 단박에 알아차렸다. 「왜 그래요, 토니?」

「아무것도 아니에요!」 나는 전철을 타고 노던선의 터널을 통과하는 동안 무슨 말을 할지 미리 생각해 놓았다. 「대본 쓰다가 나왔거든요.」

「마이클 키친이 계속 괴롭혀요?」

「마이클은 아직 읽어 보지도 않았어요. ITV 드라마예요.」

「어이, 그냥 책만 써요.」

나는 누가 찾아왔었는지 밝히지 않았다. 카라 그룬쇼 경위의 명령에 따를지 말지 아직 결정을 내리지 못했지만, 그녀가 집으로 찾아와 협박을 하더라고 호손에게 알린다 한들 별반 도움이 될 것 같지 않았다. 그가 뭘 할 수 있겠는가? 나를 보호하려고나 할까? 그보다 중요한 사실은 내가 명령을 거부하면 그녀가 무슨 짓을 저지를지 모른다는 거였다. 과속 딱지를 끊을까? 「포일의 전쟁」 촬영을 방해할까? 런던에서는 경찰의 협조가 없으면 촬영이 불가능하니 경계성 성격 장애가 있는 형사 — 나는 그녀의 본모습을 목격했다 — 가 앙심을 품으면 얼마든지 우리를 괴롭힐 수 있었다. 나는 이미 제작 팀을 충분히 곤경에 빠뜨렸다. 대본 수정이 늦어지고 있었다. 그녀에게 협조함으로써 제작 팀을 도울 수 있다면 나로서는 선택의 여지가 없었다.

116

하이게이트 전철역은 언덕 비탈에 있어서 가파른 계단을 올라가야 아치웨이 로드가 나왔다. 호손이 에스컬레이터 꼭대기에 있는 신문 가판대 맞은편에서 나를 기다리고 있었다. 우리는 아래쪽 출구로 나와 프라이어리가든스로 향했다. 데이비나 리처드슨이 그 조용한 주택가에 살고 있었다. 나도 익히 아는 곳이었다. 클라컨웰로 이사하기 전에 16년 동안 크라우치엔드에서 살았고 애들이 어렸을 때 프라이어리가든스를 따라 종종 학교에 데려다주곤 했다. 데이비나는 우뚝하니 좁고 예쁘장한 빅토리아 시대의 주택에서 살았다. 조그만 앞마당에 난 바둑판무늬 오솔길을 따라가면 유리창이 스테인드글라스로 장식된 현관문이 나왔다. 도로 오른편, 즉 크라우치엔드 운동장을 에워싼 숲을 등지고 있는 쪽이었다.

호손이 초인종을 눌렀고 느낌상으로는 한참이 지나서야, 인생과 끊임없이 전투를 벌였지만 항상 승리하는 쪽은 아니었던 것 같은 인상을 온몸으로 풍기는 여자가 문을 열어 주었다. 거기에 속수무책으로 어울리지 않는 옷 — 헐렁한 니트 스웨터와 긴 원피스에 샌들을 신고 굵은 구슬 목걸이를 했다 — 까지 입고 있어서 행색이 지저분하기 짝이 없었다. 밤색 머리칼은 제멋대로 어깨까지 쏟아져 내렸고 갈색 눈에서 어느 정도 자포자기한 기미가 엿보였다. 몹시 지쳐 보이는데도 기쁜 소식 — 복권에 당첨됐다는 소식을 들고 온 전령이나 오랫동안 오스트레일리아나 뭐 그런 데 가 있다가 귀국한 남동생 — 을 기다리고 있기라도 한 것처럼 미소를 지었다. 우리를 보고 약간 실망한 눈치였지만 그래도 티를 내지 않으려고 최선을 다했다.

「호손 씨?」 그녀가 물었다.

「리처드슨 부인…….」

「들어오세요.」

현관은 좁았고 잡동사니가 하도 많아서 지나가기가 불편했다. 외투, 가방, 우산, 쓸모없는 우편물, 자전거, 롤러스케이트, 크리켓 배트, 옷감, 색견본, 브로슈어……. 인테리어 디자이너로 일하는 엄마와 10대 아들의 일대기가 이런 용품들을 통해 펼쳐졌다. 바로 앞에 2층으로 올라가는 계단이 있었지만 그녀는 우리를 아치 모양의 입구를 지나 주방으로 안내했다. 세탁기가 거품을 일으키며 천천히, 조용히 돌아갔다. 공중에 담배와 생선튀김 냄새가 남아 있었다.

데이비나 리처드슨의 고객은 고급 주택에 사는 세련된 사람들일지 몰라도 그녀의 취향은 누가 봐도 잡다했다. 자기를 봐달라고 서로 아우성치는 선명한 색상이 그렇게 많은 곳은 내 평생 처음이었다. 복도 카펫은 짙은 자주색이었고 벽은 눈에 거슬리는 파란색이었다. 주방의 아가[11] 레인지는 밝은 초록색, 스메그 냉장고는 노란색이었다. 무라노 유리 샹들리에는 예뻤지만…… 주방에 샹들리에를? 선반에는 자질구레한 장식품이 빼곡해서 어느 쪽이 먼저였을지 궁금해졌다. 기념품 수집을 즐겨 하는 여행 애호가라 그걸 둘 데가 필요했을까, 아니면 만들어 놓은 선반이 너무 많아서 그걸 채우느라 여기저기를 미친 듯이 돌아다녔을까?

「와인 한잔 하시겠어요?」 그녀가 물었다. 「방금 화이트와

11 영국의 레인지 상표명.

인을 한 병 땄거든요. 그러면 안 된다는 거 알지만 6시가 되면 숨이 턱 막혀서요. 냄새나죠? 죄송해요. 콜린이 방금 간식을 먹었어요. 지금 숙제하고 있는데 곧 내려올 거예요. 경찰이 온다는 얘길 듣고 엄청 흥분했거든요.」 그녀는 이미 냉장고에서 샤블리를 한 병 꺼내 놓았는데, 그러다가 문득 내 존재를 알아차렸다. 「죄송해요. 성함도 여쭤보질 않았네요.」

나는 이름을 알려 주었다.

「작가세요?」

「맞습니다.」

그녀는 내가 왜 이 자리에 있는지 영문을 몰라 하면서도 한편으로 신나 보였다. 「콜린이 믿기지 않아 하겠네요!」 그녀는 외쳤다. 「선생님 책을 전부 읽었거든요. 엄청 좋아해요.」

황당하게 들릴지 모르겠지만 내 책을 좋아한다는 사람을 만나면 뭐라고 대답해야 할지 난감해진다. 민망해서 어찌할 바를 모르겠다. 「듣던 중 반가운 말씀이네요.」 나는 중얼거렸다. 「감사합니다.」

「이제 더는 읽지 않네요. 요즘은 〈셜록 홈스〉에 빠졌어요. 그리고 댄 브라운. 콜린은 책을 좋아해요.」 그녀는 와인을 세 잔 따라 놓았다. 우리에게 한 잔씩 주었지만 호손은 건드리지 않았다. 그가 술을 마시는지도 잘 모르겠다. 「리처드 때문이죠, 그렇죠?」 그녀가 물었다.

「상심이 크셨겠습니다.」 호손은 특유의 캐묻는 투로 인사를 건넸다. 상심이 크기는커녕 그녀의 관심사는 오로지 돈뿐일 거라고 생각한다는 투였다.

하지만 그녀는 뜻밖의 반응을 보였다. 「얼마나 충격을 받

119

앴는지 몰라요! 그 소식을 들었을 때 방으로 들어가서 문을 닫아걸고 펑펑 울었어요. 리처드는 단순한 친구가 아니라 저한테는 제 전부나 다름없었어요…… 콜린에게도 마찬가지였고요. 리처드 없이 앞으로 어떻게 살아가야 할지 막막해요.」그녀는 와인 잔을 절반가량 비웠다. 「그이가 콜린의 대부였던 것도 아시죠? 맙소사! 담배 한 대 피워도 될까요? 끊으려고 노력 중이고 콜린도 잔소리를 퍼붓지만 너무 좋아서 끊질 못하겠네요.」 그녀는 스웨터 주머니에서 말버러 담배와 라이터를 꺼내 불을 붙였다. 모든 말과 동작이 불안하고 뒤죽박죽이라 감정이 끊임없이 요동치는 것처럼 보였다.

「리처드가 우리를 계속 돌봐 주었거든요. 찰스가 죽고 나서 이 집 대출금을 갚을 때 보태 주었고 제가 사업을 꾸리는 데도 지원을 아끼지 않았어요. 저는 그 전까지 일을 해본 적이 없었거든요. 친구들 가구 고르는 거나 인테리어 디자인 같은 걸 도와주긴 했었지만. 리처드는 정식으로 사업을 시작해 보라고 권했고 고객도 여럿 소개해 주었어요. 그리고 콜린의 학비는 또 어떻고요! 원래는 포티스미어나 하이게이트 우드에 가려고 했고 둘 다 괜찮은 학교지만 하이게이트 스쿨은 차원이 다르니까요. 앤서니 씨를 만나면 콜린이 기뻐서 어쩔 줄 몰라 할 거예요. 선생님 책을 정말 좋아하거든요. 리처드가 없었다면 콜린을 이만큼 키우지 못했을 거예요. 그런 사람을 왜 죽였는지 이해를 못 하겠어요. 리처드만큼 선한 사람도 없는데.」

「그의 집 인테리어도 부인이 맡으셨나요?」

120

「네. 리처드와 스티븐이 오래전에 헤런스 웨이크를 샀을 때였죠. 피츠로이 파크에 있어요. 여기서 차로 10분에서 15분밖에 안 걸리는데 가보셨어요?」그녀는 이렇게 물어 놓고 말을 바꿨다. 「당연히 가보셨겠죠. 죄송해요. 지금 정신이 하나도 없어서요.」그녀는 담배를 한 모금 빨고 팔을 뻗어 재를 털었다. 「그 집은 분위기를 바꿀 필요가 있었어요. 전체적으로 진부한 느낌이었고 흰색이 너무 많았거든요. 전부터 생각했던 거지만 흰색 벽은 과대평가됐다고 봐요. 그게 부족해요, 그러니까…….」그녀는 알맞은 단어를 고민했다.

「색상이요?」내가 넌지시 물었다.

「감정이요. 요즘은 온 사방이 흰색이고 유리고 그 끔찍한 버티컬 블라인드예요. 너무 딱딱해요! 베네치아나 남프랑스나 지중해 어느 나라든 가보면 뭐가 있나요? 근사한 파란색. 짙은 보라색. 모든 게 생동감이 넘치고 살아 있어요. 추운 나라에 산다고 해서 열대의 따스함과 거리를 두고 살아야 하는 건 아니잖아요.」

「리처드 프라이스가 사망한 날 저녁에 에이드리언 록우드가 여길 찾아왔었다고 들었습니다만.」호손이 불쑥 말허리를 잘랐다.

「누가 그러던가요?」그녀가 반문했다. 그사이 양 뺨이 열대 과일의 새빨간색으로 물들었다.

「본인이요.」

처음으로 그녀의 말이 끊겼고 바로 그 순간 두 사람이 어떤 관계인지 분명해졌다. 그게 아니라면 일요일 저녁에 에이드리언 록우드가 이 집을 찾아올 이유가 뭐가 있겠는가?

121

「네, 여기 왔었어요.」마침내 그녀가 시인했다.「사실 우리 둘을 연결해 준 사람이 리처드였어요. 에이드리언이 아주 괴로운 이혼 절차를 밟는 동안 그가 변호를 맡았고…….」

「그분의 얘기를 들어 보니 뭐 그리 괴로웠을 것 같지는 않던데요.」호손이 희미하게 미소를 지으며 말했다.

그녀는 이 말을 못 들은 체했다.「우리 둘은 친구가 되었고 이혼이 마무리되자 에이드리언은 집에 혼자 있다가 대화할 상대가 그리워지면 여기로 찾아오곤 했어요.」그녀는 잠깐 말을 멈추었다.「혼자인 게 어떤 느낌인지 저도 아니까요. 아무튼 지난주 일요일에 그렇게 된 거예요. 둘이서 와인 한 병을 나눠 마셨어요. 사실 제가 거의 다 마셨죠. 그이는 운전을 해야 했으니까.」

「어딜 갈 건지 행선지를 말하던가요?」

「집으로 갔을 거예요. 말은 하지 않았지만.」

「하지만 이 집에서 몇 시에 나갔는지는 아시죠?」

「그건 정확히 알아요. 버사가 알려 주었거든요.」그녀의 손가락을 따라가 보니 아르 데코 스타일의 괘종시계가 주방 구석의 세탁기와 문 사이에 어울리지 않게 껴 있었다. 괘종시계라고 하기에는 다소 홀쭉했는데, 그 시계를 버사라고 부르는 모양이었다.[12] 좀 작은 괘종시계였다.「저 아이가 매시 정각이 되면 알려 주거든요. 에이드리언은 8시 직후에 갔어요.」

에이드리언 록우드는 8시 15분에 나왔다고 했으니 그녀

---

12 제1차 세계 대전 때 독일군의 대형 포가 〈빅 버사〉로 통칭된 이후 주로 특대형 모델을 지칭하는 단어로 쓰인다.

의 이야기와 대충 일치했다. 그러니까 두 사람 다 리처드 프라이스를 살해할 수 없었다. 물론 둘이 공모했을 가능성도 있었지만 살해 동기가 없었다. 그들이 눈이 맞긴 했어도 프라이스가 걸림돌이 되지는 않았다. 오히려 정반대였다. 그둘을 연결해 준 사람이 그였다. 그리고 그는 두 사람의 필요를 채워 주었다. 에이드리언 록우드는 적은 비용으로 이혼을 마무리 지을 수 있었다. 데이비나 리처드슨은 사업을 시작하고 학비와 기타 등등을 지원받을 수 있었다.

호손이 다시 질문을 하려고 할 때 데이비나가 고개를 홱들더니 큰 소리로 외쳤다. 「콜린? 너 내려왔니?」

잠시 후 남자아이 하나가 모습을 드러냈다. 나이는 열다섯 살쯤 되어 보였고 하이게이트 스쿨 교복인 검은색 바지와 흰색 셔츠를 입고 있었다. 그 학교의 상징인 빨간색과 파란색 줄무늬 넥타이는 풀어진 채 가슴 중간쯤에 걸려 있었고 옷깃은 열려 있었다. 생김새는 엄마와 전혀 딴판이었다. 나이에 비해 키가 크고 호리호리하게 말랐으며 곱슬머리에 주근깨가 있었다. 몸이 어느 방향으로 갈지 아직 결정하지 못하고 소년과 남자 사이 어딘가에 갇혀 있었다. 인중에 희미하게 수염이 나기 시작해서 조만간 면도를 해야 할 것 같았다. 최근에 변성기가 시작된 듯 목소리가 사포처럼 거칠었고 턱에 여드름 자국이 있었다.

「엄마?」 아이가 말했다.

「콜린! 너 계단에서 몰래 듣고 있었어?」

「아니에요. 목소리가 들리길래 내려와 봤어요.」

「이분이 엄마가 말한 경찰이야. 딱한 리처드에 대해 물어

보러 오셨어.」

콜린은 그 말을 들어오라는 뜻으로 해석했는지 다가와 의자에 털썩 주저앉았다.

「사과주스 줄까?」아이 엄마가 물었다. 이제 보니 담배를 잽싸게 껐다.

「아뇨, 괜찮아요.」

잠시 후에 그녀가 문득 생각이 났는지 내 이름을 알려 주며 덧붙였다.「네가 좋아하던 그 책을 쓰신 작가야.」

「무슨 책이요?」

「〈앨런 라이더〉시리즈.」

「〈앨릭스 라이더〉요.」내가 말했다.

그 말을 듣고 콜린의 눈이 동그래졌다.「그 시리즈 진짜 좋아했는데! 초등학교 때 읽었거든요. 『포앵 블랑』이 제일 재밌었어요.」그는 이렇게 말해 놓고 미간을 찌푸렸다.「그런데 여긴 어쩐 일이세요?」

나는 호손을 가리켰다.「수사를 돕고 있어.」

「이분을 주인공으로 책을 쓰고 계세요?」

「응.」이번만큼은 아니라고 잡아뗄 필요가 없어 보였다.

「짱이다! 〈앨릭스 라이더〉같은 탐정 시리즈로 만들면 되겠어요! 범인이 누군지 아직 못 찾으셨어요?」콜린은 대부의 죽음에 전혀 충격을 받지 않은 듯했다. 그에게는 이 사건이 모험 소설의 한 페이지에 불과했다.

「우리가 이제 막 수사를 시작했거든.」나는 말했다.〈우리〉라는 단어가 상당히 마음에 들었다. 그 단어를 사용할 기회가 많지 않았다.

「리처드 아저씨를 좋아하지 않는 사람이 많았어요.」 콜린이 말했다.

「콜린!」

「아저씨가 한 말이에요, 엄마. 이혼 소송을 맡을 때마다 한쪽이 이기면 다른 쪽은 질 수밖에 없으니 매번 적을 만드는 셈이라고 그랬다고요.」 그는 잠깐 생각에 잠겼다. 「아저씨를 미행하는 사람이 있었다는 얘기는 하셨어요?」

「그게 무슨 소린지 모르겠다.」

「진짜예요!」 콜린은 호손을 돌아보았다. 「아저씨가 자기를 미행하는 사람이 있다고 했어요. 여기 왔을 때 그랬어요.」

「그게 언제였니?」 호손이 물었다.

「제 생일 전날 오셨거든요. 제 생일이 10월 13일이니까 12일에요. 망원경을 사주셨어요. 제 방에 있으니까 원하신다면 보여 드릴게요.」

「콜린이 천문학에 관심이 많거든요.」 그의 엄마가 설명했다.

「그때 아저씨가 차를 마시면서 얘기했잖아요.」 그는 자기엄마를 비난하듯 노려보았다. 「엄마도 옆에 있었으면서!」

「둘이 대화를 좀 오래 했어야 말이지. 나는 리처드가 뭐라고 하는지 못 들었어.」

「어떤 사람이 자기를 미행하고 있는지 인상착의를 얘기하던?」 호손이 물었다.

「아뇨. 그건 말 안 했지만 아픈 사람 같다고 했어요. 얼굴이 이상해서 기억에 남았대요. 섬뜩해서. 전에 두세 번 본 사람이라고 했어요.」

「어디서?」

「여기 이 식탁에서요. 지금 형사님이 앉아 계신 그 자리에 서요.」

「아니, 내 말은…… 그 사람을 어디서 봤느냐고.」

콜린은 집중하느라 얼굴을 찡그렸다. 「음, 아저씨 집 앞에서 최소 한 번은 봤대요. 2층 창밖으로 그 남자를 봤다고 그랬거든요. 그리고 아저씨 사무실에서 만났을 수도 있어요.」

「네가 지어낸 이야기는 아니겠지, 콜린?」 데이비나가 물었다. 「그런 일이 있었다면 리처드가 나한테 아무 말도 하지 않았을 리 없거든.」

「엄마도 같이 들었잖아요!」 콜린은 외쳤다. 「아무튼 아저씨는 별로 신경 쓰지 않았어요. 그냥 그런 일이 있었다고 하고 끝이었지.」

「대부님을 마지막으로 만난 게 언제였니?」 호손이 물었다.

「아까 얘기한 그날이요. 그때가 마지막이었어요.」

「나는 그보다 최근에 만났어요.」 데이비나가 말했다. 「지난주에 헤런스 웨이크에 갔었거든요. 리처드가 골라야 하는 색견본을 들고서.」

그 말을 들으니 문득 생각이 났다. 「182라는 숫자를 들으면 떠오르는 게 있으신가요?」 나는 물었다.

「아뇨. 왜요?」

호손이 나를 노려보고 있었다. 그는 내가 적극적으로 나서면 질색했다. 하지만 아랑곳하지 않고 밀고 나갔다. 「벽에 그린 스모크라는 초록색 페인트로 그 숫자가 적혀 있었거든요. 시신이 발견된 방 벽에요.」

「아니, 왜 그런 짓을 한 거죠?」 데이비나는 외쳤다.

「연상되는 게 있으십니까?」 호손이 물었다.

「그 숫자요? 아뇨! 전혀…….」 그녀는 냄비와 프라이팬 사이에 해답이 있기라도 한 듯 주위를 두리번거리다가 다시 담배에 불을 붙였다.

「담배를 왜 그렇게 많이 피우세요?」 콜린이 나무랐다.

그녀는 그를 흘끗 쳐다보다가 버럭 화를 냈다. 「피우고 싶으니까 그냥 피울 거야. 6시가 넘었잖아. 어른들 시간이라고.」 그녀는 반항 조로 연기를 내뿜었다. 「숙제 다 했니?」

「아뇨.」

「그럼 숙제해야지. 샤워하고 잘 준비도 해야 하는데.」

「엄마…….」 그는 사춘기 아이들만 낼 수 있는 말투로 엄마를 불렀다.

「컴퓨터는 한 시간만 해. 한 시간 뒤에 엄마가 올라가서 확인할 거야.」 그런데도 아들이 꿈쩍하지 않자 그녀는 노려보며 말했다. 「콜린! 엄마 말 들어!」

「알겠어요.」 그는 구부정한 자세 그대로 일어났다. 우리에게 인사도 하지 않았다. 그냥 고개만 꾸벅하고 나갔다.

「담배에 관한 건 저 아이 말이 맞지만 잔소리는 질색이라서요.」 아이가 나가자 데이비나는 말했다. 그러더니 좀 더 느긋해진 표정으로 냉장고에서 와인을 꺼내 좀 더 따랐다. 그러고는 덜컹덜컹 돌아가는 세탁기를 등지고 서서 조리대에 몸을 기댔다. 「저 아이도 지난주 내내 힘들었을 거예요. 아무렇지 않은 것처럼 보일지 몰라도 그 소식을 듣고 얼마나 충격을 받았다고요.」 그녀는 자기 심정을 표현할 때와 같은 단어를 썼다. 「두 분 앞에서는 자기 감정을 드러내지 않겠지만 그렇다고 저 아이가 아무렇지 않은 건 아니에요.」그녀는 와인을 마시고 담배를 피웠다. 「아빠가 죽었을 때도 많이 힘들어했거든요. 리처드가 아니었으면 무슨 수로 버텼을까 싶어요. 저 아이에게 제2의 아빠가 되어 주었고…… 비싼 생일 선물만 사준 게 다가 아니에요. 예를 들어 학교에서 문제가 생겨도 콜린은 나보다 리처드에게 먼저 상의했거든요. 이번 학기만 해도 학교에서 괴롭힘을 당했어요. 덩치가 저래서 스스로를 건사할 수 있을 것 같겠지만 사실 엄청 얌전한 성격이라 몇몇 아이들의 표적이 됐죠. 그걸 리처드가 해결해 주었어요.」

「아이 아버님은 어떻게 되신 건지 알 수 있을까요?」호손이 물었다. 「사고를 당하셨다고 들었습니다만.」

「네. 솔직히 그 얘기는 하고 싶지 않네요…….」

「그러시겠죠.」

그녀는 한 손에는 잔을, 다른 손에는 담배를 들고 잠깐 잠잠해진 세탁기 앞에 가만히 서 있었다. 호손은 물러날 생각이 없어 보였다. 「같이 동굴 탐사를 다녔어요.」그녀가 말했다. 「대학 때부터. 그러다 만난 거예요. 옥스퍼드를 같이 다녔거든요. 리처드, 찰스 그리고 그레고리가…….」

「그레고리요?」

「그레고리 테일러. 재무 관리사예요. 요크셔에 살고요.」

요크셔라면 사고가 벌어진 지역이었다.

「부군은 어떤 일을 하셨습니까?」호손이 물었다.

「마케팅 일을 했어요.」그녀는 더 이상 구체적으로 설명하

128

지는 않았다. 아직도 남편 이야기를 꺼내는 게 고통스러운 모양이었다. 「해마다 일주일씩 다녀왔어요.」 그녀는 말을 이었다. 「저는 그게 싫었어요. 땅에 뚫린 구멍으로 들어간다니 상상만 해도 소름이 끼치는데, 솔직히 그런 걸 왜 했는지 모르겠어요. 그들에게는 휴식의 시간이었지만. 세 사람은 영국뿐 아니라 전 세계를 돌아다녔어요. 프랑스, 스위스…… 어느 해인가는 심지어 벨리즈까지 간 적도 있어요. 부인이나 파트너는 데려가지 않았어요. 그레고리는 결혼을 했고 그의 아내인 수전도 못마땅하게 생각했죠. 하지만 말려 봐야 소용없는 짓이었어요. 찰리가 무사히 돌아오면 그저 다행으로 여기는 수밖에.」

그녀는 말을 멈추고 와인 잔을 집었다. 이야기를 계속하려면 술기운을 빌려야 했다.

「그러다 어느 해에 돌아오지 못한 거예요.」 그녀는 와인을 크게 한 모금 마시고 나서 말을 이었다. 「2007년에 리블헤드 근처의 동굴 지대에 갔거든요. 〈롱 웨이 홀〉이라고 불리는 곳이에요. 이후에 수사가 이루어졌고 그들이 올바른 예방 조치를 취했다는 데 다들 동의했어요. 그 지역의 동굴 탐사 동호회와 교신했는데, 목적지는 어디고 언제 돌아올 예정인지 자세하게 밝힌 기록을 남겼어요. 여분의 손전등과 구급상자와 적절한 장비도 모두 갖췄고요. 세 사람 중에 경험이 제일 많은 그레고리가 리더였지만 그건 그냥 형식적인 거였어요. 셋 다 동굴이라면 빠삭했으니까.」

「그런데요?」

「비가 내리기 시작했어요. 심하게. 4월이었거든요. 일기

129

예보에선 아무 말도 없었는데 갑자기 홍수가 난 거죠. 그들은 이미 동굴 안으로 들어갔고 출구까지 불과 4백 미터밖에 남지 않았을 때였죠. 세 사람은 최대한 빨리 빠져나가기로 결정했고 그러려고 했어요.」

그녀는 숨을 크게 들이마셨다.

「어쩌다 그랬는지 찰스가 다른 두 사람과 떨어졌어요. 맨 뒤에서 오고 있었는데 어느 순간 돌아보니 없더래요. 그 지역 동굴 탐사가들이 〈스파게티 분기점〉이라고 부르는 곳을 지나다가 여러 갈래로 길이 난 그 지점에서 그이가 엉뚱한 길을 선택한 거예요. 아주 위험한 상황이었다는 걸 기억하셔야 해요. 그들을 향해 물이 콸콸 쏟아지고 있었어요. 찰스를 찾느라 지체하다간 다 같이 물에 빠져 죽을 수도 있었죠. 그래도 리처드와 그레고리는 돌아갔어요. 통로가 완전히 물에 잠겼는데도 목숨을 걸고서 찰스의 이름을 부르며 그를 찾으려고 했어요. 결국 포기하는 수밖에 없었죠. 어쩔 방법이 없었으니까요. 그들은 나와서 지원을 요청했고 그렇게 올바른 조치를 취했지만 이미 늦어 버렸죠.」 그녀는 숨을 들이마셨다. 「찰스는 〈컨토션〉이라는 데 끼고 말았어요. 두 개의 통로를 연결하는 좁은 관 같은 곳인데, 물이 쏟아져 들어왔을 때 거기서 빠져나오질 못했어요.」 그녀는 다시 말을 멈추었다. 「그래서 물에 빠져 죽었죠.」

「시신은 수습하셨습니까?」 호손이 물었다. 그는 담뱃갑을 꺼내 담배에 불을 붙였다.

그녀는 고개를 끄덕였다. 「그다음 날 아침 일찍 수습했어요.」

「다른 분들과도 이야기를 나눠 보셨습니까? 리처드 프라이스나 그레고리 테일러하고요.」

「당연하죠. 사인 심문 때 만났어요. 제대로 대화를 나누지는 못했어요. 셋 다 충격이 심했거든요. 하지만 그 둘이 주요 목격자였으니까요. 결국 어느 누구에게도 책임이 없다는 결론이 나왔어요. 그냥 사고였다고.」 그녀는 한숨을 쉬었다. 「그레고리가 책임을 일부 짊어졌죠…… 그러니까 자책을 하는 방식으로요. 이러니저러니 해도 리더였으니까요. 하지만 비가 그렇게 많이 내릴 줄 알았겠어요? 그 세 사람인들 어떻게 알 수 있었겠어요?」

「부인은 어떠셨습니까?」 호손이 물었다. 「부인도 그 일이 그레고리 테일러 때문이라고 생각하셨나요?」 그는 잠깐 말을 멈추었다. 「아니면 리처드 프라이스 때문이라고?」

데이비나는 침묵했다. 뒤에서 세탁기가 전속력으로 돌아가기 시작했을 때 드디어 그녀가 들릴락 말락 하게 말문을 열었다. 「리처드 때문이라고 생각하지는 않았어요.」 그녀는 말했다. 「하지만 원망은 했죠…… 한동안. 어쨌거나 그는 살았고 찰리는 죽었으니까요. 사실 그 여행도 리처드가 가자고 제안한 거였거든요. 그가 찰리보다 훨씬 동굴 탐사에 열성을 냈으니까 그런 면에서는 그의 책임도 있다고 봐요.」 그녀는 와인을 홀짝이고 잔을 내려놓으며 말을 이었다. 「나는 찰리를 정말 사랑했어요. 훌륭한 남자였고 같이 있으면 재밌었고 좋은 아빠였어요. 콜린을 낳은 뒤에 아이를 더 낳고 싶었는데 잘 되지 않았어요. 그이가 죽고 나서 사무치도록 허전했고 리처드에게 원망을 퍼붓는 수밖에 없었어요. 그가

131

아무리 잘해 줘도 돈으로 무마하려고 한다는 생각이 들었거든요. 뭔가를 주면 줄수록 더 화가 났어요.

어떻게 보면 내가 잘못 생각하고 있다는 걸 알게 해준 사람이 콜린이었어요. 그 아이는 그런 식으로 생각하지 않았고 리처드와 같이 있는 걸 보면…… 두 사람 사이에서 유대감을 발견할 수 있었어요. 콜린에게는 아빠가 필요했고 리처드가 바로 그 역할을 대신해 주었죠.」

그녀는 와인 잔을 흘끗 쳐다봤다. 잔에 남은 와인이 없었다.

「어느 날 밤에 리처드와 술을 마시다가 둘 다 엄청 취한 적이 있었어요. 그가 술을 끊기 전이었죠. 감정적으로 무너진 그가 그간의 괴로움과 죄책감, 회한을 한꺼번에 쏟아 내더군요. 그날 내가 그동안 너무했다는 걸 깨달았어요. 어떻게 보면 그도 콜린과 나 그리고 찰리와 다를 바 없는 피해자였는데 말이죠. 이후에는 어느 정도 누그러들었어요. 그가 돕겠다 하면 받았어요. 자기가 콜린의 학비를 책임지겠다고 했을 때도 군소리하지 않았어요. 찰리가 남긴 돈이 있긴 했지만 많지는 않았거든요. 그가 베푸는 배려를 냉소적으로 대할 필요는 없겠더라고요. 어쨌거나 나는 그를 믿기로 했어요. 그는 정말이지 최선을 다했어요.」

「그가 유언장을 작성하면서 부인에게 유산을 남겼다는 걸 알고 계셨습니까?」

「네. 얼마인지는 몰라요. 하지만 자기한테 무슨 일이 벌어지더라도 걱정할 필요 없다고 입버릇처럼 말했어요. 그는 돈이 아주 많았고 스티븐도 갤러리를 운영하며 큰돈을 벌고 있

132

으니까요. 내일 올리버 메이스필드를 만나러 갈 생각이에요. 그 사람이 앞으로 어떻게 될지 알려 주겠죠.」 그녀는 손목시계를 확인했다. 「더 궁금한 것 없으시면 이제 그만 자리를 정리해도 될까요? 콜린이 숙제를 하고 있는지 확인해야 해서요. 그리고 고객이 의뢰한 무드 보드도 만들어야 하고…….」

「알겠습니다.」 호손은 자리에서 일어났다. 여전히 담배를 들고 있었다. 「다시 뵐 일이 있을 겁니다.」

「제가 필요한 일이라면 뭐든 도울게요.」

그녀는 우리가 주방을 나설 때까지 기다렸다가 뒤따라왔다. 우리는 문 앞에서 작별 인사를 하고 밖으로 나왔다. 주변이 제법 어두웠지만 프라이어리가든스는 언덕 아래에 숨어 있어서 항상 어두컴컴하게 느껴졌다. 우리는 전철역으로 걸어갔다. 호손은 한동안 아무 말도 하지 않았다.

「왜 그래요?」 내가 물었다.

「토니, 전에도 말했잖아요. 당신이 질문하는 거 싫다고. 그러려고 여기 있는 거 아니잖아요.」

「나 원 참! 내가 수사를 방해한 것도 아닌데 뭘 그래요.」

「아직은 모르죠. 하지만 지난번에 무슨 일이 있었는지 잊어버리지 말자고요. 당신이 바보 같은 질문을 던지는 바람에 하마터면 수사를 망칠 뻔했잖아요!」

「설마하니 데이비나 리처드슨이 살인 사건과 연관이 있다고 생각하는 건 아니겠죠?」

「어이, 괜히 넘겨짚지 말고 그냥 방해나 하지 말아요.」

역사 안으로 들어섰다. 나는 신문 더미에서 『이브닝 스탠더드』를 뽑았다. 가는 길에 대화를 나눌 기분이 아니라는 것을 그런 식으로 표현한 것이었다. 어차피 다른 전철을 탈 거라 불필요한 조치긴 했지만. 호손이 먼저 워털루 방면으로 가는 열차에 탑승했다. 나는 킹스크로스역으로 향하는 열차에 올라탔다. 거기서 패렁던행으로 갈아탈 예정이었다.

하지만 마지막으로 승강장에 나란히 서서 대화를 나누긴 했다.

「콜린 말로는 리처드 프라이스가 자기 뒤를 밟는 사람이 있다고 했다잖아요.」나는 말했다. 「에이드리언 록우드의 사무실에 불법으로 침입한 남자와 동일 인물일까요?」

호손은 어깨를 으쓱했다. 「아이 말로는 그 사람 얼굴이 이상하다고 했잖아요.」

「리처드에게 그렇게 들었다고 했죠.」

「만약 그게 사실이라면 록우드 사무실의 안내 데스크 직원이 얘기하지 않았겠어요?」

「그 직원 말로는 범인 얼굴에 피부 트러블이 있었다고 했잖아요.」정확히 일치하지는 않았지만 그래도 비슷했다. 「그래서 파란색 안경을 쓴 걸지도 몰라요. 당신 입으로 그랬잖아요. 한곳으로 시선을 모으기 위해서 그런 안경을 썼을 수도 있다고.」

「그랬을 수도 있죠. 하지만 콜린이 한 말 중에 그보다 훨씬 흥미진진한 발언이 있었어요.」

「그게 뭔데요?」

「예전에 당신 책을 읽었다고 한 거.」

호손이 어떤 의도를 가지고 한 말이었을까, 아니면 그냥 내 심기를 건드리려고 한 말이었을까? 그도 아니면 둘 다?

그때 열차가 굉음과 함께 터널에서 빠져나와 승강장 앞에 멈추어 섰기 때문에 확인할 틈이 없었다.

「내일 봅시다.」 호손은 말했다.

그의 등 뒤에서 문이 스르르 닫혔다.

4분 뒤에 내 열차가 도착했다. 자리가 비어 있기에 앉아서 신문을 펼쳤다. 1면과 그다음 두어 장을 읽다가 켄티시타운에 막 도착했을 때 한쪽 구석에 실린 조그만 기사가 눈에 들어왔다.

신원이 확인된 사망자

경찰 조사 결과 10월 26일 토요일 킹스크로스역에서 달려오는 열차 앞으로 떨어져 사망한 남자의 신원이 밝혀졌다. 요크셔의 잉글턴에 사는 재무 관리사 그레고리 테일러이며 유족으로 아내와 10대 딸 둘이 있다. 사인 심문은 아직 진행 중이다.

9
PUT

들어가면 안 되는 비밀 통로와 공간이라면 나는 예전부터 사족을 못 썼다. 어렸을 때 부모님과 함께 고급 호텔에 가면 직원용 휴게실로 몰래 들어갔던 기억이 난다. 비싼 카펫과 샹들리에가 갑자기 사라지고 모든 게 지저분하고 실용적인 분위기로 바뀌는 것이 좋았다. 런던 북부의 스탠모어에서는 누이와 함께 울타리 아래로 기어 나가 우리 집 옆에 있던 사무용 단지를 몰래 돌아다녔다. 요즘도 미술관, 백화점, 극장, 전철역에 있으면 잠긴 문 뒤에 뭐가 있을지 궁금해진다. 그것이 소설 창작의 훌륭한 정의가 아닐까 싶을 때도 있다. 잠긴 문을 열고 독자들을 그 너머로 데리고 가는 것.

그래서 다음 날 호손과 함께 유스턴역의 영국 교통경찰 사무실을 찾아갔을 때 나는 거의 어린애처럼 흥분했다. 16번에서 18번 승강장 입구 맞은편의 유실물 보관소를 지나자마자 저쪽 모퉁이에 조그맣고 평범한 문이 숨겨져 있었다. 그 앞을 수십 번 지나갔을 텐데도 보지 못한 문이었다. 물론 문을 열고 들어가면 실망하게 될 테지만 중요한 건 그게 아니었다. 그보다 중요한 건 내가 한 번도 가본 적 없는 곳이라는 점이었다.

문이 열리자 로비가 나왔다. 제복을 입고 피곤해 보이는 얼굴로 철망 칸막이 뒤에 앉아 있던 여성이 우리를 맞았다. 호손이 제임스 매코이 경장을 만나러 왔다고 밝히자마자 그가 등장했다. 떡 벌어진 몸에 턱은 사각이며 머리는 군인처럼 잘랐는데 사복 — 청바지, 스웨트 셔츠, 아노락 — 을 입은 남자였다.

「호손 씨?」

「네.」

「들어오세요.」

우리가 서류를 작성하자 윙 소리와 함께 문이 열렸고, 이게 가능할까 싶을 정도로 좁은 복도와 조그만 방으로 이루어진 미로가 멀리까지 이어졌다. 모든 게 몹시 추레했다. 우리는 온갖 얼룩으로 뒤덮인 파란색 카펫을 따라 나지막이 윙윙거리는 음료수 자판기를 지난 뒤 모퉁이를 하나 더 돌았다. 어떤 방은 크기가 찬장만 했다. 거기서 신문을 받으면 범인과 그를 체포한 경찰의 무릎이 맞닿게 생겼다. 수사본부 앞을 지나가자 출력물을 살피면서 그 안에 뭐라고 적혔는지 사방을 에워싼 화이트보드에 옮겨 적는 대여섯 명의 사람들이 언뜻 보였다. 현대 과학 기술이여, 안녕. 그곳은 범죄와 테러리즘에 대처하는 최전선일지 몰라도 포마이카 테이블 위에 놓인 덩치 큰 휼렛 패커드 컴퓨터에서부터 싸구려 회전의자에 이르기까지 모든 게 단언컨대 구식이었다. 창문은 없었다. 정말이지 딴 세상이었다.

호손이 약속을 잡았다. 기사 내용을 그에게 알릴 필요는 없었다. 그가 먼저 보고 그날 저녁에 연락해 왔다. 나는 그 사실을 카라 그룬쇼에게 알리지 않았다. 그녀가 어떤 식으로 협박했는지 기억에 생생했지만 적어도 일주일 동안은 연락을 하지 않기로 마음먹었고, 그 기간 안에 호손이 사건을 해결해 주기만을 바랐다. 내가 해결하는 건 어떨까? 마지막 장에 이르러 모든 용의자를 한자리에 모아 놓고 내가 나서서 사건의 전말을 설명하는 장면을 아직 포기한 건 아니었다.

진술실에 들어가 보니 또 다른 남자가 우리를 기다리고 있었다. 이번에는 스무 살을 갓 넘긴 제복 차림의 경찰이었는데, 우리를 만나기 위해 다른 부서에서 일부러 왔다고 했다. 이름은 아메드 살림, 시신을 맨 처음으로 접한 경찰이었다. 사건이 벌어진 곳은 킹스크로스역인데 왜 유스턴역으로 왔나 했더니 거기에는 범죄 수사과가 없는 모양이었다. 매코이가 설명했다시피 중앙선의 북쪽에서 벌어지는 사건은 멀리 스트랫퍼드이스트와 첼름스퍼드에 이르기까지 모두 그의 관할이었다. 그래서 그가 그레고리 테일러의 사건 수사를 맡고 있었다.

두 사람의 설명에 따르면 사건 개요는 다음과 같았다.

그레고리 테일러는 10월 26일 토요일, 리처드 프라이스가 살해당하기 전날 오전에 런던에 왔다. 잉글턴에는 역이 없기 때문에 호턴인리블스데일에서 새벽 열차를 타고 왔다가 귀갓길에 오른 참이었다. 역사는 토요일답지 않게 혼잡했다. 그날 리즈 대 아스널의 축구 경기가 있어서 승강장이 응원단으로 북적거렸다. 원래는 열차가 도착한 다음에야 승객들이 개표구를 통과할 수 있는데, 열차 운행에 심각한 지장이 초래되자 관련 규정이 바뀌었다. 하필이면 피터버러에서 신호 체계에 문제가 생겨 열차가 지연되고 있었다. 그래서 열차 진입 당시 무려 4백여 명이 승강장에서 기다리고 있었다.

테일러는 6시 12분에 역사 안으로 들어섰다. 그는 전혀 서두르는 기미 없이 스타벅스에서 커피를, W. H. 스미스에서 두툼한 벽돌 책을 사 가지고 왔다. 베스트셀러 작가 마크 벨러도나가 쓴 〈둠월드〉 시리즈 3편 『피의 포로들』이었다. 나도 아는 시리즈였다. 얼마 전에 스카이에서 TV 드라마로 각색해 보지 않겠느냐는 제안을 받은 적 있었다. 〈둠월드〉는 당시 네 번째 시즌이 방영 중이던 「왕좌의 게임」과 비교했을 때 그보다 못하다는 평가를 받았다. 아서왕 시대 영국을 배경으로 마법과 미스터리를 한데 어우르되 상당히 극단적인 수준의 폭력성과 선정성을 가미한 판타지였다. 『데일리 메일』에서는 이 시리즈를 〈순수 포르노물〉로 규정했고 출판사에서는 뻔뻔하게 그 문구를 표지에 실었다. 나는 1편을 반쯤 읽었지만 별로 끌리지 않았기에 그 제안을 쉽게 거절할 수 있었다.

그 시리즈의 세 번째 책이 막 출간돼 이벤트가로 팔리고 있었다. 테일러는 그 책을 사고 킷캣 초콜릿과 생수 한 병을 공짜로 받았다.

그는 개표구를 지나 승강장을 따라 걸었다. 노란색 선을 넘지는 않았지만 그래도 가장자리와 가까웠다. 바로 그때 지연된 열차가 저 멀리서 그를 향해 달려왔다. 살림은 당시 상황을 이렇게 설명했다.

「제가 야간 근무를 시작하려고 역에 막 도착했을 때 난리가 벌어졌어요. 무전 호출을 받기 전에 PUT라는 걸 알 수 있었죠.」

「PUT가 뭔데요?」

「운행 중 사상 사고요.」

「인명 사고라고 표현하기도 합니다.」 매코이가 덧붙였다.

「비명 소리가 들렸어요.」 살림이 말을 이었다. 「그리고 기관사가 정해진 규정에 따라 경적을 울렸고요. 사고가 벌어졌음을 직감하고 당장 승강장으로 달려갔고, 현장에 제일 먼저 도착할 수 있었어요.

처음에는 자살인가 보다 했죠. 하지만 킹스크로스는 종점이라 자살 시도가 많지는 않아요. 중앙 홀에 〈해리 포터〉 체험장이 있어서 분위기가 밝은 편이기도 하고요. 물론 사고일 수도 있었지만 그 또한 자주 벌어지는 일이 아니거든요. 아무튼 얼른 가서 제가 도울 일이 있는지 알아보기로 했어요.

음, 알고 보니 피해자는 승강장을 3분의 2쯤 갔을 때 발을 헛디뎌서 달려오는 열차 바로 앞으로 떨어졌더라고요. 그분이 운이 좋았더라면 목숨은 보전했을 수도 있어요. 중상을 입었겠지만. 하지만 운이 따라 주지 않았어요. 양쪽 레일 위에 비스듬히 걸쳐 떨어지는 바람에 양다리가 잘리고 목이 날아갔으니 급히 이송할 필요도 없었죠.」

나는 휴대 전화 배터리가 부족해서 그의 말을 전부 받아 적고 있었다. 그는 내가 보조를 맞출 수 있게 기다려 주었다.

매코이와 살림은 내가 작가라는 걸 알고 있었고 나와의 만남을 즐거워했다. 자기가 하는 일이 책에 소개되는 걸 반기는 사람이 얼마나 많은지 모른다.

「맨 먼저 그 일대를 정리했죠. 비명을 지르는 사람이 많았고 그중 두어 명은 토악질을 했어요. 한 여성분은 쇼크를 일으켰고요. 그리고 두말하면 잔소리지만 이걸 다 휴대 전화로 찍는 변태들도 있었죠. 대부분 축구팀 응원복을 입고 있었어요. 목도리, 후드 티, 비니…… 이런 거요. 그래서 누가 누군지 구분이 잘 되지 않았어요. 사람들에게 뒤로 물러서고 현장을 이탈하지 말라고 지시를 내렸어요. 이름과 주소를 적고 목격자 진술서를 받아야 할 테니까요. 그즈음 경찰이 몇 명 더 출동한 걸 보고 철도청 중앙 통제실에 사건이 통보됐다는 걸 알 수 있었어요. 구급차와 응급 의료 헬기가 출동하고 있겠구나 했죠. 심장 마비를 일으키는 사람이 나올까 봐 그게 제일 걱정이 됐어요. 전에 그런 적이 있었는데, 그러면 상황이 두 배는 더 복잡해지거든요.

어찌어찌 저지선을 설치하고 현장을 통제했지만 문제는 열차 아래 깔린 시신을 끄집어내는 거였어요. 남은 시간이 45분밖에 안 됐거든요.」

「어째서요?」 나는 물었다. 그의 이야기가 이보다 더 흥미진진할 수가 없었다.

「비용 때문에요.」 살림이 설명했다. 「이런 사고가 발생하면 열차 운행에 차질이 생기지 않도록 얼른 승강장을 정리해야 해요. 미적거릴 새가 없어요.」

「당신이 시신을 끄집어냈나요?」 호손이 물었다.

살림은 고개를 끄덕였다. 「네. 그 일을 맡으면 특별 수당으로 50파운드를 받는데, 어머니와 여행을 가려고 돈을 모으는 중이라서요. 그만하길 다행이었죠. 열차 속도가 별로 빠르지 않아서 신체 부위가 여기저기로 날아가거나 하지는 않았거든요. 그리고 전담반을 호출해 열차를 들어 올릴 필요도 없었고요. 기관사가 엄청 충격을 받긴 했지만 열차를 후진하게 했고 그 뒤로는 어려울 게 없었어요. 다 같이 시신을 꺼냈고 제가 손과 기타 등등을 자루에 담았죠. 그런 다음 매코이 경장님이 도착해 인계받으셨고요.」

매코이는 이번에도 그에게 배턴을 넘겨받았다.

「제가 할 일은 별로 없었어요. 사망자의 지갑에서 입수한 신분증을 보고 노스요크셔 경찰서에 연락해 부인을 찾아가게 했죠. 아직 어린 딸아이 둘과 집에 있다는데 전화로 그런 소식을 전하고 싶지 않았거든요. 부인은 당장 런던으로 달려왔고 그다음 날 직접 만났어요. 수전 테일러. 심하게 충격을 받았더군요. 그런 일이 벌어졌다니 믿기지 않는다고 했고요. 남편은 건강 상태가 좋지 않았고 경제적으로 어려움을 겪고 있었지만, 그러니까 남들과 마찬가지로 돈이 없어서 절절맸지만 우울증 병력은 없었어요. 부인 말로는 런던에 온 일이 아주 잘돼서 일요일 저녁에 축하 파티를 열려고 식당 예약까지 했대요.」 그는 숨을 들이마셨다. 「뭐, 그건 없는 일이 돼버렸지만요.」

「그가 런던에 온 이유는 뭐였습니까?」 호손이 물었다.

「친구를 만나러 왔답니다.」

호손은 추가 정보를 기다리다가 그걸로 끝이라는 걸 알아차렸다.

「부인에게 들은 건 그게 다예요.」매코이는 말했다.「제가 직접 면담을 했습니다. 부인은 유스턴 로드 근처의 홀리데 이 인에 묵었는데 별다른 정보를 얻어 낼 수가 없었어요. 딱하게도 정신이 하나도 없더라고요. 남편이 열차에 치였으니! 그 둘은 결혼한 지 20년째였다고 해요. 부인은 신원 확인만으로도 힘들어했고요. 저는 이미 원인 불명으로 결론을 내린 참이었고 부인에게 추가로 들을 만한 정보는 많지 않다고 생각했습니다.」

「원인 불명이요?」나는 그 단어를 받아 적었다.

「저희는 사건을 세 가지로 분류합니다. 원인 불명, 원인 규명 그리고 혐의 있음. 제가 보기에 의심스러운 대목은 전혀 없었지만 CCTV 영상을 확인해도 테일러 씨가 그런 식으로 추락한 원인을 파악할 수가 없었어요.」

「그 목격자 진술이 있었잖아요.」살림이 짚고 넘어갔다.

「목격자 진술이라뇨?」호손이 물었다.

매코이는 부하가 반박하고 나서자 짜증이 났는지 살림을 흘끗 쳐다봤다.「테일러 씨가 추락하기 직전에 외친 말이 있답니다. 딱 한 마디긴 한데 〈조심해!〉라고 외치는 걸 들은 사람이 여럿이었어요.」

「테일러 씨와 부딪힌 사람은 없었고요?」

「그런 식으로 튕겨 나가려면 상당히 세게 부딪혀야 했을 겁니다. 거의 수평에 가깝게 선로 위로 떨어졌거든요. 그런가 하면 열차를 기다리던 승객의 상당수가 술을 제법 마신 상태였어요. 축구 경기가 끝나면 어떤 식인지 아시잖습

143

니까.」

「누군가가 의도적으로 밀친 건 아닐까요?」

「뭘 봤다는 사람이 아무도 없었습니다. 다들 그가 외치는 소리만 들었고 그걸로 끝이었어요. 어쨌든 CCTV 영상이 있으니 직접 확인해 보세요.」매코이가 자기 앞에 있던 노트북을 돌려서 화면을 보여 주며 동시에 설명을 시작했다. 「역에 도착하자마자 빅토리아의 앨파 빅터에게 연락했어요. 그쪽에서 당장 영상을 보내 준 덕분에 스타벅스와 신문 가판대까지 그의 행보를 역추적할 수 있었죠. 역사에 도착한 순간도 확인할 수 있었고요.」

「사망자가 여기까지는 어떻게 왔습니까?」

「하이게이트에서 전철을 타고 왔어요.」

하이게이트라니. 우연의 일치일 수는 없었다.

「여기…….」매코이가 버튼을 눌렀다.

TV와 영화에서 구현되는 CCTV 영상은 실제와 전혀 다르다. 킹스크로스역에서 찍힌 영상은 렌즈가 먼지로 뒤덮이기라도 한 것처럼 흐릿하고 줄이 가 있었다. 카메라의 위치도 잘못돼서 너무 높고 각도가 비스듬했다. 색은 선명하지 않고 칙칙했다. 예컨대 리즈 유나이티드 유니폼의 줄무늬만 해도 감색과 금색이 아니라 땅거미가 내릴 무렵의 재색과 겨자색에 가까웠다. 그레고리 테일러의 죽음은 아무런 작품성이나 자극 없이 아주 밋밋해 보였다. 조금 전까지만 해도 거기 있던 사람이 순식간에 사라졌다.

처음에는 열차는 보이지 않고 이리저리 배회하는 엄청난 인파만 보였다. 대부분 축구팀 응원단이었다.

「테일러 씨가 저기 있네요.」매코이가 말했다.

아니나 다를까, 흐릿한 형체 하나가 승강장을 따라 걸어 오는데, 가장자리와 가깝기는 해도 위험할 정도는 아니었다. 그는 서두르지 않았다. 소리는 지원이 되지 않았고 멀리서 아주 조그맣게 보이는 수준이었지만, 그래도 사람들에게 지나가겠다고 정중하게 양해를 구하는 것처럼 보였다. 그러다 세 가지 일이 거의 동시에 벌어졌다. 그레고리 테일러가 시야에서 사라져 인파에 묻힌 순간 눈부시게 빨간 버진 열차가 등장했다. 실제로는 아주 천천히 움직였겠지만 눈 깜짝할 새 화면 끝자락에 다다른 것처럼 느껴졌다. 잠시 후 그레고리가 그 앞으로 추락했다. 카메라를 등지고 있었지만 마주 보고 있었다 한들 표정을 읽을 수는 없었을 것이다. 그는 캔버스를 쓸고 지나간 붓 자국에 불과했다. 그대로 아래로 고꾸라지더니 다시 한번 시야에서 사라졌다. 열차는 그를 으스러뜨리며 가차 없이 전진했다. 몇 초가 지난 뒤에 사태를 파악한 사람들이 태양 폭발과 같은 패턴을 그리며 뒤로 물러났다. 비명 소리가 귓가에 들리는 듯했다.

「이건 열차 전면에 달린 카메라 영상입니다.」매코이가 말했다.

똑같은 시퀀스지만 이번에는 기관사의 시점에서 본 영상이었다. 전면으로 선로가 길게 이어졌다. 오른쪽으로 기다리는 승객들이 보였다. 그러다 정체를 전혀 알 수 없는 무언가가 화면을 갈랐다. 생의 마지막 순간에 찍힌 그레고리 테일러였다. 기관사가 브레이크를 밟았을지 몰라도 열차의 속도에는 변함이 없는 것처럼 느껴졌다.

방금 한 남자의 사망 순간을 목격한 것이었다.

매코이가 노트북을 끄고 덮개를 내렸다. 「킹스크로스 검시관의 허락하에 시신을 가장 가까운 영안실로 옮겼습니다. 사망 사고 수사 팀에 파일을 넘겼으니 당연히 조사가 이루어질 겁니다. 하지만 솔직히 말해서 살인의 증거가 전혀 보이지 않네요. 사고였을 거라고 90퍼센트 확신합니다. 흔히 벌어지는 그런 사고였다고요.」

「사망자에게 적의를 품은 사람이 있었나요?」살림이 물었다. 「그래서 이 사건을 수사 중이신가요?」

「그다음 날 햄프스테드에서 벌어진 살인 사건과 연관이 있을 수도 있어서요.」호손이 말했다.

「그럼 용의자가 한 명 지워진 셈이네요.」살림이 생각에 잠긴 투로 중얼거렸다. 「그가 무슨 짓을 꾸밀 수는 없었을 테니까요.」

우리는 사무실을 나와 중앙 홀 앞쪽으로 갔다. 야외로 나오자마자 호손이 담배에 불을 붙였다. 그러면서 방금 들은 이야기를 되새김하고 있다는 것을 알 수 있었다. 그를 보면 가끔 엄청난 발견을 앞둔 과학자나 무덤을 발굴하기 직전의 고고학자가 연상됐다. 감정을 거의 드러내지 않았지만 에너지와 흥분이 뿜어져 나왔다.

「어떻게 생각해요?」나는 물었다.

「그는 하이게이트에 있었어요.」

「데이비나 리처드슨을 만나러 런던에 왔을 수도 있죠.」

「아니면 리처드 프라이스를 만나러 왔을 수도 있고요. 같은 역에서 양쪽 집 다 걸어갈 수 있으니까요.」

「아무튼 우연의 일치일 수는 없어요. 살인 사건이 벌어지기 스물네 시간 전에 죽었잖아요.」

「그 말은 맞아요. 우연의 일치가 아니에요.」

그는 말없이 담배를 피웠다. 유스턴은 패스트푸드 음식점과 콘크리트에 둘러싸인, 런던에서도 가장 흉측한 역이라 그냥 서 있기만 해도 추레해지는 기분이 들었다. 마침내 호손이 입을 열었다. 「잉글턴.」 그 단어를 내뱉는 방식이 어색하지 않게 느껴졌다. 전에 거기에 다녀온 적이 있는 것 같았다. 영 마뜩잖게 여기는 말투였다.

「거기가 왜요?」

「지금 바빠요?」

「바쁜 거 알잖아요.」

「거기 가봐야 해요.」 이번에도 그의 태도는 뜨뜻미지근했다.

그가 담배를 다 피운 뒤에 우리는 매표소로 가서 다음 날 출발하는 표를 끊었다.

10
요크셔 잉글턴

다음 날 킹스크로스역에서 만났을 때 호손은 저기압이었다. 물론 별다를 건 없었다. 나와 함께 있을 때 그는 서먹서먹하고 정이 안 가는 상태와 그야말로 싸가지가 없는 상태 사이를 왔다 갔다 했다. 살인범을 하도 오래 뒤쫓다 보니 그들의 반사회성 인격 장애에 물들었나 하는 생각이 들 때가 많았다. 어떨 때는 그냥 고집 센 형사 역할을 수행하는 것이 아닌가⋯⋯ 흰색 셔츠와 검은색 양복을 유니폼으로 입고 그 역할에 녹아든 건 아닌가 싶을 때도 있었다. 자기 자신에 대해서는 아무것도 공개하지 않으려 하는 이유가 뭘까? 어떤 영화를 봤고 어떤 사람을 만났으며 주말에는 무엇을 했는지 등등 사건과 관련 없는 사안에 대해서는 철저히 함구하는 이유가 뭘까? 뭐가 두려운 걸까?

그럼에도 나는 그가 이번 요크셔 여행에서 경계를 해제할지 모른다는 희망을 품고 있었다. 이러니저러니 해도 지근거리에서 최소 네 시간을 함께 보내야 할 테니 버진 커피와 베이컨샌드위치를 앞에 두고 유대감을 형성할 수 있지 않을까? 과연 열차가 출발하자 그는 구부정하게 앉아서 뚱하니 창밖을 내다보았다. 좌우를 살피는 갈색 눈과 구식의 조그만 서류 가방 때문인지 왠지 모르게 피난길에 오른 어린애처럼 보였다. 뭐 좀 먹겠느냐고 물어도 고개만 저었다. 그나저나 나는 일등석 표를 끊었다. 일을 해야 했고 좌석이 넓으면 호손도 고마워할 줄 알았기 때문인데, 그는 일등석인 줄도 모르는 눈치였다.

누가 봐도 그는 런던을 떠나기 싫어하는 기색이 역력했다. 10분 뒤에 가속도가 붙은 열차가 덜커덩거리며 북쪽의 교외를 지날 때에도 듬성듬성하게 서 있는 아파트와 사무용 건물만 내다보았다. 그 사이로 녹지 공간이 나타나면 불안해하는 눈치였다. 생각해 보니 그와는 당일치기로 켄트에 다녀왔을 때 말고는 런던을 떠난 적이 없었다. 나는 그가 청바지나 트레이닝복을 입은 것을 본 적이 없었다. 운동은 할까? 문득 궁금해졌다.

검표원이 들어왔을 때 나는 그 틈을 타서 호손에게 가만히 태클을 걸었다. 「말이 없네요. 무슨 문제 있어요?」

「아뇨.」

「시골에서 한 이틀 지낼 거라니 기대가 돼요. 나오니까 기분이 좋네요.」

「요크셔를 알아요?」

「요크에서 대학을 다녔어요.」

그가 그걸 모를 리 없었다. 그는 나에 대해 모르는 게 없었다. 다른 뜻에서 물어본 것이었을 텐데, 나는 대화를 돌려 본 끝에 그의 목소리에서 두려움을 감지하고 그의 저의를 간파

149

했다. 「당신은 요크셔를 좋아하지 않는군요.」

「맞아요.」

「왜요?」

그는 머뭇거렸다. 「거기서 잠깐 지낸 적이 있어요.」

「언제요?」

「그건 몰라도 되고요.」

그는 주머니에서 책을 꺼내 탁 하는 소리와 함께 테이블 위에 올려놓았다. 이로써 대화가 끝났다는 신호였다. 책 제목을 보니 아서 코넌 도일의 『주홍색 연구』였다. 「독서 모임 선정 도서인가요?」

「네.」 그는 하고 싶은 말이 있는 듯했지만 15킬로미터는 더 간 다음에야 가까스로 그 말을 꺼냈다. 「다음번에 당신을 데리고 오면 좋겠대요.」

「누가요?」

「독서 모임 회원들이요.」 내가 멍한 표정을 짓자 그는 이렇게 덧붙였다. 「당신이 〈셜록 홈스〉 시리즈의 속편을 썼잖아요. 그 마지막 소설. 그래서 당신 생각을 듣고 싶대요.」

「그건 알겠는데,」 나는 말했다. 「그 회원들이 나를 어떻게 알았는지…… 그러니까 내가 당신이랑 아는 사이라는 걸 어떻게 알았는지 궁금하네요.」

「뭐, 내가 말하지는 않았어요.」

「그야 두말하면 잔소리일 테고요.」

호손은 숨을 들이마셨다. 담배를 피우고 싶어서 그런다는 걸 알 수 있었다. 「누가 당신을 아파트에서 봤대요.」

「리버코트요?」

「네. 당신이 엘리베이터를 타고 올라왔을 때요.」

휠체어를 타고 있던 젊은 남자가 생각났고 1층에서 만난 부부도 떠올랐다. 나는 가끔 TV에 출연하고 책 표지에는 내 사진이 실려 있다. 누군가가 나를 알아봤을 수 있다.

「참석해 줄 수 있는지 물어봐 달래요.」 호손이 말했다.

「그것 때문에 걱정하고 있었어요? 기꺼이 참석할게요.」

「그렇게 대답할까 봐 걱정하고 있었던 거라고요.」

호손은 책을 펼쳐서 읽기 시작했고 나는 펜을 꺼내 「포일의 전쟁」 대본 작업에 착수했다. 이번 화인 〈해바라기〉에서 포일은 전쟁 말미에 런던에 거주하는 전직 나치를 보호해 달라는 요청을 받고 이를 통해 프랑스에서 벌어진 대학살의 전말을 파악하게 된다. 늘 그렇듯 제작상의 문제가 있었다. 내 대본상으로는 클라이맥스에 다다르면 눈부시게 노란 해바라기밭에서 피비린내 나는 처형이 이루어지는데, 지금이 10월이다 보니 영국 어디에서도 만개한 해바라기밭을 찾을 수가 없었다. CG로 처리하기에는 비용이 너무 많이 들었다. 그래도 아직까지는 제목을 〈파스닙〉[13]이라고 바꾸고 싶은 충동을 잘 참고 있었다.

우리는 리즈에서 열차를 갈아탔고 그때부터 나는 점점 더 아름다워지는 시골의 풍광에 넋을 잃었다. 외따로 선 역사들이 갈수록 작아지더니 훼손되지 않은 풍경이 우리를 맞이했다. 가그레이브와 헬리필드에 이르자 톨킨이 창조했나 싶은 별세계가 펼쳐졌다. 가을 태양이 환하게 빛났고 돌담과 산울타리와 양 떼가 파릇파릇하게 굽이치는 언덕에 수를 놓

13 당근과 흡사한 뿌리채소로 가을에 수확한다.

았다. 몇 시간만 가면 이런 세상이 나오는데, 왜 지금까지 날마다 열 시간씩 대도시 한복판의 방 안에 틀어박혀 있었나 싶었다.

이 모든 것이 호손에게는 아무 영향도 미치지 못했다. 그는 줄곧 책만 읽었고 어쩌다 한 번씩 창밖을 내다볼 때도 가장 두려워했던 일이 현실로 이루어지기라도 한 것처럼 험상 궂은 표정으로 일관했다. 아무래도 이 근처 어딘가에서 어린 시절을 보낸 적이 있는 듯했다. 요크셔에서 〈잠깐〉 지낸 적이 있다고 했는데, 런던에서 살기 시작한 지 최소 12년이 되었으니 — 갠츠힐에 사는 열한 살짜리 아들이 있었다 — 그 이전인 게 분명했다. 이 자리에 있기 싫은 기색이 역력했다. 그가 그렇게나 불편해하는 걸 보고 있자니 신기했다.

열차가 리블헤드에 도착했다. 아무리 눈을 씻고 봐도 주변에 건물이라고는 역사와 술집 겸 호텔뿐으로 거기에 왜 만들어 놓았는지 알 수 없는 조그만 역이었다. 그 호텔에서 그날 밤 묵을 예정이었다. 역에서 내린 승객은 우리뿐이었다. 열차는 아무도 없는 길쭉한 승강장에 우리를 내려놓고 덜컹덜컹 멀어졌다. 저쪽 끝에서 누군가가 우리를 기다리고 있었다. 호손이 런던에서 모든 연락을 취해 놓았다고 했는데 그중에 이 지역 동굴 구조대가 있었다. 우리를 기다리고 있던 사람의 이름은 데이브 갤리번이었다. 찰리 리처드슨이 롱 웨이 홀에서 실종됐을 때 구조에 나선 현장 책임자였고 시신을 찾은 사람도 그였다.

우리는 서로를 향해 걸어갔다. 풍경이 워낙 장엄하고 역사는 워낙 황량해서 총격전을 준비하는 서부 영화 촬영장의 카우보이가 생각났다. 가까이 다가가서 보니 그는 인상이 좋은 50대 남자였다. 강인한 근육질에 머리는 숱이 많은 백발이었고 야외에서 그것도 날씨가 극단적인 요크셔데일스에서 생활하다 보니 얼굴이 불그스레했다.

「그쪽이 호손 씨?」 서로 맞닥뜨렸을 때 그가 물었다.

「맞습니다.」 호손은 고개를 끄덕였다.

「객실 먼저 체크인할 거예요? 화장실에 들렀다 가거나 그래야 해요?」

「아뇨. 괜찮습니다.」

「그럼 갑시다.」

아무도 내 의견을 묻지 않았지만 나는 당황하지 않았다. 이제는 그러려니 했다.

잉글턴은 다소 보잘것없는 소도시 속에 들어앉은 매력적인 시골 마을이었다. 계단이 설치된 채석장인가 싶은 곳과 가파른 내리막으로 이어지는 관상용 정원 가장자리에 건설돼 중심가를 따라 달리면 아래로 무수한 기와지붕과 굴뚝이 보였다. 이제는 사용되지 않는 거대한 고가 다리가 한쪽으로 뻗어 나갔다. 땀 흘리고 욕을 해가며 그걸 만들었을 인부들은 나중에 그 다리가 아름다운 작품으로 간주될 줄 알았을지 궁금해졌다. 카페를 지나고 동굴 탐사에 관한 책과 장비를 전문적으로 취급하는 가게 두 곳을 지나자 셜록 홈스에게 진 빚이 있을지 모르는, 생뚱맞은 크기의 요양원이 등장했다. 도일의 어머니가 한때 이 근처에 살았고 그도 여길 자주 찾았다는 게 생각났다.

언덕을 2분 정도 올라가자 수전 테일러가 사는 집이 나왔다. 1920년대식 테라스트 하우스의 맨 끝 집이었는데, 현대식 현관문과 이중 유리창으로 인해 특유의 외관이 훼손됐다. 뒤편으로 정말 흉측하게 생긴 온실이 고개를 삐죽 내밀고 있었다. 하지만 잉글턴을 통과하며 파악한 바로는 조경에 신경 쓸 만큼 여유로운 주민이 거의 없어 보였다. 두꺼운 사각의 벽체로 둘러싸인 건물은 아주 남성적인 분위기를 풍겼지만 이제는 그 안에 남편을 잃은 아내와 어린 두 딸이 살고 있었다. 샬럿 브론테가 소설의 무대로 썼음 직한 곳이었지만 그러자면 온실은 못 본 체해야 했다.

데이브 갤리번이 문을 두드리더니 대답을 기다리지도 않고 문을 열었다. 우리는 그를 따라 환하고 바람이 잘 통하는 집 안으로 들어갔다. 사이잘삼 매트가 깔린 바닥, 말린 부들이 꽂힌 꽃병, 동굴과 바위틈 사진이 걸린 벽이 나왔다. 열린 문 너머에 업라이트 피아노와 좀 더 많은 말린 꽃이 걸린 벽난로가 있었다. 고양이 한 마리가 러그 위에서 자고 있는 게 보였다. 우리는 반대 방향으로 몸을 돌려 주방으로 들어갔다. 수전이 거대한 칼을 들고 서서 우리를 기다리고 있었다.

첫인상이 위협적이었지만 실은 저녁 준비를 하느라 채소를 썰고 있었을 뿐이었다. 그녀 앞에 당근과 감자 덩어리가 펼쳐져 있었고, 우리가 들어가자 그녀는 칼날로 도마 위를 쓸어 캐서롤에 넣었다.

5일 전 남편만 잃은 정도가 아니라 온 세상을 잃은 거나 마찬가지였고, 그녀는 여전히 충격에 휩싸여 있었다. 그냥 웃음기만 사라진 게 아니라 우리가 들어가도 알아차리지 못

하는 눈치였다. 얼굴형은 네모났고 피부는 색과 질감이 축 축한 찰흙과 비슷했다. 머리칼은 생기 없이 축 늘어졌다. 길 다면 너무 길고 짧다면 너무 짧은, 아무튼 어울리지 않는 원 피스를 입었는데 튼실하고 우람한 종아리에서 잘린 길이였 다. 갤리번이 우리를 데리고 들어갔는데도 여전히 말이 없 었지만 우리가 사라져 주길 바란다는 것은 단박에 알 수 있 었다.

「수, 이쪽은 호손 씨예요.」갤리번이 말했다.

「아, 네. 차 드실 거죠?」

차를 끓여 주겠다는 뜻에서 하는 말인지, 아니면 그저 피 곤한 목소리로 앞일을 예측하는 건지 알 수 없었다. 아무튼 의욕이라고는 전혀 느껴지지 않는 목소리였다.

놀랍게도 호손이 시원스레 대답했다. 「주시면 감사히 마 시겠습니다, 테일러 부인.」

「내가 끓일게요.」갤리번이 주전자 앞으로 갔다. 뭐가 어 디에 있는지 훤히 아는 눈치였다.

수전은 칼을 내려놓고 식탁 앞에 앉았다. 40대인 그녀는 나이보다 더 늙어 보였고, 몸짓 하나하나가 사는 게 지긋지 긋하다고 말하는 샌드백을 떠올리게 했다. 우리가 맞은편에 앉자 그녀는 처음으로 우리에게 눈길을 주었다.

「얼른 끝내 주시면 좋겠어요.」그녀가 말했다. 제대로 된 요크셔 억양을 구사했다. 「저녁도 마저 만들어야 하고 애들 이 금방 학교에서 돌아올 시간이라서요. 안 그래도 힘든 한 주를 보냈는데, 두 분이 왔었던 걸 애들이 몰랐으면 좋겠 어요.」

「상심이 정말로 크셨겠습니다, 테일러 부인.」 호손이 말했다.

「우리 그레그를 만난 적 있으신가요?」

「아뇨.」

「저하고도 초면이니 괜히 위로하고 그럴 거 없어요. 어디쓸 데도 없으니까.」

「부군께 어떤 일이 벌어졌는지 파악해야 해서요.」

「어떤 일이 벌어졌는지 아시잖아요. 열차 앞으로 추락했어요.」

호손은 미안해하는 표정을 지었다. 「그게 아닐 수도 있어서요…….」

「무슨 말씀이세요?」 그녀의 눈빛이 번뜩였다.

호손은 잠시 그녀의 안색을 살피다가 말을 이었다. 「부인께 심려를 끼치고 싶지는 않지만 누군가에게 떠밀렸을 가능성도 열어 두고 있습니다.」

그렇게 단도직입적으로 표현하다니 놀랄 일이었다. 나는 그녀가 어떤 반응을 보일지 궁금했다. 남편이 죽었다는 것조차 아직 믿기지가 않는데 살해당했을 수도 있다니. 아무리 호손이라도 이 정도면 몰지각한 발언이었다.

그녀는 놀라울 정도로 무심하게 반응했다. 「누가 그런 짓을 저지르겠어요?」 그녀가 말했다. 「그레그를 해치고 싶어하는 사람이 있었을 리 없어요. 그리고 그이가 런던에 간다는 걸 아는 사람도 나 말고는 없었고요. 심지어 애들한테도 말하지 않았어요.」

「부군께서 런던에 가신 이유가 뭡니까?」

주전자 물이 끓었다. 수전은 갤리번이 찻물을 끓여서 식탁으로 들고 올 때까지 대답을 하지 않았다. 그는 끈에 조그만 라벨이 달린 티백을 머그잔에 그대로 방치했다.

「그이가 병에 걸렸어요.」 그녀는 말했다. 「그래서 돈이 필요했어요.」

「심각한 상태였습니까?」 이번에도 호손은 둘러말하지 않았다.

「아주 많이요. 하지만 엉뚱한 오해는 사절이에요. 그이는 괜찮아질 수 있었어요. 런던에 갔던 것도 그 때문이었어요.」

「누굴 만나러 갔던 겁니까?」

「내가 얘기할게요, 호손 씨. 괜찮으시면 내 방식대로 설명할게요. 당신의 빌어먹을 질문에 일일이 답을 하는 게 아니라. 그렇게 해야 당신도 좀 더 수월하고 나도 좀 덜 괴로울 것 같아요.」

호손은 담배를 꺼냈다. 「피워도 될까요?」

「마음대로 하세요. 하지만 내 집에서는 안 돼요.」

그녀는 침울하게 찻잔을 쳐다보다가 티백을 빼지 않은 채 잔을 들어서 차를 마셨다. 나도 그렇게 했다. 갤리번은 허락을 구하지도 않고 자신의 잔에 설탕을 두어 스푼 넣었다. 우리 셋만 식탁에 두고 그는 주전자 앞에서 어슬렁거렸다.

「처음 만났을 때 그레그는 회계사였어요.」 그녀가 이야기를 시작했다. 「자기 힘으로 잘해 나갔어요. 리즈의 대기업에서 근무했고 계단을 차근차근 오르고 있었죠. 그게 무슨 뜻인지 아시겠죠? 나는 바텐더로 일하다가 내가 일하던 곳에서 그와 처음 만났어요. 우리는 연애를 거쳐 결혼을 하고 아이를 낳았죠. 하지만 그이는 도시에서 결코 행복하지 못했어요. 데일스에서 하는 야외 활동을 사랑했거든요. 하이킹, 조류 관찰, 별빛 아래의 야영. 데일스 위뿐만 아니라 그 아래도 사랑했어요. 그이는 뼛속까지 동굴 탐사가였어요. 내가 뭐라고 하건 말건 격주로 주말마다 여길 찾아왔으니 차라리 도시의 집을 팔고 여기로 이사를 오는 게 맞겠다 싶었죠. 그이는 앳킨슨스에 취직했어요. 연봉은 줄었지만.」

「건축 자재를 취급하는 곳이에요.」 갤리번이 옆에서 조그맣게 알려 주었다.

「맞아요. 그 회사 재무 관리자였어요.」

「부군의 사진이 있나요?」 내가 물었다. 그의 생김새를 알아 두면 그녀의 이야기를 듣는 데 도움이 될 것 같았다.

그녀는 모욕이라도 당한 것처럼 나를 흘끗 쳐다보더니 아주 짧게 고개를 끄덕였다. 갤리번이 플라스틱 액자에 담긴 사진을 들고 식탁 앞으로 다가왔다. 사진 속에서 덩치 큰 남자가 웃고 있었는데, 부러진 코까지 완벽히 갖춘 럭비 선수의 얼굴이었다. 밝은색의 아노락을 입고 있었다. 얼굴에서 터져 나온 듯한 수염이 사진의 절반 이상을 차지했다. 그는 카메라를 향해 엄지손가락을 들어 보이며 씩 웃고 있었다. 자축의 순간을 담은 사진이었다.

「그레그하고 저는 근근이 먹고살았어요. 돈은 많지 않았지만 이런 데서 살면 돈이 별로 없어도 되거든요. 투덜대는 거 아니에요. 우리한테는 친구들이 있었어요. 두 딸, 준과 메이지도 있었어요. 그리고 두말하면 잔소리지만 데일스도 있었고요. 나는 요양원에서 주 3일 동안 일해요. 적응만 되면 잉글턴도 살 만한 곳이에요. 여름에는 관광객이 너무 많아서 번화가를 지나다닐 수가 없지만 그거야 데일스 전역이 마찬가지니까요. 우리는 겨울을 제일 좋아했어요. 여기는 눈이 내리면 얼마나 예쁜지 몰라요.

그러다가 그레그가 병에 걸렸어요. 6개월 전부터 증상이 시작됐는데 처음에는 당연히 별거 아닌 줄 알았죠. 잘 걷지를 못했고 특히 계단을 오르내리기 힘들어했어요. 그이를 설득해서 의사에게 진찰을 받게 했더니 무릎에 관절염이 생겼다며 소염제를 들려 보냈더라고요…… 한심한 의사 같으니라고. 얼마 안 있어 팔과 목까지 불편해졌거든요. 그레그는 웬만하면 티를 내지 않으려고 했지만 날이 갈수록 증상이 심해졌어요. 그중에서도 목이 제일 심각했고 피부에도 멍이 생기기 시작했어요. 숨을 쉴 때 힘들어했고요. 우리는 다시 병원을 찾아갔고 거기서 우리를 리즈로 보냈지만 어느 정도 시간이 지난 다음에야 병명을 알아낼 수 있었죠.」

그녀는 말을 하다 말고 멈추었다. 시선은 허공 어디쯤을 향했다.

「엘러스단로스 증후군이었어요. 맨 처음 들었을 때는 뭔 소린가 했는데 그게 병명이더라고요. 줄여서는 EDS, 그이는 항상 〈에드〉라고 불렀어요. 〈에드가 왔네〉 이런 식으로. 그레그는 뭐든 농담으로 받아넘기려 했거든요.」

「맞아요.」갤리번도 맞장구쳤다.

「하지만 이건 웃을 일이 아니었어요. 장난이 아니었죠. 에드 때문에 죽게 생겼으니까요. 한마디로 요약하자면 그거였어요. 몇 달 있으면 목뼈가 서로 어긋나서 뇌간이 제 기능을

159

할 수 없게 될 것이다. 침대에서 일어나지 못할 것이다. 발작을 일으키고 마비가 될 것이다. 그러다 죽을 것이다.」

그녀는 자신의 경험을 몇 마디로 정리하는 데 재주가 있었다. 남편의 더딘 죽음도 연애나 결혼 생활과 똑같이 단계별로 구분했다. 이거 다음 저거, 이런 식이었다.

「EDS는 치료법이 있었어요.」 그녀는 말을 이었다. 「어떤 환우 단체와 연락이 닿았는데…… 수술을 받으면 된다고 하더라고요. 척추를 한데 연결해서 목을 고정하면 생명을 구할 수 있다고요. 문제는 보험 적용이 안 된다는 거였어요. 비용이 너무 많이 들고 너무 복잡해서. 그레그는 스페인으로 가서 수술을 받아야 했어요. 그곳의 한 병원이 성공 사례가 많았는데 비용이 만만치 않았죠. 비행기표, 진료비, 입원비, 기타 등등을 합하면 20만 파운드는 들겠더라고요.

우리한테 그만한 돈이 어디 있겠어요. 이 집이 있긴 하지만 대출을 껴서 산 거였고 그레그는 돈을 모으는 데에는 젬병이었거든요. 돈과 관련된 일을 했으면서 참 희한하죠? 25만 파운드짜리 생명 보험이 있긴 했어요. 리즈에서 들어놓은 거. 하지만 아무 소용이 없었죠. 죽어야 받을 수 있는 돈이었으니 그림의 떡 아니겠어요?」

「하지만 런던에 돈 많은 친구가 있었죠.」 호손이 말했다.

「맞아요. 선수를 치시네요. 그이는 열아홉 살 때 옥스퍼드 대학에 입학했고 거기서 친한 친구를 두 명 사귀었거든요. 그이가 디키와 트리키라고 불렀던 리처드 프라이스와 찰리 리처드슨이라는 친구를. 그 셋은 함께 동굴 탐사를 하러 다녔고 맨 처음 만난 것도 그걸 통해서였죠. 동굴 탐사가 다 같이 뭉치는 일종의 연례행사였어요. 그레그는 그때를 손꼽아 기다렸어요. 그게 한 해를 통틀어 가장 중요한 행사였죠. 대개는 영국 안에서 해결했지만 유럽, 심지어 남아메리카까지 간 적도 있어요. 그런데 여기서 중요한 사실. 친구들은 그이가 해외여행을 갈 만한 형편이 안 된다는 걸 알았거든요. 그래서 장거리를 가게 되면 각자 주머니를 털어서 그이의 부담을 살짝 덜어 주었어요. 두 친구 모두 전혀 생색을 내지 않았고 그레그도 거기에 대해서는 잘 언급하지 않았어요. 요크셔 출신이라 자존심이 셌거든요. 그렇지만 친구들의 도움이 없었다면 그렇게 다닐 수 없었을 거예요.

그러다 2007년에 찰리가 롱 웨이 홀에서 죽었고 모든 게 끝이 났죠. 리처드가 여기로 조사를 받으러 왔었지만 이후로 두 사람은 두 번 다시 만나지 않았어요. 죄책감 때문에 서로 눈을 맞출 수 없었겠죠. 둘 다 무죄 판결을 받았으니 그럴 이유는 없었지만. 여기 이 데이브가 증인이었고 아무도 잘못한 게 없다고 맨 처음 얘기해 주었어요. 그냥 어쩌다 한 번씩 벌어지는 사고였다고요.」

갤리번은 그녀가 말하는 모습을 열심히 쳐다보고 있다가 자기 이름이 등장하자 눈을 돌렸다. 마치 관여하고 싶지 않은 사람처럼 보였다.

「런던에 가서 리처드한테 얘기해 보라고 그레그를 설득한 사람이 나였어요.」 그녀는 말을 이었다. 「리처드가 특급 변호사로 자리를 잡았으니까요. 런던과 시골에 집도 있고. 그가 비용을 전부 대줄 수는 없겠지만 초기 비용만이라도 융통해 주면 우리 둘이서 어찌어찌 방법을 찾을 수 있을지 모르잖아요. 크라우드 펀딩이나 뭐 그런 걸로. 그레그는 마뜩잖게 생각했죠. 그이가 보기에는 둘의 관계가 끝난 상태였거든요. 6년 동안 서로 연락조차 하지 않았으니.」

「부군은 토요일에 가셨죠.」 호손이 말했다.

「맞아요. 내가 역까지 태워다 주었고 그이에게 분명하게 선언했어요. 그 열차에 타지 않으면 이혼당할 줄 알라고. 그리고 이혼 소송은 리처드 프라이스한테 맡길 거라고. 그이는 그 말을 듣고 껄껄 웃었어요. 그즈음에는 웃기만 해도 통증이 따랐는데도. 그게 마지막으로 본 그이의 모습이었어요. 동틀 무렵의 리블헤드 승강장. 그이는 런던에서 몇 시간 있다가 바로 오기로 했어요. 나는 그이가 차 마시는 시간쯤이면 집에 올 줄 알았어요.」

「리처드 프라이스가 금전적 지원을 거부했군요.」 내가 말했다.

나는 그랬을 거라고 확신했다. 그래야 말이 됐다. 리처드는 돈을 대주지 않겠다고 했다. 그레그는 열차에 몸을 던졌다. 그리고 수전은 다음 날 런던을 찾았다. 어쩌면 그녀가 리처드를 살해했을지도 모른다.

「그렇게 생각하실 수 있겠지만 천만에요.」 수전은 쏘아붙였다. 「리처드 프라이스는 착한 사람이었어요. 아마 롱 웨이 홀에서 그런 사고가 벌어진 게 자기 때문이라고 생각했을 거예요. 좀 전에 얘기했다시피 우리 그이도 자책했거든요. 하지만 절대 상대방을 탓하지는 않았어요. 두 사람은 거기서 빠져나오기로 함께 결정을 내렸고 모두들 동의했다시피 그건 옳은 결정이었어요.」

그녀는 동의를 구하려는 듯이 데이브 갤리번을 보았지만 그는 여전히 고개를 돌리고 있었다.

　「그레그는 햄프스테드에 있는 그의 집으로 찾아가기로 했어요.」그녀는 말을 이었다. 「아마 점심 무렵이었을 거예요. 리처드가 집에 자기 혼자 있을 거라고 했대요. 자세한 정황은 모르겠지만 그는 6년이라는 세월을 잊은 듯이 그레그를 맞이했고 두 사람은 다시 절친이 됐어요. 그는 그레그의 얘기를 듣더니 2만이나 5만 파운드쯤 도와주는 게 아니라 전액을 대겠다고 했고요. 리처드는 그런 사람이었어요. 천사였어요.」

　「그걸 어떻게 아십니까, 테일러 부인?」호손이 물었다.

　「그레그가 전화로 알려 줬거든요.」그녀는 그의 눈을 똑바로 쳐다보며 주머니에서 휴대 전화를 꺼내 식탁 위에 올려놓았다. 「그이가 전화했을 때 운전 중이었어요. 토요일 오후에는 준을 댄스 수업에 데려다주거든요. 그걸 기억했는지 메시지를 남겼어요.」

　그녀는 손을 내밀어 화면을 두어 번 두드렸다. 우리는 죽은 남자의 사진을 보았고 이번에는 목소리를 들었다.

　「자기야, 이제 출발해. 끝내줬어. 믿기지가 않아. 리처드가 나를 집으로 불러서 같이 차를 마셨고⋯⋯ 그나저나 당신도 그 집을 봤어야 하는데. 아무튼 자기가 전부 부담하겠대. 전액을. 믿을 수 있겠어? 그때 일을 만회하고 싶나 봐. 내가 비용이 얼마나 드는지 말했는데도 자기 회사에 이런 경우를 대비해 마련해 놓은 기금이 있다며 ─」말이 끊겼다. 「이제 킹스크로스역으로 돌아가는 중이야. 열차 타면 연락할게.

163

아니면 당신이 전화하든지. 우리 일요일 저녁에 외식하자. 마턴 암스에서. 축하할 일이 생겼잖아. 자세한 건 나중에 얘기해, 알았지? 사랑해.」

희미하게 딸깍하는 소리에 이어 정적이 흘렀다.

「경찰에서 그걸 녹음해 갔어요.」 수전이 말했다. 「원본을 넘길 수가 없었거든요. 그이가 역에 도착했을 때 다시 통화하긴 했지만 그이의 목소리가 담긴 마지막 흔적이라……. 그리고 그이는 이것도 보냈어요.」

그녀는 전화기를 돌려서 그레고리 테일러가 보낸 사진을 보여 주었다. 셀카였다. 그가 서 있는 길을 한눈에 알아볼 수 있었다. 하이게이트에 있는 혼지 레인이었다. 아치웨이 로드 위를 지나는 그 다리가 그의 뒤편으로 보였다. 그는 미소를 짓고 있었다.

「그나마 위안이 되는 부분이 있다면 이거예요.」 수전은 말을 이었다. 「그이가 죽을 때 그보다 행복할 수 없는 상태였다는 거. 기분이 끝내줬다는 거. 이제 다 괜찮아질 줄 알았을 테니까요.」

그 말을 듣자 또 다른 생각이 머릿속을 스치고 지나갔다. 그레고리 테일러가 괜찮아질 일은 없었다. 그가 수술을 받을 일은 없었다. 그게 프라이스가 살해당한 이유가 될 수 있을까? 금전적인 지원을 막기 위해서?

호손도 나와 비슷한 생각을 하는 듯했다. 「부군은 기분 좋게 귀갓길에 오르셨죠.」 그는 말했다. 「그럼 킹스크로스역에서 어쩌다 그렇게 된 거라고 생각하십니까?」

「그걸 알아내는 게 형사님의 일 아닌가요?」 수전이 대답했다. 「저는 전혀 모르겠고 경찰에서는 CCTV 영상을 보여 주지 않으려고 해요. 하지만 경찰들 말로는 승강장에 리즈 응원단이 많았다고 하더군요. 술에 취해 있었다고.」 그녀는 사랑하던 남자의 유골이 담긴 신성한 유품이라도 되는 양 휴대 전화를 움켜쥐었다. 처음으로 그녀의 눈에 눈물이 고였다. 「거기에 대해서는 생각하고 싶지도 않아요. 이제 아는 건 다 말씀드렸으니 괜찮으시면…….」

갤리번이 배웅을 하려는 듯 앞으로 나섰지만 호손은 꿈쩍 하지 않았다. 「런던에 다녀오셔야 했죠.」 그가 말했다.

「일요일 오전에 다녀왔어요. 가서 경찰을 만났어요. 이름 이 매코이라고 하던데. 여기 이 데이브한테 아이들을 맡겼 고요.」

「시신의 신원을 확인하셨죠.」

「네, 경찰 측에서 사진을 보여 줬어요.」

「그러고 나서 언제 돌아오셨습니까?」 호손이 이걸 묻는 이유는 하나뿐일 수밖에 없었다. 리처드 프라이스가 살해당 한 시각에 수전 테일러가 런던에 있었던 것이다! 하지만 그 녀가 그 사건과 연관이 있을 수는 없었다. 전혀 말이 되지 않 았다.

「월요일까지 거기 있었어요. 경찰에서 역 근처에 호텔을 잡아 주었어요. 끔찍한 곳이었지만 너무 늦어서 열차를 탈 수가 없었어요.」

「일요일 저녁에 뭘 하셨나요?」

「춤추러 갔다가 나가서 저녁을 먹었죠.」 그녀는 호손을 노 려보았다. 「내가 뭘 했을 것 같아요? 혼자 가만히 앉아서 떠날 수 있을 때까지 시간이 가기만 기다렸죠.」

그녀는 그만 자리를 정리하고 싶어 했지만 호손의 신문이 아직 끝나지 않았다. 「하나만 더요, 테일러 부인.」 그가 말했다. 미안해하는 기미가 전혀 없었다. 「롱 웨이 홀에 대해서 묻고 싶어서요.」

「그건 내가 알려 줄 수 있어요.」 갤리번이 말했다.

「테일러 부인께 듣고 싶습니다.」

「6년 전 일이에요.」

「부인 말로는 리처드 프라이스와 부군은 서로 비난하지 않았다지만 다른 사람은 비난했을 수도 있지 않을까요?」

그녀의 눈이 동그래졌다. 「왜 그렇게 생각하세요?」

「좋든 싫든 간에 두 사람 다 거의 스물네 시간의 간격을 두고 흔치 않은 죽음을 맞이했으니까요, 테일러 부인. 그리고 롱 웨이 홀이 그 둘의 연결 고리인 것 같고요.」

수전 테일러는 손목시계를 흘끗 확인하더니 갤리번에게 신호를 보냈다. 못마땅하지만 우리에게 시간을 좀 더 할애하려는 모양이었다.

「그레그한테 들은 게 전부지만 그 얘기를 듣고 싶으신 걸 테죠. 4월의 주말이었어요. 리처드 프라이스와 찰리 리처드슨, 그 둘이 런던에서 올라왔어요. 다들 리블헤드에 있는 스테이션 인에서 묵었죠. 그레그까지도요. 사실 돈 낭비였어요. 여기서 20분밖에 안 걸리거든요. 하지만 그래야 셋이서 술을 마실 수 있었고 아마 제법 마셨을 거예요. 다 같이 뭉쳐서 학창 시절을 회상하는 뭐 그런 허튼짓이었다고 할까요.」

「리처드 프라이스를 만난 적 있으십니까?」

「당연하죠. 여러 번 봤어요. 솔직히 말만 번드르르해서 내 타입은 아니었지만. 그레그가 집으로 초대하지는 않았어요. 보잘것없는 집이라 부끄러웠나 봐요. 그래도 마틴 암스나 뭐 그런 데서 같이 저녁을 먹기도 했죠. 사인 심문 때도 만났지만 그 자리에서는 대화를 나누지 않았어요. 그때 나는 아무하고도 얘기하지 않았어요.

아무튼 사인 심문으로 나온 결론이 그레그에게 들은 얘기와 일치했죠. 그때가 4월이었고 날이 따뜻했어요. 2주 동안 햇볕이 쨍쨍 내리쬐다 그날은 비 예보가 있었어요. 심지어 폭풍우가 온다는 말까지 있었지만 그레그가 구름을 보더니 동굴 탐사를 시작하는 올드잉 레인에서 멀리 떨어진 지역에 내리는 국지성 호우일 거라고 하더군요. 그레그는 날씨를 잘 예측했어요. 틀린 적이 없었어요. 그들은 정오에 들어갔다가 오후 늦게 나올 예정이었고 거긴 4등급 포트였어요, 그게 무슨 뜻인지 모르시겠지만. 길이는 3.2킬로미터. 군데군데 탐색할 만한 피치가 많았고 꽤 조심해야 하는 곳들이 있었어요.

어쨌든 폭풍우가 하필이면 그들 머리 위로 들이닥쳤고, 문제는 땅이 단단하다 보니 물이 금세 스민다는 거였어요. 그들은 곤경에 처했다는 걸 단박에 알아차렸고 선택의 기로에 놓였죠. 지대가 높은 곳으로 기어 올라가느냐, 아니면 최대한 빨리 이동해 거기서 빠져나오느냐. 세 사람은 후자를 선택했어요. 까다로운 컨토션이 한 군데 있었지만 거기만 잘 빠져나오면 이후로는 제법 수월해서…… 기어가다가 허리를 구부리고 걷다가 하면 됐거든요. 아무튼 물이 차기 전

167

에 나오기만 하면 아무 문제 없었죠.

　그래서 그들은 그렇게 했어요. 셋이 합의한 사안이었어요. 그런데 서두르다가 찰리 리처드슨이 떨어져 나와 뒤에 처진 거죠. 나머지 둘은 출구를 앞둔 마지막 통로에 다다라서야 그가 없다는 걸 알아차렸어요. 그럼 어떻게 해야겠어요? 바로 앞에 환한 빛이 보이는데. 물살이 밀려오고 있는 와중에 돌아가는 건 미친 짓일 텐데. 그들은 그의 이름을 불렀지만 시간 낭비였어요. 그가 5미터 거리에 있었다 한들 물소리며 여러 소음 때문에 들리지 않았을 테니까요. 그래도 그들은 돌아가기로 했어요. 좀 전에 지나온 길은 급류가 흐르는 강으로 변했지만 수직 크랙이라고 불리는 곳이라…….」

　「아주 높지만 좁아요.」 갤리번이 설명을 거들었다. 「엉덩이와 팔꿈치를 써서 벽 사이에 몸을 딱 붙이면 물살 위로 이동할 수 있어요.」

　「그래도 위험하긴 하죠.」 수전 테일러가 덧붙였다. 「미끄러지면 물살에 휩쓸려 갈 테니까요. 그래도 둘은 열심히 되돌아갔지만 찰리는 흔적조차 보이지 않았어요.」

　그녀는 더 이야기할 필요가 있겠느냐는 듯이 중간에 말을 끊었다.

　「두 사람은 찰리가 컨토션을 놓쳐서 전혀 다른 쪽으로 갔나 보다고 결론을 내렸어요. 그 아래는 미로 같거든요.」

　「거기가 스파게티 분기점이에요.」 갤리번이 말했다. 데이비나 리처드슨에게 들은 이름이었다.

　「거기까지 갈 방법은 없었기 때문에 두 사람은 두 번째 결정을 내렸어요. 밖으로 나와서 도움을 요청하기로.」

「그들은 잉 레인 농장으로 갔어요.」 갤리번이 이야기를 넘겨받았다. 「거기 주인이 크리스 잭슨인데, 그가 없으면 부인이라도 있으리라는 걸 알았거든요. 그들은 거기서 경찰에 신고했어요. 경찰은 곧바로 나한테 연락했고요. 나는 5시 5분에 사고를 접수하고 팀을 소집했어요. 7시에 롱 웨이 홀로 내려갔죠.」

「경찰이 나한테도 연락했어요.」 수전은 찻잔을 집었지만 차가 다 식어 있었다. 그녀는 얼굴을 찡그리며 잔을 내려놓았다. 「그때 사고가 났다는 걸 알았죠. 하지만 다음 날이 되어서야 시신을 찾았고…….」

「이제 그만합시다.」 갤리번이 으르렁거렸다. 「더 자세히 알고 싶으면 조서를 참고하세요. 전부 공개됐으니까. 이제 그만 나가 주셔야 할 것 같은데요.」

「애들이 곧 올 거라서요.」 수전이 그렇게 말하며 티슈를 향해 손을 뻗었는데 손끝이 떨리고 있었다. 고개를 들어 보니 그녀가 울고 있었다.

「밖에서 기다리세요.」 갤리번은 그녀에게 다가갔다.

호손은 자리에서 일어나며 말했다. 「시간 내주셔서 감사합니다, 테일러 부인. 킹스크로스역에서 무슨 일이 있었는지 저희가 알아내겠습니다. 약속합니다.」

그녀는 원망이 섞인 사나운 눈빛으로 그를 흘끗 올려다보았다. 그럴 만도 했다. 그의 방문으로 인해 상처가 벌어졌고 과거의 기억을 다시금 되살려야 했으니까. 나는 말없이 묵례만 했다. 우리는 주방에서 나왔다.

하지만 그 집에서 곧장 나오지는 않았다. 호손은 아무도 보는 사람이 없다는 걸 확인한 뒤 현관을 가로질러 거실로 들어갔다. 나도 뒤따라갔다. 거실은 금욕적이라고 할 만큼 아무것도 없었다. 벽난로와 피아노 외에 TV, 소파 두 개, 선 인장 화분이 놓인 커피 테이블, 행복했던 한때가 담긴 가족 사진 몇 장이 전부였다. 두 짝으로 된 유리문이 온실 쪽으로 열려 있었다. 의자 위에는 고양이가 웅크리고 있었다. 그게 다였다. 그것 말고는 없었다.

「뭘 찾으려고요?」 나는 조그맣게 물었다.

「안 보여요?」 호손이 반문했다.

나는 다음 말이 이어지길 기다렸다. 그는 아무 말도 하지 않았다.

「네.」 내가 말했다.

호손은 고개를 저었다. 「어이, 바로 눈앞에 있잖아요.」

그는 뭔가를 발견하거나 알아낼 때마다 무슨 게임을 하는 사람처럼 내게 감췄다. 탐정 소설이 매번 그런 식이라 볼 때 마다 짜증이 났는데 나로서는 어쩔 도리가 없었다. 우리는 거실에서 살금살금 빠져나와 밖으로 나갔다. 문밖으로 나오 자마자 그가 담배에 불을 붙였다.

「꼭 그렇게 부인을 몰아붙여야 했어요?」 나는 물었다.

호손은 진심으로 놀란 표정을 지었다. 「내가 그랬어요?」

「부인이 심란해했잖아요.」

「그게 아니라 긴장했죠.」

긴장했다고? 내가 보기에는 아니었다. 전혀 그렇게 보이 지 않았다. 그리고 그녀가 긴장할 이유가 뭐가 있겠는가? 이 런 생각을 하다가 호손은 모르고 나만 아는 게 하나 있다는 사실을 기억해 냈다. 16년 동안 크라우치엔드에서 살다 보니 알게 된 것인데, 이 사건과 상관없는 정보일 가능성이 높았지만 그래도 그에게 알려 주기로 마음먹었다. 그래야 오늘의 수사에 뭐라도 기여할 수 있었다.

「부인이 보여 준 사진 있잖아요.」나는 말을 꺼냈다.

「그레고리 테일러가 부인에게 보낸 사진이요?」

「어디서 찍은 건지 알아요.」나는 극적인 효과를 위해 잠깐 말을 멈추었다. 「자살 다리에서 1분 거리에 있는 곳이에요.」

「자살 다리?」

「하이게이트에 있는 혼지 레인을 다들 그렇게 불러요. 만약 그가 자살할 생각이었다면 거기서 뛰어내릴 수도 있었어요. 그런데 정말 흥미로운 사실이 또 있어요. 거기서 데이비나 리처드슨의 집까지 도보로 5분밖에 안 걸린다는 거예요.」

호손은 이 정보를 머리에 담았다. 「흥미롭네요.」그도 인정했다. 「하지만 그보다 더 재밌는 게 뭔지 알아요?」

「뭔데요?」

「킹스크로스역. W. H. 스미스. 그가 왜 그 책을 샀을까요?」

11
스테이션 인

잉글턴에서 호텔로 갈 줄 알았더니 호손은 롱 웨이 홀 입구에 가보고 싶어 했다. 그게 어떤 식으로 도움이 될지 알 수 없었지만 직접 장비를 장착하고 동굴 지대로 들어가 보자고 하지 않는 것만으로도 나로서는 고마울 따름이었다. 데이브 갤리번이 자기 랜드로버에 우리를 태워 주었다. 차가 어찌나 낡았는지 요철이나 바닥 격자판을 넘다가 퍼지는 건 아닌지 불안할 지경이었다. 호손은 앞자리에 앉았다. 나는 뒷자리에 끼어 타 플라스틱 통과 밧줄과 배낭에 둘러싸인 채 진흙이 길쭉하게 튄 창문으로 밖을 내다보았다.

기찻길이 시골 마을을 가차 없이 갈라 놓았지만 차를 타고 가니 좀 더 완만하게 굽이굽이 가로지를 수 있었다. 오두막집과 농가, 시냇물과 다리, 숲과 언덕. 가까이서 보니 이 모든 게 더욱 사랑스러웠다. 갤리번은 어쩌다 한 번씩 주석을 달았지만 작가가 함께 있는 게 신경 쓰였는지 그 내용은 의도적이리만치 진부했다.

「저게 원사이드예요. 세 개의 봉우리 중에 제일 높은 곳이요. 그리고 저게 잉글버러. 자세히 보면 능선이 석탄기 석회암이에요. 저건 스웨일데일이고요.」 그러더니 양 떼를 가리키며 말했다. 「저 녀석들이 여기서 풀을 뜯은 지 2백 년 정도 됐어요.」

호손은 그의 옆자리에 앉았으니 전망이 제일 좋았지만 역시나 아무 관심도 없었다. 의자에 몸을 파묻고서 아무 말도 하지 않았다.

도로에서 갈라져 나온 비포장 오솔길을 따라 얼마간 달리자 데일스의 눈부시게 파릇파릇한 빈터가 펼쳐졌다. 마침내 돌담에 달린 게이트 앞에 차가 멈추어 섰다. 그 문을 지나서 또 다른 오솔길을 따라 걸어가는 동안 우리가 자갈을 밟는 소리 말고는 거의 아무 소리도 들리지 않았다. 잉글턴에서는 날이 화창했는데 하늘이 점점 흐려지고 있었다. 리처드 프라이스, 찰스 리처드슨, 그레고리 테일러가 마지막 여행에 나섰을 때도 이렇지 않았을까 싶었다. 아직 파란 하늘이 꽤 남아 있었지만 저 멀리서 먹구름이 서로 뒤엉키며 벌판 위에 시커먼 그림자를 드리웠다. 빛이라고는 비스듬히 기둥처럼 내리꽂히는 햇빛 몇 줄기가 전부였다.

우리는 졸졸 흘러온 개울이 바위 둔덕을 만나 갑자기 폭포처럼 쏟아지는 지점에 다다랐다. 수심이 얼마나 되는지 알 수 없었지만 땅속 깊은 데까지 이어지는 것 같았다. 저 앞으로 우뚝 서 있는 언덕 중턱에서 시커멓게 입을 벌린 동굴은 담쟁이와 이끼로 둘러싸여 있었다. 마치 어린아이들에게 겁을 주기 위해 쓰인 잔혹 동화에 나오는 괴물 같았다. 여기서 세 남자는 어둠에 몸을 맡기고서 땅속으로 들어갔다.

173

「출구는 어디죠?」호손이 물었다.

갤리번이 손으로 가리켰다. 「동쪽으로 3.2킬로미터 지점이요. 드라이어 언덕 뒤편으로 돌아가면 나와요. 거기도 가보실래요?」

호손은 고개를 저었다. 그는 지평선을 훑어보다가 하얗게 칠한 농가를 발견했다. 풀밭에 둘러싸인 외딴 농가였다. 「저기에는 누가 삽니까?」

「아까 말한 크리스 잭슨이요. 저기가 바로 잉 레인 농장이에요.」

「그분이 집에 있을까요?」

「아마도요. 만나고 싶어요?」

「그래도 된다면요.」

「좋을 대로 하시죠.」

우리는 걸어가지 않았다. 다시 차에 올라타서 게이트를 지나 아까보다 더 울퉁불퉁한 길을 달렸다. 타이어가 돌멩이와 먼지를 뱉어 냈다. 여기가 롱 웨이 홀 위가 아닐까 싶었다. 이 원정이 내게는 다소 무의미한 일로 여겨졌다. 호손은 세 남자가 동굴 안으로 들어갔을 때 뭔가 수상한 일이 벌어졌다고 생각하는 걸까? 지하 깊숙한 곳이니 살인을 저지르기에 좋은 장소이기는 했다. 적어도 시신을 따로 묻을 필요는 없을 테니까. 리처드와 그레고리가 찰스 리처드슨을 살해했다면? 누군가가 복수에 나서서 한 사람은 둔기에 맞고 다른 사람은 기차 앞으로 떠밀렸다면? 충분히 가능성 있는 이야기였다. 하지만 왜 이제 와서 그랬을까? 그리고 가끔 연휴에 탐사를 떠날 때나 만나던 대학 동창 세 사람이 왜 갑자

174

기 난투극을 벌이게 됐을까?

우리는 북쪽으로 3킬로미터 거리에 있는 농장에 도착했다. 버려진 농기구 부품과 가축 사료가 담긴 플라스틱 자루가 여기저기에 쌓인 채 노인처럼 언덕 비탈에 기대어 쉬고 있었다. 이번에도 데이브 갤리번이 문을 두드렸지만 아까와는 다르게 주인이 나올 때까지 기다렸다. 머리는 희끗희끗하고 수염은 덥수룩하며 티셔츠에 청바지를 입은 남자가 문을 열어 주었다. 강단 있고 빗자루처럼 비쩍 마른 그는 전직 군인이었다. 서 있는 자세와 팔에 새긴 문신, 냉혹한 눈빛을 보면 그가 말문을 열기 전에 그것을 알 수 있었다.

「뭐죠?」요크셔 억양을 그대로 옮길 생각은 없지만 — 그러면 우스꽝스러워 보일 것이다 — 그가 우리를 조심스럽게 살피며 던진 첫마디가 이거였다.

갤리번이 우리가 누구이고 왜 왔는지 설명했다.

「그럼 안으로 들어오시죠.」

현관문 바로 앞이 주방이었는데, 돌바닥에 전혀 편안한 분위기가 아니었다. 우리는 식탁 앞에 앉았다. 그는 차를 권하지 않았다.

「나는 그날 사고가 벌어질 줄 알았어요.」그가 우리에게 말했다.「그날 오후에 비가 양동이로 붓는 것처럼 쏟아져서 최악의 사태가 걱정됐거든요. 창밖으로 뒤편에 흐르는 개울을 내다보았죠. 한 해의 절반은 바싹 말라 있는 곳인데, 그날 4시에는 콸콸 흐르더라고요. 그 물이 표지라면 표지예요.」

「날씨를 알리는 표지요.」갤리번이 덧붙여 말했다.「이 주변에는 그런 게 많아요. 물이 졸졸 흐르기만 해도 동굴 안에 들어가면 안 돼요.」

「내가 바버라에게 한 말도 그거였어요.」그는 위쪽을 흘끗 올려다보며 말했다. 아내가 거기 있는 모양이었다. 「바보같이 동굴에 들어간 사람은 없길 바랐죠. 그런데 한 시간 뒤에 문 두드리는 소리가 나더니 남자 둘이 들어오지 뭡니까. 온몸이 흠뻑 젖어서 엉망진창이었고 한 명은 코피를 흘리고 있었어요. 나는 1~2분 지난 다음에야 그레그 테일러를 알아보았어요. 같이 있던 사람은 모르는 작자였고요. 아무튼 그들이 롱 웨이 홀에서 무슨 일이 벌어졌는지 얘기하더군요. 돌아가서 친구를 찾으려고도 해봤다며 둘 다 걱정으로 제정신이 아니었어요. 나는 바버라에게 마실 걸 준비해 달라고 하고 경찰에 연락했죠.」

「그 두 사람이 여기 있는 동안 다른 얘기는 없었습니까?」 호손이 물었다.

「계속 떠들었지만 대부분 횡설수설이었어요. 비가 퍼붓고 있어서 같이 동굴 구조대가 도착하길 기다렸고요. 그런데 이거 알아요? 둘 중에서 그레그의 상태가 더 심각했어요. 다른 작자는 말이 없었고요. 귀신을 본 사람처럼 가만히 앉아 있기만 했지. 하지만 그레그는 〈나 때문에 벌어진 일이에요〉라고 했어요. 〈나 때문에 벌어진 일이에요. 나 때문에 벌어진 일이에요.〉 그 말을 반복했어요. 막을 방법이 없더군요.」

「그러고는 어떻게 됐습니까?」

「경찰차가 와서 그 둘을 태워 갔죠. 이미 늦었지만 데이브와 구조대가 최선을 다하고 있었고요. 마지막으로 봤을 때 그레그는 꼭 죽은 사람처럼 창밖을 멍하니 내다보고 있었어요. 하지만 그날 죽은 사람은 그레그가 아니었죠.」

「이제는 죽은 사람이 됐지만.」 갤리번이 중얼거렸다.

「아, 소식 들었어요. 어쩌면 심판을 받은 걸지도요. 누가 알겠어요? 결국에는 우리 모두 심판을 받게 되어 있어요.」

우리는 스테이션 인으로 돌아가 천장이 낮고 기둥에는 니스 칠이 된 아늑한 식당에서 저녁을 먹었다. 바 카운터를 따라 바닥에 기찻길이 한 줄 깔려 있었고 그것이 발을 얹어 놓는 발판 역할을 했다. 여름이면 얼마나 시끌벅적할지 상상이 됐지만 그날 저녁에는 아주 조용했다. 지구를 침략한 외계인처럼 깜빡거리는 거대한 슬롯머신이 한쪽 구석에 놓여 있었는데 아무도 건드리지 않았다. 투실투실한 래브라도리트리버가 바구니 안에서 자고 있었다.

호손이 갤리번까지 초대해 우리 셋이 창가 테이블에 앉았다. 창밖으로 잉글턴에서 보았던 것과 자매지간인 또 다른 고가 다리가 보였다. 큼지막한 소고기 스테이크와 동물의 콩팥을 넣은 파이가 나오자 호손은 안에 뭐가 들었는지 의심스러운 듯 신중하게 식사에 임했다. 갤리번과 나는 요크셔 비터맥주를 한 잔씩 마셨다. 늘 그렇듯 호손은 물을 마셨다.

처음에는 이런저런 대화 — 관광 사업, 동굴 탐사, 이 일대에 도는 소문 — 를 나누었지만 호손이 갤리번을 초대한 이유는 오로지 하나뿐이었다. 궁금한 게 있었기 때문이다. 아니나 다를까, 오래지 않아서 그가 갤리번을 덮쳤다.

「자, 이제는 뭘 숨기고 있는지 얘기할 때도 되지 않았나요,

177

데이브?」

「그게 무슨 소린지 모르겠습니다만.」갤리번은 포크를 입으로 가져다가 말고 멈추었다.

「수전 테일러를 만나러 갔을 때 그녀가 말했죠. 사인 심문 때 당신도 그 자리에 있었다고요.」

「맞습니다.」

「당신은 그때 수상한 대목이 없었다고, 어느 누구의 잘못도 아니었다고 했고요.」

「사실이 그랬으니까요.」

「확실합니까?」갤리번이 아무 대꾸도 하지 않자 호손은 말을 이었다. 「당신은 부인 옆에서 불편해했고 지금도 불편해하고 있어요. 20년 동안 경찰로 일한 내가 거짓말하는 사람을 보고도 못 알아챌 줄 알아요? 뭘 감추고 있는 겁니까?」

「감추는 건 아무것도…….」

「사람이 둘이나 죽었어요, 데이브. 당신 친구 그레그는 열차 앞으로 추락했고, 그가 마지막으로 만난 사람은 그로부터 스물네 시간 뒤에 둔기에 맞아서 사망했어요. 여기에서 벌어진 사고와 연관이 있을 수도 있기에 알아야겠습니다.」

「좋습니다!」갤리번은 포크를 내려놓았다. 그의 눈이 번뜩였다. 「부인 앞에서는 이런 얘기를 하고 싶지 않았고 이 자리에서 꺼내도 되는지도 잘 모르겠네요. 증거가 없거든요. 아무것도. 그냥 직감이에요.」

「계속하시죠.」

「찰리 리처드슨이 전문가는 아니었을지 몰라도 경험은 많았어요. 동굴 탐사에 대해서 빠삭했다고요. 그런데 어쩌다 그렇게 바보 같은 짓을 저질렀는지 이해가 되지 않더군요. 사실 그 사람이 죽을 이유가 없었거든요.」

일단 말문이 열리자 평온한 저녁 시간은 저편으로 사라졌다. 그는 마치 그 사고가 벌어졌을 때부터 자기 관점에서 설명할 순간만을 기다려 온 사람 같았다. 으스스한 눈빛으로 그가 말을 이었다. 「그레고리 테일러가 맨 앞에서 안내를 맡았어요. 리처드 프라이스가 그다음이었고 찰리 리처드슨은 맨 뒤였죠. 물론 그들은 아직 몰랐지만 지상에는 비가 퍼붓고 있었어요. 그들이 사태를 파악했을 무렵에는 너무 늦었고요. 벌써 홍수가 일으킨 물살이 그들 쪽으로 들이닥치고 있었거든요.」

「보이지가 않는데 그걸 무슨 수로 알 수 있습니까?」 내가 물었다.

「소리가 들려요. 우렁우렁 웅얼거리는 듯한 소리가. 이 세상에서 제일 끔찍한 그 소리가 온 사방에서 점점 커져요. 그리고 이내 느낄 수가 있어요. 빗물이 지면을 뚫고 틈새와 종유석을 타고 흘러내리니까요.」 그는 성난 표정으로 나를 무시하고 호손에게로 고개를 돌렸다. 「그들은 얼른 결단을 내려야 했어요. 10분 내로. 기껏해야 15분 내로. 그래서 계속 전진하기로 했고, 당신도 알다시피 리처드슨은 드레이크 패시지 — 그 컨토션 이름이에요 — 를 놓치고 스파게티 분기점으로 들어가 버렸죠. 특히 마음이 급할 때 누구나 저지를 수 있는 실수예요. 그런데 여기서 내가 이해할 수 없는 부분이 등장해요.」 그는 강조하는 차원에서 손끝으로 테이블을 톡톡 두드렸다. 「그 사람은 거기로 진입했을 때 왜 그 자리

179

에 가만히 있지 않았을까요? 높은 데로 올라가서 물이 모두 빠질 때까지 기다리면 됐을 텐데. 그럴 경우 벌어질 수 있는 최악의 상황이라고 해봐야 어둠 속에서 혼자 구조대가 도착할 때까지 기다려야 한다는 것이었을 텐데.」

「겁에 질려서 이성이 마비됐을 수도 있죠.」내가 말했다.

갤리번은 고개를 저었다. 「경험이 많은 동굴 탐사가는 그 정도로 겁에 질리지 않아요. 그에게는 손전등 배터리도 충분했어요. 그보다 더 중요하게는 세이프티 백도 들고 있었어요.」그는 우리가 물어보기 전에 세이프티 백이 뭔지 설명했다. 「방수 천으로 만들어진 일종의 봉지예요. 그걸 머리 위에서부터 뒤집어쓰고 그 안에 앉아 있으면 구조를 기다리는 동안 체온을 유지할 수 있어요. 그런데 찰리는 그게 자기 목숨을 앗아 가도록 방치했어요.」

「어떤 식으로요?」호손은 물었다.

「그가 꼼짝 못 하게 된 이유가 그것 때문이었거든요. 세이프티 백이 밧줄로 짧게 동굴 탐사 장비에 매달려 있었는데 그가 아래로 뛰어내릴 때 컨토션에 걸린 거예요. 무슨 말인지 알겠어요?」갤리번은 양손으로 좁은 관 모양을 만들더니 위아래로 움직였다. 「그는 스파게티 분기점에서 드레이크 패시지로 돌아가는 길을 찾았어요. 그래서 친구들을 따라잡으려고 뛰어내렸는데 세이프티 백이 컨토션에 걸린 거예요. 그 끝에 온 체중이 실려 있었으니 어쩔 방법이 없었겠죠. 달리 붙잡을 게 없었으니 친구들이 도와주지 않으면 다시 올라갈 수가 없었죠. 멍청하게 칼을 안 챙겨서 밧줄을 자르지도 못하고 계속 대롱대롱 매달려 있었던 거예요. 결국 홍수가 일으킨 물살이 들이닥쳤을 때 그 안에서 빠져 죽었죠.」
그는 잠깐 말을 멈추었다. 「내가 발견했을 때 그런 상태였어
요. 어쩌면 정신을 먼저 잃었을 수도 있고요. 그랬다면 다행
이었겠지만.」

「이런 얘기를 그레고리 테일러와 한 적 있습니까?」 호손
이 물었다.

「당연히 했죠. 그와 친구 사이이기 이전에 내 직업이 구조
책임자니까요. 하지만 그 사람이 죽었을 때 그레그는 그 자
리에 없었잖아요. 프라이스와 함께 이미 앞서가 버렸지. 그
때 리처드슨의 머릿속에 어떤 생각이 떠올랐을까요? 아무도
모를 일이죠.」

「셋이서 같이 스파게티 분기점에서 기다리지 않은 이유가
뭐였을까요? 좀 전에 당신 말로는 거기가 더 안전했을 거라
면서요.」

「맞아요. 거기서 기다리는 게 나았을지 모릅니다. 하지만
그레그가 말하길 안으로 들어갔다간 빠져나오는 길을 찾지
못할 것 같았다고 하더군요. 그 말에도 일리가 있었어요. 나
도 거기 가본 적이 있는데 아주 끔찍하거든요.」 갤리번은 한
숨을 쉬었다. 「아무튼 일이 끝난 뒤에 이러쿵저러쿵하기는
쉽죠. 당장 물이 밀려오는 소리가 들리는데 얼마나 나오고
싶었겠어요. 내가 그 자리에 있었어도 같은 결정을 내렸을
지 몰라요.」

한동안 정적이 흘렀다. 나는 혼자 식사를 이어 가다가 뒤
늦게 나이프와 포크를 내려놓았다.

「당신이 알면 도움이 될 만한 게 하나 더 있어요.」 갤리번

이 덧붙였다. 「그레그가 런던에서 나한테 전화를 했어요. 죽던 그날에.」

「토요일에요?」 호손이 물었다.

「네, 토요일 오후에요. 역으로 가는 길이라며, 롱 웨이 홀 건에 대해서 나한테 하고 싶은 얘기가 있다고 했어요. 실제로는 어떤 일이 벌어졌는지.」

「그가 그렇게 말했습니까? 정확히 그렇게요?」

「네. 계속 고민했다며 마음의 짐을 내려놓고 싶다고 했어요. 우리는 바로 여기서 만나기로 약속했어요. 월요일 저녁 7시에.」

「하지만 그는 집으로 돌아오지 못했죠.」

「열차에 깔렸고 그것으로 끝이었죠.」

롱 웨이 홀을 관통한 물살처럼 선명한 깨달음이 나를 강타했다. 갑자기 상황이 분명해졌다. 그레고리 테일러는 남들은 모르는 뭔가를 알고 있었다. 그 치명적인 사고가 벌어지기 직전에 무슨 일인가가 있었다. 그는 데이브 갤리번에게 그 일을 말하려고 했다. 하지만 집에 돌아오지 못하고 죽었다.

그는 살해당했다. 그리고 그것이 그가 살해당한 이유였다.

그날 저녁에 갤리번이 떠난 뒤 호손을 붙잡고 내 생각을 밝혔다. 하지만 짜증 나게도 그는 나처럼 확신하지 않는 눈치였다. 「어이, 앞뒤가 안 맞잖아요. 그가 역으로 가는 길에 통화하면서 뭐라고 말하는지 들은 사람이 있었다면 옆에 누가 있었다는 뜻인데, 부인 말로는 그가 혼자 갔다고 했잖아요.」

「런던에서 누굴 만났을 수도 있죠.」 나는 시간을 따져 보았다. 「데이비나 리처드슨을 만났을 수도 있어요. 그가 그녀의 집 근처에 있었잖아요.」

「예? 그럼 그녀가 킹스크로스역까지 따라가서 그를 승강장 아래로 떠밀었다고 생각해요?」

「그랬을 수도 있어요. 리처드 프라이스와 그레고리 테일러 때문에 자기 남편이 죽었다고 생각했으면 이 둘을 죽였을 수 있죠.」

「하지만 부인은 그들을 탓하지 않았어요. 프라이스는 용서했고 테일러는 6년 동안 만난 적이 없었어요. 테일러가 죽은 날 그녀와 만났는지조차 우리로서는 알 수가 없고요.」

「그럼 부인에게 물어봐요.」

호손은 스스로 생각하기에 그 단어의 정의에 가장 부합하는 미소를 지었다. 「당연히 물어봐야겠죠. 당신은 부인이 마음에 들었나 봐요, 그렇죠?」

「괜찮은 사람 같던데요.」

「그리고 그 아들은 당신 책을 좋아했다고 하고!」

「맞아요! 당신 아들하고는 다르게.」

그날 저녁에 희한한 일이 또 하나 있었다. 다음 날 아침 7시에 출발할 예정이라 일찌감치 하루를 정리하고 객실로 올라가려던 찰나에 한 남자가 식당으로 들어왔다. 그가 문 앞에 서서 어리둥절한 표정으로 우리 쪽을 쳐다보는 것을 먼저 알아차린 사람은 나였다. 남자는 30대 후반으로 금발에 키가 작고 아주 호리호리했다. 후드 티에 청바지를 입고 있었다. 머뭇거리다가 우리 쪽으로 걸어오기에 나를 알아본 독자인 줄 알았다.

하지만 그가 알아본 상대는 호손이었다. 「빌리!」 평서문과 의문문의 중간쯤에 해당하는 투로 이 단어를 외쳤다. 호손은 고개를 들었지만 전혀 알아보지 못하는 눈치였고, 그러자 이 남자는 급격히 자신감을 상실했다. 「나 마이크야.」 그가 말했다. 「마이크 칼라일.」

「어이, 미안해요.」 호손은 고개를 저었다. 「내 이름은 빌리가 아니에요. 그리고 마이크 칼라일이라는 사람은 모르고요.」

남자는 당황해서 어쩔 줄 몰라 했다. 얼굴뿐 아니라 목소리도 자신이 아는 사람이 맞다고 생각하는 눈치였다. 「리스에서 살지 않았어요?」

「아뇨. 거기가 어딘데요? 나는 막 런던에서 온 참이에요. 리스라는 데는 가본 적도 없고요.」

「하지만……」 남자는 그대로 물러나지 않으려 했지만 호손이 호락호락하지 않았다. 그냥 딱 잘라 말하는 수준이 아니라 거의 으르렁댔다. 「죄송합니다.」 남자는 더듬더듬 사과하면서도 쉬이 떠나지 못하고 그 자리에서 계속 호손을 쳐다봤다.

호손은 물잔을 집었다. 「별말씀을.」 그의 말투에서 냉랭한 기미가 느껴졌다. 눈빛도 마찬가지였다.

「죄송합니다.」 남자는 그 메시지를 알아들었다. 그는 그냥 물러나기만 한 게 아니었다. 맥주나 한잔하러 왔을지 몰라도 아예 생각을 바꿔서 왔던 길을 그대로 되짚어 나갔다.

「난 이제 자리 들어갈게요.」 호손이 말했다.

나는 이게 어떻게 된 일이냐고 묻고 싶었다. 전에 그가 윌리엄이나 빌리라는 이름을 쓴 적 있었을까, 아니면 그 남자가 단순히 착각한 걸까? 더러 착각인 경우도 있긴 했지만 왠지 모르게 그게 아닌 듯했다. 그날 호손이 하루 종일 묘한 분위기를 풍겼던 것도 마이크 칼라일이라는 이름과 연관이 있는 것 같았다.

호손은 아무 말 없이 자리에서 일어났고 다음 날 아침에 만나서 식사를 같이할 때도, 열차를 타고 런던으로 돌아오는 동안에도 그 일에 대해서는 언급하지 않았다.

12
하이쿠

그날 런던으로 돌아온 지 몇 시간 뒤에 나는 「포일의 전쟁」 제작 본부에 들어섰다. 여전히 상황이 나아지지 않았음을 알 수 있었다. 전화벨은 울려 대고, 프린터는 새 문서를 토해 내고, 경리는 절박한 표정으로 컴퓨터 화면을 들여다보고, 심부름꾼들은 꽁지에 불이 난 것처럼 남들 뒤꽁무니를 쫓아다니고…… 이런 건 정상적이었다. 나를 불안하게 만든 건 정적이었다. 질의 사무실로 들어가자 다들 내 눈을 피했다.

「무슨 일이야?」 나는 물었다.

질은 책상 앞에 선 채 — 그녀는 절대 앉지 않는다 — 통화를 마치면서 이메일을 체크하며 동시에 조수에게 메모를 받아 적게 하고 있었다. 그녀가 입버릇처럼 말하듯 진정한 멀티태스킹은 여자들만 할 수 있다. 「당신이 걱정할 일은 아니야.」

「무슨 소리야. 똑바로 말해!」

「로케이션 하나가 날아갔어.」

「어떤 거?」

「추격 신. 몽땅 다.」 무장한 러시아 암살범이 런던의 도로를 누비며 포일과 샘을 상대로 추격전을 벌이는, 이 드라마에서 흔히 볼 수 있는 액션 신이었다. 「경찰에서 허가를 취소했어.」 그녀는 말을 이었다. 「심지어 제대로 된 이유도 알려 주지 않고.」

「그쪽에서 뭐라는데?」 나는 물었다. 배 속 깊숙한 곳에서 싸한 기운이 올라왔다.

「모르겠어. 살인 사건 수사 어쩌고 했는데…… 말도 안 되는 소리 같았어. 누가 죽어서 그 일대를 통제해야 한다나? 뭐 어쩌겠어. 거기서 촬영 못 한다는데.」

카라 그룬쇼. 그녀의 소행일 수밖에 없었다. 살인 사건 수사 어쩌고 한 것은 나를 향한 경고였다. 나는 질에게 찍소리도 못 하고 구석에 숨겨져 있는 내 자리로 슬금슬금 뒷걸음쳤다. 카라에게 받은 명함이 주머니에 들어 있었다. 그걸 꺼내 한참 들여다보다가 전화기를 집어서 번호를 눌렀다. 신호가 두 번 울린 뒤에 그녀가 전화를 받았다. 음성 사서함으로 곧장 넘어가길 바랐건만.

「네?」 그녀의 말투는 퉁명스럽고 냉혹하게 들렸다.

「저 앤서니 —」

「누군지 알아요. 왜요?」

「우리 제작 팀이 해크니에서 촬영하려는 거 경위님이 못 하게 하셨나요?」

잠깐의 정적에 이어 숨을 들이마시는 소리가 들렸다. 「그거 물어보려고 전화했어요? 염병, 자기가 뭐라도 되는 줄 아는 모양이네?」

「알려 줄 정보가 있어서요!」 나는 얼른 말허리를 잘랐다. 그녀의 고함 소리를 계속 듣고 싶지 않았다.

「무슨 정보요?」 목소리가 육체와 따로 놀았다. 전화 연결 상태 때문은 아니었다. 인간과 통화하는 것 같지 않았다.

「우리가 방금 요크셔에 다녀왔거든요…… 호손하고 내가. 리처드 프라이스 살인 사건이 6년 전에 거기서 벌어진 동굴 탐사 사고와 연관이 있을지 몰라요.」

호손을 배신하려니 기분이 더러웠지만 그와 질, 둘 중 한 명을 선택해야 한다면 달리 방법이 없었다. 나에게는 드라마 제작이 우선이었다. 하지만 그 와중에도 너무 많이 떠들지는 않기로 마음먹고 조심스럽게 말을 골랐다.

「그 사고라면 우리도 알아요.」 이제 그녀는 무미건조하고 지겨워하는 투였지만 정말 그 사고에 대해 알고 있는지 의심스러웠다. 그녀가 우리보다 먼저 잉글턴에 갔다 왔을 리는 없었다. 그랬다면 수전 테일러가 이야기했을 것이다.

「토요일, 그러니까 리처드 프라이스가 살해당하기 전날 그레고리 테일러라는 남자가 킹스크로스역에서 선로로 추락했어요.」 나는 말을 이었다. 「호손은 그가 어떤 비밀을 알고 있어서 뒤에서 떠밀렸을지 모른다고 생각해요. 그의 입을 막으려는 사람이 그랬을지 모른다고.」

이건 사실이 아니었다. 나의 가설이었고 호손은 이 가설을 완전히 묵살하지는 않았어도 받아들인 건 아니었다. 그래서 그룬쇼에게 던져 주기 딱 좋은 뼈다귀인 것 같았다. 만약 그녀가 진위를 확인하러 나선다면 우리가 바로 그날 오후에 데이비나 리처드슨을 다시 만나려고 약속을 잡았다는 것을 파악할 수 있을지도 몰랐다.

「그레고리 테일러는 이 빌어먹을 사건이랑 아무 상관 없어요.」그룬쇼가 말했다. 나는 그녀가 욕을 달고 사는 게 싫었다. 호손도 못지않게 입이 험했지만 왠지 몰라도 그녀의 욕이 더 듣기 싫고 기분이 나빴다.

「왜 그렇게 생각해요?」

「질문은 집어치워요! 질문을 한들 씨부럴, 내가 대답해 줄 거라고 생각해요? 호손은 지금 요크셔에 있어요?」

「어제 거기 있었어요.」

「시간 낭비하고 있네. 더 할 얘기 없어요?」

나는 그간 어떤 일들이 있었는지 기억을 열심히 더듬으며 알려 줘도 해가 되지 않을 만한 것을 찾았다. 「살인 사건이 벌어진 그 주에 에이드리언 록우드의 사무실에 몰래 들어간 사람이 있었어요. 관련이 있을지 몰라요.」

「그것도 이미 아는 거예요.」그녀가 얼마나 경멸하는 표정을 짓고 있을지 보지 않아도 말투로 느낄 수 있었다. 「내가 정말 듣고 싶어 할 만한 정보가 없으면 다시는 전화하지 말아요.」

「누가 우리 촬영을 ——」나는 다시 이야기를 꺼내 보려고 했다.

그녀는 가만히 듣고 있지 않았다. 전화가 끊겼다.

잠깐 그 자리에 앉아 있었지만 아무것도 할 수 없었다. 그룬쇼와 그런 식으로 통화하고 나니 일에 집중할 수가 없었다. 나는 서서히 결심을 굳혔다. 나를 대하는 그녀의 태도를 떠올리자 스스로 사건을 해결해 보겠다는 마음이 그 어느 때보다 강하게 들었다. 사실 호손도 그녀 못지않게 막돼먹은 인간이지 않은가. 내가 범인을 찾아내서 두 사람 모두에게 망신을 준다면 얼마나 기분이 좋을까? 그건 그들을 떼어 낼 확실한 방편이기도 했다.

번잡한 주변 상황을 무시하고 노트북을 열어 요크셔에서 적은 메모를 조용히 타이핑했다. 사무실 프린터로 출력해 장별로 펼쳐 놓고 지금까지 일어난 일을 시간순으로 읽어 보았다. 앞으로 어떻게 하면 좋을지 방향을 정하기 위해서였다.

첫 번째 질문. 살인 사건은 한 건일까, 두 건일까? 그레고리 테일러는 제삼자에게 떠밀려서 추락했을까, 아니면 제 발로 뛰어내렸을까?

만약 그가 살해당한 거라면 두 사람의 죽음은 서로 연관이 있을 수밖에 없었다. 호손도 수전 테일러를 만났을 때 이렇게 이야기한 바 있었다. 〈좋든 싫든 간에 두 사람 다 거의 스물네 시간의 간격을 두고 흔치 않은 죽음을 맞이했으니까요, 테일러 부인. 그리고 롱 웨이 홀이 그 둘의 연결 고리인 것 같고요.〉 그가 한 말이 고스란히 수첩에 적혀 있었다. 유스턴역 앞에서도 그는 비슷한 말을 했다. 〈우연의 일치가 아니에요.〉 따라서 리처드 프라이스와 그레고리 테일러가 같은 이유로 범행 대상이 되었다면 모든 게 그 사고로 귀결됐고 범인은 두 사람으로 좁혀질 수밖에 없었다. 데이비나 리처드슨 아니면 수전 테일러. 둘 다 그날 런던에 있었지만 데이비나에게는 알리바이가 있었다. 살인이 저질러진 시각에 그녀는 에이드리언 록우드와 함께 있었다.

그런가 하면 데이브 갤리번의 놀라운 폭로도 있었다. 〈롱 웨이 홀 건에 대해서 나한테 하고 싶은 얘기가 있다고 했어요. 실제로는 어떤 일이 벌어졌는지.〉 하지만 테일러가 살해된 이유가 그의 입을 막기 위해서였다면 데이비나와 수전은 용의선상에서 배제되어야 하지 않을까? 그의 입을 다급하게 막아야 할 제삼의 인물 — 예컨대 요크셔에서 만난 농장주 크리스 잭슨이나 그 사고에 연루된 사람 — 이 있었던 건 아닐까?

물론 전반적인 시나리오가 롱 웨이 홀에서 벌어진 사고와 전혀 관련이 없을 수도 있었다. 그런 생각이 들자 걱정스러워졌다. 리블헤드와 스테이션 인 그리고 기타 등등을 가지고 두세 장쯤 썼을 때 그게 다 거대한 미끼인 것으로 밝혀지고 모든 게 시간 낭비로 전락하면 어쩐다? 런던으로 돌아오는 열차를 타기 전에 호손이 그렇게 말한 거나 다름없었다. 〈어이, 앞뒤가 안 맞잖아요.〉 요크셔 장면을 통째로 뺀다고 치자. 그럼 뭐가 남을까?

부유한 이혼 전문 변호사 리처드 프라이스가 자기 집에서 살해당했다. 불과 며칠 전에 그에게 굴욕을 당한 안노 아키라라는 여성에게 와인병으로 머리를 후려치겠다는 협박을 당했는데, 바로 그 방식으로 죽었다. 〈그럼 그녀가 범인이겠네요!〉 맨 처음 호손에게 사건의 개요를 들었을 때 내가 한 말이었고, 그때만 해도 결론이 빤해 보였다. 그녀는 정말로 일요일 저녁에 린드허스트 인근의 외딴 오두막집에 있었을까? 호손은 그 말을 의심하는 눈치였다. 그리고 올리버 메이스필드가 언급한 바에 따르면 리처드가 조사 중이었다는 그 수상한 수입의 출처는 어디일까?

그런가 하면 그녀의 전남편 에이드리언 록우드도 있었다. 내가 보기에 그에게는 자신의 변호사를 살해할 동기가 없었다. 프라이스 덕분에 자신이 원하던 조건으로 이혼을 마무리할 수 있지 않았는가. 그 비싼 와인이 그의 선물이었다. 게다가 록우드는 적어도 단독으로는 범행을 저지를 수 없었다. 그날 저녁 8시 직후까지 데이비나와 함께 있었으니 말이다. 프라이스와 한동네에 사는 그 불쾌한 페어차일드 씨는 8시 5분 전쯤에 누군가가 손전등을 들고 그 집으로 다가가는 것을 보았다고 했고, 마침 그때 프라이스와 통화한 사람도 있었다. 록우드는 도저히 그 시각에 도착할 수 없었다.

나는 그를 제쳐 두고 리처드의 남편 스티븐 스펜서에게로 관심을 돌렸다. 몸이 안 좋은 어머니를 만나러 프린턴에 갔었다는 건 거짓말일 가능성이 거의 1백 퍼센트였고 그 때문에 궁금해졌다. 살인 사건이 벌어지면 왜 다들 사실대로 말하지 않는 걸까? 모두가 협조하지 못해 안달할 것 같지만 아니다, 전혀 그렇지가 않다. 다들 용의자가 되려고 줄을 서서 기다리는 것처럼 느껴질 정도였다. 그렇다면 스티븐은 어디 있었을까? 다른 남자…… 아니면 다른 여자와 함께 있었을까? 리처드 프라이스는 얼마 전부터 자신의 유언장에 대해 언급했다. 자신이 그의 유언장에서 배제될 위기에 처했다는 사실을 알아차린 걸까?

데이비나 리처드슨에 대해서도 생각해 보았다. 그녀는 리처드 프라이스가 남편의 죽음에 일정 부분 책임이 있지만 용서했다고 말했고 나는 그 말을 믿었다. 그녀는 그에게 경제적인 지원을 받았고 아들에게 제2의 아버지 역할을 하도록 허락했다. 그를 통해 고객을 여럿 소개받았고 심지어 그의 집 인테리어까지 맡고 있었다. 그녀가 남몰래 그를 증오하고 있었을까? 그랬다면 이유가 뭘까? 어느 누구도 롱 웨이 홀에서 벌어진 사고가 그의 책임이라고 한 사람은 없었다. 정반대였다. 〈나 때문에 벌어진 일이에요.〉 그레고리 테일러는 잉 레인 농장에서 여러 번 이렇게 말했다. 그녀에게 앙금이 남아 있었다면 그 대상은 테일러가 되었어야 했다.

마지막으로 파란색 안경을 썼고 얼굴에 발진인지 뭔지 모를 게 있었던, 에이드리언 록우드의 사무실에 몰래 들어갔던 남자가 있었다. 그의 정체는 여전히 알 길이 없었지만 리처드 프라이스가 데이비나의 아들 콜린 리처드슨에게 이야기한 사람과 동일 인물인 것 같았다. 〈얼굴이 이상해서 기억에 남았대요.〉 콜린에 따르면 프라이스는 정체불명의 그 남자에 대해 걱정한 지 좀 됐다고 했다. 그 남자를 고용한 사람이 안노 아키라였다면? 그녀는 에이드리언 록우드와 리처드 프라이스가 자신의 뒷조사를 하고 있다는 것을 알았다. 그들이 뭘 알아냈는지 캐내려고 그 남자를 고용했을 수도 있었다.

손목시계를 확인해 보니 두어 시간이 훌쩍 지났는데 나는 여전히 진실에 조금도 가까워지지 못했다. 온 사방이 메모와 낙서였다. 내 책상은 신기하게도 항상 내 정신 상태를 반영한다. 현재는 난장판이었다. 나는 메모지를 한 장 집어서 읽어 보았다. 〈여긴 어쩐 일로? 조금 늦었는데.〉

그의 남편 스티븐 스펜서가 전화로 엿들은 리처드 프라이스의 마지막 말이었다. 하지만 그때는 겨우 8시였다. 그러니까 누가 찾아왔는지 몰라도 늦었다는 말은 밤이 늦었다는 뜻과는 다른 의미일 거였다.

나는 빨간 펜을 꺼내 프라이스가 했다는 말에 밑줄을 그었다. 그 말이 중요하다는 건 알았다. 이유를 알 수 없을 뿐이었다.

데이비나 리처드슨의 집에 도착하고 보니 호손은 없었다. 아직 5시 10분 전이었다. 내가 조금 일찍 온 거였다. 길가에 서서 그를 기다리는데, 현관문이 열리더니 데이비나가 문간으로 나와서 내게 들어오라고 했다.

「창밖으로 보이시길래요.」 그녀가 설명했다. 「친구분 기다리시는 거죠?」

「사실 그 사람이 제 친구는 아니에요.」

「그분을 주인공으로 책을 쓰고 있다고 하셨죠? 그럼 저도 거기 등장하는 건가요?」

「싫으시면 빼드릴게요.」

그녀는 미소를 지었다. 「전혀 상관없어요. 들어와서 기다리세요.」

다시 보슬비가 내리고 있었다. 이런 가을 날씨가 지긋지긋했다. 길바닥에서 하릴없이 기다릴 필요는 없을 것 같아서 그녀를 따라 어지러운 현관을 지나 주방으로 들어갔다. 담배 냄새가 진동했다. 나는 30년 전에 담배를 끊었고 그 전에도 집 안에서는 피운 적이 없었는데, 그녀는 무슨 수로 이 냄새를 견디는지 궁금했다. 식탁 앞에 앉으려는데 이제 보

194

니 그녀가 안노 아키라의 『2백 편의 하이쿠』를 읽고 있었다. 새 책이었고 읽던 페이지가 펼쳐진 채 엎어져 있었다.

「차 드실래요?」

「말씀 감사하지만 괜찮습니다.」

「방금 물을 끓였는데.」 그녀는 초콜릿 다이제스티브를 접시에 담아서 들고 왔다. 「이런 거 먹으면 안 된다는 거 알지만 콜린이 좋아해서요. 한 통 뜯으면 어떻게 되는지 아시죠?」

「콜린은 어디 갔습니까?」

「친구랑 숙제하고 있어요.」 그녀는 과자를 먹었다. 내가 그 집에서 나올 즈음에는 그녀가 먹은 초콜릿 다이제스티브가 네댓 개는 됐을 것이다. 헐렁한 모헤어 스웨터가 체형을 가리기 위한 선택은 아닌 듯했다. 변명을 늘어놓기는 했어도 내가 보기에는 뭐 그리 남의 시선을 신경 쓰는 것 같지 않았다. 자신의 본모습과 현재 상태에 누구보다 만족하는 눈치였다. 그녀가 에이드리언 록우드의 불륜 상대였는지는 아직 단정할 수 없었지만, 만약 그랬다면 안노 아키라보다 더 잘 어울리는 상대로 보였다. 그녀는 콜린을 돌보듯 그를 돌볼 것이다. 잔소리를 늘어놓고 살살 달래다가도 결국에는 그를 위해 아낌없이 최선을 다할 것이다.

「에이드리언 록우드와 잘 아는 사이신가요?」 나는 물었다.

그녀는 과자를 먹다 말고 멈추었다. 「지난번에 오셨을 때 말씀드린 걸로 아는데요. 처음에는 고객으로 소개를 받았다가 친구 비슷한 사이가 됐다고. 그건 왜 물어보세요?」

「별다른 이유는 없습니다.」

「이 집에 남자가 있던 시절이 그리워요.」 그녀는 진심으로 아쉬워하는 표정이었다. 「요즘 같은 시대에 이런 말 하면 안 된다는 거 알지만 저는 남자가 없으면 정말 아무것도 못 하거든요. 한순간도 찰리를 그리워하지 않은 적이 없어요. 저는 뭐든 제대로 할 줄 아는 게 없어서요. TV 리모컨도 다룰 줄 몰라요. 주차는 끔찍 그 자체예요. 차가 도요타 프리우스라 뭐 그리 크지도 않은데. 서머 타임이 끝나면 시계 돌려놓는 것도 깜빡해서 한 시간 일찍 일어나거나 늦게 일어나거나 그래요. 쓰레기 내놓는 것도 질색이고, 혼자 침대 커버를 씌우는 건 또 어떻고요!」 그녀는 한숨을 쉬었다. 「에이드리언은 아키라와 행복하게 지낸 적이 없었어요. 그이가 자기 입으로 그렇게 말한 적은 없지만 보면 알 수 있으니까요. 여자들이 원래 그렇거든요. 우리는 뭔가 잘못됐다 싶으면 단박에 알아차려요.」

그녀가 이런 이야기를 늘어놓는 동안 나는 호손이 오는 소리가 들리는지 초조하게 귀를 기울였다. 그는 나 혼자 여기 있는 걸 보면 별로 좋아하지 않을 것이었다. 자기가 옆에 있을 때도 내가 나서서 뭘 물어보면 질색하는데, 예전에 그런 일도 있었던 마당에 그의 수사에 방해가 될 만한 발언은 하고 싶지 않았다. 그래서 식탁 위에 놓인 책을 흘끗 쳐다보며 별 뜻 없이 물었다. 「이거 읽고 계셨어요?」

「아, 네. 제가 에이드리언과 친한 사이라는 걸 알고 누가 선물했어요.」 그녀는 책을 향해 애매하게 손짓했다. 「솔직히 무슨 소린지 잘 모르겠어요. 저하고 수준 차이가 너무 나네요.」

나는 책을 집었다. 대개 시집이 그렇듯 『2백 편의 하이쿠』

도 상당히 얇았고 — 40페이지밖에 안 됐다 — 정가가 15파운드로 저렴하지 않았다. 하지만 그 정도면 적당하다고 본다. 시집은 판매량에 한계가 있고 반값 스티커가 붙은 시집이 워터스톤스 서점 앞 매대에 비치되는 경우는 거의 없으니까. 그 책은 하드커버였고 호쿠사이[14]의 작품이 아닐까 싶은 목판화가 조그맣게 표지에 실려 있었다. 고급 종이에 하이쿠가 네댓 개 장으로 분류되어 있었다. 뒷면에는 안노 아키라의 흑백 사진이 실려 있었는데 웃는 얼굴은 아니었다.

나는 학창 시절에 하이쿠를 처음 접했다. 뭐 그리 머리가 좋은 아이는 아니었는데 하이쿠는 짧아서 좋았던 기억이 난다. 하이쿠가 널리 알려진 것은 17세기에 활동한 마쓰오 바쇼 덕분이었다. 〈오래된 연못에 / 개구리 퐁당 / 물소리 첨벙〉. 전문을 외울 수 있는 몇 안 되는 시 중 한 편인데, 일본어 원문은 1행이 다섯 개의 음절, 2행은 일곱 개의 음절, 3행이 다시 다섯 개의 음절로 이루어져 있다. 중요한 건 그거다.

아키라가 쓴 시를 훑어보았다. 영어지만 붓으로 쓴 일본어처럼 까맣고 구불구불한 서체가 쓰였다. 174번에서 181번 작품이 수록된 면이 펼쳐져 있었다(작품마다 제목은 없고 번호가 달려 있었다). 충동적으로 페이지를 넘겼는데 맨 위에 실린 182번 작품이 눈에 들어왔다.

내 귓전에 속삭이는 그대
그 모든 단어가 재판
내려진 판결은 사형

14 일본 에도 시대의 화가.

182.

리처드 프라이스의 시신 옆 벽에 적혀 있던 숫자였다.

머리가 어지러웠다. 눈앞에 펼쳐진 광경을 믿을 수가 없었다. 안노 아키라는 프라이스를 단순히 협박하기만 한 게 아니라 시집에 명시하기까지 한 것이다. 아니다. 그건 부당한 평가였다. 그녀는 살인의 속성에 대해 썼다……. 그게 이 하이쿠의 의미인지는 모르겠지만. 1백 퍼센트 확신할 수는 없었지만 이 구절은 그 방에서 벌어진 사건과 연관이 있을 수밖에 없었다. 번호라니, 이보다 더 분명한 표지판이 또 있을까.

하지만 그녀가 리처드 프라이스를 살해했다면 이렇듯 확실하게 자신을 지목하는 단서를 남길 이유가 있었을까? 그녀가 그런 게 아니라면 누가 벽에 페인트로 그 번호를 썼을까? 데이비나에게 이 하이쿠를 읽었느냐고 묻고 싶었지만 그녀는 아무것도 모르는 표정으로 나를 쳐다보며 왜 그렇게 놀랐는지 궁금해하고 있었다.

바로 그때 초인종이 울렸다. 호손이 도착한 것이었다. 나는 안도의 한숨을 내쉬었다. 그를 만나는 게 이렇게 반가웠던 적이 몇 번이나 될까 싶었다. 그는 데이비나를 상대하며 필요한 질문을 할 수 있을 테고, 여기서 나가면 내가 조금 전에 발견한 정보를 해석할 수 있을 것이다.

「친구분이 오셨네요!」

「네.」초인종이 다시 한번 울렸다. 「가서 문 열어 주세요.」

데이비나는 나를 혼자 두고 가기 싫은 눈치였지만 자리에서 일어나 밖으로 나갔다.

나는 하이쿠를 세 번 더 읽으며 모든 가능성을 떠올려 보았다. 현관문 앞에서 내가 이미 들어와 있다고 말하는 데이비나의 목소리가 들렸고 잠시 후에 등장한 호손은 아니나 다를까 나를 노려보았다.

「일찍 왔네요.」 그가 말했다. 사실을 진술하는 것이 아니라 고발하는 투였다.

「밖에서 기다리고 있었는데…….」

「제가 보고 들어오시라고 했어요.」 데이비나가 나를 구하러 나섰다.

「그냥 가볍게 잡담하고 있었어요.」 나는 애써 그를 안심시켰다. 「리처드슨 부인이 시를 보여 주시길래 읽으면서.」

호손은 얼굴에서 의심을 거두지 않고 자리에 앉았다. 그러고는 수족처럼 들고 다니는 레인코트를 접어 의자 팔걸이에 걸쳤다. 데이비나가 차를 마시겠느냐고 물었지만 거절하고 아깝게 날린 시간을 보상이라도 하려는 듯 단도직입적으로 물었다. 「혹시 지난 주말에 그레고리 테일러를 만나셨습니까? 늦은 오후에?」

「누구요?」 그녀는 어리벙벙한 표정을 지었다.

「부군과 같이 동굴 탐사를 다녔던 친구분이요.」

「누군지는 알아요. 당연히 알죠. 그 사람에 대해서 왜 물어보시는 거죠?」

「부인께 이런 심란한 소식을 전하게 되어 송구스럽게 생각합니다만 그분이 지난주 토요일에 사망했어요. 리처드 프라이스가 살해당하기 하루 전에요.」

그녀는 심란해하지 않았다. 그보다는 충격을 받은 듯했다.

「그레고리가 죽었다고요?」

「달려오는 열차 앞으로 추락했어요.」 나는 이렇게 대답하고 나서 호손이 또다시 표독스러운 눈빛으로 흘끗 쳐다보자 곧바로 후회했다.

「신문에 실렸는데 못 보셨나요?」

「저는 신문을 잘 안 봐요. 온통 우울한 기사뿐이라서. 가끔 TV 뉴스는 보지만 그 소식은 못 봤어요. 뭐, 그런 사건까지는 보도를 하지 않겠죠? 달려오는 열차 앞으로 추락했다고 하니…….」

「추락했는지 여부는 확실하지 않습니다.」 호손은 다리를 벌리고 아주 꼿꼿하게 앉아서 연민의 미소인가 싶은 것을 띤 채 그녀를 물끄러미 바라보았다. 귀 주변의 머리를 워낙 짧게 친 데다 검은색 정장에 넥타이를 매고 있어서 악의가 없어 보이면서 동시에 호전적으로 보였다.

「네? 그게 무슨 말씀인지…….」

「그분이 여기 오지 않았나요?」

「네. 아까 말씀드렸잖아요. 저는 그날 집에 있지도 않았어요. 4시 반에 나갔거든요. 아니다, 3시 반에요. 왜 이러나 모르겠네…… 계속 헷갈리네요! 3시 반이었고 브렌트크로스에 갔어요. 콜린을 데리고요. 워낙 금세 자라서 축구용품을 새로 사줘야 했거든요. 그레고리가 여기 왔을 거라고 생각하시는 이유가 뭐죠?」

「죽기 전에 혼지 레인에서 찍은 셀카를 자기 부인에게 보냈거든요.」

그녀는 곰곰이 생각했다. 「혼지 레인이라면 여기서 아주 가깝긴 해요.」 그녀도 인정했다. 「거긴 어쩐 일로 갔는지 모르겠네요. 제가 알기로는 요크셔에서 살고 있었는데요.」 그녀는 고개를 저었다. 「지난 6년 동안 그를 만난 적도, 소식을 들은 적도 없어요. 사인 심문 이후에 그쪽에서 편지로 조의를 전해 왔을 때 말고는 연락한 적이 없어요. 솔직히 그 사람이 찾아왔다 한들 집 안으로 들였을지 잘 모르겠어요. 말씀드렸다시피 찰리가 당한 사고에 리처드는 아무 책임이 없었어요. 하지만 그레고리 테일러는 리더였어요. 일기 예보에서 비가 온다고 했는데도 탐사를 강행한 사람이 그였어요. 저는 그에게 할 말이 아무것도 없었을 거예요.」

「그럼 그분이 혼지 레인에는 어쩐 일로 갔을까요?」

「전혀 모르겠어요. 여기까지 오셨는데 시간 낭비하게 해서 죄송해요. 전화로 말씀드려도 됐을 텐데. 그 사람 안 만났거든요.」

시간 낭비는 아니었다. 나는 호손에게 하이쿠 이야기를 하고 싶어서 좀이 쑤셨다.

호손은 레인코트를 집어 들고 자리에서 일어났다. 「시간 내주셔서 감사합니다.」 그는 뒤늦게 생각났다는 듯이 덧붙였다. 「리처드슨 부인, 이런 질문을 드려서 죄송합니다만 분명하게 말씀해 주셨으면 합니다. 에이드리언 록우드와 정확히 어떤 관계이십니까?」

그녀는 우리와 처음 만났을 때처럼 얼굴을 붉혔지만 이번에는 당황스러워서라기보다 화가 나 보였다. 「그게 호손 씨와 무슨 상관인지 정말 모르겠네요. 에이드리언과는 고객으로 만났지만 친구가 됐어요. 좋은 친구가. 제가 옆에서 힘을 보태 주려고 했어요. 이혼 과정에서 스트레스를 많이 받았고 리처드에게 굉장히 화가 나 있었거든요. 여기 와서 그걸 풀고 갔어요. 그게 다예요. 그는 저를 믿을 수 있는 사람으로 여겼어요.」

「리처드 프라이스에게 화가 나 있었다니 왜요?」

「제가 그렇게 얘기했나요? 말이 잘못 나왔네요. 그는 그 모든 일에 화가 나 있었어요. 시간이 오래 걸리는 것도 그렇고…… 아키라도 그렇고. 아키라와 결혼한 게 실수였다고 했고. 이런 건 제가 아니라 에이드리언에게 물어보세요. 뒷말하는 것 같아서 불편하네요.」

그것으로 끝이었다. 그녀는 문 앞까지 배웅했고 잠시 후에 우리는 밖으로 나와서 하이게이트 전철역을 향해 걸음을 옮겼다. 나는 호손과 단둘이 있게 되자마자 좀 전에 무슨 일이 있었는지 말했다. 내가 보기에는 헤런스 웨이크의 벽에 적힌 182라는 숫자는 그 시와 연관이 있을 수밖에 없었다. 나는 시를 암송하며 특히 3행에 힘을 주었다.

「〈내려진 판결은 사형〉. 그와의 동거를 견딜 수가 없기에 그를 죽여야겠다고 말하고 있는 거예요. 미친 소리 같겠지만 그녀는 자기가 어쩔 생각인지 온 세상을 향해 선포한 거라고요.」

호손은 미심쩍어하는 표정을 지었다. 「그 책이 언제 출간됐죠?」

「글쎄요. 올해 초인가?」

「그럼 아주 오래전에 쓴 시일 수도 있겠네요.」

「록우드와 결혼 생활을 하고 있을 때 썼겠죠. 아직 그를 증오할 때.」

「하지만 그녀가 죽인 사람은 록우드가 아니었잖아요. 리처드 프라이스였지. 당신의 가설에 따르면 말이죠.」

「죽음을 암시하는 시를 썼잖아요. 그리고 2행을 봐요! 여기서 말한 재판이 어쩌면 이혼 소송일지 몰라요.」

「내가 뭐 하나 알려 줄게요.」빗줄기가 점점 굵어졌다. 호손은 레인코트를 입었다. 「살인이 벌어진 날 저녁에 아키라는 린드허스트나 그 근처에 있지 않았어요. 우리한테 거짓말을 했어요.」

「그걸 어떻게 알았어요?」

「플리트에 있는 웰컴 브레이크 휴게소 CCTV 영상을 입수했죠. 거기 간 적이 없더라고요. M27과 A31 고속 도로의 ANPR 녹화 영상도 봤어요.」

「ANPR이 뭔데요?」

「차량 번호판 자동 인식 장치요. 안노 씨 차가 재규어 F 타입 컨버터블이거든요. 양쪽 도로에 모두 카메라가 설치돼 있는데 처음부터 끝까지 국도로 간 게 아닌 이상 흔적조차 없더군요.」

「그룬쇼 경위가 알려 주던가요?」

「맞아요.」

뜻밖이었다. 그룬쇼는 호손이라면 질색했다. 신문할 때 두어 번 동석을 허락하긴 했지만 — 상부의 지시라 어쩔 수 없었을 것이다 — ANPR 자료를 그와 공유한다? 저의가 의심스러웠다. 한편으로 생각해 보면 그에게는 정보를 얻을 만한 다른 루트가 없긴 했다.

「아무튼 그룬쇼가 요가 선생과 통화했대요.」호손은 말을 이었다. 「오두막집 주인이요. 처음에는 아키라에게 집을 빌려줬다고 했다가 압력을 가하자마자 무너져서 그녀가 갔는지 안 갔는지는 모르겠다고 하더래요.」

그게 무슨 뜻일까? 문득 이 사건이 요크셔의 롱 웨이 홀과 아무 상관이 없는 것처럼 느껴졌다. 남편과 아내가 서로 죽이지 못해 안달이 난 이혼 소송으로 되돌아왔다. 그리고 그 가운데서 중재에 나선 변호사.

「그 하이쿠는 뭘까요?」나는 물었다.

「정확히 어떤 경로로 그 시를 읽게 됐어요?」그는 내가 입을 열기도 전에 손을 들어 대답을 저지했다. 「부탁 하나만 할게요, 토니. 그 장을 써서 보여 줘요. 그게 제일 간단하겠어요. 리처드슨 부인의 집에 혼자 들어갔을 때 어떤 일이 벌어졌는지 글로 써줘요. 그럼 내가 그걸 보고 실제로 어떤 일이 벌어졌는지 파악할 수 있을 것 같아요.」

「순서에 상관없이 뒤죽박죽으로 쓰기는 싫은데요.」

「걱정하지 마요. 다른 부분은 절대 읽지 않을게요.」

우리는 에스컬레이터 앞에 도착했다. 올라오는 사람이 몇 명 있었지만 지하 동굴 같은 곳으로 내려가는 사람은 우리 둘뿐이었다.

「독서 모임 잊지 마요.」호손이 말했다.

「언젠데요?」

「월요일 저녁이요.」

「이런. 월요일 저녁에는 공연을 보기로 했는데.」

「이미 참석하겠다고 했잖아요. 뭐 보려고 했었는데요?」

그의 머릿속에서 그 공연은 이미 과거 시제였다.

「〈유령〉이요.」 구하기 어려운 표였다. 원작자는 헨리크 입센, 감독은 리처드 에어, 장소는 알메이다 극장이었다.

그는 안타깝다는 듯이 고개를 저었다. 「이미 회원들한테 말해 두었어요. 그 공연 못 보게 됐네요.」

나는 그의 몇 발짝 뒤에 서 있었다. 가만히 있는데도 점점 더 어두컴컴한 지하로 깊숙이 실려 갔고, 그 장면을 호손이 써달라고 한 장의 맨 마지막에 넣어야겠다고 생각했던 기억이 난다.

내 심정이 바로 그랬다.

13
베리 스트리트

마이크 칼라일의 정체는 뭐였을까?

한 시간 동안 인터넷을 뒤져 보았지만 리블헤드의 스테이션 인에 들어왔던 그 남자와 연관된 정보는 찾을 수 없었다. 그는 호손과 연배가 비슷했고 ── 두어 살 어릴지 모른다 ── 10월 말에 바캉스를 왔을 가능성은 거의 없으니 요크셔데일스에 살았다. 그럼 무슨 일을 할까? 농사? 관광 사업? 칼라일의 철자가 Carlyle이 아니라 Carlisle일 수도 있었다. 그 조합으로도 검색해 보았다. Michael Carlyle. Mike Carlisle. 링크드인, 페이스북, 트위터, 맨체스터에 있는 사무용 문구 업체와 오스트레일리아 빅토리아주에 있는 침례교회 선교 실장과 연결됐다. 사진도 수십 장 떴지만 내가 만난 그 남자와 닮은 얼굴은 없었다.

그 장면을 머릿속에서 떨칠 수가 없었다. 런던에서 출발할 때 호손이 묘한 분위기를 풍기며 불안해하던 것과 연관이 있는 듯했다. 칼라일은 그를 〈빌리〉라고 불렀지만 자기가 아는 사람이라고 확신했다. 리스 ── 위키피디아의 설명에 따르면 스웨일데일 인근이고 〈손뜨개 작품과 지역 선도 사업으로 유명하다〉고 했다 ─ 라는 마을에서 알고 지낸 사이라고 했다. 호손은 방어적인 수준을 넘어 무례하다 싶을 정도의 반응을 보였다. 확신할 수는 없었지만 내가 보기에는 〈빌리〉가 〈마이크〉에게 거짓말을 하는 것 같았다. 그 둘은 전에 알고 지낸 사이였다.

이런 생각을 하고 있을 때 전화벨이 울렸다. 메이페어에 있는 베리 스트리트 갤러리에서 만나자는 호손의 전화였다. 거기가 스티븐 스펜서의 직장이었다.

「거기서 볼일이 끝나면 메릴본으로 갈 수도 있어요.」 그가 말했다.

「메릴본에 뭐가 있는데요?」

「안노 아키라가 어느 서점에서 강연회를 연대요.」 그가 부스럭거리며 종이를 넘기는 소리가 들렸다. 「〈대량 살상 시대의 여성: 현대 전쟁에서 자행되는 성적 대상화와 젠더 코딩〉.」

「재밌겠네요.」

「거기서 그녀와 대화를 나누고 운이 좋으면 하이쿠 시선집에 사인을 받을 수 있을지도 몰라요.」

그는 이 말을 끝으로 전화를 끊었다.

나는 이후에 두어 시간 동안 일을 했다. 그리고 산책을 다녀왔다. 호손이 보고 싶어 한 부분의 원고를 휘리릭 썼다. 이런 식으로 나열하면 조금 재미없게 들린다는 건 알지만 작가의 삶이 원래 그렇다. 하루의 절반을 혼자, 정적 속에서 보낸다. 이 원고와 저 원고를 오가며 수천 개의 단어를 처음에는 펜으로, 그다음에는 컴퓨터로 지면에 옮긴다. 내가 〈앨릭스 라이더〉 시리즈를 좋아하는 이유가 그 때문이다. 직접 모험을 떠날 수는 없더라도 상상이나마 할 수 있으니까.

그에 비하면 호손이 주인공인 원고는 작업이 별로 즐겁지 않았다. 나는 상황의 노예로 전락했다. 예를 들어 원래의 나라면 깜짝 놀랄 만한 장면으로 첫 장을 장식했을 것이다. 데이비나 리처드슨이 에이드리언 록우드와 한 침대에 누워 있는 장면이랄지, 아니면 수전 테일러가 상복을 입고 요크셔 데일스에서 열린 남편의 장례식에 참석하러 가는데 그 행렬이 구불구불한 시골길을 천천히 이동하는 장면이랄지. 내가 롱 웨이 홀 안에 있다고 상상하며 물에 빠진 찰리 리처드슨의 마지막 순간을 묘사하는 것도 엄청난 도전이 됐을 것이다. 아니면 리처드 프라이스를 살해한 범인이 둔기를 휘둘렀을 때 내가 파리가 돼서 벽에 붙어 있었다고 상상할 수도 있었다. 안타깝게도 이 모든 게 불가능했다. 나는 사실의 틀에서 벗어날 수 없었다. 호손의 수사를 따라다니며 그의 질문을 받아 적고, 별 소득 없이 가끔 답을 이해해 보려고 노력하는 것이 내게 주어진 임무였다. 정말이지 좌절 그 자체였다. 이건 창작이라기보다 기록에 가까웠다.

그래도 집에서 탈출할 수 있어서 좋았다. 전철을 타고 그린 파크에서 내려 메이페어까지 걸어갔다. 이번에는 호손이 나보다 먼저 도착해 갤러리 앞에서 기다리고 있었다. 돈이 없는 사람은 접근 금지라고 경고하는 듯한, 아담하고 우아한 건물 안에 있는 갤러리였다. 상호가 은은한 서체로 적혀 있었고 쇼윈도에 걸린 작품 세 점에는 가격표가 따로 없었다. 워즈워스와 폴 내시의 작품은 알아볼 수 있었다. 조약돌

해변을 그린 근사한 풍경화였다. 유리문이 잠겨 있었지만 직원이 안에서 버저를 눌러 열어 주었다.

「어떻게 도와드릴까요?」 그가 물었다. 중동 출신으로 피부가 아주 까무잡잡하고 수염은 숯덩이처럼 새까맸다. 20대 후반으로 호손의 기성복과 비교가 되지 않는 고급 맞춤 양복을 입었지만 넥타이는 매지 않았다. 금목걸이를 했고 왼손 세 번째 손가락에 금반지를 꼈다.

두말하면 잔소리지만 호손은 그를 보자마자 질색했다. 「누구시죠?」 호손이 따져 물었다.

「네?」 그 직원은 단박에 기분 나빠 했다.

「스티븐 스펜서와 얘기를 좀 나누고 싶은데요.」

「지금 바쁘신데요.」

「괜찮아, 파라즈. 내가 아는 분들이야.」

사무실에서 나온 스펜서가 어떤 소리든 삼키는 두툼한 카펫을 가로질러 왔다. 그도 양복을 입었고 지난번에 만났을 때보다 평정을 되찾은 것 같아 보였다. 금발은 정성스럽게 단장했고 방금 목욕하고 나온 사람처럼 얼굴이 발그스레하고 매끈했다.

「어쩐 일로 오셨습니까?」 그가 물었다. 「그림을 사러 오시지는 않았을 테고요.」 그는 딱딱하게 굴었고 나는 그 이유를 알았다. 지난번에 만났을 때 그는 눈물범벅으로 더없이 나약한 모습을 보였지만 호손은 그다지 동정적이지 않았다. 지금도 둘 사이에서 적의가 번뜩거렸다. 호손은 동성애자를 혐오했다. 그것이 그의 가장 아쉬운 부분이었다. 스펜서도 그걸 분명 알아차렸을 것이다.

「지난 주말에 어디 있었는지 알고 싶어서요.」호손이 말했다. 말투와 태도가 매몰차기 그지없었다.

스펜서는 직원을 돌아보았다. 「파라즈, 사무실로 들어가 있지.」

「사장님…….」

「괜찮아.」스펜서는 부하 직원이 사라질 때까지 기다렸다가 대답했다. 「말씀드렸잖습니까.」

「거짓말을 하셨더군요. 프린턴의 세인트오시스 요양원에 계시는 당신 어머니에게도 확인했어요. 당신이 찾아온 적 없다고 하시던데요.」

스펜서는 발끈했다. 「어머니는 알츠하이머가 상당히 심각하세요. 나를 못 알아보실 때도 있는걸요.」

「그럼 거기 있는 간호사들도 전원 알츠하이머에 걸린 모양이로군요? 아무도 당신을 본 기억이 없다던데요.」

나는 스펜서가 딱 잡아뗄 줄 알았건만 그가 그 정도로 어리석지는 않았다. 그는 잠깐 고민하더니 어깨를 으쓱했다. 「알았어요. 내가 거짓말을 했습니다.」

「남자 친구와 같이 있었죠? 파라즈라고 했나요. 그나저나 저 친구는 어디 출신입니까? 이란?」

「네, 맞아요. 하지만 그게 무슨 —」

「사람 바보 취급하지 말아요, 스펜서 씨. 이건 살인 사건입니다. 그러다 공무 집행 방해죄로 처벌받을 수 있어요.」

「공무원도 아니신 걸로 아는데요.」

「그룬쇼 경위에게 거짓말을 했잖아요. 그녀에게 밉보였다가는 큰코다쳐요!」나도 잘 알다시피 맞는 말이었다. 「당신

210

의 그 이란 친구는 아주 특이한 애프터셰이브를 쓰네요. 당신 차에서 그 냄새가 진동하더군요.」 호손은 코를 킁킁거렸다.「지금 당신에게서도 나고요. 남편이 죽을 때까지 그리 오래 기다릴 필요도 없었겠네요. 저 친구가 햄프스테드에 있는 당신 집으로 짐을 옮겼나요?」

「아닙니다!」

「하지만 리처드 프라이스가 당신들의 관계를 알아차렸죠? 그의 입장에서는 결혼 생활이랄지, 시민 결합이랄지 하는 게 끝난 거나 다름없었죠. 그래서 당신을 내보내고 싶어 했고요.」

「아닙니다! 누가 그런 소릴 하던가요?」 스펜서의 눈이 가늘어졌다.「올리버 메이스필드가 그러던가요?」

「맞아요, 그에게 들었어요.」 호손은 스펜서에게 가로막히기 전에 말을 이었다.「고인이 된 당신 남편의 업무 파트너가 유언 집행인이기도 하더군요. 그는 아주 신중한 태도를 보였지만 불과 몇 주 전에 둘이서 유언장의 내용을 의논한 적이 있다고 했어요. 사람들이 유언장 얘기를 꺼내는 이유는 하나뿐이죠. 내용을 수정하고 싶어서. 당신과 데이비나 리처드슨이 가장 큰 수혜자인데, 그녀는 당신 남편의 심기를 건드린 적이 없었던 반면 당신은 주말마다 저기 저 알리바바와 신나게 돌아다녔으니…….」 그가 엄지손가락으로 사무실 쪽을 가리키며 이렇게 말했을 때 나는 눈을 질끈 감고 호손의 죄목에 일상적인 인종 차별을 조용히 추가했다.「그가 당신의 소행을 알아차리고 뭔가 조치를 취하려 했을 가능성이 높다고 봐도 되지 않겠어요?

211

당신이 일요일 밤 8시에 리처드에게 전화를 걸었던 곳이 치즈윅이던데, 우연의 일치인지 당신 친구 파라즈 델리자니가 거기 살더군요. 카라 그룬쇼도 그걸 아는데, 왜 아직 여기로 출동하지 않았는지 모르겠네요. 그러니까 그녀가 쳐들어오기 전에 당신 꿍꿍이가 뭐였는지 말해 봐요. 되도록 시시콜콜한 부분들은 생략해 주길 바라고요. 혹시 모르죠, 그 얘기를 들으면 당신이 몰래 집으로 들어가 살인을 저지르지는 않았다는 쪽으로 내가 설득당하게 될지.」

「나는 아무도 죽이지 않았어요!」 선반 위에 탄산수병이 있었다. 스펜서는 그 앞으로 가서 마개를 돌려 땄다. 탄산 빠지는 소리가 요란하게 들렸다. 그는 잔에 탄산수를 따랐다. 「리처드하고 나는 힘든 시간을 보내고 있었어요. 맞아요. 잠깐 떨어져 지내 볼까 하는 얘기를 나누고 있었죠. 그 말도 맞아요. 지난 주말에 치즈윅에 있는 파라즈의 아파트에 있었어요. 우리를 본 사람이 많아요. 일요일에는 어퍼리치먼드 로드에 있는 로베르주라는 데서 저녁을 먹었고요.」 그는 지갑에서 종이를 꺼내 호손에게 건넸다. 「여기 영수증이고, 못 믿겠으면 그쪽에 물어보세요. 창가 테이블에 앉았으니까.」

「물어보겠습니다.」 호손은 영수증을 챙겼다.

「당신에게는 뜻밖으로 들릴지 몰라도 나는 리처드를 진심으로 사랑했고 그를 다치게 할 만한 짓은 하지 않았어요.」

「몰래 바람은 피울지언정?」

「우리는 개방 결혼을 했어요. 서로의 무분별한 행동을 용인하기로 했죠. 그리고 리처드가 유언장을 바꾸려고 했다면 내가 아니라 데이비나 때문이었을 수도 있어요.」

「어째서요?」

「아닙니다.」 스펜서는 하지 말아야 할 말을 했다고 후회하는 눈치였다.

「얘기하시는 게 좋을 거라고 봅니다만, 스펜서 씨.」

「알겠습니다, 정 그러시다면.」 그는 미간을 찌푸렸다. 「리처드는 지쳐 가고 있었어요. 데이비나가 해달라는 게 좀 많았어야죠. 그는 회사를 차려 줬어요. 아들 학비도 대주고 고민거리가 생기면 항상 가서 들어 주었고요. 하지만 한도 끝도 없었어요. 그녀는 그에게 고객을 좀 더 소개해 달라고 있는 대로 닦달했는데, 솔직히 그는 그녀의 스타일을 별로 좋아하지도 않았거든요. 온통 빨간색이나 노란색, 아니면 그 끔찍한 초록색이었으니까요. 오죽하면 그 색을 〈토록색〉이라고 불렀을까! 그는 어떻게든 그녀에게서 벗어나고 싶어 했지만 요크셔에서 벌어진 사고 때문에 그럴 수가 없었어요. 개인적으로는 이해할 수가 없었어요. 그의 탓도 아니었잖아요. 나는 그녀에게 꺼지라고 말하라고 했고 어쩌면 그는 내 말을 들었을지 몰라요. 마침내 그녀를 떨쳐 버리는 데 성공했을지 몰라요.」

「그녀가 범인이라고 생각하십니까?」 호손이 아까보다는 좀 부드럽게 물었다.

스펜서는 고개를 저었다. 「아뇨. 말씀드렸잖아요. 아키라예요. 그 여자가 식당에서 협박할 때 내가 옆에서 두 귀로 똑똑히 들었어요. 그리고 또 다른 게 있는데…….」

그가 극적인 효과를 위해 말을 멈추었을 때 나는 처음으로 갤러리를 흘끗 둘러보았다. 조명을 독차지한 유화와 수채화가 신중하게 거리를 두고 벽에 걸려 있었다. 만약 이 장면을 영화로 찍는다면 완벽한 배경이 될 거라는 생각이 들었다.

「리처드가 뭔가를 알아냈어요.」 스펜서는 말을 이었다. 「그녀에 대한 조사를 의뢰했다고 말했어요. 내비건트 경영 관리 팀의 그레이엄 헤인에게 연락해 보세요. 리처드와 함께 일한 포렌식 회계사인데, 아키라에게 회사와 출처를 비밀에 부친 수입원이 있다는 걸 그 사람이 알아냈거든요. 리처드는 그녀가 불법을 저지르고 있다고 생각했어요.」

「예를 들면 어떤 거요?」 사실 우리도 이미 올리버 메이스필드에게 들어서 아는 사안이었다. 그는 좀 더 유하게 포장했지만.

「그건 못 들었어요. 하지만 그녀가 이걸 악착같이 비밀에 부치려고 했던 게 이혼에 영향을 미쳤을지 몰라요. 양측이 서로 자산 액수를 밝혀야 하는데, 그도 알다시피 그녀는 거짓말을 하고 있었으니까요.」

호손은 그걸 기억에 담았다. 그는 뭐가 됐든 받아 적는 법이 없었다. 기억력이 어마어마한 데다 내가 있으니 그럴 필요가 없었다. 「왜 전에는 이 얘기를 하지 않았죠?」 그가 물었다.

「햄프스테드에서 만났을 때는 하도 충격을 받아서 정신이 하나도 없었어요. 파라즈를 두고 거짓말을 한 것도 그 때문이에요. 그 친구를 끌어들이고 싶지 않아서. 하지만 사실 나는 숨길 게 아무것도 없어요. 자, 이제 괜찮으시면 저는 해야 하는 일이 있어서.」

스펜서는 사무실을 향해 조용히 걸음을 옮겼다. 호손은

그를 붙잡지 않았다.

다시 밖으로 나왔을 때 나는 그를 돌아보며 외쳤다.

「그런 식으로 행동하면 안 돼요! 저 안에서…… 알리바바 어쩌고 하는 말장난도 그렇고, 전반적인 태도도 그렇고. 그런 식으로 말하면 안 돼요!」

「어쩔 수 없었어요, 토니.」 이번만큼은 내가 기습 공격에 성공했다. 「그를 자극해야 했거든요. 당신도 봤잖아요. 수백만 파운드 상당의 작품을 거느리고 그 잘난 갤러리에 서 있는 거. 그리고 우리한테 거짓말을 했고요! 은근슬쩍 넘어갈 수 있을 거라고 생각했을 테죠. 그 착각을 무너뜨려야 했고, 그래서 그렇게 한 거예요.」

「하지만 그런 발언을 내 책에 적을 수는 없어요.」

「왜요?」

「사람들이 싫어할 테니까요.」 나는 잠깐 말을 멈추었다. 「사람들이 당신을 싫어할 테니까요.」

이 말에 그는 움찔했다. 그 찰나의 순간에 나는 그의 연약한 면모를, 예전의 어린애 같은 모습을, 반짝이는 눈동자를 보았다. 그는 자기도 모르게 불쑥 물었다. 「당신은 나를 좋아하나요?」

나는 뭐라고 대답하면 좋을지 알 수 없었다. 「글쎄요.」 결국 더듬더듬 이렇게 대답했다.

그는 나를 쳐다보았다.

「나를 좋아하지 않아도 돼요. 그 염병할 책만 쓰면 돼요.」

우리는 그 자리에 서서 서로를 바라보았다. 더는 할 말이 없었다.

215

14
돈트 서점

돈트는 내가 런던에서 가장 좋아하는 서점 중 하나이다. 메릴본 하이 스트리트 중간쯤에 있는데, 그 길 자체가 쾌적하고 고풍스러운 분위기를 풍긴다. 쇼핑가라기보다는 옆 동네에 가깝다. 매번 그 서점에 들어가면 ― 우리 집에서 멀지도 않다 ― 좀 더 문명화된 도시로 뒷걸음쳐 들어가고 있다는 느낌을 받는다(전에는 채링크로스 로드도 그랬는데, 월세가 뛰면서 대부분의 중고 서점이 쫓겨났다). 이 서점은 83번지와 84번지, 두 개의 가게를 합쳐서 쓰는 터라 출입문과 통로가 두 개고 판매 데스크도 양쪽에 하나씩 있어서 그 사이에 일종의 섬이 형성되어 있다. 내부는 감리교 예배당 느낌으로 맨 끝에 고풍스러운 장식 무늬의 창문이 달려 있다. 오래된 나무 서가에 책이 쌓여 있고 특이하게 저자나 주제가 아니라 나라별로 분류가 되어 있다. 모든 게 아주 좁게 느껴진다. 중간쯤 들어가면 지하로 내려가는 계단이 나오는데, 그 맞은편의 직사각형 공간에서 저자 강연회가 열린다. 나도 거기서 한두 번 강연을 한 적이 있다.

그날 저녁 6시 30분에 안노 아키라가 강연을 하러 이곳을 찾았다. 호손과 나는 늦지 않게 도착해 뒷자리에 앉았다. 신기하게도 그는 서점 안으로 들어서자 훨씬 느긋하게 굴었다. 분명 요크셔에 갔을 때보다 편안해 보였다. 자리에 앉는 모습이 아주 쾌활해 보여서 그가 독서 모임 회원이라는 것과 월요일 저녁에 나도 그 모임에 참석해야 한다는 사실이 떠올랐다. 『주홍색 연구』는 근래에 다시 읽은 적이 없었다. 일요일에 시간을 내서 들춰 봐야 하게 생겼다.

1백 명 정도가 아키라의 강연회에 참석했고 만석이었다. 뒤에 서 있는 사람들도 있었다. 마침내 그녀가 옆쪽에서 등장하자 환호와 박수갈채가 터졌다. 나는 제법 놀랐다. 사실 신작이 출간된 것도 아니어서 그녀도 그렇고 청중도 그렇고 이곳에 있을 이유가 없었다. 날도 꾸물꾸물한 11월 저녁에 이곳까지 찾아올 만큼 강연 제목이 흥미진진하지도 않았다.

검은색 고수머리에 검은색 안경을 쓰고 검은색 재킷과 검은색 터틀넥 스웨터를 입은 호리호리한 남자가 사회를 맡았다. 런던 대학교의 동양학과 아프리카학 연구소 소속 강사라는데 이름은 제대로 듣지 못했다. 그는 그녀의 전작 『히로시마의 서늘한 바람』을 소개하는 데 거의 한 시간을 할애했다. 이 작품의 주인공인 한국인 일본군 〈위안부〉 정순은 히로시마에 원자 폭탄이 투하되고 며칠 만에 해방을 맞지만 몇 장 뒤에 결핵으로 죽는다. 나는 뒤표지에 실린 소개 글을 보고 책의 내용을 파악했고 이후 40분 동안 듣다 말다 했지만 그녀가 한 말을 일부 받아 적기는 했다.

「핵무기의 성애화는 누가 봐도 자명하죠. 인류 최초로 투하된 두 원자 폭탄의 별칭이 〈패트 맨〉과 〈리틀 보이〉였고, 양쪽 도시가 예전부터 여성스럽게 들리는 이름으로 불렸다는 건 우연의 일치가 아니에요. 특히 〈히로시마〉의 맨 첫 음은 무성음이죠. 좀 전에 설명했다시피 정순이 성폭행을 당하는 장면으로 이 책을 시작한 건 앞으로 벌어질 일을 암시하기 위한 장치이기도 했어요. 인류 역사 또는 이 책의 경우에는 그녀의 개인사에 벌어질 일을요. 하지만 신중을 기할 필요가 있어요. 우리는 미사일 확산, 사이버 전쟁, 핵전략…… 이런 주제를 너무 오랫동안 국가 중심적이고 남성 중심적인 시각에서 바라보았어요. 이런 남성화된 정체성을 인정해 버리면 이의를 제기하기가 더 어려워지거든요. 정치가 젠더 위계적인 것이 되도록 용인하면 안 되겠죠. 언어도 우리의 사고방식에 너무 쉽게 영향을 미칠 수 있다고 생각해요.」

이 모든 게 진실일지 몰라도 한 귀로 들어왔다가 다른 귀로 나가 버렸다. 의미 파악이 되지 않았고 말하는 방식도 문제였다. 어찌나 감정이 배제된 목소리로 소곤소곤 이야기하는지, 의학 드라마에 나오는 EKG 모니터로 변환하면 말의 파장이 거의 일자로 보였을 것이다.

청중은 열광했다. 무성음 어쩌고 하는 대목에서는 폭소가 터졌고 연구소 강사는 어찌나 열심히 고개를 끄덕이던지 하마터면 안경이 떨어질 뻔했다. 객석에서 자기 혼자만 즐기지 못할 때만큼 외로운 순간도 없는 터라 — 나는 극장에서 이런 기분을 종종 느끼곤 한다 — 강연회 전반부가 끝나고 질의응답 시간이 시작되자 기뻤다. 바로 그때 강연 내내 무

표정을 고수하던 호손이 내 옆구리를 찌르더니 다섯 줄 앞의 두 사람을 가리켰다.

카라 그룬쇼 경위와 가죽 재킷을 입고 다니는 그녀의 오른팔이라는 것을 확인한 순간 내 심장이 철렁 내려앉았다. 강연회가 끝나면 다시 한번 아키라와 면담할 작정으로 온 모양이었다. 우리가 이 자리에 참석한다는 사실을 알리지 않았으니 그들이 나를 보고 억지로 맺은 합의를 지키지 않았다는 것을 알아차릴까 봐 걱정이 됐다. 거기서 한 걸음 더 나아가 그룬쇼 경위가 호손 앞에서 며칠 전의 통화 내용을 들먹인다면 어쩔 것인가.

나는 질의응답이 이어지는 내내 진땀을 흘렸고 전혀 귀담아듣지 않았다. 버지니아 울프에서부터 도리스 레싱과 앤절라 카터에 이르기까지 페미니스트 작가들의 작품을 존경해왔지만 아키라식의 유머가 결여된 자기 성찰에는 ─ 거기에 환호하는 청중도 그렇고 ─ 아무런 감흥을 느끼지 못했다. 마침내 박수갈채와 함께 이제 아키라가 최근에 출간한 하이쿠 시집을 비롯한 저서에 사인하는 시간을 갖겠다고 사회자가 선포하자 모두 자리에서 일어났다. 호손과 나는 그 자리에 남아 짧은 줄이 생기는 것을 지켜보았다. 열띤 반응에 비해 책을 사는 사람은 많지 않았는데, 다들 이미 가지고 있기 때문일 수도 있었다. 그룬쇼와 그녀의 친구 대런은 우리를 등지고 앉아 있었다. 우리의 존재를 알아차렸을지 궁금했다.

우리는 청중이 모두 사라질 때까지 기다렸다가 앞으로 나아갔다. 넷이 양쪽에서 협공하듯 아키라를 덮쳤다. 그녀는 우리를 보고 당황한 기색을 보이며 사회자의 양 뺨에 얼른 입을 맞추고 급히 내보냈다. 그룬쇼는 호손을 알아보고 먼저 그에게 말을 걸었다.

「여기서 만날 줄은 몰랐네요.」

그녀는 내 쪽을 흘끗 쳐다보더니 방금 표독스럽게 내뱉은 말을 강조하는 듯 눈을 번뜩였다.

「우리가 있어도 상관없죠?」 호손은 천연덕스럽게 물었다.

「그럼요.」 이제 그녀는 관심을 아키라에게 돌렸다. 「몇 가지 더 확인할 게 있는데요, 안노 씨. 괜찮으시겠습니까?」

「내 의견이 정말 궁금해서 묻는 건가요?」

「아뇨. 어디 대화를 나눌 만한 데가 있을까요?」

관리자 한 사람이 우리를 지하로 안내했다. 완전히 독립적인 공간은 아니었지만 우묵하게 들어간 자리에 등나무 테이블과 의자 몇 개가 놓여 있었고 좀 더 조용했다. 그룬쇼는 대런을 1층에 남겨 두고 혼자 내려왔다. 호손이 그녀의 옆에 앉았다. 그 맞은편에 앉은 아키라는 다리를 꼬고 연보라색 안경 뒤에서 그를 노려보았다. 나는 서아프리카 서가에 기대섰다. 앞쪽은 남아프리카, 통로 맞은편은 이탈리아였다. 여기는 자연광이 거의 비치지 않았다. 천장을 덮은 유리 타일 너머로 아키라의 강연회가 열렸던 공간이 흐릿하게 보였다.

다들 자리를 잡고 앉자 그룬쇼가 대뜸 여기까지 찾아온 이유를 밝혔다. 「일요일 저녁때 어디 계셨습니까, 안노 씨?」

「말씀드렸잖아요.」

「린드허스트에 있는 글라스헤이스 코티지에 가지 않았다는 거 압니다. 저희가 확인도 안 해볼 줄 아셨나요?」

아키라는 그렇다는 듯이 어깨를 으쓱했다.

「살인 사건을 수사 중인 경찰에게 거짓말을 하는 것은 중범죄에 해당한다는 걸 아시죠?」

「거짓말하지 않았어요, 경위님. 워낙 바쁘게 살다 보니 가끔 헷갈려서 그렇지.」

거짓말이었다. 그녀는 그 말이 진짜처럼 들리게 포장하지도 않았다.

「그래서 어디 계셨습니까?」

그녀는 두어 번 눈을 깜빡이더니 나를 가리켰다. 「저 사람 앞에서는 대답하지 않겠어요. 대중 소설 작가잖아요. 여기 있을 이유가 없다고 봐요.」

〈대중 소설〉이라는 단어가 그렇게 추잡하게 들린 적은 내 평생 처음이었다.

「이 자리에 계속 있을 겁니다.」 호손이 말했다. 그가 내 편을 들다니 놀랄 일이었지만 이 장면을 기록하려면 내가 옆에 있어야 했다.

「어디 계셨습니까?」 그룬쇼가 다시 물었다. 그녀도 나를 내보내지 않다니 뜻밖이었다.

아키라는 자기 뜻을 관철하지 못하게 됐다는 것을 알아차리고 다시 한번 어깨를 으쓱했다. 「친구랑 런던에 있었어요.」

「그 친구분 성함은요?」

아키라는 여전히 머뭇거렸고 나는 그녀가 뭘 그리 숨기려 하는지 궁금해졌다. 하지만 그녀에게는 선택의 여지가 없었다. 「돈 애덤스요.」

그녀가 리처드 프라이스에게 와인을 부었을 때 같이 저녁을 먹고 있던 출판업자였다.

「주말 내내 같이 있었나요?」

「아뇨. 일요일만요. 그녀는 윔블던에 살아요.」

아키라는 먹고 떨어지라는 식으로 이 마지막 정보를 떨떠름하게 공개했다. 하지만 그룬쇼의 신문은 이제 시작이었다. 「몇 시에 도착해서 몇 시에 나오셨죠?」

아키라는 심술궂게 한숨을 쉬었다. 차라리 무성음에 대한 질문을 받고 싶었을 것이다. 그녀와 돈 애덤스가 그렇고 그런 사이일까? 하지만 그런 정보라면 자발적으로 내놓았을 것이다. 그녀에게는 여전히 우리에게 감추려 하는 뭔가가 있었다. 「6시쯤 도착했어요. 다음 날 나왔고요.」

「거기서 주무신 겁니까?」

「둘이서 대화를 나눴어요. 술을 너무 많이 마셔서 운전을 할 수 없었어요. 그래서 그녀가 자기 집에서 재워 줬어요.」

「애덤스 씨에게 진술 확인 들어간다는 거 아시죠?」

「거짓말 아니에요!」 아키라는 인상을 썼다. 「내 사생활에 대해 밝히고 싶지 않아서 그래요. 특히 저 사람 앞에서는요.」 그녀는 길고 뾰족한 손톱이 달린 손가락으로 내 쪽을 다시 찔렀다. 「돈은 내 친구예요. 그뿐이에요. 작년에 이혼해서 혼자 살아요.」

「이혼 소송을 거쳤습니까?」

「네.」

「변호사가 누구였죠?」

「몰라요.」

「그분의 전남편은 변호사가 누구였습니까?」

한동안 정적이 흘렀다. 아키라는 진심으로 우리에게 비밀로 하고 싶었던 것이다. 「리처드 프라이스요.」

인정하기는 싫었지만 그룬쇼 경위가 제대로 정곡을 찔렀다. 한쪽은 작가, 다른 쪽은 출판업자인 두 여자가 같은 변호사를 적으로 만났다. 적어도 둘 중 한 명은 그에게 박살이 났고 죽여 버리겠다고 협박했다. 그리고 이제 다른 한 명이 그녀에게 알리바이를 제공하고 있었다.

나는 호손과 눈을 맞추고 내가 알고 싶은 걸 물어봐 달라고 묵묵히 졸랐다. 웬일로 그가 이번에는 내 뜻을 따랐다. 「제가 선생의 시를 읽고 있는데요.」 그는 아키라에게 명랑하게 말을 건넸다.

아키라는 내심으로 좋았을지 몰라도 대꾸는 하지 않았다.

「그중 한 편이 눈에 들어오더군요.」

「지금 그거 농담이라고 하는 말이에요?」 그룬쇼가 따져 물었다.

「182번 하이쿠였습니다.」

그 말을 듣고 아키라는 놀란 표정을 지으며 호손의 다음 말이 이어지길 기다렸지만 정작 시를 암송한 사람은 나였다.

「내 귓전의 그대 속삭임 / 그 모든 단어가 재판 / 내려진 판결은 사형.」

「이게 무슨 뜻입니까?」 호손이 물었다.

「무슨 뜻이라고 생각하세요?」 아키라가 반문했다.

호손은 동요하지 않고 어깨를 으쓱했다. 「여러 가지로 해석할 수 있겠죠. 리처드 프라이스에 대해서 쓴 시라면 그가 당신을 두고 한 말이 마음에 들지 않았다는 뜻으로 해석할 수도 있지 않을까요? 법정에서 그가 거짓말을 할 거다, 그런 뜻인 거죠. 그래서 그를 죽이기로 마음먹었다.」

잠깐 정적이 흘렀다. 잠시 후에 아키라가 웃음을 터뜨렸다. 정작 재미있어하는 감정이라고는 전혀 찾아볼 수 없는 웃음이라 이상하게 들렸다. 쐐기풀을 움켜쥐었다가 아파서 숨을 토하면 그 비슷한 소리가 나지 않을까 싶었다.

「내가 쓴 시를 한 단어도 제대로 이해하지 못하는군요.」 그녀는 이렇게 말하더니 나를 돌아보았다. 「그리고 1행은 〈내 귓전에 속삭이는 그대〉예요. 작품을 읊을 거라면 적어도 제대로 읊어야 하는 거 아니에요?」 그녀는 공격 포인트를 1점 올리고 득의양양했다. 「정말 내가 설명을 해줘야 해요? 그 하이쿠는 리처드 프라이스에 대해서 쓴 게 아니에요. 그의 존재를 알기 전에 쓴 거라고요. 내 결혼 생활이 주제예요. 에이드리언 록우드 보라고 쓴 거예요. 그에게 읽어 주기까지 했어요! 내 품위를 손상시킨 사람, 이기적이고 무심한 태도로 내게 모욕감을 안긴 사람은 그였어요. 수사적 표현이 분명하잖아요.」 그녀의 콧구멍이 벌름거렸다. 「1행은 성적인 의미예요. 클로디우스와 거트루드[15]의 결합이요. 그는 내 옆에 누워 있어요, 숨결이 느껴질 정도로 가깝게. 단순히 그가 하는 말만이 문제인 건 아니에요. 그라는 인간 자체가 문제지. 나는 재혼으로 인해 사형수 감방에 제 발로 걸어 들어

---

15 클로디우스는 셰익스피어의 희곡 『햄릿』에 등장하는 햄릿의 삼촌으로 형인 선왕을 독살하고 왕위를 찬탈한다. 거트루드는 햄릿의 어머니로 남편이 죽은 지 두 달도 안 돼서 클로디우스와 재혼한다.

갔다는 걸 깨달았어요. 여기서 〈재판trial〉의 의미는 두 가지예요. 내 일상적인 고통과 내가 법적으로 그의 아내라는 것, 그것이 법정에서 내 법적 지위라는 것. 그리고 내가 그에게 사형 판결을 내리지는 않아요. 실은 그 반대지. 죽을 사람은 나예요. 마지막 행은 반전 화법이죠. 〈판결sentence〉이라는 이중적 의미를 지닌 단어를 통해 모든 증거에도 불구하고 나는 살아남을 거라고 말하는.」

이 모든 말은 밋밋한 속삭임으로 이어지다 마지막 부분에 이르자 글로리아 게이너[16]의 느낌이 가미되며 급격히 언성이 높아졌다. 그룬쇼는 무관심하게 대응했지만 호손은 그대로 물러나지 않았다.

「리처드 프라이스가 선생에 대해 조사하고 있었다는 걸 아셨습니까?」

「그는 내게 반했어요. 나를 이해하고 싶어 했죠.」

「그게 아니라 그레이엄 헤인이라는 포렌식 회계사를 고용해 선생의 자금 출처를 알아보게 했어요. 선생이 사기를 치고 있다고 생각했거든요.」

「말도 안 돼.」

「하지만 사실인걸요.」

「그래 봐야 아무것도 찾지 못했을 거예요. 나는 숨길 게 전혀 없는 사람이에요.」 하지만 그녀의 눈과 입술은 가늘어졌고 보디랭귀지가 방어적으로 바뀌었다.

「돈 애덤스의 연락처를 알고 싶습니다만.」 그룬쇼가 다시 면담의 주도권을 잡았다.

16 「I Will Survive」를 부른 미국 가수.

「킹스턴 프레스로 전화하면 돼요.」

킹스턴 프레스라면 독립 출판사였다. 어렴풋하게 이름을 들어 본 기억이 났다.

「거기서 근무하시나 보죠?」

「거기 대표예요.」

「고맙습니다, 안노 씨.」 그룬쇼가 한 말이었다. 그녀는 아키라에게 〈무죄〉 판결을 내린 듯했다.

우리는 자리에서 일어나 지상으로 올라갔다. 아키라가 호손과 나란히 서서 제일 먼저 올라갔고, 카라 그룬쇼가 몇 발짝 뒤에서 따라갔다. 나는 맨 마지막이었기에 그룬쇼가 계단을 반쯤 올라가다 말고 몸을 홱 돌렸을 때 달리 피할 데가 없었다.

「여기 온다고 얘기하지 않았네?」 그녀가 말했다. 계단을 막고 있는 그녀의 몸집이 거대하게 느껴졌고 검은색의 두툼한 안경 뒤에서 두 눈이 유난히 공격적으로 번뜩였다.

나는 호손을 찾았지만 이미 보이지 않았다. 「오늘 저녁에 얘기하려고 했어요.」 나는 말했다. 「나한테서 정보를 캐내려고 해봐야 시간 낭비예요. 호손은 아무것도 가르쳐 주지 않아요.」

「당신도 귀가 있잖아. 눈도 있고. 그걸 써봐.」 그녀는 나를 노려보았다. 「이번이 마지막 경고야.」

「〈포일의 전쟁〉 촬영을 ─」

「네가 나보다 먼저 리처드 프라이스 살인범을 알아내면 그 빌어먹을 TV 드라마를 앞으로 단 한 장면도 촬영하지 못할 줄 알아.」

그녀는 몸을 홱 돌려서 시커먼 옷으로 덮인 허벅지와 엉덩이를 뒤뚱거리며 계단을 마저 올라갔다.

돈트 서점에서의 모험담이 이렇게 끝나는 줄 알았더니 또 한 번의 우여곡절이 남아 있었다. 1층에서 기다리고 있던 대런이 호손 곁으로 달려가는 나를 들이받아 엉덩방아를 찧게 만든 것이었다. 그는 미안하다고 했지만 일부러 그런 게 분명했다.

안노 아키라가 문 앞에 서 있었다. 호손은 서점 매니저 한 사람이 서 있는 판매대 앞에 있었다. 밖으로 나가는 문이 열려 있었고 다시 비가 내리기 시작해 빗방울이 유리창을 두드렸다. 나는 우산을 들고 오지 않았다. 택시를 불러야 하나 싶었다.

내가 출입문 쪽으로 한 발 내디뎠을 때 카라 그룬쇼가 성난 목소리로 나를 불렀다. 「저기요!」

나는 몸을 돌렸다. 「네?」

「그 책 그냥 들고 나갈 거예요?」 그녀가 서점 저 구석까지 들릴 만큼 쩌렁쩌렁하게 물었다.

나는 현기증이 났다. 「그게 무슨 말씀이세요?」

「방금 책 집어서 가방에 넣는 거 봤어요.」

내가 검은색 숄더백을 메고 있긴 했다. 질에게 받은 생일 선물이었고 어디든 항상 들고 다녔다. 가방이 아까보다 무거워졌나? 나는 손을 옆구리 근처로 내려뜨려 가방을 더듬어 보았다. 이제 보니 끈이 느슨했고 바깥쪽 주머니에 뭔가가 들어 있었다.

「이건…….」 나는 말문을 열었다.

「무슨 일이신가요?」판매대 뒤편에 있던 매니저가 나왔다. 전에 이 서점에 강연을 하러 왔을 때 만난 적이 있는 직원이었다. 줄곧 친절했고 짧게 친 회색 머리에 파란 눈이 교사 분위기를 풍겼다.

「여기 운영자 되십니까?」그룬쇼가 물었다.

「네. 리베카 르페브르라고 합니다. 누구시죠?」

「카라 그룬쇼 경위입니다.」그러고는 자기 파트너를 가리키며 처음으로 성과 이름을 모두 밝혔다. 「이쪽은 대런 밀스 경장이고요.」

르페브르는 놀란 눈빛으로 나를 보았다. 「저희가 가방을 좀 봐도 될까요?」그녀가 물었다.

나는 호손을 흘끗 쳐다봤지만 그는 득달같이 달려오지 않았다. 오히려 재미있어하는 쪽에 가까워 보였다. 나는 이게 어떻게 된 영문인지 알고 있었다. 계단 꼭대기에서 대런 밀스가 나를 들이받을 때 가방 안에 그 책을 몰래 넣은 것이었다. 나를 당황하게 만들거나 벌을 주거나 심지어는 체포되게 하려고. 눈치가 있었다면 그냥 나와 버리거나 설명을 시도했을 텐데, 나는 그러지 못하고 가방을 열어 두툼한 페이퍼백을 꺼냈다. 마크 벨러도나가 쓴 〈둠월드〉 시리즈 2편 『엑스칼리버의 등장』이었다. 그레고리 테일러가 죽던 날에 같은 시리즈 3편을 샀다. 원래 서점 앞쪽의 테이블에 진열돼 있던 책인데 이제 내 손에 들려 있었다.

안노 아키라는 토할 것 같은 표정으로 그 책을 빤히 쳐다보았다. 그녀가 알맞은 단어를 찾기까지 시간이 좀 걸렸다. 「도둑질을 하다니!」

「내가 훔친 거 아니에요. 함정이에요!」 나는 밀스를 가리켰다. 「저 사람이 내 가방에 넣었어요. 어쩐지 지하에서 올라올 때 나를 들이받더라니.」

밀스는 두 손을 들어 항복하는 흉내를 냈다. 「내가 뭐 하러 그런 짓을 저지르겠어요?」

그룬쇼는 벼락을 칠 듯한 눈빛으로 나를 노려보았다. 「지금 경찰더러 증거를 조작했다는 거예요?」

「네, 맞아요!」

「내가 당신을 체포할 수도 있다는 거 알아요?」 그녀는 르페브르를 돌아보았다. 「저 사람, 체포할까요?」

「잠시만요.」 르페브르는 당황한 눈빛으로 나를 쳐다보았다. 전에는 교사를 연상시켰다면 이제는 총애하던 아이를 대하는 교장 같았다. 〈너는 우리 서점을 실망시켰어. 독자들을 실망시켰어. 너 자신을 실망시켰어〉라고 말하는 소리가 귓가에 들리는 것 같았다. 「그거 다시 주시겠어요?」 그녀가 실제로 한 말은 이거였다.

나는 책을 건넸다. 뺨이 타오르는 것 같았다.

「절도범은 모두 경찰에 넘기는 것이 돈트의 원칙이에요.」 그녀는 말을 이었다. 「솔직히 매우 놀랍고 실망스럽지만 추가 조치는 경찰의 판단에 맡길게요.」

「내가 그런 거 아니에요!」 내가 듣기에도 내 말투가 애처롭게 들렸다. 어쩔 수가 없었다.

「그래도 앞으로 우리 서점 출입을 삼가 주면 좋겠어요, 앤서니. 정말이지 유감이에요. 그리고 이런 일이 벌어진 마당에 당신 책을 우리 서점에 비치하지는 못하겠네요.」

더는 참을 수가 없었다. 계속 듣고 있을 수가 없었다. 나는 호손과 아키라를 지나, 뜨겁게 꽂히는 그들의 시선을 느끼며 허겁지겁 빗속으로 나섰다.

15
럼앤드코크

이후로 호손을 만나지 않다가 월요일 저녁에 알메이다 극장으로 「유령」을 보러 가는 대신 독서 모임에 참석하기 위해 리버코트에 있는 그의 아파트 현관에서 벨을 눌렀다. 적어도 이번에는 초대를 받은 입장이었다. 원래는, 그러니까 지난 두 번은 얕은꾀를 써야 그가 사는 아파트에 접근할 수 있었다. 하지만 오늘만큼은 이곳에서 7시에 만나 독서 모임이 열리는 곳에 같이 가기로 했다.

엘리베이터 문이 열렸을 때 그는 복도에 서 있었다. 이대로 엘리베이터를 같이 타고 다시 내려가는 건가 싶었는데 그의 집 현관문이 열려 있었다. 나를 자기 집으로 데리고 들어가면서 그는 기분이 상당히 좋아 보였다.

「어떻게 지냈어요, 토니?」

「잘 지냈어요.」 하지만 돈트 서점에서 그런 일이 벌어졌는데 잘 지냈을 리 없었다. 나는 그가 그걸 알아주길 바랐다.

「어째 컨디션이 안 좋아 보이네요? 들어와서 럼앤드코크한잔 해요. 그럼 기운이 날 거예요.」

나는 콜라를 거의 마시지 않고 럼도 별로 좋아하지 않지만 그의 초대에 여러모로 호기심이 발동했다. 그를 따라서 안으로 들어갔다.

여기가 호손의 집이었다면 그라는 인간에 대해 좀 더 많은 정보를 얻을 수 있었겠지만 지난번에 봤을 때처럼 거의 음울한 수준으로 아무것도 없었다. 시커먼 템스강이 저녁 어스름을 가르며 흐르는 근사한 전경을 감상하기에는 창문이 너무 좁았다. 여전히 그림도 꽃도 잡동사니도 없었다. 그가 여기서 잠을 자는 것 외에 뭘 하는지 알 수 있을 만한 단서가 전혀 없었다.

물론 플라모델은 있었다. 맨 처음 여기 왔을 때 호손이 에어픽스 키트를 좋아한다는 것을 알게 됐다. 그는 처음에는 멋쩍어하다가 적극적으로 애정을 표출했고 덕분에 처음으로 사건과 관련 없는 대화를 나눌 수 있었다. 온 집 안이 탱크, 지프, 구급차, 대공포, 전함, 항공 모함, 기타 등등으로 뒤덮였고 서로 다른 항공기 수십 대가 천장에 대롱대롱 매달려 있었다. 지난번에 왔을 때 만들고 있던 치프틴 마크 10이 보였다. 풀 자국이나 도색이 삐끗한 부분 하나 없이 완벽하게 조립되어 있었다. 이런 컬렉션을 완성하기까지 수천 시간이 들었을 것이다. 테이블 앞에서 몸을 웅크린 채 밤늦게까지 작업에 매달리는 호손의 모습이 그려졌다. 그는 그 몇 시간 동안 바깥세상과 완전히 단절될 수 있었을 것이다.

나는 그에게 언제부터 플라모델을 조립하기 시작했느냐고 물었다. 〈어렸을 때 취미였어요.〉 호손과 함께하는 시간이 늘어 갈수록 그가 어렸을 때 뭔가 끔찍한 일을 겪었고 그

232

로 인해 지금과 같은 어른이 되었을 거라는 확신이 점점 커졌다. 무심결에 드러나는 동성애자에 대한 혐오, 감정의 기복, 나를 대하는 태도만을 의미하는 것이 아니었다. 형사가되고 결혼하고 헤어지고 아무것도 없는 아파트에서 혼자 살며 플라모델을 만드는 것…… 이 모두가 요크셔에서 벌어졌을지 모르는, 그가 이름을 바꾸는 계기가 됐을지 모르는 참사의 결과인 것 같았다.

「새 모델을 만들기 시작했네요?」 내가 말했다.

한쪽 면에 〈RAF RESCUE〉라는 글자가 적힌 헬리콥터가 테이블 위에 펼쳐져 있었다.

「웨스틀랜드 시 킹이에요.」 그가 말했다. 「WS-61. 포클랜드, 걸프전, 이라크, 아프가니스탄에서 쓰였죠. 수색 구조용으로. 럼앤드코크 줄까요?」

「혹시 와인 있어요?」

「아뇨. 럼은 있어요.」

「그럼 그걸로 주세요.」

호손은 술을 마시지 않았다. 자기 입으로 말한 적은 없지만 그가 알코올이 들어간 음료를 마시는 것을 본 적이 없었다. 심지어 리블헤드의 스테이션 인에서도 물만 마셨다. 나는 그를 따라 넓은 입구를 통해 거실과 연결된 주방으로 들어갔다. 주방을 보면 집주인에 대해 많은 걸 알 수 있지만 이집 주방은 무용지물이었다. 모든 게 최신식에 고급스럽고바로 어제 설치된 것처럼 깨끗했다. 우리 집 오븐은 아무리열심히 닦아도 수백 번 뭘 태워 먹은 흔적이 고스란히 남아있어서 손님이 오면 부끄러워진다. 호손의 오븐은 유리문과

은색 열선에 티끌 하나 없어서 전원을 켠 적이 있는지 의심스러울 정도였다.

거기 대리석 조리대 위에 그가 말한 럼이 있었다. 나가서 사 온 걸까? 내가 보기에는 리처드 프라이스가 받은 2천 파운드짜리 와인처럼 이 럼 역시 선물로 받은 것일 가능성이 높았다. 어찌 됐건 마개를 감싼 비닐도 뜯지 않은 상태였다. 그 옆에 잔이 하나 놓인 것이 어쩐지 토템 같았다. 이 집을 통틀어 술은 이거 한 병뿐이고 나를 위해 일부러 준비한 것임을 단박에 알 수 있었다.

호손이 냉장고 앞으로 가서 문을 열었다. 나는 남의 일에 호기심이 많은 사람처럼 보이지 않으려고 무심하게 고개를 돌려 안을 확인했다. 그 안이 주방의 다른 곳과 마찬가지로 썰렁한 것을 보고 놀라지는 않았다. 우리 집은 뭐가 너무 많거나 전혀 없거나 둘 중 하나다. 필요한 재료를 찾으려고 냉장실을 미친 듯이 뒤져야 할 때도 더러 있다. 그에 비하면 호손의 냉장고는 금욕적이었다. 그는 즉석식품을 애용하는 듯했다. 플라스틱 용기에 담긴 즉석식품 대여섯 개가 차곡차곡 쌓여 있었는데, 주변에 빈 공간이 어찌나 많은지 꼭 데이미언 허스트의 작품 같아서 전혀 식욕을 자극하지 못했다. 채소 칸은 반쯤 비어 있었지만 반투명한 플라스틱 너머로 당근 뭉텅이인가 싶은 것이 보였다. 먹는 것에 딱히 관심이 없는 사람의 냉장고였다. 그는 용기를 하나 꺼내 전자레인지에 돌리면서 어떤 음식인지 뚜껑의 글자를 읽어 보지도 않았을 것이다. 그가 문 쪽 수납 칸에서 콜라를 꺼내고 냉동실에서 얼음을 몇 개 챙겨 테이블로 들고 왔다.

「같이 안 마실 거죠?」내가 물었다.

「나는 커피 내려 놨어요.」개수대 옆에 흰색 머그잔이 하나 있었다. 처음 보는 거였다.

얼음 두 조각, 럼 2~3센티미터, 콜라 반 캔, 어디에서 꺼내 왔는지 모를 레몬 조각…… . 그는 기계적으로 칵테일을 만들고 약간의 자부심을 실어서 내 쪽으로 밀었다. 어른 흉내를 내는 어린애 같다는 생각이 들었다. 호손을 대하다 보면 그런 생각이 들 때가 많았다.

그는 커피를 들고 와서 테이블 앞에 앉았다. 나는 주머니에서 네 장의 접힌 종이를 꺼내 그에게 밀어 주었다. 「당신이 보고 싶어 한 부분이에요.」계속 거리를 유지하며 이렇게 말했다.

「무슨 부분이요?」

「원고요. 나 혼자 데이비나 리처드슨을 만난 부분. 보고 싶다고 했잖아요.」

「아, 맞아요.」그는 종이를 한쪽 옆에 놓았다. 펼쳐 보지도 않았다.

「고맙다는 인사라도 해야 하는 거 아니에요?」

그는 왜 그렇게 짜증을 내는지 모르겠다는 듯이 나를 유심히 바라보았다. 내가 돈트에서 어떤 일을 겪었는지 잊어버리기라도 한 걸까? 「그래요.」마침내 그가 시인했다. 「당신이 카라의 심기를 건드렸더군요.」

「알아줘서 고마워요.」나는 럼앤드코크를 한 모금 마시며, 그가 와인이나 진토닉을 준비해 놓았다면 얼마나 좋았을까 생각했다.

「그 책을 당신 가방에 몰래 넣은 사람이 카라였겠거니 했어요. 당신은 〈둠월드〉 시리즈를 좋아할 사람 같지 않아서.」

「뭐라고요? 그럼 찰스 디킨스나 세라 워터스였으면 내가 슬쩍했을 수도 있겠다는 거예요?」

「어이, 그럴 리가요. 내 말은 그런 뜻이 아니에요.」그의 목소리는 이제 미안해하는 투로 바뀌었지만 여전히 재미있어하는 표정을 짓고 있었다.

「당신은 이해하지 못하나 본데, 그 서점에서 얼마나 끔찍했었는지 알아요? 내 작가 인생이 끝장날 수도 있었다고요. 신문에라도 실렸으면 나는 망했을 거예요.」화가 나고 분해서 온몸이 떨리다시피 했다. 「아무튼 카라가 그런 거 아니에요. 데리고 다니는 그 조수 소행이었지. 밀스요.」

「그 인간도 똑같은 쓰레기로군요. 둘이 잘 어울려요. 당신이 무슨 짓을 저질렀길래 그 둘이 그렇게 열받은 거예요?」

선택의 여지가 없었다. 그룬쇼 경위가 어떤 식으로 우리 집에 찾아와 나를 협박했는지 설명하는 수밖에 없었다. 「경위는 당신보다 먼저 이 사건을 해결하고 싶어 해요. 그래서 내가 아는 모든 걸 자기한테 알려 주길 원해요.」

「어처구니가 없네요!」호손이 외쳤다. 「당신이 아는 게 뭐가 있다고!」

「아니, 이봐요……」나도 모르게 잔을 쥔 손에 힘이 들어갔다. 「내가 리처드 프라이스를 살해한 범인이 누군지는 모를지언정 그 점에 있어서는 당신도 마찬가지잖아요.」

「두 명의 용의자 중에서 한 명으로 좁혀 놨어요.」호손은 커피 잔 너머로 나를 보며 눈을 깜빡였다.

「두 명의 용의자라니 누군데요?」

「내 말이 맞잖아요. 당신은 아무것도 모른다는 거. 그래서 아무 말도 해줄 수가 없다는 거.」

「사실 카라한테 전화를 했었어요.」아무리 화가 났어도 이 사실을 시인하려니 양심의 가책이 느껴졌다. 「어쩔 수가 없었어요. 〈포일의 전쟁〉 촬영을 막아 버려서. 내가 생각하기에는 그녀의 소행이었거든요. 우리가 요크셔에 다녀왔고 그레고리 테일러는 살해된 거라고 알려 줬어요. 그리고 에이드리언 록우드의 사무실에 몰래 들어간 사람이 있었다는 것도 알려 주었고요.」나는 호손의 대꾸를 기다렸지만 그가 아무 말도 하지 않기에 이렇게 덧붙였다. 「뭐라도 알려 줬어야 했다고요. 그런데 그녀는 전부 알고 있다고 하더군요.」

「거짓말이에요.」짜증을 낼 줄 알았는데 호손은 전혀 개의치 않는 눈치였다. 「카라 그룬쇼와 대런 밀스는 머리에 똥만 찬 인간들이에요. 하다못해 경찰견이 그 둘보다 더 똑똑할걸요? 우리가 지금까지 뭘 했는지 하나부터 열까지 다 알려 줘도 서로 궁둥이에 코를 대고 킁킁거리면서 제자리에서 뱅글뱅글 돌기만 할 거예요.」

「꼭 그렇게 적나라하게 비유를 해야겠어요?」

「그렇게 해서 그 둘을 떼어 낼 수만 있다면 매일 전화해도 돼요. 진작 말해 줄걸. 어이, 솔직히 우리가 그들보다 수천 걸음은 앞서 있어요. 그 둘은 당신 책이 출간되고 중고 서점에 넘어간 다음에야 범인이 누군지 알아낼 수 있을 거예요. 내가 호출된 이유가 그 때문이에요. 경찰 측에서도 이대로 두면 가망이 없다는 걸 알아요. 모든 인력을 동원해야 한다는 걸.」

한동안 정적이 흘렀다. 나는 럼앤드코크를 몇 모금 더 마셨다. 일반 콜라를 넣어서 치 떨리게 달았다. 설탕에 설탕을 더한 셈이었다.

「정말로 리처드 프라이스를 살해한 범인이 누군지 알아요?」내가 물었다.

그는 고개를 끄덕였다. 「둘 중 하나예요.」

「음, 그럼 나 좀 도와줘요. 나는 당신이 가는 데마다 따라다녔고 당신이 본 걸 모두 같이 봤어요. 그런데 범인이 누군지 전혀 모르겠단 말이죠. 내가 놓친 단서를 하나만 알려 줘요. 모든 사태를 간파하는 실마리가 될 단서를.」

「이건 그런 식으로 되는 게 아니에요, 토니.」 호손은 담배를 피우고 싶은 눈치였지만 남의 가전제품과 가구로 둘러싸인 곳에서 흡연을 할 수는 없었다. 「전에도 말했잖아요. 패턴을 찾아야 한다고. 그게 다라고.」

나는 그 말이 무슨 뜻인지 이해할 수 없어서 눈살을 찌푸렸다.

「책을 쓸 때도 마찬가지 아닐까 생각했는데. 책을 쓸 때도 처음에…… 패턴을 찾지 않나요?」

나는 그 말을 듣고 깜짝 놀랐다. 맞는 말이기 때문이었다. 나는 이야기를 만들 때 그것이 어떤 기하학적인 패턴으로 이루어져 있다고 상상한다. 예컨대 〈셜록 홈스〉 시리즈의 속편 『모리어티의 죽음』을 쓰기 시작했을 때는 배배 꼬이다 끝에 가서 원점으로 돌아오는 구조가 뫼비우스의 띠 같다는 생각을 했었다. 『실크 하우스의 비밀』은 Y 자 모양이었다.

소설은 8만에서 9만 개의 단어로 이루어진 젤리 틀이라고 볼 수 있다. 단어들을 모두 붓고 잘 굳길 바란다는 점에서 그렇다. 하지만 탐정이 자기 세계를 바라보는 시각이 이와 비슷할 줄은 전혀 몰랐다.

「좋아요.」내가 말했다.「그럼 리처드 프라이스 살인 사건은 정확히 어떤 패턴을 갖추고 있나요?」

「리처드 프라이스만 죽은 게 아니잖아요. 그레고리 테일러도 열차 앞으로 추락했다는 걸 잊지 말아야 하고 그걸 설명할 방법은 세 가지예요.」

「사고였다. 자살이었다. 누군가가 의도적으로 그를 살해했다.」

「맞아요. 그리고 정답이 무엇인지에 따라 전체적인 패턴이 달라지죠.」

머리가 빙글빙글 돌았다. 호손의 말이 두서없게 들렸다. 그게 아니면 럼 때문이었을까?「원래부터 형사가 되고 싶었나요?」나는 물었다.

그는 놀란 눈치였다.「맞아요.」

「어렸을 때부터요?」

그는 즉시 방어에 나섰다.「그런 걸 왜 물어요? 그게 왜 궁금한데요?」

「누누이 얘기했잖아요. 당신을 주인공으로 책을 쓰고 있어서 그렇다고.」감히 다음 질문을 꺼낼 수 있을지 자신이 없었지만 이때다 싶어서 과감히 던졌다.「요크셔에서 만난 그 남자랑 아는 사이였죠?」

「어떤 남자요?」

「마이크 칼라일. 그 남자는 당신을 빌리라고 부르던데. 그게 본명인가요?」

호손은 아무 말도 하지 않았다. 그저 어떻게 해야 할지 고민하는 사람처럼 잠깐 고개를 숙였다. 그러다 고개를 들었을 때 내가 한 번도 본 적 없는 눈빛을 하고 있었다. 나는 어느 정도 시간이 지난 다음에야 그 눈빛의 의미를 알아차릴 수 있었다. 그건 고통이었다.

「말했잖아요, 모르는 사람이라고. 나를 다른 사람으로 착각한 거예요.」

「못 믿겠는데요.」

그러자 셔터가 내려왔다. 호손은 늘 그랬다. 누구든 너무 가까워진다 싶으면 재깍 차단했다. 어쩌면 평생 그렇게 살아왔을지 모른다. 다시 말문을 열었을 때 그는 감정이라고는 전혀 느껴지지 않는 목소리로 아주 나지막이 말했다. 「어이, 뭐 하나 물어볼게요. 내가 이 프로젝트에 대해서 다시 생각하고 있다면 어떨 것 같아요? 이게 잘못된 선택이었다는 쪽으로 결론을 내렸다면?」

나는 내 귀를 의심했다. 이 일에 끌려 들어온 쪽은 나였다. 여기 있고 싶지 않은 쪽은 나였다.

「내가 제안한 거 아니잖아요.」 나는 그의 기억을 환기시켰다. 「당신이 제안한 거였지.」

「이쯤에서 접어도 돼요. 후속 편을 누가 신경이나 쓰겠어요? 세상에 널린 게 책인데.」 그는 손가락을 뻗었다. 「지금 저 문으로 걸어 나가도 돼요.」

「그러기에는 좀 늦었는데요. 내가 세 편을 계약해서…….

240

기억 안 나요? 우리가 세 편 시리즈로 계약을 했잖아요.」

「나 없어도 되잖아요. 다음 편은 당신이 지어서 쓰면 되잖아요.」

「나도 그러고 싶어요. 그러면 일도 훨씬 쉬워요. 하지만 나는 이미 일주일을 할애했고 당신이 말한 형태인지 패턴인지 뭔지 모를 것을 파악하고 리처드 프라이스를 살해한 범인을 알아내기 전에는 때려치우지 않을 거예요.」

우리는 그 자리에 가만히 앉아서 서로를 노려보았다. 잠시 후에 호손이 손목시계를 확인했다. 「이제 그만 내려갑시다. 회원들이 기다리겠어요.」

「나는 당신의 적이 아니에요, 호손.」 나는 말했다. 「도우려는 사람이지.」

「알아요. 뭐, 지금까지 많은 도움이 됐어요.」

그는 일어나서 걸음을 옮겼다. 나는 럼앤드코크를 절반도 마시지 않은 채 그대로 남겼다.

16
독서 모임

    우리는 같이 엘리베이터를 타고 내려갔다. 신기하게도 호손은 원래 모습으로 돌아가 있었다. 엘리베이터 문이 그 옛날 장편 영화의 와이프[17] 같은 역할을 해서 우리 사이의 적개심을 잘라 내고 둘이 다시 친구가 되는 새로운 장면으로 우리를 데려간 것 같았다. 3층에서 내렸을 때 그와 옥신각신했던 기억은 분명 흐릿했다. 호손은 살짝 긴장했으면서도 의기양양했다. 나는 그가 자신의 사생활을 보호하는 데 얼마나 진심인지 알고 있었다. 그는 사실 나를 독서 모임에 데려가고 싶지 않았을 것이다. 아마 다른 회원들의 꼬드김에 넘어갔을 것이다. 물론 내가 만나게 될 사람들이 그의 친구는 아니었다. 전에 듣기로는 동네 도서관에서 만난 사이라고 했다. 그게 사실일까? 그중에서 최소한 한 명은 그와 같은 아파트에 살았다. 어쩌면 그들 모두가 그럴지도 몰랐다.

    복도를 따라 걸어가는데 인도 음식 냄새가 났다. 중간쯤에 문이 열린 집이 있었고 우리는 그 앞에서 걸음을 멈추었

---

17 한 장면이 화면 한쪽으로 사라지면서 다음 장면이 나타나는 기법.

다. 호손이 재킷 단추를 하나 풀었다. 격식을 갖추지 않겠다는 뜻이었다.

「여긴 누구 집이에요?」 나는 물었다.

「리사 차크라보르티요.」

「지난번에 여기 왔을 때 휠체어를 탄 젊은 남자를 만났었는데…….」

호손은 서글픈 눈빛으로 내 쪽을 흘끗 쳐다봤다. 그것만으로도 이미 그가 공개하고 싶은 정보의 한계를 넘어선 것이었다. 「리사 아들이에요.」

케빈 차크라보르티. 엘리베이터에서 맨 위에 달린 버튼을 가지고 농담을 했던 근육 위축병 환자.

우리는 안으로 들어갔다.

한 건물 안에 있는 두 집이 — 형태와 크기도 비슷한데 — 어쩌면 이렇게 다를 수 있는지 놀라울 정도였다. 리사 차크라보르티는 개방형 구조와는 정반대인 공간에서 살았다. 벽으로 막힌 L 자 모양의 복도를 지나면 묵직한 가구와 벽지, 상들리에 때문에 어두컴컴하고 어수선한 거실이 마지못한 듯 등장했다. 쿠션으로 질식할 지경인 두툼한 소파가 야트막하고 장식이 화려한 커피 테이블을 사이에 두고 숙적처럼 서로 마주 보고 있었다. 카펫은 오랜만에 보는 소용돌이무늬였다. 온 사방이 장식품이었다. 도자기 인형, 꽃병, 유리 문진, 티파니 램프, 다양한 은제품. 앤티크 숍처럼 뭐가 많고 뒤죽박죽이었다.

나는 이 집의 구조가 뭔가 특이하다는 건 알아챘지만 그게 어떤 것인지는 어느 정도 시간이 지난 다음에야 간파했다. 이렇게 어수선한 와중에도 입구에서 거실까지 이어지는 넓은 공간에 아무것도 없었다. 문과 복도가 일반적인 집보다 3분의 1가량 넓었다. 휠체어를 타고 다녀야 하는 케빈을 위한 설계였다.

케빈은 없었지만 다양한 사람들이 음료 잔을 들고 서 있었다. 앉을 데가 많은데도 다 같이 서 있어서 어색한 분위기가 풍겼다. 내가 느낀 첫인상은 — 어쩌면 부당할 수도 있겠지만 — 그들이 상당히 희한해 보인다는 것이었다. 가장 큰 이유는 서로 너무 다르기 때문이었다. 키가 엄청 큰 여자와 엄청 작은 남자. 일란성 쌍둥이. 사리를 입은 후덕한 여성. 남아메리카 출신인 듯한 은발의 기품 있는 신사. 아주 풍성한 수염을 자랑하는 킬트를 입은 남자. 동그란 안경을 쓰고 트위드 소재 옷을 입은 또 다른 단신의 남자. 모두 합해 열두 명 정도 됐다. 그들이 독서 모임 회원이라는 걸 몰랐다면 한자리에 모인 이유를 알아맞히기 어려웠을 것이다.

사리를 입은 여자가 얼굴을 환히 빛내며 앞으로 나왔다. 검은색 머리가 희끗희끗했고 동그란 두 눈은 예리하게 빛났다. 은색 액세서리를 그렇게 많이 한 사람은 내 평생 처음이었다. 목걸이가 세 개였고, 열 손가락에 각각 반지를 꼈다. 코에는 피어싱을 했고, 사리에는 공작 모양의 브로치를 달았으며, 귀걸이는 어깨를 스쳤다. 쉰 살쯤 되어 보였지만 얼굴에 주름이 없었고 따뜻하고 유쾌한 기운이 뿜어져 나왔다.

「호손 씨!」그녀가 외쳤다.「정말 제멋대로군요. 오늘은 오지 않으려나 보다고 생각하던 참이었어요. 이분이 그 친구분인가요?」

244

나는 내 소개를 했다.

「와주셔서 정말 기뻐요. 들어오세요, 들어오세요. 제 이름은 리사 차크라보르티지만 리사라고 불러 주세요. 저는 토니라고 부를게요.」

「음, 실은…….」

「아쉽지만 오늘 저녁에는 저 혼자예요. 남편은 우리 모임에 참석하지 않거든요. 사실 책에 전혀 관심이 없어서 영화 보러 나갔어요.」 그녀는 무슨 급한 일이라도 있는 사람처럼 숨 돌릴 틈도 없이 말을 쏟아 냈다. 「먼저 와인을 마시면서 가볍게 뭘 좀 먹은 다음 본격적으로 시작할 거예요. 무려 〈셜록 홈스〉라니! 게다가 실제 수사관과 그 위대한 탐정을 주인공으로 책을 쓰신 작가를 모시다니 이런 영광이 어디 있을까요? 브래니건 씨! 우리 손님께 드릴 와인 준비됐나요?」

브래니건은 키가 큰 아내와 함께 온 키가 작은 남자였다. 내가 들어왔을 때부터 지금까지 계속 웃고 있어서 조증 환자 같았다. 머리가 거의 벗어졌고 동그란 얼굴에 호감을 얻고 싶어 안달 난 표정을 짓고 있었다. 입을 열자 윗입술 위에서 수염이 진동했다. 「안녕하십니까!」 그가 우렁차게 외치며 미지근한 화이트와인이 담긴 잔을 내 손에 쥐여 주었다. 「케네스 브래니건입니다. 만나서 정말 반가워요, 토니. 와주셔서 감사합니다. 제 반쪽을 소개할게요. 앤절라입니다.」

수척하고 고압적인 분위기를 풍기는 그의 아내가 가세했다. 「만나서 정말 반가워요.」 그녀는 목소리가 쩽했고 웃지 않았다. 「〈에릭 라이더〉 쓰신 분 맞죠?」

「〈앨릭스 라이더〉요. 네, 맞습니다.」

그녀는 슬픈 표정을 지었다. 「우리 애들은 그거 안 읽은 것 같네요.」

「해미가 읽었어!」 케네스가 이렇게 외치고는 나를 보며 눈을 깜빡거렸다. 「해미가 열두 살 때 그 시리즈를 꽤 읽었어요. 〈아르테미스 파울〉, 그걸 제일 좋아했고요.」

「사실 그건 오언 콜퍼의 책이에요.」 나는 말했다.

「〈셜록 홈스〉에 관해 어떻게 생각하시는지 선생님의 의견을 듣고 싶네요.」 앤절라는 이렇게 말하고, 내가 뭐라고 대꾸할 겨를도 없이 얼른 덧붙였다. 「저는 개인적으로 너무 어렵더라고요. 〈셜록 홈스〉 책이 선정된 이유를 모르겠어요.」

「전혀 우리 스타일이 아니에요.」 케네스도 아내의 말에 맞장구쳤다. 「하지만 베니딕트 컴버배치의 〈셜록〉은 TV로 전부 봤어요. 그 드라마의 원서를 확인하는 것도 재밌겠다 싶어요.」

나는 거실 안을 조금씩 돌아다니며 수의사, 정신과 의사, 은퇴한 피아니스트를 만났다. 호손은 같이 다니지 않았다. 옆쪽에 혼자 서서 나를 주시했다. 하지만 내가 그의 사생활에 대해 뭐라도 알아낼까 봐 걱정했다면 그럴 필요가 없었다. 만난 사람마다 붙잡고 그에 대해 물어보기는 했지만 뭐든 아는 사람이 없었다. 내게 공개하기를 꺼리는 것일 수도 있었지만, 그는 그냥 위층에 사는 전직 형사 호손이었다. 그는 나뿐만 아니라 다른 사람들에게도 알 수 없는 인물인 듯했다. 킬트를 입은 남자 — 알고 보니 스미스필드 마켓에서 일하는 육가공업자였다 — 만 자기 집을 공개하지 않는 유일한 회원이 호손이라며 조그맣게 불만을 토로했다. 「뭘 숨

246

기는지 모르겠지만 옳지 않은 행동이라고 봐요.」그는 딱딱 끊기는 말투로 이렇게 중얼거렸다.

한편 리사 차크라보르티는 사모사,[18] 크로켓 그리고 페이스트리와 흡사한 인도 간식이 담긴 접시를 들고 바쁘게 돌아다녔다. 브래니건이 와인을 들고 열심히 그녀를 따라다녔다. 나는 뭘 먹고 마실 기분이 아니어서, 리사가 5분 뒤에 토론을 시작하겠다고 선포했을 때 안도의 한숨을 내쉬었다. 각양각색의 회원들이 자리를 잡고 앉는 동안 나는 지저분한 접시를 두어 개 챙겨 들고 그녀를 따라 주방으로 들어갔다.

「어머, 다정하셔라. 고마워요, 토니. 접시는 식기세척기 옆에 두세요.」

「이 독서 모임은 어떻게 시작됐어요?」나는 접시를 들고 물었다.

「내 아이디어였어요. 이 동네 도서관에 광고를 냈죠. 시작한 지 이제 5년째가 됐네요.」

「호손도 처음부터 회원이었나요?」

「네, 그럼요! 맨 처음부터요. 그분은 엘리베이터에서 만났어요. 위층에서 혼자 살잖아요.」

나지막이 윙윙거리는 소리가 들리기에 고개를 돌려 보니 케빈이 휠체어를 타고 안으로 들어왔다. 자기 어머니와 나란히 서 있는 나를 보고 놀라기보다 기뻐하는 기색이었는데, 따지고 보면 나를 초대하는 데 결정적인 역할을 한 사람이 그였다. 그는 엘리베이터에서 나를 알아보았을 뿐 아니라 내가 누굴 만나러 왔는지도 알고 있었다. 그러니까 호손에

18 페이스트리 반죽 안에 고기와 채소를 넣고 튀긴 음식.

게 나에 대해서 들었다는 뜻이었다. 그런 식으로 1층까지 다시 내려가는 나를 보고 그가 무슨 생각을 했을지 궁금해졌다. 그는 바로 내 궁금증을 해결해 주었다.

「안녕하세요.」 나를 알아본 그가 미소를 지었다. 「그 이후에도 계속 엘리베이터를 타고 올라갔다 내려갔다 하셨어요?」

「다시 만나서 반가워요, 케빈.」 나는 말했다. 「어떻게 지냈어요?」

「아주 끔찍하게요. 투덜거리면 안 되겠지만.」

리사가 끼어들었다. 「독서 모임 곧 시작할 건데. 뭐 필요한 거 있니?」

「사모사 남은 거 있어요?」

「물론이지.」

「그리고 콜라 하나 마셔도 돼요?」

그녀는 냉장고 앞으로 가서 콜라 캔을 꺼내 마개를 따더니 빨대를 꽂고 휠체어 옆에 달린 쟁반에 올렸다. 그런 다음 사모사 세 개를 접시에 담아서 그의 무릎 위에 놓았다.

케빈은 밝은 표정으로 나를 올려다보았다. 「손으로 튕겨서 입안에 넣어요.」 그는 내가 묻지도 않은 질문에 이렇게 대답했다. 「티들리윙크스[19]를 하듯이.」

「아니잖아.」 어머니가 그를 나무랐다. 「그리고 그런 장난 말은 하면 못써! 케빈은 뒤센형 근육 위축병이에요.」 그녀는 숨 돌릴 틈도 없이 내게 설명했다. 「그래도 양팔은 아직 쓸 수 있어요. 뭘 먹을 수 있을 만큼은요.」 그녀는 손가락을 흔

19 작은 원반을 튕겨서 컵 안에 넣는 게임.

248

들었다. 「그래서 너무 많이 먹어요.」

「그건 엄마 때문이에요. 그러게 누가 그렇게 요리를 잘하시래요?」

「그러다 살이 너무 쪄서 그 휠체어도 못 타게 되면 어쩌려고?」

「만나서 반가웠어요, 앤서니!」케빈은 씩 웃으며 휠체어를 돌렸다. 이 집의 다른 곳처럼 주방도 그가 지나다닐 수 있도록 널찍하게 설계됐다. 우리는 그가 전기 모터가 윙윙거리는 휠체어를 타고 복도를 따라 멀어지는 것을 지켜보았다. 맨 끝 방의 문이 열려 있었지만 내부는 전혀 보이지 않았다. 그는 그 안으로 사라졌다.

「팔의 힘이 점점 약해지고 있어요.」리사가 아까보다 조용히 말했다. 「그리고 더는 아무것도 먹지 못하는 날이 올 거예요. 이후로는 유동식만 먹을 수 있겠죠. 우리 둘 다 웬만하면 그 얘기는 꺼내지 않으려고 해요. 뒤셴형은 그게 문제예요. 하나씩 계속 안 좋아진다는 거.」

「정말 안타깝네요.」나는 중얼거렸다. 당황스러웠다. 뭐라고 말하면 좋을지 알 수가 없었다.

「그러실 것 없어요. 케빈은 사랑스러운 아이예요. 자기 아빠를 닮아서 외모도 출중하고. 그런 아들이 있어서 얼마나 다행인지 몰라요.」그녀는 나를 보며 환하게 웃었다. 「물론 가끔 우울할 때도 있고 앞으로 어떻게 하면 좋을지 고민스러울 때도 있죠. 좋은 날도 있고 나쁜 날도 있어요. 하지만 당신 친구 호손 씨야말로 하늘이 주신 선물이에요. 정말 훌륭한 분이에요. 그가 등장한 이후로 우리 삶이 얼마나 달라졌는지 말로 다 설명할 수가 없을 정도예요. 그와 케빈은 세상에 둘도 없는 친구예요. 둘이서 얼마나 붙어 지내는지 몰라요.」 그녀는 언성을 낮췄다. 「호손 씨가 없었다면 케빈이 포기했을지 모른다는 생각이 들 때도 있어요.」

나는 거실을 흘끗 들여다보았다. 호손은 남아메리카에서 온 남자와 대화를 나누느라 나를 까맣게 잊고 있었다. 「하지만 케빈이 호손을 돕기도 하잖습니까.」 내가 말했다.

「맞아요. 호손 씨가 노상 저 아이를 찾죠.」

「정확히 어떤 식으로 돕고 있나요?」

리사 차크라보르티가 뭐라고 대답하려던 찰나, 케네스 브래니건이 문 너머로 고개를 내밀었다. 「준비 다 끝났어요!」

「커피 들고 갈게요.」

커피는 이미 만들어져 있었다. 리사가 커피를 들고 나를 지나쳐 갔다. 나는 방금 호손의 인생을 들여다볼 뒷문을 열 수 있었는데 기회를 놓쳤다는 생각을 하며 그녀를 따라 나갔다. 하지만 케빈의 방이 어딘지 알게 됐고 머릿속에서 계획 하나가 만들어졌다. 그날 저녁은 계속되고 있었다.

어디에서 나왔는지 모를 『주홍색 연구』 여러 권이 어지럽게 흩어져 있는 커피 테이블을 사이에 두고 모두 둘러앉아 있었다. 자리가 부족해서 몇 명은 소파에 끼어 앉았고 쌍둥이는 정확히 같은 자세로 바닥에 책상다리를 하고 앉았다. 호손 옆으로 등받이가 곧은 의자 하나가 내 몫으로 남아 있었다. 나는 그쪽으로 건너가 앉았다.

「어디 갔었어요?」 그가 물었다.

「리사랑 같이 주방에 있었어요. 거기서 케빈을 만났어요.」

나는 이렇게 말하며 그의 눈빛을 살폈지만 그는 아무 반응
도 보이지 않았다.

「사건 얘기는 하지 말아요.」그가 협박조로 중얼거렸다.

「로리스턴가든스에서 벌어진 이넉 드레버 살인 사건[20] 말
이에요?」

「무슨 말인지 알잖아요.」

「노력해 볼게요.」

호손이 뭐라고 대꾸하기 전에 리사 차크라보르티가 독서
토론을 시작했다. 「안녕하세요. 아서 이그네이셔스 코넌 도
일 경이 1886년에 집필한 『주홍색 연구』토론을 위해 오늘
저녁, 우리 집에 오신 여러분을 환영합니다. 시작하기에 앞
서 아주 유명한 작가분께서 이 자리에 함께하기 위해 오셨어
요. 여기 이 토니는 〈애거사 크리스티의 푸아로〉, 〈미드소머
살인 사건〉, 〈포일의 전쟁〉의 대본을 집필하셨답니다. 성인
용과 어린이용으로 수많은 탐정 소설을 쓰셨고요. 아주 흥미
진진한 혜안을 나눠 주시리라 믿으며, 나중에 이분의 말씀을
들을 시간도 있으면 좋겠어요. 그보다 먼저 리버코트 독서
모임 차원에서 환영의 인사를 건네기로 해요!」

가벼운 박수갈채가 터졌고 거실에 사람이 몇 명 없어서
민망했지만 나는 호쾌하게 미소를 지었다.

「그럼 이제 우리를 이 자리에 불러 모은 작품으로 곧바로
넘어가 볼까요?」

그제야 깨달은 사실이지만 나는 이 자리에 모인 사람들이
『주홍색 연구』에 대해 어떻게 생각하는지 전혀 관심이 없었

20 『주홍색 연구』에서 셜록 홈스가 해결하는 사건이다.

다. 그래서 BBC 드라마는 재미있게 보았지만 — 리사가 한 말에도 불구하고 — 원작을 재미있게 읽은 사람은 한 명도 없었다는 데 놀라지 않았다.

「나는 실망했어요. 너무 어설프더라고요!」 토론을 시작하자마자 케네스 브래니건이 한 말이었다. 「내레이터가 왓슨 박사라야 하잖아요. 처음에는 그가 내레이터 역할에 충실하더니 중간쯤 가서 갑자기 북아메리카의 시에라블랑코로 장소를 이동하질 않나, 나도 모르는 새 이야기가 시작되기 전인 30년 전으로 거슬러 올라가질 않나, 어이없게 모르몬교도들이 등장하질 않나…….」

「도일은 모르몬교를 좋아하지 않더군요! 제가 보기에는 묘사가 상당히 인종 차별적이었어요.」

「책이 아주 짧더라고요. 적어도 그건 좋았어요.」

「나는 결말을 전혀 이해하지 못하겠어요. 마지막 두 문장을 라틴어로 쓴 이유가 뭘까요?」

「한마디도 못 믿겠던데…….」

『주홍색 연구』로 말할 것 같으면 내가 어렸을 때부터 좋아한 작품이라 회원들이 한 사람씩 소감을 밝히는 것을 건성으로 듣고만 있었다. 희한하게도 그들은 나를 초대해 놓고 나라는 사람의 존재를 잊어버린 듯이 굴었다. 그래도 상관없었다. 나는 정신이 딴 데 가 있었다.

케빈과 호손. 내가 12층에서 들은 대화. 〈네 덕분에 그 일을 해결할 수 있었는데.〉 뭘 해결할 수 있었다는 걸까? 케빈이 호손의 집을 찾은 이유는 뭐였을까? 그걸 알아내야 했다.

토론이 시작된 지 40분쯤 지났지만 나는 아무 발언도 하지 않은 채로 있다가 호손에게 머리를 숙이고 조그맣게 물었다.「화장실이 어디예요?」

리사 차크라보르티가 옆에서 그 말을 들었다.「복도를 따라가다 보면 왼쪽으로 두 번째 문이에요.」어찌나 큰 소리로 설명하는지 그 자리에 있던 사람들이 전부 들을 수 있을 정도였다. 내가 자리에서 일어나 거실을 나서는 동안 정적이 이어졌다. 나를 지켜보는 회원들의 시선이 느껴졌다.

「그 벽에 적힌 단서 말이에요.」누군가의 말소리가 들렸다.「피로 적힌 〈RACHE〉라는 단어. 그거 정말 어이가 없었어요. 실제 현실에서는 결코 있을 수 없는 일인데……」

복도를 따라 걸어가자 사람들의 말소리가 두툼한 벽과 카펫, 넘쳐 나는 가구에 삼켜져 점점 희미해졌다. 나는 화장실에 가려고 나선 것이 아니었다. 이런 식으로 집 안을 헤집고 다니려니 조금 부끄러웠지만 결심을 굳힌 참이었다. 내가 리사의 집에 다시 초대받을 일은 없을 테니 이번이 마지막 기회였다. 화장실을 지나 케빈이 들어갔던 방 쪽으로 걸음을 옮겼다. 나무문에 귀를 대고 잠시 서 있었다. 안에서는 아무 소리도 들리지 않았다. 나는 조심스럽게 문손잡이를 돌렸다. 머릿속에서 누군가가 이러면 안 된다고 외쳤다. 하지만 또 다른 누군가는 벌써부터 변명을 연습하고 있었다. 〈미안. 여기가 화장실인 줄 알고.〉

나는 안을 들여다보았다.

옆에 전동 장치가 달린 병원식 침대, 유난히 넓은 화장실 문, 약품과 소독약이 섞인 이상한 냄새만 아니라면 일반적인 10대 남자아이의 방과 다를 바가 없었다. 안은 지저분했다.

조명은 어두침침했다. 벽에 「스타워스」와 「매트릭스」 포스터가 붙어 있고 책과 잡지가 산더미처럼 쌓여 있었다. 하지만 내 시선이 처음으로 향한 곳은 문이 열리는 소리를 듣지 못한 채 내 쪽을 등지고 책상 앞에 앉아 있는 케빈이었고, 그다음은 그의 앞에 놓인 산업용 크기의 컴퓨터 화면이었다. 그 컴퓨터는 애플도, 내가 아는 어떤 브랜드도 아니었다. 거리가 5~6미터쯤 돼서 문자로 된 데이터가 띄워져 있었다 한들 읽기는 어려웠을 것이다. 심지어 이미지였다 해도 알아보기 어려웠을 것이다. 그런데 화면 위에 떠 있는 것의 정체가 너무 분명하고 뜻밖이라, 나는 잠깐 다른 모든 걸 잊었다.

내 사진이었다.

좀 더 정확하게는 나와 작은아들 캐시언의 사진이었다. 그 아이는 스물두 살이었고 이제 막 시티 대학교 언론학과를 졸업한 참이었다. 2~3일 전에 그 사진을 찍은 기억이 났다. 집 근처 〈예루살렘 태번〉이라는 레스토랑에서 우리 둘이 한잔하다가 찍은 사진이었다. 하지만 가장 충격적인 사실은 그것이 공개된 적 없는 사진이라는 점이었다. 나는 그 사진을 어느 누구에게도 보낸 적이 없었다. 그런데 어떻게 케빈의 컴퓨터 화면에 띄워져 있을까?

「케빈……?」 나도 모르게 이 말이 입에서 튀어나왔다. 방 안으로 들어가지는 않고 문 앞에서 그를 불렀다.

그는 어깨 너머로 살피다가 내가 누군지 알아보고 기겁했다. 그와 동시에 더듬더듬 마우스를 찾았고 잠시 후에 컴퓨터 화면은 까맣게 변했다. 「여기서 뭐 하시는 거예요?」 그가 따져 물었다. 평소에는 우스갯소리를 그렇게 좋아하더니 지금은 진지하기 짝이 없었다.

「그 사진, 어디서 났니?」나는 물었다.

「여기서 뭐 하시는 거예요? 여긴 내 방이에요!」

「화장실을 찾고 있었어.」

「이제 그만 가주실래요?」

「그 사진이 어디서 났는지 말하기 전에는 꼼짝하지 않을 거야.」나는 내가 예의에 어긋나는 행동을 하고 있다는 것을, 그에게 그런 식으로 말하면 안 된다는 것을 이미 알고 있었다. 휠체어를 타고 다니는 사람에게 화를 내는 것은 사회적으로 용납될 수 없는 행동이지 않나? 하지만 나는 그 사진을 보고 진심으로 충격을 받았다. 케빈이 나뿐만 아니라 내 아들까지 염탐하고 있었다. 「내 컴퓨터를 해킹했구나!」나는 외쳤다. 답은 해킹일 수밖에 없었다.

「아니에요!」그는 앉은 채로 꼼지락거렸다.

「맞네!」그의 뒤편을 보니 복잡한 전자 장비, 안테나가 달린 희한한 검은색 상자, 미로 같은 전선이 달린 키보드로 책상 위가 어지러웠다. 나는 컴퓨터 화면을 가리켰다. 「아까 우리 아들이 있었어. 나도 있었고!」

그는 해명할 방법을 찾다가 결국 비참한 표정으로 허리를 숙였다.

「컴퓨터가 아니라 휴대 전화였어요.」

나는 반박하려는 시도조차 하지 않았다. 「어떻게 한 거야?」나는 따져 물었다. 「왜 그런 거야?」곧바로 어떤 생각이 퍼뜩 떠올랐다. 「호손도 알아?」

두말하면 잔소리였다. 케빈은 이런 식으로 그를 돕고 있었다. 문득 모든 게 명확해졌다. 안노 아키라가 햄프셔를 지난 적 없다는 증거가 된 차량 번호판 자동 인식 장치. 플리트의 웰컴 브레이크 휴게소 CCTV 영상. 카라 그룬쇼가 그걸 왜 호손에게 보여 줬나 했더니 그녀가 보여 준 게 아니었다! 그가 3층에 사는 천재 친구의 도움으로 경찰 컴퓨터 시스템을 해킹해 그냥 슬쩍한 거였다.

케빈은 겁에 질린 표정으로 나를 쳐다보고 있었다. 아까보다 더 온몸이 배배 꼬이고 주체할 수 없게 된 것 같았다. 「호손 씨한테 말하면 안 돼요.」

「내 개인적인 정보를 들여다보고 있던 이유가 뭐야?」 나는 따지고 들었다.

「선생님을 좋아해서요.」

「애정 표현을 희한한 방법으로 하네?」

「선생님께 관심이 있어서 그랬어요. 선생님이 쓰신 책을 읽었거든요.」

흠, 듣던 중 반가운 말이었다. 하지만 그렇다고 해서 내 컴퓨터에 달린 카메라를 통해 나를 관찰하거나 내 휴대 전화를 통해 내가 샤워하는 소리를 들어도 된다는 건 아니었다. 다른 때 같으면 격분했겠지만 그의 상태도 있고 하니 애써 평정심을 유지하려 했다.

「호손을 위해서 정확히 어떤 일을 하고 있니?」 나는 물었다.

「아무것도 안 해요. 호손 씨가 이걸 알면 나를 죽이려고 할 거예요!」

「거짓말하지 마라, 케빈.」

「진짜예요. 호손 씨에게 말하면 안 돼요. 제발요…….」

연기인지 뭔지 몰라도 그의 눈에 갑자기 눈물이 고였고, 그 사실 하나만으로도 내가 지구상에서 가장 못된 깡패가 된 기분을 느끼기에 충분했다. 게다가 내가 자리를 비운 지 제법 됐기 때문에 상황을 살피러 나선 케빈의 어머니나 호손과 맞닥뜨릴 수도 있었다. 아이 어머니와 호손, 둘 중에서 어느 쪽이 그나마 나을지는 알 수 없었다.

나는 숨을 들이마시고 흥분을 가라앉히려고 애를 썼다. 「호손에게는 아무 말도 하지 않을게. 하지만 그렇다고 해서 이 일이 끝난 건 아니야, 케빈. 나중에 다시 얘기하자.」

「싫어요.」

「싫어도 어쩔 수 없어. 나를 피할 생각은 하지 마라.」

「이 몸으로 어디 도망칠 수도 없는걸요.」 이런 상황에서도 병적인 유머 감각은 죽지 않았다.

「그리고 내 휴대 전화는 건드리지 마! 아예 새로 하나 사야겠네.」

「사실 그래 봐야 아무 소용 없어요.」

「제발!」 누군가가 다가오는 소리가 들린 것 같았다. 나는 케빈을 향해 손가락을 흔들었다. 「내 휴대 전화, 컴퓨터, 아이패드…… 건드리지 마. 현관문에 달린 인터폰마저도. 약속해!」

「약속할게요.」 그는 핼쑥한 얼굴로 말했다. 더는 밀어붙일 수 없었다.

「나중에 다시 얘기하자. 알겠니? 이렇게 끝내지는 않을 거야!」

나는 뒷걸음질로 나와서 등 뒤로 문을 닫았다.

「나는 단 한 순간도 셜록 홈스를 못 믿겠어요. 아니, 32페이지를 보면 시가에 대해 연구한 적 있기 때문에 재를 보기만 해도 어느 브랜드인지 알 수 있다고 하잖아요.」

거실로 들어서는데 호손의 목소리가 들렸다. 아니나 다를까, 모든 회원이 그의 이야기에 집중하고 있었다. 나는 자리에 앉아서 그의 말에 귀를 기울이는 척했다.

「얼마 전에 미국에서 실험을 진행한 적이 있어요. 질산과 염산 혼합물로 재를 녹여서 플라스마 질량 분석기로 그 결과를 분석하는 실험이요.」 그는 고개를 저었다. 「그래도 정답률이 60퍼센트밖에 안 됐는데 홈스가 무슨 소리를 하는 건지 모르겠더라고요.」

호손은 잠깐 말을 멈추었다가 용의자의 키와 보폭의 상관관계에 대한 설명으로 소설 속 탐정의 논리를 또다시 격파했다. 하지만 내 귀에는 들어오지 않았다. 그의 말이 허공 속 어딘가를 맴돌 따름이었다. 내 휴대 전화를 건드리지도 않고 해킹한 케빈을 떠올리며, 불법적인 수단을 동원한 호손이 런던 경찰청에 고용된 사설탐정으로 일해도 되는 건지 의구심을 품었다. 이로써 그에 대한 시각이 달라졌다.

남은 저녁 시간은 멍하게 지나갔다. 누군가가 『실크 하우스의 비밀』 이야기를 꺼냈고 — 실제로는 일란성 쌍둥이 두 명만이 그 책을 읽은 걸로 밝혀졌지만 — 코넌 도일 스타일로 글을 쓰는 것에 대해 이야기를 들려 달라는 요청이 들어왔다. 내가 몇 분 동안 횡설수설하며 어찌어찌 경험담을 늘어놓자 리사 차크라보르티가 말허리를 잘랐다.

「음, 감사해요, 앤서니.」 그녀가 말했다. 「흥미진진한 얘기 잘 들었어요. 오늘 토론은 이렇게 마무리해도 좋겠네요. 그럼 이제 새해를 맞아 다음에 읽을 책을 선정한 크리스틴을 소개하면서 마이크를 넘길게요.」

헐렁한 카디건을 입고 안경을 쓴 백발의 크리스틴이 자리에서 일어났다. 「저는 현대 소설로 골랐어요.」 그녀가 말했다. 「그리고 저는 명작의 가치를 믿어요. 안노 아키라의 데뷔작 『다수의 신』이요.」

흠, 그렇지, 그럴 수밖에! 그 순간 공간의 온기와 열기가 피부로 느껴졌다.

「훌륭해요!」

「아주 강렬한 작가죠.」

「저는 『세숫대야』를 세 번 읽었어요. 보고 울었어요.」

「멋진 선택이에요, 크리스틴!」

박수갈채가 쏟아졌다.

나는 나가고 싶어서 좀이 쑤셨다. 호손과 같이 왔지만 그에게서도 도망치고 싶었다. 우리는 복도를 따라 걸어가는 동안 대화를 거의 나누지 않았다. 나는 엘리베이터 안으로 사라지는 그를 보며 중증 장애인을 이용해 위법을 자행하다니 감탄해야 할지, 경멸해야 할지 모르겠다는 생각을 했다.

한 가지는 분명했다. 그에 대해 알아 나갈수록 그의 속을 알 수가 없었다.

17
추격전

나는 그날 밤 잠을 제대로 이루지 못했다. 독서 모임이 영화 「로즈메리의 아기」의 한 장면으로 바뀌는 악몽을 꾸었는데, 사실 그 둘이 별반 다르지도 않았다. 그 한복판에서 호손과 케빈이 내 인생 최악의 순간들이 재생되고 있는 컴퓨터 화면 위로 허리를 숙이고 있었다. 잠결인데도 그 순간들이 너무 많아서 놀랐다.

나는 전화벨 소리를 듣고 일어나 내 방, 내 침대인 데 감사했다. 질은 이미 없었다. 호손이겠거니 생각하며 전화를 받았다가 카라 그룬쇼의 목소리가 들리자 반쯤 앓는 소리를 냈다.

「나 때문에 깼어요?」 그녀는 걱정하는 척하며 물었다. 7시가 조금 넘었고 태양이 자기소개를 하려고 기를 쓰고 있었다.

「아니에요.」 내가 말했다.

「궁금해할 것 같아서요. 내가 돈트 서점이랑 얘기했거든요. 고발하지 않겠대요.」

「다행이네요.」

「내가 설득하고 있어요.」 그녀는 잠깐 말을 멈추었다. 「개인적으로 감정이 있어서 그런 건 아니에요. 그냥 경범죄를 조장하면 안 된다는 생각이 들어서요.」

나는 머리를 베개에 다시 묻으며 눈을 감았다. 「원하는 게 뭐예요?」

「내가 원하는 게 뭔지 알잖아요.」

나는 숨을 들이마셨다. 「호손은 오늘 에이드리언 록우드를 다시 만날 거예요.」 그러고는 말했다. 집에 도착하기 전에 그에게서 문자 메시지를 받았다. 이름, 커즌 스트리트의 주소 그리고 시간. 그게 다였다. 올 거냐고 묻지도 않았다. 그룬쇼와 정보를 공유하기는 싫었지만 안 될 것도 없었다. 어차피 호손에게 허락도 받았잖는가.

「그는 이미 두 번 만났어요.」 그룬쇼가 말했다. 「자기 변호사를 살해할 이유가 없던데.」

「사실 이유가 있었어요.」

「그게 뭔데요?」

내가 방금 일어났기 때문인지, 아니면 그룬쇼에 대한 뿌리 깊은 두려움 때문인지 몰라도 퍼뜩 답이 생각났다. 이게 호손이 이야기한 그 패턴이라는 걸까? 나는 이유를 설명하기 전부터 그게 말이 된다는 걸 알았다.

「리처드 프라이스는 지나치게 정직했기 때문에 〈무딘 면도칼〉이라고 불렸어요.」 나는 운을 뗐다. 「안노 아키라가 수입의 일부를 감추고 있다고 생각했기 때문에 그 부분에 대해서 걱정했고요.」

「그건 나도 알아요.」그룬쇼가 다시 흥미를 잃은 투로 말했다.

「잠깐만요. 프라이스가 아키라에 대한 새로운 정보를 알아냈을 수도 있어요. 사무 변호사 협회에 문의하려고 했거든요. 스티븐 스펜서의 말로는 그녀가 불법적인 일에 연루됐을 수도 있대요.」

「그래서요?」

「그게 사실이었다면 리처드는 망설임 없이 재판을 뒤엎었을 거예요. 자기 고객에게 손해가 가더라도. 에이드리언 록우드로서는 용납할 수 없는 일이었죠. 그는 아키라를 증오했고 더는 그녀와 엮이고 싶지 않았으니까요. 리처드 프라이스를 죽이려고 그 집에 찾아간 건 아닐지도 몰라요. 둘이 말다툼을 벌였을 수도 있어요. 아키라 말로는 록우드가 다혈질이라고 하더라고요. 그가 와인병을 집어서 ─」

「잠깐만요.」그룬쇼가 말허리를 잘랐다. 「록우드에게는 알리바이가 있었어요. 하이게이트에서 데이비나 리처드슨과 같이 있었다고요.」

「차로 몇 분이면 오갈 수 있는 거리잖아요.」

수화기 너머에서 잠시 정적이 흘렀다. 「에이드리언 록우드는 리처드 프라이스를 살해하지 않았어요.」그녀가 딱 잘라서 말했다.

「누가 범인인지 알아요?」

「거의요. 조만간 체포할 수 있을 거예요.」

호손은 용의자의 범위를 둘 중 한 명으로 좁혔다고 했지만 그녀에게 그 이야기는 하지 않았다. 나는 다섯 명으로 좁

262

혔다는 이야기도 하지 않았다. 그룬쇼 경위는 이걸 시합으로 간주했고 온갖 비열한 수단을 아끼지 않겠다고 작심한 상태였다.

「계속 연락해요.」 그녀는 그렇게 말하고 전화를 끊었다.

나는 슬그머니 침대에서 일어나 샤워를 하러 들어갔다. 카라 그룬쇼와 통화하고 나니 마음이 불안했다. 쏟아지는 물줄기를 맞으며 서 있는데, 이 모든 게 너무 부당하게 느껴졌다. 그런 인간을 50년 동안 용케 피하며 살아왔건만 갑자기 내 집에서 협박과 폭행을 당하다니. 돈트 서점에서 있었던 일도 몹시 걱정이 됐다. 나는 호손에게 소문이 나면 작가로서 내 인생은 끝장이라고 했고 그건 사실이었다. 언론에서는 20년 동안 나를 무시하다가 〈앨릭스 라이더〉 시리즈가 불티나게 팔리기 시작하고 영화로까지 만들어지자 긍정적으로 다루어 주었다. 하지만 최근에 와서는 내가 분수를 모르고 날뛴다고 생각하는 사람이 있는지, 절반의 진실로 포장한 악의적인 일기장 수준의 글에 내 이름이 오르내리곤 했다. 어린이책 작가가 인기 많은 서점에서 책을 훔치다 잡혔다고 하면 일기장 수준의 글에 머물지 않을 것이다. 때는 2013년이었고, 누구든 미미하게나마 공개적으로 스포트라이트를 받으면 제기된 혐의만으로도 무죄 판결을 받기 훨씬 전에 나락으로 추락할 수 있는 분위기였다.

그룬쇼가 거짓말을 했을지도 모른다. 그냥 조용히 넘어갈 수 있을지도 모르지만 그래도 모험을 할 수 없다는 결론을 내렸다. 나는 샤워를 마친 뒤 몸을 닦고 옷을 입었다. 그런 다음 힐다 스타크를 찾아갔다.

힐다는 2년 전에 나와 손을 잡은 에이전트였다. 『실크 하우스의 비밀』 원고를 오리온 북스에 넘기며 세 편짜리 계약을 따낸 사람이 그녀였다. 체구가 작고 머리는 희끗희끗하며 두 눈은 반짝거리고 딱 떨어지는 옷을 좋아했다. 힐다는 소호의 그리크 스트리트에서 자기 에이전시를 운영하고 있었다. 나는 거기에 두어 번밖에 간 적이 없었고 — 우리는 대개 식당이나 출판사에서 만났다 — 사무실 자체도 그다지 으리으리하지 않았다. 이탈리아식 카페를 지나 좁고 울퉁불퉁한 계단을 올라가면 3층과 4층이 힐다의 에이전시였다. 상주 직원이라고는 주니어 에이전트 두 명, 안내 데스크 직원, 어시스턴트 두어 명, 이렇게 대여섯 명뿐이었지만 사무실이 워낙 작고 햇빛이 거의 들지 않아서 꽉 차 보였다.

나는 당연히 전화를 하고 갔지만 그녀는 나를 보고 놀란 눈치였다. 「여기까지 어쩐 일이에요? 다음 책은 잘돼 가고 있어요?」

그녀는 작은 체구에도 불구하고 존재감이 어마어마했다. 오늘은 더블 재킷에 와이드 칼라 셔츠를 입고 책상 앞에 웅크리고 앉아서 수정 구슬을 들여다보는 점쟁이처럼 노트북을 보고 있었다. 그녀라면 과거의 계약 정보와 닐슨 차트와 전 세계 트렌드를 꿰뚫는 방대한 지식을 기반으로 미래를 예측할 수도 있을 것이다. 할런 코벤의 최신작이 얼마나 팔렸고 아마존에서 어떤 책이 인기냐고 누가 물으면 그녀는 키보드를 건드리지도 않고 대답해 줄 것이다. 힐다가 기혼이라면 — 어느 쪽인지 들은 적이 없었다 — 남편은 한마디도 거들 틈이 없을 것이다. 그녀는 단순히 책만 들고 침대 안으로 들어가는 게 아니라 도서관을 들고 들어가는 사람이었다.

나는 그녀를 마주 보고 앉았다.「문제가 생길 수도 있어서요.」

「〈셜록 홈스〉 후속 편 집필은 시작했어요?」

「아뇨.」

「그게 문제네. 오리온에서 3월까지 원고 달라는 거 알죠? 『실크 하우스의 비밀』 성적이 좋아요. 베스트셀러 목록에서 빠지기는 했지만 그건 이번 주가 워낙 경쟁이 치열한 주라서 그랬던 거고요.」 판매 실적이 떨어지는 데에는 항상 이유가 있었다. 날씨, 시기, 다른 작가. 그래도 실망스러운 건 어쩔 수 없었다.

「호손이 주인공인 다른 책을 쓰고 있어요.」 나는 말했다.

그녀는 나를 노려보았다. 애초에 그녀는 이 프로젝트에 대해 들었을 때 마뜩잖게 여기다 펭귄 랜덤 하우스와 계약을 성사시킨 뒤에야 마음을 돌렸다.「왜요?」 그녀가 물었다.「아직 첫 책도 출간이 안 됐는데.」

「어쩔 수 없었어요.」 내가 말했다.「살해당한 사람이 등장했거든요.」

「누구요?」

「이름은 리처드 프라이스. 이혼 전문 변호사예요.」

그녀는 내 말을 듣고 못마땅해했다.「독자들이 이혼 전문 변호사에게 관심이 있을까요?」 그녀가 말했다.「좀 더 흥미진진한 인물로 설정하면 안 돼요? 배우나 음악가나 뭐 그런?」

「지난번에 살해당한 사람이 배우였잖아요.」나는 그녀의 기억을 환기시켰다. 「그리고 이건 그런 식으로 되는 게 아니에요. 이 문제에 관한 한 내게는 선택의 여지가 없어요. 벌어진 일 그대로 써야 할 뿐.」

「아, 네.」그녀는 뚱한 분위기였다. 그리고 얼른 하던 일로 돌아가고 싶어 했다. 「그래서 뭐가 문제인데요?」

나는 돈트 서점에서 어떤 일이 있었는지 알려 주었다.

「맙소사. 좀 더 그럴듯한 작품을 훔치지 그랬어요. 5300만 부가 팔렸다고 해도 〈둠월드〉 시리즈는 쓰레기예요. 돈 애덤스가 운이 좋았죠. 킹스턴 프레스는 그 시리즈를 우연히 맞닥뜨렸을 때 문을 닫기 직전이었거든요. 그래도 당신이 슬쩍할 만한 작품은 아닌데.」

「슬쩍한 적 없어요, 힐다. 설명했잖아요. 경찰이 조작한 거라고.」

「미안하지만 이러나저러나 별 차이 없을 거예요. 당신과 존경받는 경찰의 주장이 엇갈리면 언론에서 어느 쪽 편을 들겠어요?」

「카라 그룬쇼 경위를 존경하는 사람이 과연 있을까 싶은데요.」

「나라면 그녀를 폄하하는 글을 쓰기 전에 신중에 신중을 기하겠어요. 고소당하고 싶지 않으면요.」

「괴롭힘을 당하고 있는 쪽은 나예요!」나는 사무실을 박차고 나오려다 — 여담이지만 내가 소질이 있는 분야는 아니다 — 힐다가 방금 한 말을 되새김했다. 「돈 애덤스.」나는 중얼거렸다. 「그녀가 〈둠월드〉 시리즈를 출간한 출판사 대표죠?」

「그런데요?」

나는 애초부터 그 이름을 알고 있었다. 안노 아키라가 리처드 프라이스를 협박한 날 저녁에 같이 식사를 하고 있었던 출판업자가 돈 애덤스였다. 그가 살해당한 날 저녁에도 안노 아키라는 — 그녀의 주장에 따르면 — 돈과 함께 있었다. 그리고 돈도 이혼 당시 전남편의 변호사가 리처드 프라이스였다. 그레고리 테일러가 죽기 직전에 그 시리즈 3편을 샀다는 건 염두에 두지 않아도 된다. 그는 단순히 긴 여행을 앞두고 두꺼운 책을 사고 싶었을 것이다. 문득 돈 애덤스도 수사선상에 포함시켜야겠다는 생각이 머릿속을 스치고 지나갔다. 물론 호손이 그녀를 만나야겠다고 한 적은 없었지만.

뭐, 여기까지 찾아온 보람이 있었다. 그리고 그게 다가 아니었다. 마음이 약해진 힐다가 〈내가 제임스랑 얘기해 볼까요?〉라고 한 것이다.

「제임스요?」

「돈트 서점의 제임스 돈트요. 당신 작품을 아니까 오해가 있었다고 그를 설득할 수 있을지 몰라요.」

「오해 아니었어요!」

「어쨌든지요. 그나저나 오리온이랑 계약한 그 두 번째 책 얼른 시작해야 해요. 모리어티에 대해 구상 중이었던 건 어떻게 됐어요?」

「계속 고민하고 있어요.」

「내가 당신이라면 이제 고민은 그만하고 원고를 쓰기 시작하겠어요.」

「고마워요, 힐다.」

「나가는 길은 아실 테니…….」

*

　그는 위풍당당한 흑마를 타고 들풀과 이리저리 뒤틀린
가시와 시간 저 너머 땅의 시커멓고 빽빽한 숲 사이로 3일
째 달리는 중이었다. 은색 달이 그를 향해 손짓했고 북쪽
에서 불어오는 포근한 바람은 그의 귀에 대고 끊임없이
속삭였다. 그는 배가 고팠다. 펠럼왕의 궁전에서 벌어진
마지막 연회 이후로 아무것도 먹은 게 없었다. 하지만 이
제는 좀 더 깊고 근원적인 허기에 사로잡혀 그의 여정은
잊혔다. 충직한 군마는 옆에서 하릴없이 기다렸다.

　그 아이는 열두 살이나 열세 살밖에 안 됐을 텐데도 이
미 바람직한 여인으로 만개했다. 그의 눈에 띄었을 때는
두 손을 모으고 졸졸 흐르는 시냇물 위로 허리를 숙이고
있었지만, 지금은 그에게 내동댕이쳐진 그대로 폭신한 풀
밭 위에 똑바로 누워 있었다. 그가 허리를 숙여 털실로 뜬
시프트 드레스를 찢자 봉긋하게 여문 젖가슴과 붉은 입술
처럼 맛있는 젖꼭지가 드러났다. 드레스 아래로 살짝 드
러난 그녀의 음모와 살결을 본 순간 그는 다리에 힘이 풀
렸다.

　「너는 내 것이다.」 그는 중얼거렸다. 「위대한 원탁의 법
칙과 마법사 멀린의 권능에 의거하여 너는 내 것임을 주

장하는 바다.」

「네, 주인님.」 그녀는 두 팔을 벌리고 온몸을 떨며 그를 맞이할 준비를 했다.

더 이상 참을 수 없게 된 그는 누비옷과 허리띠와 다른 모든 것을 벗어서 내던지고 알몸으로 우뚝 선 채 그녀를 내려다보았다.

*

나는 호손을 만나러 가는 길에 워터스톤스 피커딜리점에 들러 〈둠월드〉 시리즈 3편 『피의 포로들』을 집어 들었다. 마크 벨러도나는 입구의 원형 홀에 놓인 테이블에서도 제일 좋은 자리를 할당받았다. 그 자리에서 몇 페이지 읽다가 얼마나 끔찍한 작품인지 다시금 상기하게 됐다. 형편없는 표현, 상투적인 문구의 남발, 포르노에 가까운 취향. 이 시리즈로 돈 애덤스는 떼돈을 벌었을 테고 그간 호손과 함께 다니며 배웠다시피 돈과 살인은 떼려야 뗄 수 없는 관계였다. 그가 당장 애덤스를 만나고 싶어 할 거라고 자신할 수 있었다. 따지고 보면 그녀는 아키라의 유일한 알리바이였다. 두 여자의 공통점은 무엇일까? 그 질문이 머릿속에서 계속 맴돌았다. 둘의 문학 취향은 이보다 다를 수 없었다. 나는 부분적으로나마 답을 찾을 수 있지 않을까 하는 기대감으로 『피의 포로들』을 집어 들었지만 헛된 바람이었다.

책을 내려놓고 그린 파크역까지 짧은 거리를 걸어가며 내가 카라 그룬쇼에게 제시한 가설에 대해 생각해 보았다. 에이드리언 록우드가 범인일 가능성이 점점 커지고 있었다. 그녀에게 한 말은 거짓말이 아니었다. 그에게는 동기가 있었고 아키라에 따르면 182번 하이쿠도 알고 있었다. 그의 집에 그 책이 있는 걸 내 눈으로 직접 보았다. 그가 헤런스 웨이크의 벽에 대고 기괴한 복수를 선포한 것일 수도 있지 않을까?

호손이 역에서 기다리고 있었다. 그를 보자 케빈과 어떤 관계고 둘이 어떻게 만났으며 어떤 협정을 맺었는지 물어보고 싶었다. 그 10대 아이에게 돈을 주고 일을 맡겼을까, 아니면 케빈이 그냥 재미 삼아 하는 일일까? 그게 다가 아니었다. 그는 항상 내가 어디에서 뭘 하고 있었는지 아는 눈치였다. 그게 놀라운 추리력의 소산일까, 아니면 단순히 내 이메일을 해킹한 결과일까?

그에게 따져 묻고 싶었지만 참기로 했다. 나는 케빈을 통해 호손에 대해 알아내기로 마음먹었다. 그편이 반대 경우보다 훨씬 쉬울 것이었다.

우리는 같이 하이드 파크 코너로 걸어갔다. 비가 많이 오지는 않았지만 옅은 안개가 허공을 감싸고 있었다. 여름휴가가 끝나고 가이 포크스의 밤[21]이 가져다주는 흥분은 오기 전, 크리스마스 장식을 걸기 직전의 그 무기력한 시간이었다. 해마다 이 시기가 더 빨라지는 느낌이었다.

「당신이 준 그거 읽어 봤어요.」 그가 사근사근하게 말했다.

내가 혼자 데이비나 리처드슨을 만나서 하이쿠를 발견한

21 영국에서 국왕을 시해하려던 화약 음모 사건의 주동자인 가이 포크스를 체포한 기념일. 11월 5일이다.

부분의 원고를 말한다는 것을 어느 정도 시간이 지난 다음
에야 알아차렸다.

「아.」나는 조심스럽게 대꾸했다.「도움이 되던가요?」

「어, 이렇게 말해도 될지 모르겠지만 어째 나를 두려워하
는 느낌이던데요?」그는 잠깐 생각하더니 원고의 일부 구절
을 거의 그대로 읊었다.「〈그는 나 혼자 여기 있는 걸 보면 별
로 좋아하지 않을 것이었다. 자기가 옆에 있을 때도 내가 나
서서 뭘 물어보면 질색하는데……〉」

「사실이잖아요!」나는 대꾸했다.「내가 무슨 말을 하려고
할 때마다 말썽꾸러기 학생 대하듯 빤히 쳐다보면서.」

「그런 게 아니에요.」그는 언짢아 보였다.「그냥 당신 때문
에 생각의 흐름이 끊기는 게 싫을 따름이에요. 그리고 용의
자 앞에서는 말조심해야죠. 결정적인 힌트를 흘리면 안 되
잖아요.」

「여태껏 그런 적 없잖아요.」

호손은 얼굴을 찡그렸다.

「그런 적 있어요?」나는 화들짝 놀랐다.

「없겠죠. 그래도 당신 원고는 상당히 도움이 됐어요. 얼마
나 중요한 단서인지 모르면서 다 적는 게 토니, 당신의 특징
이에요. 자기가 어디 있는지 잘 모르는 여행 작가와 비슷하
달까.」

「그럴 리가요!」

「맞아요. 예를 들어 파리에 가서 커다랗고 우뚝한 금속 구
조물을 보고 어떻게 생겼는지 설명하면서 방문할 만한 곳이
라는 얘기는 하지 않는 것과 비슷해요.」

이건 정말이지 부당한 평가였다. 나는 내가 본 것과 호손이 한 말을 대부분 기록했다. 물론 어떤 세부 사항을 묘사할지 선택하긴 했다. 그러지 않으면 수천 페이지로도 모자랄 테니까. 예컨대 에이드리언 록우드의 경우, 그가 빌베리를 먹었다는 걸 언급한 이유는 사건과 연관이 있어서라기보다 — 상관없을 가능성이 거의 1백 퍼센트였다 — 빌베리가 그 자리에 있었고 왠지 신경이 쓰였기 때문이다. 그런가 하면 그가 그날 아침에 면도를 하다가 베였다는 건 언급하지 않았다. 그의 턱 옆면에 베인 자국이 있었다. 나중에 그게 중요한 단서로 밝혀지면, 이를테면 리처드 프라이스를 살해한 뒤에 손이 떨려서 그런 거라면 퇴고할 때 추가하면 된다. 원고는 원래 그런 식으로 만들어진다.

「어떤 점에서 도움이 됐는데요?」 나는 물었다. 「내가 어느 부분에서 에펠 탑이 거기 있는 줄도 모르면서 설명을 해놓았던가요?」

「음, 데이비나가 남자가 없어서 할 수 없는 일들을 늘어놓았잖아요. 그 부분이 흥미진진하더군요.」

「10대 아들을 둔 싱글 맘이니까요.」

「그런 뜻에서 한 얘기가 아닌데.」

우리는 에이드리언 록우드의 사무실을 향해 가면서 피커딜리를 가로질러 커즌 스트리트로 들어섰다. 그러다 호손이 갑자기 걸음을 멈추었다. 그는 6층짜리 현대식 건물의 가장자리에 있는 넓은 모퉁이를 빤히 쳐다보았다. 출입문 위에 건물 이름이 달려 있었다. 록우드의 사무실이 있는 레컨필드 하우스였다.

거기 남자 하나가 서서 담배를 피우고 있었다. 축축하게 늘어진 머리칼, 펄럭이는 진회색 레인코트, 얼굴 옆면에는 반점 비슷한 것이 있었다. 하지만 우리와의 거리에도 불구하고 가장 눈에 띄었던 것은 밝은 파란색 안경이었다. 꼭 어린애나 쓸 직한, 심지어 진짜 같지도 않은 안경이었다.

남자는 3층을 올려다보다가 고개를 내리던 도중에 나와 시선이 마주쳤다. 우리 둘 다 서로의 정체를 알지 못했지만 단박에 연결 고리를 알아차렸다. 나는 앞으로 뛰쳐나갔다. 남자는 담배를 던지더니 돌아서서 달렸다. 생각하고 말고 할 겨를이 없었다. 나는 남자의 뒤를 쫓았다.

내 작품에는 추격전이 상당히 많이 등장한다. 이러니저러니 해도 TV 드라마의 꽃은 추격전이다. 등장인물들이 방에서 대화를 나누는 장면에는 한계가 있다. 결국에는 액션 신을 넣어야 하는데, 가장 인기 있는 선택지가 살인, 격투, 폭파 아니면 추격전이다.

그중에서 비용이 가장 많이 드는 것이 추격전이다. 격투 신은 달리는 버스 지붕에서 펼쳐진다거나 대규모 패싸움이 아닌 이상 대개 그 자체만 신경 쓰면 되고, 폭파 신은 요즘에는 상당히 간단하게 찍을 수 있다. 압축 공기와 흙과 종이 몇 장을 터뜨리기만 하면 된다. 사운드는 나중에 입히고 심지어 화염도 CG로 만들면 된다. 반면 추격 신은 동선이 전부다. 등장인물들이 움직이고 카메라도 움직인다. 촬영 팀 전체가 움직여야 한다. 설상가상으로 두 사람만 서로 쫓고 쫓기면 되는 게 아니다. 그러면 금세 지루해진다. 액션을 좀 가미해야 한다. 하마터면 차에 치일 뻔한다든지, 주먹을 몇 번

날린다든지, 노파가 떠밀린다든지.

이 모든 잡설은 앞으로 등장하는 장면에 대한 변명이다.

나는 50대였고 주로 걸어다녔으며 몸 관리를 제법 잘했다고 생각하지만 액션 히어로는 아니었다. 내가 쫓고 있던 남자는 나보다 젊고 호리호리했지만 흡연이라는 습관이 건강에 악영향을 미쳤다. 처음부터 뛰기보다 절뚝거리는 수준이라, 아무리 실력이 어마어마한 감독이 온 세상 돈을 전부 때려 넣는다 하더라도 이후 몇 분 동안 펼쳐진 추격전을 볼만하게 만들 수는 없었을 것이다.

파란 안경을 쓴 남자가 길을 건너자 흰색 밴이 경적을 울리긴 했으나 결코 아슬아슬한 상황은 아니었다. 나는 좌우를 살핀 뒤 그를 쫓아갔다. 그는 건너편 인도로 올라서면서 행인을 몇 명 지나치긴 했지만 직접적인 신체 접촉은 없었다. 나는 벌써부터 옆구리가 쑤셔서 달리기를 멈추고 숨을 골랐다. 호손이 내 뒤를 바짝 따라오고 있겠거니 생각하며 흘끗 돌아보았는데 그는 꼼짝도 하지 않았다. 휴대 전화를 들고 그 자리에 서 있을 뿐이었다. 이상하다 싶었고 부아가 치밀었다. 내 사냥감은 셰퍼드 마켓으로 가는 골목길로 숨어들었다. 18세기에 건설된 좁은 길과 광장으로 이루어진 매력적인 외딴섬이었다. 나는 그가 모퉁이의 예 그레이프스라는 선술집 앞을 지나가는 것을 보고 뒤쫓아 갔다. 그는 레인코트를 극적으로 펄럭이긴 했지만 달리는 속도가 시속 11킬로미터쯤 됐다.

그는 다시 어느 골목길로 들어가 쓰레기통 앞을 지나갔지만 그걸 쓰러뜨리지는 않았다. 나는 열심히 쿵쾅거리며 쫓아갔지만 이미 뒤처지기 시작했고, 큰길에 다다른 그가 택시를 잡아탔을 즈음에는 어느 정도 거리가 있었다. 땀이 뻘뻘 났다. 보슬비가 막처럼 엷게 얼굴을 덮었다. 큰길에 택시가 보이지 않았다. 1분쯤 기다렸을 때 고맙게도 피커딜리 서커스를 향해 달리는 택시 한 대가 등장했다. 나는 손을 흔들었다. 택시가 멈추어 서기까지 천년만년 기다린 느낌이었다. 얼른 문을 열고 뒷자리에 올라탔다.

파란색 안경이 탄 택시가 아직 가시거리에 있었다. 차가 막혀서 조금밖에 가지 못했다.

「어디로 갈까요?」기사가 물었다.

「저 택시를 따라가 주세요!」나는 이 말을 내뱉는 순간 〈둠월드〉 3부작에 쓰인 어떤 문장보다 식상하고 지나치게 남용된 표현이라는 것을 깨달았다. 「얼른요!」

앞에서 신호가 초록색으로 바뀌었다. 우리가 따라가는 택시는 깜빡이를 켜고 세인트제임스 스트리트 쪽으로 우회전했다. 꾸물꾸물 따라갔지만 아직 네거리에 다다르지 못했는데 신호가 다시 빨간색으로 바뀌었다. 기사는 위험하게 유턴을 해가며 다른 길을 찾지 않았다. 끼익하는 소리를 내며 차량 사이로 곡예 운전을 하지도 않았다.

「아이고, 죄송합니다.」그는 부드럽게 멈추어 서며 이렇게 말했다.

18
쓰레기통을 뒤지는 두더지

호손은 그 자리에서 움직이지 않은 것처럼 보였다. 10파운드를 써가며 택시를 타고 빙 돌아서 그 자리로 돌아가 보니 레컨필드 하우스 앞에서 나를 기다리고 있었다. 내가 택시에서 내려 다가가는 동안에도 가만히 지켜보았다.

「그자를 못 잡은 모양이로군요.」 그가 말했다.

「네. 도망쳤어요.」 나는 기분이 안 좋았다. 비는 그쳤지만 온몸이 축축했다. 「어째 돕지도 않는지.」 나는 중얼거렸다. 「잡으려는 시도라도 할 수 있었잖아요.」

「그럴 필요가 없었으니까요.」

「왜요?」

「그가 누군지 알거든요.」

나는 그를 빤히 쳐다보았다. 「그런데 왜 나를 말리지 않았어요?」

「내가 소리쳤는데 듣지도 않던걸요. 무슨 빌어먹을 로데오 투우처럼 쌩하니 내달려서 말릴 겨를이 없었어요.」

「그 남자가 누군데요?」

호손은 내게 자비를 베풀었다. 「그 꼴로는 록우드 만나러 못 가요. 커피나 한잔합시다.」

우리는 커즌 스트리트 끝에 있는 코스타라는 카페에 들어 갔다. 호손이 카푸치노를 주문하는 동안 나는 화장실에 갔 다. 거울을 보니 그의 말이 맞았다. 폭주의 여파로 얼굴이 벌 겠고 머리는 비와 땀에 젖어서 축 늘어졌다. 최대한 매무새 를 정리하고 나와 보니 호손이 의자 세 개짜리 테이블에 앉 아 있었다.

「누구 와요?」 나는 물었다.

「그럴 수도 있어요.」

「누구요?」

「보면 알아요.」

그는 뭔가 재미있는 일이 생겼는데 내게 알려 주지 않을 작정이라 더욱 재미있어했다. 몇 분 뒤에 문이 열리고 누군 가가 들어왔을 때 나는 그 이유를 알아차렸다. 한 남자가 불 안한 눈빛으로 좌우를 흘끗거리다 우리를 발견하고 다가왔 다. 나는 그를 노려보았다. 조금 전에 택시를 타고 세인트제 임스 스트리트로 도망친 그 파란색 안경의 사나이였던 것 이다.

「호손……」 나는 말문을 열었다.

하지만 호손은 내 쪽을 쳐다보지 않았다. 「안녕, 로프티.」

「안녕, 호손.」

「커피 마시겠어?」

「됐어.」

「그래도 한 잔 사서 들고 와.」

두말하면 잔소리지만 로프티는 그의 별명이었고 자그마한 경량급의 이 남자를 설명할 때 절대 선택하지 않을 만한 단어가 그것이었다.[22] 그는 키가 기껏해야 162에서 163센티미터였고 모래색 머리는 축 늘어져 옷깃에 닿았다. 들창코였고 외출을 자주 하지 않거나 식습관이 안 좋거나 혹은 그 모두인지 안색이 창백했다. 안경을 벗어서 그런지 겁에 질린 눈을 실룩이며 끊임없이 사방을 두리번거리면서 우리 쪽으로 걸어왔다. 에이드리언 록우드의 안내 데스크 직원과 콜린 리처드슨이 언급했던 피부상의 문제는 — 짐작컨대 동일 인물인 듯했다 — 청소년 시절에 난 여드름 흉터였다.

「로프티요?」 그가 마실 것을 주문하러 간 새 내가 물었다.

「레너드 핑커먼. 본명은 그거예요. 하지만 우리는 로프티라고 불렀어요.」

「그렇군요. 경찰이에요?」

「전에는요.」

「그런데 저 사람이 여긴 어쩐 일이죠?」 나는 추격전을 시작하기 전에 마지막으로 본 호손의 모습을 떠올리고는 말을 멈추었다. 그때 그는 휴대 전화를 들고 있었다. 「당신이 연락했군요!」

「맞아요. 저 친구 연락처를 알거든요. 여기로 오라고 했어요.」

「저 사람 정체가 뭔데요? 이번 사건이랑 무슨 상관이 있는 거죠?」

「저 친구가 얘기할 거예요.」

22 〈로프티lofty〉에는 아주 높다는 뜻이 있다.

로프티는 차를 들고 왔다. 테이블에 앉아 설탕을 네 봉지 뜯어서 넣고 플라스틱 티스푼으로 저었다. 그러는 동안 이어지던 침묵을 호손이 깼다.

「만나서 반가워, 로프티.」

「아니. 나는 전혀 반갑지 않아, 호손.」 로프티는 징징거리는 말투를 썼고 치열이 삐딱했다. 화가 난 것처럼 들리고 싶었을 텐데, 기껏해야 심통이 난 것처럼 들렸다. 그는 안경을 테이블 위에 내려놓고 빤히 쳐다보았다. 이제 보니 도수도 없는 가짜였다. 그는 레인코트도 벗었다. 그 아래에 후줄근한 코듀로이 바지와 목까지 단추를 채운 페이즐리 셔츠를 입고 있었다. 길바닥에 앉아 있었다면 사람들이 얼른 동전을 꺼내 주었을 행색이었다.

「오랜만이네.」

「염병, 더 있다가 만나도 됐을 텐데.」 그는 호손을 두려워하는 마음과 증오하는 마음이 정확히 반씩 섞인 표독스러운 눈빛으로 마주 보았다.

「레컨필드 하우스에는 어쩐 일로 왔는지 알려 주겠나?」 호손이 물었다.

「자네가 알 바 아니야.」

「로프티……!」

「내가 자네한테 알려 줘야 하는 이유가 뭔데?」

「옛정을 생각해서?」

「지랄하시네!」 그는 잠깐 고민했다. 「50파운드. 50파운드를 주면 얘기해 주지. 아니, 53파운드. 찻값까지.」 그는 자기 앞에 놓인 탁한 갈색 액체를 혐오하는 눈빛으로 바라보았다.

279

「어떻게 차 한 잔에 3파운드씩이나 받을 수가 있지? 아주 그냥 제멋대로구먼.」

「그 정도로 형편이 어려운가?」

「어렵지 않아. 혼자서 잘 지내고 있어. 굳이 따지자면 아주 잘 지내고 있어. 하지만 내가 아무 대가 없이 자네와 1분이라도 같이 있어 줄 거라고 생각했다면 꺼져 주길 바라. 너는 한심한 새끼야, 호손. 예나 지금이나 변함없이. 애벗하고 있었던 그 사건. 내가 왜 그 사건을 책임져야 하느냐고. 네가 내 신세를 조져 놓은 덕분에 나는 쓰펄, 이 빌어먹을 일을 하게 됐어.」

경찰은 다들 그렇게 욕을 입에 달고 사나? 호손, 그룬쇼, 이제는 로프티까지 거의 투레트 증후군에 가까운 언어상의 문제가 있었다.[23] 하지만 나는 귀를 쫑긋 세웠다. 데릭 애벗이라면 호손이 계단에서 밀었다는 아동 성 착취물 사건 용의자였다.

「그건 돌발 사고였어.」호손은 두 손을 벌리며 더없이 환한 미소를 지었다.「그런 사고는 벌어지기 마련이잖아.」

「나가서 담배 한 대 피우고 오라고 한 사람이 자네였지. 나한테 잘해 주려고 그러는 줄 알았더니 꿍꿍이속이 있었을 줄이야. 쓰펄, 담배 한 대 잘못 피웠다가 내 일, 연금, 결혼, 인생 전체가 날아갔다고.」

「마지랑 헤어진 모양이로군?」

「마지가 나를 버렸어. 소방관이랑 눈이 맞아서.」

호손이 데릭 애벗을 취조실로 데려간 이유는 당시 그가

---

23 투레트 증후군의 증상 가운데 욕설을 하는 경우가 있다.

보호 감호소에서 근무 중이었고 그 자리에 다른 경찰관이 없었기 때문이었다. 그때 그 사건이 벌어졌다. 등 뒤로 수갑을 찬 애벗이 열네 칸의 콘크리트 계단을 구른 것인데 ― 그야말로 허공을 날았다 ― 그 일로 호손은 옷을 벗었다. 원래 애벗을 취조실까지 호송하기로 되어 있던 경찰관이 로프티였다. 그래서 그도 잘렸다.

「그럼 이제 에이드리언 록우드에 대해서 말해 줄 건가?」 호손이 물었다.

「50파운드! 얼른 주지 않으면 액수를 겁나게 올릴 수도 있어.」

호손은 나를 흘끗 보았다. 「어쩔 수 없네. 돈 줘요.」

「내가요?」 하지만 이 문제에 관한 한 나에게는 선택의 여지가 없었다. 지갑을 꺼내 보니 다행히 현금이 넉넉히 있었다. 나는 10파운드짜리 지폐 다섯 장을 테이블 위에 놓고 거기다 잔돈을 추가했다. 로프티는 냉큼 자기 쪽으로 쓸어 가 접어서 챙겼다.

「그레이엄 헤인이 자네를 고용하지 않았을까 싶은데.」 호손이 운을 뗐다.

「그자를 알아?」

「아직 만난 적은 없지만 누군지는 알지.」

리처드 프라이스가 뒷조사를 의뢰한 포렌식 회계사가 그레이엄 헤인이었다. 스티븐 스펜서가 우리에게 그의 존재를 알려 주었다. 하지만 이해가 안 되는 부분이 있었다. 스펜서에 따르면 헤인은 안노 아키라를 조사해 그녀가 밝히길 거부한 수입원을 알아내려 하고 있었다. 그러니까 록우드와 안노의 이혼 소송에서 록우드의 편에 가까웠다고 볼 수 있었다. 그런데 로프티는 뭐 하러 록우드의 사무실에 몰래 들어갔고 좀 전에는 레컨필드 하우스 앞에서 얼쩡거리고 있었을까? 왜 자신의 고객을 염탐하고 있었을까?

「로프티는 쓰레기통을 뒤지는 두더지예요.」 호손이 내게 설명하고는 테이블 너머를 흘끗 쳐다봤다. 「그게 무슨 뜻인지 이 친구에게 설명해 줘.」

로프티는 기분 나빠 했다. 「나는 그런 용어를 쓰지 않아.」 그가 씩씩대며 중얼거렸다. 「내 명함에는 〈자산 감정사〉라고 되어 있다고.」

「명함도 있단 말이야? 출세했군그래.」

「자네보다 빨리했지.」

「자산 감정사가 뭐예요?」 내가 물었다. 그들의 만담이 조금 지겨워지려 하고 있었다.

로프티는 차를 한 모금 마시고 나서 좀 더 권위가 실린 목소리로 말문을 열었다. 그는 인간 말종일지도 모르고 그의 사생활은 내 관심 밖이었지만 ─ 부인이 떠났거나 말거나 ─ 아무것도 모르면서 떠들어 대는 인간은 아니었다. 「돈 많은 인간들이 벌이는 이런 거물급 이혼 소송이 어떤 식인지 댁은 짐작도 못 할 거예요! 그 인간들은 돈을 온 사방에 숨겨요. 저지, 영국령 버진아일랜드, 신탁, 바지 사장으로 도배한 유령 회사, 페이퍼 컴퍼니……. 누가 뭘 가지고 있는지 알 수가 없어요. 그래서 나 같은 자산 감정사가 필요한 거죠. 뭐가 뭔지 알아내는 사람.」

「전직 경찰.」 호손이 말했다. 「전직 기자. 전직 경호원. 다

전직으로 시작하니 신기하기도 하지.」

「나 실력 좋아.」로프티는 쏘아붙였다. 「너희 패거리와 같이 근무할 때보다 돈도 훨씬 많이 벌고.」

「이제 에이드리언 록우드 이야기나 해봐.」

로프티는 머뭇거리며 돈을 더 달라고 할 걸 그랬다고 벌써부터 후회했다. 그의 눈빛을 보면 알 수 있었다.

「자네를 보면 아주 그냥 신물이 나. 자네도 그걸 아는지 모르겠지만.」그는 호손에게 이렇게 고백하고 나서 마음이 가벼워졌는지 좀 더 기꺼운 투로 말을 이었다. 「내가 록우드 이혼 소송 때 활약을 좀 했지. 그자의 부인, 안노 아키라는 우리가 자기 뒤를 캐고 있다는 걸 알았어. 그래서 우리가 자금 출처를 살피기 시작하자마자 불안해져서는…….」그는 손가락을 튕겼다. 「그대로 포기하고 록우드의 조건을 모두 수락했지. 자기 은행 계좌에 얼마가 있는지 우리가 알아낼까 봐 겁이 났던 거야. 파나마나 리히텐슈타인이나 뭐 그런 데 은행이겠지. 아무튼 이보다 좋을 수 없게 끝났어. 록우드는 기뻐했지. 법원도 기뻐했고. 임무 완료. 그런데 얼마 안 있어 일이 터졌지 뭐야. 프라이스 씨는 처음부터 자기 의뢰인을 의심하고 있었어. 그에게 숨기는 게 있다고 본 거야. 그래서 기뻐하지 않았지. 전혀.」

「그러니까 에이드리언 록우드가 그랬단 말이죠.」내가 말했다.

「맞아요. 프라이스 씨는 록우드가 악당인 걸 한눈에 알아차렸어요. 그의 의뢰인 가운데 절반이 A157만큼 비뚤어졌을 거예요.」

「A157? 그게 무슨 소리야, 로프티?」 호손이 물었다.

「라우스와 메이블소프를 연결하는 도로야. 엄청 구불구불하기로 유명하지.」

나는 웃음을 터뜨릴 뻔했지만 호손은 한숨을 쉬고 그만이었다. 「하던 얘기나 마저 하지.」

「프라이스 씨에게 문제가 있다면 항상 지나치게 까다롭다는 거였어. 무슨 목사님 딸처럼 말이지. 아무튼 소송은 끝났어. 아키라는 열받았지만 다들 웃고 있었는데, 갑자기 그가 내 비건트 사람들한테 아주 조심스럽게 얘기를 꺼내지 뭐야. 록우드의 자산을 쓱 살펴봐 달라고 말이야. 내가 그 밑에서 일하고 있거든.」 그는 말을 멈추고 눈을 부라렸다. 「요구 사항이 아주 구체적이었어. 고급 와인에 대해서 궁금해했거든.」

「와인이라.」 호손은 그 단어를 되뇌었다.

「맞아. 록우드가 와인을 좋아하는지 알고 싶어 했어. 그러니까 정말로 좋아하는지 말이야. 얼마나 마시는지, 빈티지가 어떻게 되는지, 뭐 그런 거. 몇 병을 쟁여 놨는지. 분야를 좁혀 주니 나로서는 일하기가 훨씬 수월했지. 그가 원하는 정보를 알아내는 데 그리 오래 걸리지도 않았어. 에이드리언은 와인에 푹 빠진 정도가 아니야. 그야말로 미쳐 있다고 보면 돼. 리츠 호텔과 애너벨스[24]에서 결제한 카드 내역을 봤거든? 에셰조 그랑 크뤼 3,250파운드. 볼랭제 비엘 비뉴 2천 파운드…….」 로프티는 프랑스어를 말할 때는 버벅거렸지만 가격을 말할 때는 그렇지 않았다. 「그리고 그건 시작에 불과했어. 앙티브에 있는 그의 집 지하실을 본 적 있는데…….」

24 런던의 회원제 사교 클럽.

「거긴 어떻게 들어갔지, 로프티?」

「그게 내 일이거든, 호손. 내가 하는 일이 그거야. 거기서 먼지를 뒤집어쓰고 있는 술이 얼마나 많은지 알아? 믿기지가 않을걸? 어떤 이름은 검색해 봐야 했어. 한 번도 들어 본 적이 없어서. 게다가 가격은 또 어떻고! 쓰펄, 어마어마하더구먼. 아니, 그래 봐야 으깬 포도즙이잖아! 그렇게 하나씩 조사를 하다 보니 옥타비언으로 연결이 되더군. 그 이름 들어 봤나?」

나는 고개를 저었다. 호손은 아무 말도 하지 않았다.

「코섐에 있는 옥타비언 와인 창고. 헤지 펀드 매니저나 뭐 그런 사람들의 와인을 보관해 주는 회사야. 이게 좀 웃겨. 인근에 사는 사람들도 여기가 뭐 하는 덴지 잘 모르는데 안에 들어가 보면 월트셔 언덕 30미터 아래의 어두컴컴한 곳에 전 세계를 통틀어 가장 비싼, 수백만 파운드에 달하는 와인들이 보관돼 있거든. 당연히 온갖 세금 혜택이 있고. 보세 창고[25]라 부가 가치세도 없고 양도 소득세도 없지. 소모성 자산이니까.」

그게 무슨 뜻인지 알 수 없었지만 그래도 나는 말을 끊지 않았다. 로프티가 청산유수로 말했다.

「록우드가 거기 고객이라는 건 쉽게 알아낼 수 있었어.」 그는 말을 이었다. 「그런데 거기다 뭘 보관했는지 알아내려고 하니 혀가 빠지겠더구먼. 허술하지 않은 회사라 보안이 어찌나 철저한지. 코섐까지 내려가서 열심히 뒤지고 다녔지만 별 소득이……..」

---

25 관세를 물거나 하는 등의 수입 절차가 끝나지 않은 화물을 넣어 두는 창고.

「그래서 그의 사무실에 몰래 들어갔군.」 호손이 말했다.

「몰래 들어간 건 아니야.」 로프티는 또다시 기분 나빠 했다. 「록우드가 점심을 먹으러 나갈 때까지 밖에서 기다렸다가 들어갔을 뿐이지. 세상 쉬운 방법이야. IT 업체에서 나왔다고 하니까 안내 데스크 직원이 록우드의 사무실로 안내하고 심지어 그의 컴퓨터 비밀번호까지 알려 주더군, 바보 같으니라고. 덕분에 그의 옥타비언 계정에 접속해 얼마나 투자했는지 알아낼 수 있었지.」

「얼마인데?」

「3백만 파운드가 조금 못 됐고 자금 출처가 영국령 버진아일랜드에 설립된 회사였어. 두말하면 잔소리지만 프라이스 씨는 그 얘기를 듣고 폭발했지. 아마 E 서식에 전혀 언급이 안 됐을 거야.」

우리는 리처드 프라이스가 안노 아키라의 뒤를 캐고 있었고 사망 당일에 로펌 파트너 올리버 메이스필드에게 전화해 사무 변호사 협회 어쩌고 한 것도 그녀를 염두에 두고 한 말인 줄 알았다. 그런데 이제 보니 그게 아니었다. 경종을 울린 사람은 그의 의뢰인 에이드리언 록우드였다. 록우드는 자기 변호사를 속이고 재산을 숨겼는데, 그 변호사의 별명이 〈무딘 면도칼〉이었으니 현명한 선택이 아니었다.

이쯤 되면 호손도 흥분해야 하지 않나? 내가 보기에는 이로써 모든 게 와르르 무너졌다. 그런데 그는 남은 커피를 모두 마시고 담배를 꺼내더니 테이블에 대고 앞뒤로 굴리고 있었다. 「두 가지만 더 물을게, 로프티.」 그가 말했다. 「오늘 레컨필드 하우스에 찾아온 이유는 뭐지? 그리고 아까 그런 식으로 도망친 이유는 뭐고?」

「왜일 것 같아?」로프티는 빈정거렸다.「프라이스 씨는 내 고객이었어. 나는 그를 좋아했고 그에게 책임감을 느껴. 그를 살해한 범인이 누군지 알아내고 싶어서 록우드가 범행을 저지를 수 있었는지 알아보는 중이었지.」

「그건 불가능합니다.」내가 말했다.「일요일 저녁, 프라이스 씨가 살해당한 시각에 그는 다른 사람과 함께 있었거든요.」

「그 둘의 소행일 수도 있잖습니까? 아무튼 그자가 누굴 만나거나 단서가 될 만한 짓을 저지르지 않을까 싶어서 주시하고 있었어요.」

「그럼 도망친 이유는……?」

「어쨌든 살인 사건이 벌어진 데다 뜻밖이겠지만 나는 몸을 잘 사리거든. 이런 일을 하려면 그래야 할 때가 많아서. 처음 보는 사람이 나를 향해 달려오면 대개 몸을 돌려서 반대 방향으로 도망치지. 물론 이번에는 자네 전화를 받자마자 그럴 필요가 없다는 걸 알아차렸지만. 참고로 자네를 다시 만나서 반가웠던 건 아니야, 호손.」

호손은 곰곰이 생각했다.「그러니까 그를 지켜보고 있었단 말이지.」그가 말했다.「뭐 찾은 게 있나?」

로프티는 의자를 뒤로 밀치고 자리에서 일어났다. 차가 절반가량 남아 있었다.「있다 한들 자네에게 알려 줄 일은 없지.」

「아직까지 화가 풀리지 않은 모양이로군!」

「당연하지. 전혀 풀리지 않았어. 우라지게 열받았거든. 그게 솔직한 내 심정이야. 내 인생을 조져 놓은 자네한테 왜 이렇게까지 늘어놓았는지 모를 일이지. 아무튼 이걸로 끝이야. 50파운드로 얻을 수 있는 건 이게 전부라고. 이제 나 건드리지 말고 꺼져 버려.」

그는 허둥지둥 카페에서 나갔다.

「애벗이 누구예요?」 나는 물었다. 호손이 계단 꼭대기에서 밀쳤다는 아동 성 착취물 유포자인 건 알았지만 그 사건의 전후 상황에 대해서 전혀 아는 게 없었다.

「전에 일하다 만난 사람이에요. 보건 안전상의 문제가 있었던. 로프티가 당시 담당이었기 때문에 문책을 당했는데 왜 나를 원망하는지 모르겠네요.」

호손은 더할 나위 없이 순진한 눈빛으로 나를 쳐다보았지만 나는 그게 거짓말이라는 걸 알고 있었다. 그것이 그의 습성이었다.

19
검과 마법

에이드리언 록우드는 우리를 만날 수가 없었다. 레컨필드 하우스의 조그만 대기실에 설치된 쉼표 모양의 데스크 뒤에 앉아 있던 젊고 새침한 직원 말로는 그랬다. 로프티를 들여보낸 직원의 후임일 텐데, 건방 떨기 고급반 과정을 우수한 성적으로 수료했음 직했다.

「화상 회의가 잡혀 있어서요.」

「기다릴게요.」

「그 직후에 바로 다른 회의가 있습니다.」

우리가 45분이나 늦었으니 할 말이 없긴 했다. 그래도 록우드가 닫힌 문 너머에 가만히 앉아서 우리가 면박당하는 소리를 듣고 있지 않을까 싶었다. 결국 우리는 5시에 다시 오기로 했다. 몇 시간을 때워야 한다는 뜻이었다.

호손은 건물 밖으로 나가기도 전에 휴대 전화를 꺼냈다. 그가 자기소개를 하며 돈 애덤스와 만나고 싶다고 청하는 소리가 들리더니 ― 〈경찰 수사와 관련된 사안〉이라고 했다 ― 어느 틈엔가 우리는 택시를 타고 킹스턴 프레스로 가고

289

있었다. 안노 아키라는 자기 친구가 킹스턴 바로 옆인 윔블던에 산다고 했지만 알고 보니 그녀의 회사는 런던 중심부인 블룸즈버리에 있었다.

건물 안으로 발을 들이기 전부터 〈둠월드〉 시리즈의 전 세계적인 인기가 실감 났다. 그 출판사는 퀸 스퀘어 모퉁이의 근사한 4층짜리 건물을 차지하고서 출입문에 으리으리한 간판을 걸고 쇼윈도에 책을 열몇 권 진열해 놓았다. 그 안에 사무실은 거기밖에 없었으니 건물 자체가 출판사 소유일 수도 있었다. 이 출판사와 계약한 유명 작가의 이름을 세 명만 대도 케이트 모스, 피터 제임스, 마이클 모퍼고가 있었다.

출입문을 지나자 벽에는 퀜틴 블레이크의 원화가 걸려 있었다. 안내 데스크 위의 거대한 유리그릇에 사탕과 초콜릿이 담겨 있는 널찍한 홀이 나왔다. 이 출판사 안내 데스크 직원은 훨씬 반갑게 우리를 맞았다.

「네, 돈이 기다리고 있어요.」

여기서는 서로 이름을 부르는 모양이었다. 인턴인가 싶은 젊은 남자가 창문 두 개 너머로 퀸 스퀘어가 내다보이는 1층 사무실로 안내했다. 책상 위에 책과 계약서가 높다랗게 쌓여 있었고, 더없이 우아한 분위기의 흑인 여성이 한쪽에서 우리를 기다리고 있었다. 돈은 야트막한 커피 테이블 뒤편의 소파에 무릎을 한데 모아서 다리를 꼬고 앉아 있었다. 그녀는 안노 아키라와 같은 50대였다. 수수하지만 값비싼 옷과 다이아몬드 귀걸이, 얇은 은줄을 매달아서 목에 건 디자이너 안경에 이르기까지 모든 면에서 인상적이었다.

그녀의 맞은편에 의자 두 개가 놓여 있었다. 그녀가 권하는 대로 거기에 앉고 보니 우리 둘이 위에서 그녀를 내려다보는 형국이었다. 일종의 역심리를 의도한 배치였다. 불한당처럼 보이지 않으려면 알아서 행동을 조심해야 했다. 그녀가 우리와 어느 정도 거리를 두고 야트막한 소파에 편안히 앉아서 조용히 분위기를 주도할 수 있게 미리 자리를 세팅해 놓은 것이었다.

놀랍게도 그녀는 나를 보며 미소를 지었다. 「앤서니, 만나서 반가워요.」 그녀는 이렇게 인사를 건넸지만 나는 그녀를 만난 기억이 없었다. 「오리온에서 하는 일은 잘되고 있죠?」

「네. 감사합니다.」

「『실크 하우스의 비밀』 정말 재밌게 읽었는데. 혹시 『솔로』 읽으셨나요?」

서배스천 폭스와 제프리 디버에 이어 윌리엄 보이드가 〈제임스 본드〉 시리즈의 소설을 이제 막 출간한 참이었다. 「아직요.」 나는 대답했다.

「다음번 〈제임스 본드〉 소설은 당신에게 의뢰하면 좋겠다는 생각이 들더라고요. 내가 이언 플레밍 재단이랑 아는 사이거든요. 관심 있으시면 중간에서 다리를 놔드릴 수 있는데…….」

「아, 관심이야 있죠.」 오래전부터 하고 싶었던 일이라 내 의사를 분명히 전달했다.

「그럼 내가 그쪽이랑 얘기해 볼게요.」 그녀가 이번에는 호손을 돌아보며 조금 냉랭한 목소리로 말했다. 「내가 어떤 도움을 드릴 수 있을지 모르겠네요.」

「전화로 말씀드렸다시피 제가 리처드 프라이스 살인 사건

291

을 수사 중입니다.」

「네. 식당에서 잠깐 만나서 심지어 말도 섞지 않았던 그때 말고는 프라이스 씨를 1년 넘게 본 적이 없었고 업무로도 더는 볼일이 없었는데요. 신문에 난 기사를 보고 나서야 죽었다는 걸 알았는데 엄청 슬퍼했다고 말씀드리지는 못하겠네요.」

「이해합니다, 애덤스 씨. 그를 맨 처음 만나신 게 이혼 소송 때였으니까요.」

「그와 일대일로 만난 적은 한 번도 없어요, 호손 씨. 그는 나와 서면으로 소통했죠. 나에 대해서도 서면으로 평가했고요. 법정에서 나를 남편의 경제적인 능력에 전적으로 의존하는 여자로 몰아가더라고요. 문제의 그 남편은 알코올 의존자에 바람둥이였고 똑같이 추잡스러웠던 아버지에게 물려받은 유산이 전 재산인 사람이었는데 말이죠. 7년 동안 각고의 노력을 기울여 출판사를 일군 사람으로서 그런 식의 매도가 얼마나 자존심 상하고 모욕적이었을지 짐작하시겠죠? 아니, 모르시려나?」 그녀는 됐다는 듯이 허공에 대고 손을 흔들었다. 「아무튼 나는 그의 죽음과 아무 상관 없어요. 그 소식을 들었을 때 샴페인을 한잔했을 수는 있지만.」

「글쎄요, 그건 아니라고 보는데요.」 호손이 반박했다. 「그의 죽음과 아무 상관 없다고 주장하시지만 방관자로서 처음부터 발을 담그고 있었잖습니까.」

「그게 무슨 말씀인지 모르겠네요.」

「안노 아키라가 들로네에서 프라이스 씨를 협박했을 때 그 자리에 있었으니까요. 그리고 공교롭게도 사망 당일 저녁에도 또다시 그녀와 함께 있었고요. 처음에 안노 씨는 안타까운 기억 상실증으로 인해 자신이 린드허스트의 별장에 있었다고 했어요. 그런데 그게 거짓말로 밝혀지자 선생과 함께 있었다고 실토하는 수밖에 없었죠.」

나는 돈의 반격을 예상했지만 그녀는 호손의 말을 못 들은 척 나를 돌아보았다. 「그런데 당신은 여기 어쩐 일인가요?」 그녀는 상당히 명랑한 투로 물었다.

「저 사람을 주인공으로 글을 쓰고 있어요.」 거짓말을 해봐야 소용없었다. 돈 애덤스는 내가 누군지 알았다. 내가 어쩐 일로 왔는지도 알고 있을지 몰랐다.

그녀는 놀란 눈치였다. 「신문 기사를요?」

「소설이요.」

「실화 기반의 범죄 소설을요?」

「네. 뭐, 그렇다고 볼 수 있겠죠. 몇 가지 부분은 변경하고 이름은 바꿔야겠지만 기본적으로는 실화예요.」

그녀는 잠깐 생각에 잠겼다. 「재밌겠는데요? 출판 계약은 했어요?」

「펭귄 랜덤 하우스의 셀리나 워커와 세 편을 계약했어요.」

그녀는 고개를 끄덕였다. 「아주 훌륭한 친구죠. 마감을 앞두고 들볶이면 얘기가 달라지겠지만.」 그녀는 다시 호손을 돌아보았다. 「좀 전의 발언에 대해서 답변하자면, 우선 아키라 리처드 프라이스를 협박한 적 없어요. 우리 둘이 들로네에서 저녁을 먹다가 저편에 앉아 있는 그를 봤죠. 자연스럽게 화제가 그에 대한 이야기로 흘러갔고 알고 보니 우리가 비슷한 경험을 했더라고요. 둘이서 술을 좀 마시긴 한 터

293

라 아키라가 이대로 넘어갈 수 없다며 그의 테이블 앞으로 다가갔어요. 그가 남편과 같이 앉아 있는 테이블로요. 그러고는 와인 잔을 집어서 그의 머리 위에 쏟았죠. 바보 같은 짓이었어요. 그건 내가 제일 먼저 인정해요. 하지만 엄청 쌤통이었어요.」

「병으로 그를 치겠다고 협박했다던데요.」

「아니에요. 잔으로 주문한 걸 다행으로 알라고, 병으로 주문했으면 그걸 썼을 거라고 했어요. 그러니까 병째 들이부었을 거라는 뜻에서요.」

「그런데 일주일 뒤에 그가 와인병으로 살해당하다니 참으로 엄청난 우연의 일치로군요.」

「우연의 일치겠죠. 하지만 식당에서 누군가가 그녀의 말을 들었을 가능성에 대해서도 생각해 보셨나요?」

나는 미처 생각하지 못한 부분이었다. 그 식당에 있었던 리처드의 지인이 안노 아키라의 말을 듣고 유용한 살인 수법을 우연히 입수했을지도 모른다. 그녀에게 누명을 씌우기 위해 일부러 그 방법을 썼을 수도 있다. 그날 저녁 들로네에서 식사한 손님 명단을 호손이 전부 체크해 보았는지 궁금해졌다.

「일요일 저녁에 아키라가 저희 집에 왔던 것에 대해서 얘기할 것 같으면,」 돈은 말을 이었다. 「그것도 별로 놀랄 일이 아니에요. 우리는 오랜 친구 사이거든요.」

「두 분이 맨 처음 어떻게 만나셨습니까?」

「도서전에서 만났어요. 두바이 인터콘티넨털 호텔 수영장에서 일주일 동안 열렸거든요. 그런 데서는 사람을 만나기

좋죠.」

「그날 안노 씨와 얼마나 같이 있었습니까?」

「이런 식의 추궁이 의미가 있다고 생각하세요, 호손 씨? 좋아요! 아키라는 6시쯤에 저녁을 먹으러 왔고 우리 둘은 이번에도 술을 좀 마셨어요. 자꾸 이러니까 우리가 무슨 술꾼 같겠지만 그건 아니에요. 취하지는 않았으니까. 사실 둘이서 일을 하고 있었어요. 그런데 아키라가 나와 함께 두세 잔을 마셨기 때문에 운전을 해서 가느니 자고 가라고 내가 권유했어요.」

「일을 하고 계셨다고요. 그녀가 선생과 무슨 일을 하고 있죠?」

돈 애덤스는 잠깐 머뭇거렸고 그녀가 내내 기세등등하게 나왔을지 몰라도 이번에 하는 대답은 1백 퍼센트 진실이 아닐 수도 있겠다는 예감이 들었다. 「아키라가 소설 원고를 보고 자문해 주고 있어요.」

「대가를 받고요?」

「물론이죠.」 돈은 손목시계를 확인했다. 얇은 금색 줄이 달린 아주 세련된 카르티에였다. 「전화로 말씀드렸던 것처럼 시간을 많이 내드릴 수가 없어서요.」

호손은 그 말을 못 들은 척했다. 「안노 씨가 처음에 왜 거짓말을 했을까요?」 그는 물었다. 「오랜 친구인 출판업자와 저녁을 먹었다…… 세상에 이보다 더 무해한 일은 없을 텐데 말이죠.」

「저야 모르죠. 그 친구한테 물어보세요. 당신의 면담 방식에 기분이 상해서 골탕 먹이려고 그랬을지도 모르고요.」

「경찰을 속이는 건 범법 행위입니다.」

「그쪽은 경찰이 아닌 걸로 아는데요.」

나로서는 돈 애덤스를 칭찬할 수밖에 없었다. 그녀는 호손을 전혀 무서워하지 않았다. 하지만 그가 어떤 위인인지 알았다면 그렇게 퉁명스럽게 대하지는 않았을 것이다. 나는 서서히 분노로 물들어 가는 그의 눈빛을 보며 진흙 속에서 몸을 일으키는 악어 같다는 생각을 했다.

「안노 씨가 소설 원고를 보고 자문해 주고 있다고 하셨죠.」 그가 말했다. 「이 출판사에서 실제로 책을 출간한 순문학 작가가 몇 명이나 됩니까?」

훌륭한 지적이었다. 1층 쇼윈도에서 명망 있는 작가를 한두 명 보았지만 돈의 사무실 책꽂이에 있는 책들은 그렇게 수준이 높지 않았다. 나는 어린이 그림책, 시간 때우기용 스릴러, 〈둠월드〉 3부작, 빅토리아 히즐롭이 쓴 그리스 요리책을 훑어보았다.

그녀는 이번에도 살짝 머뭇거렸다. 「없어요. 하지만 진출해 보고 싶은 분야라서요. 투고 원고가 많이 들어와서 아키라가 대신 읽어 봐주고 있어요.」

「그럼 그분의 작품을 출간하면 되지 않습니까? 두 분이 그렇게 친한 사이라면⋯⋯.」

「이미 제안했지만 아키라는 비라고 북스와 계약이 되어 있어서요. 이쯤 했으면 된 것 같은데, 그렇죠?」 커피 테이블 위에 전화기가 놓여 있었다. 돈이 수화기를 집어 들고 숫자를 하나 눌렀다. 「톰, 손님들 이제 가신대. 올라와서 ─」

「아직 안 끝났습니다.」 호손의 목소리는 냉랭했다.

그녀는 수화기를 쥔 채 머뭇거렸다. 「됐어, 톰. 이따 다시 부를게.」 그녀는 수화기를 내려놓았다.

호손은 뜸을 들였고 나는 경험상 그가 엄청난 한 방을 준비하고 있다는 것을 알았다. 그럼에도 이어진 그의 발언을 듣고 화들짝 놀랐다. 「이 출판사의 작가 한 분을 만나 보고 싶습니다만.」

「누굴요?」

「마크 벨러도나요.」

그녀는 그를 빤히 쳐다봤다. 「마크가 당신을 만날 일은 절대 없을 거예요.」

「어째서요?」

「뭐, 우선 그는 이 사건과 전혀 상관이 없으니까요. 그리고 은둔 생활을 하는 거나 다름없어서요. 노섬벌랜드에서 사는데 광장 공포증이 심해서 절대 외출을 하지 않아요.」

「하지만 당신이 들로네에서 저녁 식사를 했을 때 그가 같은 식당에 있었는데요.」

「그럴 리 없어요.」

「사실입니다, 애덤스 씨. 있었어요. 그리고 공교롭게도 그는 두 번째 피해자인 그레고리 테일러의 죽음에도 연루되어 있어요. 테일러 씨는 사망 당일에 리처드 프라이스를 찾아 갔습니다. 그 둘은 오래전부터 알고 지낸 사이였죠. 그리고 얼마 안 있어 테일러 씨가 달려오는 열차 앞으로 떠밀려 죽었습니다. 그런데 그가 죽기 전에 책을 한 권 샀거든요. 마크 벨러도나의 신작을요. 우리에게 메시지를 보내기 위해서였고…… 제가 여길 찾은 이유가 그 때문입니다.」

이 모든 게 내게는 금시초문이었다. 호손이 그날 들로네에서 식사한 손님 명단을 체크했다 한들 내게는 이야기한 적 없었다. 하지만 그레고리 테일러가 킹스크로스역의 W. H. 스미스에서 산 『피의 포로들』에 대해서는 언급한 적 있었다. 〈그가 왜 그 책을 샀을까요?〉라고 내게 물었다.

이제 상황이 돈 애덤스가 통제할 수 없는 방향으로 흘러갔다. 갑자기 소파가 그녀를 통째로 집어삼킨 것 같았다. 그녀는 어쩔 줄 몰라 했다. 「그게 무슨 말씀인지 모르겠는데요.」

바로 그때 문이 벌컥 열리더니 다른 누구도 아닌 안노 아키라가 허둥지둥 들어왔다. 그녀를 보고 돈 애덤스도 나만큼 놀랐다. 「아키라……?」

「당신 전화 받자마자 바로 달려왔어요.」 아키라는 험악한 눈빛으로 우리를 노려보았다. 「이 두 사람 알아요. 이미 한판 뜬 적 있거든. 저들이 어떤 수법을 어떤 식으로 써서 당신을 협박하고 겁을 줄지 알아요. 그래서 당신 혼자 저들을 상대하게 둘 수 없었어요.」

우리를 만나기로 했다고 돈이 그녀에게 알린 모양이었다. 이 두 사람이 한통속인 게 분명하다는 생각이 들었지만…… 뭘 공모했을까?

「마크 벨러도나 얘기를 하고 있었어요.」 호손이 말했다. 그는 아키라의 출현에 전혀 동요하지 않았다. 오히려 예상한 것을 넘어 환영하는 듯했다.

아키라는 세 번째 의자로 가서 앉았다. 평소처럼 더없이 완벽했지만 갑자기 불안해하고 심지어 두려워하는 기미가 엿보였다.

「그의 집 주소와 연락처를 알려 주시죠.」호손이 말했다.

「거부하겠어요.」

「원한다면 그런 입장을 계속 고수하세요, 애덤스 씨. 그럼 그룬쇼 경위와 밀스 경장에게 연락할 테니. 과연 그들이 협조를 요구해도 거부할 수 있는지 두고 보겠습니다.」

「알려 드릴 수가 없어요…….」

「어째서요?」

「몰라서 그러시나 본데, 마크는 절대 —」

바로 그때 사무실 한편에서 고요한 세 마디의 말이 들려왔다.「저 사람은 알아요.」아키라였다. 새하얗게 질린 얼굴로 바닥을 내려다보고 있었다.

그가 뭘 안다는 걸까? 그리고 나는 왜 모르는 걸까?

「그냥 속 시원하게 털어놓으시죠.」호손이 외쳤다.「누굴 바보로 알아요? 내가 알아내지 못할 거라고 생각했어요?」

그는 말을 멈추고 둘 중 한 사람이라도 대답하길 기다렸지만 정적이 이어지자 자기가 대답을 대신했다.「안노 아키라가 마크 벨러도나잖아요! 마크라는 사람은 없어요.」그는 아키라에게 버럭 화를 냈다.「그 한심한 작품의 저자가 당신이죠?」

다시 정적이 흘렀다. 나로서는 누가 더 충격을 받았는지 알 수 없었다. 그런 줄은 꿈에도 몰랐던 나인지, 아니면 그가 알아낼 거라고는 생각지도 못했던 돈인지.

「이래도 아니라고 잡아뗄 겁니까?」호손은 따져 물었다.

나는 팔다리가 끊긴 채 버려진 꼭두각시처럼 의자에 앉아 있는 아키라를 쳐다보았다. 돈 애덤스는 진심으로 겁에 질

299

린 표정을 짓고 있었다. 「아무한테도 말하면 안 돼요.」 그녀가 조그맣게 속삭였다.

「잠깐!」 내가 외쳤다. 「안노 아키라가 『엑스칼리버의 등장』과 『피의 포로들』과 또……」 시리즈 첫 편 제목은 잊어버렸다.

「『12인의 철인』이요.」 아키라가 내 시선을 피한 채로 중얼거렸다.

「말도 안 돼. 외설이 난무하는데.」 나는 그 시리즈에 대해 할 수 있는 최악의 평가를 찾았다. 「여성을 상품화하는데!」

「그래도 수백만 부가 팔렸어요.」 이런 상황에서도 돈은 친구를 변호하러 나섰다. 이제 그녀는 소파에서 일어나 책상 쪽으로 건너가서 거기에 자리를 잡았다. 이렇게 해서 아키라와 가까워지자 통제력을 되찾았다. 「내 아이디어였어요. 아까 얘기했던 것처럼 아키라를 만난 곳은 두바이였죠. 아키라는 훌륭한 작가예요. 상도 엄청나게 많이 받았고 심지어 영화화된 작품도 있고. 하지만 앤서니, 당신도 순문학 시장이 어떤지 알잖아요. 하도 작아서 없는 거나 다름없는 지경이라는 거.」

책상에 물병이 놓여 있었다. 그녀는 자기 잔에 물을 따랐다. 「아키라가 하겠다고 한 거 아니에요. 내 아이디어였지. 설득의 과정이 필요했지만 검과 마법은 시장성이 어마어마하다는 걸 알고 있었으니까요.」

「그리고 섹스도요.」 내가 덧붙였다.

「좋을 대로 불러요. 아무래도 상관없으니까. 〈왕좌의 게임〉 시리즈는 TV 드라마로 만들어지기 전에 이미 어마어마한 히트작이었어요. 우리 둘이 풀장 옆에서 칵테일을 마시다가 내가 농담조로 아키라에게 제안했어요. 조지 R. R. 마틴 같은 사람이 판타지 소설로 떼돈을 벌 수 있다면 그녀처럼 재능이 출중한 작가는 식은 죽 먹기 아니겠느냐고.」

「하지만 그녀는 그 모든 걸 경멸했잖아요!」 나는 아키라를 없는 사람 취급하며 이렇게 외쳤다. 그녀는 사라지고 노섬벌랜드에서 광장 공포증을 어찌어찌 극복하고 이 자리에 참석한 마크 벨러도나가 대신 자리하고 있었다.

「세상에 팔리는 작품을 쓰고 싶지 않은 작가가 어디 있겠어요?」 돈이 맞받아쳤다.

「그건 그렇죠!」 나는 동의했다. 「하지만 그녀는…….」 나는 아키라를 가리켰다. 「그녀는 철저한 위선자예요!」

아키라가 고개를 들었다. 「아무도 몰라야 해요.」 그녀는 조그맣게 속삭였다. 색안경을 쓰고 있는데도 두려움에 떨리는 그녀의 눈빛을 읽을 수 있었다. 「아무한테도 말하면 안 돼요! 그럼 나는 끝장이에요!」

돈은 고개를 끄덕였다. 「아키라가 그 시리즈의 작가라는 사실이 밝혀지면 명성에 어마어마한 흠집이 생길 거예요. 그리고 우리 출판사에도 전혀 도움이 안 될 테고요!」 그녀가 아키라보다 좀 더 이성적이고 실용적이었다. 하긴 작가가 아니라 출판업자였으니까. 「마크 벨러도나의 정체를 감추려고 우리가 얼마나 애를 썼는지 알아요?」 그녀는 말을 이었다. 「다른 작품에서 아키라가 전혀 다르게 보이긴 하죠. 하지만 가명을 쓰는 작가들도 많잖아요.」 그녀는 한숨을 쉬었다. 「맨 처음 이 얘기를 꺼냈을 때는 농담이었어요. 우리 둘 다이 시리즈가 이렇게 엄청난 인기를 얻을지 전혀 몰랐어요.」

스티븐 스펜서가 언급한 자금 출처, 아키라가 리처드 프라이스에게 들키지 않으려 했던 수입원이 이거였다. 두말하면 잔소리지만 돈의 말이 맞았다. 대중이 이 사기극을 알아차리면 아키라와 마크와 킹스턴 프레스는 끝장날 수 있었다.

하지만 호손은 용서하지 않을 태세였다. 「글쎄요. 나는 그 룬쇼 경위에게 이 사실을 숨기고 지나가기는 아주 어려울 거라고 보는데요.」

아키라는 아무 말도 하지 않았다.

「앤서니, 당신은 이 상황을 이해하지 않나요?」돈은 호손을 건너뛰고 나에게 직접 호소하기로 마음먹었다. 「나는 이 출판사에 인생을 걸었고 〈둠월드〉 시리즈 덕분에 버틸 수 있었어요. 그리고 아키라는 아무것도 잘못한 게 없어요.」그녀는 허리를 앞으로 숙였다. 「이 시리즈는 사랑받고 있어요. TV 드라마로도 제작되고 있고요. 그녀의 인생을 망가뜨릴 필요는 없지 않나요?」

「이건 한 편의 하이쿠로군요!」나는 외쳤다.

「네?」

「당신이 한 얘기 말이에요.」나는 아키라를 흘끗 쳐다보았다. 괴로움의 무게에 눌려 몸을 웅크리고 있는 것이 이 와중에도 가엾어 보였다. 「내가 최대한 능력을 발휘해 볼게요.」

옆에서 호손이 몸을 꿈틀거렸다. 「대개는 그게 얼마 되지 않지만요.」

다시 밖으로 나왔을 때 호손은 사실상 웃고 있었다. 알쏭

달쏭하고 뻬딱한 그의 유머 감각은 접한 적 있지만 웃음소리는 처음이었다.

「그걸 어떻게 알았어요?」 나는 물었다. 「안노 아키라하고 마크 벨러도나의 관계 말이에요.」

「상당히 간단했어요.」 그는 담배를 꺼냈고 우리는 홀본역 쪽으로 되짚어가기 시작했다. 「먼저 아키라가 수입원을 숨기고 있다는 걸 스티븐 스펜서에게 들어서 알았잖아요. 그녀가 글 쓰는 것 말고 뭘로 돈을 벌 수 있었겠어요? 그리고 애초에 돈 애덤스를 만나 놓고 거짓말을 하기도 했죠. 어디에 있는지도 모를 별장 어쩌고저쩌고하며 헛소리를 늘어놓은 데 이유가 있지 않겠어요? 작가가 출판사 대표와 만나서 저녁을 먹는 건 세상에서 가장 자연스러운 일인데. 둘이서 아주 비정상적인 일을 도모하고 있는 경우라면 예외겠지만요.

하지만 결정적으로 확신하게 된 건 그때 돈트 서점에서였어요. 당신이 『피의 포로들』을 슬쩍한 걸 들켰을 때 그녀가 어떤 표정을 지었는지 봤어요? 아주 경악하더라고요. 저러다 토악질이라도 하는 거 아닌가 싶더라니까요? 당신이 책을 훔쳐서 그런 게 아니에요. 하필이면 그 책이었기 때문이죠. 자기 정체를 들킨 줄 안 거예요.」

맞는 말이었다. 그녀는 아무 말도 하지 않았다. 심지어 나를 쳐다보지도 않았다. 그저 책에 시선이 고정되어 있었다.

「그래도 논리의 비약이 심한 것 같은데요.」 내가 말했다.

「그렇지 않아요. 그녀는 작가잖아요. 모든 작가가 그렇듯 자존심 빼면 시체라 아무리 쓰레기 같은 작품이라 하더라도 원작자의 지위를 포기하지 못했어요. 벨러도나의 마지막 네 글자를 봐요. 그녀의 이름을 거꾸로 쓴 거잖아요. 그리고 아키라에서 세 글자를 따서 마크를 만들었고요.[26] 어이, 그걸 간파하지 못했다니 의원데요?」

내가 생각하기에도 의외였다. 나로 말할 것 같으면 날마다 『더 타임스』 십자말풀이를 하고 애너그램,[27] 암호, 애크로님[28]도 좋아하는데……

나는 아직 퍼즐을 완성하지 못해서 끙끙대고 있었다. 「그러고 보니 당신이 킹스크로스역 사고에 대해서 했던 말 있잖아요. 진짜예요? 그레고리 테일러가 메시지를 전하려고 했어요?」

「맞아요. 당신이 생각하는 그런 메시지가 아니었을 뿐.」

어떤 메시지였을까? 그리고 안노 아키라는 이제 용의자 명단에서 제외되는 걸까? 그녀와 돈 애덤스, 두 사람 모두 리처드 프라이스에게 굴욕을 당했고 살인 사건이 벌어진 날 저녁에 서로에게 알리바이를 제공했다. 게다가 프라이스는 아키라의 수입원을 캐고 있었다. 그가 마크 벨러도나의 정체를 간파했다면? 그럼 두 사람 모두에게 그를 살해할 강력한 동기가 생기게 된다.

나는 내가 용의자를 다섯 명으로 줄였다고 생각했다. 그런데 이제 다시 여섯 명으로 늘어났다.

---

26 Belladonna의 마지막 네 글자는 onna, 즉 Anno를 거꾸로 쓴 것이다. Mark 에는 Akira의 세 글자가 들어 있다.

27 단어나 문장의 글자를 섞어서 다른 단어나 문장을 만드는 것.

28 머리글자를 따서 만드는 줄임말.

20
그린 스모크

「아키라가 어떻게든 나한테 엿을 먹이려고 기를 쓰고 있는 거 아시죠. 내가 저지르지도 않은 일로 체포되면 그녀 입장에서는 그보다 더 기쁜 일이 없을 거예요. 아니, 그녀가 나를 두고 어떤 얘기들을 했는지 아시잖아요. 나는 다혈질 아니에요! 그랬으면 진작 그녀를 없애 버렸겠죠. 그렇게 사람 짜증을 돋우는 여자도 없는데. 그녀라면 신사에서 모시는 성인들의 인내심도 테스트할 수 있을 거예요. 아니, 이미 테스트해 봤을지 몰라요.

그 빌어먹을 하이쿠로 말할 것 같으면…… 맞아요, 그녀가 보여 줬어요. 엄청 기발한 작품이라고 생각하는 눈치였는데 나는 듣자마자 잊어버렸어요. 내려진 판결은 사형? 그게 도대체 뭔 소리래요? 그녀는 엄청 즐거워하면서 읽어 줬지만 차라리 일본 세탁기 사용 설명서가 이해가 더 잘됐을 거예요.」

에이드리언 록우드의 희한한 특징이 있다면 지금처럼 기분이 안 좋은 상태일지라도 여전히 여유 만만하고 유쾌해 보인다는 것이었다. 선글라스와 포니테일은 여전했고 칼라를 활짝 펼친 흰색 셔츠도 마찬가지였다. 그의 사무실은 집만큼 휘황찬란하지 않았다. 세트로 배치된 실용적인 가구에 스타일이라고는 전혀 없어서 월 단위로 사무실을 빌려 쓰는 회사라 해도 믿길 듯했고 그도 자주 출근하지 않는 눈치였다. 로프티 핑커먼이 해킹한 노트북이 그의 책상 위에 놓여 있었다. 그는 몸의 굴곡에 따라 이리저리 구부러진 두툼한 가죽 의자에 앉아서 깍지 낀 손으로 뒤통수를 받치고 있었다.

「그리고 우리 둘 중 한 명이 벽에 그 숫자를 썼다면 그녀일 수밖에 없어요. 숫자가 뭐라고 하셨죠? 182? 내가 그걸 기억할 수 있었을 거라고 보십니까? 그건 주차장에 핀 꽃이나 깃털 빠진 새매나 그녀가 책으로 낼 만하다고 여긴 그 어떤 쓰레기에 관한 이야기일 수도 있는걸요.」

「그 하이쿠는 당신에 대해서 쓴 거였습니다.」 호손이 말했다.

「그래요?」

「아키라에게 들으셨을 텐데요. 그리고 당신은 그 숫자를 쉽게 기억했을 겁니다.」

「왜요?」

「결혼기념일이니까요! 당신 생일 3일 뒤에 결혼했다고 하셨잖습니까. 2월 18일에.」 호손은 록우드를 보며 위험한 미소를 지어 보였다. 「18/2.」

나도 그걸 알아차렸어야 했다. 록우드가 그 날짜를 말할 때 나도 옆에 있었으니까. 심지어 받아 적기까지 했다. 그랬

306

음에도 또다시 연결 고리를 놓치고 지나갔다.

「어허!」록우드는 양손을 벌려 인간 대 인간으로서 포옹하는 자세를 취해 보였다. 「그 결혼은 빌어먹을 참사였다니까요. 말씀드렸잖—」

「참사로 끝난 건 두 번째 결혼이었죠.」호손이 말허리를 잘랐다. 「첫 번째 결혼 상대였던 스테퍼니 브룩은—」

「그 여자 얘기가 여기서 왜 나옵니까!」록우드의 얼굴이 시뻘게졌다. 한 번도 본 적 없는 모습이었다. 「정말이지 선을 함부로 넘으시는구먼. 이러면 댁도 그런 걸 기사화하는 쓰레기 기자들과 다를 게 없어요. 스테퍼니는 사랑스러운 아내였고 한동안 우리는 행복하게 지냈어요. 그런데 그녀가 정신을 못 차렸죠. 술을 마시고 마약을 하고 그러다 결국 바베이도스에서 죽었어요. 나는 심지어 그 배에 타고 있지도 않았단 말입니다. 안타까운 사고였어요. 사람들 말마따나 그녀 스스로 목숨을 끊은 걸 수도 있겠죠. 모르겠어요. 그런 걸 건드리고 다녔으니 이러나저러나 마찬가지라고 봐요. 아무튼 리처드 사건과는 아무 상관 없는 일이에요.」

「양쪽 모두 당신이 연루됐다는 것 말고는요.」

「나는 리처드 사건 때도 근처에 얼씬대지도 않았어요.」

「하이게이트에 계셨으니 그리 먼 거리도 아니었죠.」

록우드는 논의의 향방을 알기에 머뭇거렸다. 「맞아요. 거기 있었어요.」

「데이비나 리처드슨과 함께요.」

록우드는 요란하게 한숨을 쉬었다. 「네. 말씀드렸잖습니까, 술이나 한잔하러 갔다고.」

「그냥 술만 드셨나요?」

「어떤 뜻에서 그렇게 물어보시는지 모르겠네요.」

「그럼 좀 더 간단하게 묻도록 하겠습니다, 록우드 씨. 리처드슨 부인과 동침할 생각이셨습니까?」

「그건 너무 무례한 질문 아닙니까? 형사라고 해서, 아니 전직 형사라고 해서 내 사생활을 함부로 들쑤셔도 되는 건 아닐 텐데요.」

호손은 지겨워하는 표정을 지었다. 「〈예, 아니요〉로 대답할 수 있는 문제인데요. 이 자리에 있는 사람은 모두 성인이고요.」

「대답한들 뭐가 달라집니까?」

「대답에 따라 거짓말까지 해가며 당신을 보호할 의사가 부인에게 있었는지 판단할 수 있을지 모르죠.」 호손은 잠깐 말을 멈추었다. 「아니면 그럴 의사가 없었는지.」

록우드는 고민했지만 오래 끌지는 않았다. 「알았어요, 젠장. 맞아요. 그녀와 잠자리한 지 좀 됐습니다.」

「이혼하기 전부터요?」

「네.」 그는 숨을 크게 들이마셨다. 「생각만큼 쉽지는 않았어요. 성인끼리 어려울 게 뭐가 있나 싶을지 몰라도 그 집에는 10대가 있잖습니까. 아들 콜린이요. 그 아이가 집에 있을 때는 당연히 서로 건드리면 안 됐고 그렇다고 해서 그녀를 에드워즈 스퀘어로 데려갈 수도 없었어요. 거기에는 아키라가 있었으니까요. 게다가 아키라가 냄새를 맡는 건 사냥개 수준이라 다른 여자가 왔다 가면 모를 수가 없었어요. 그러니 호텔을 전전했지만 솔직히 그건 별로였어요. 추레하게 느껴졌거든요.」

「아키라는 당신이 바람을 피우고 있다는 걸 알았나요?」

「아뇨.」

「리처드 프라이스는요? 그에게는 말했습니까?」

「뭐 하러요? 그걸 E 서식에 써야 했겠어요? 아무도 몰랐어요.」

「그럼 이제 자유의 몸이 되셨으니 그녀와 살림을 합칠 생각이십니까?」

록우드는 폭소를 터뜨렸다. 「농담이시죠? 데이비나가 매력적이기는 해요, 잠깐 만나기에 딱 좋은. 하지만 똑같은 실수를 반복할 일은 절대 없어요. 첫 번째 결혼은…… 뭐, 아까 말씀드렸다시피 비극으로 끝났어요. 두 번째 결혼은 코미디로 끝났고요. 이번 생애에 드라마는 그 정도면 충분하다고 봅니다.」

그는 진저리를 냈다. 스위치가 내려가기라도 한 것처럼 갑작스럽게 분위기가 바뀌었다. 「이제 필요한 부분은 다 말씀드렸다고 보는데요. 더 이상 궁금한 게 없으시면…….」

「사실 알려 드릴 정보가 하나 있습니다.」 호손은 전혀 일어설 생각이 없어 보였다. 「이 사무실에 몰래 들어왔던 사람이 있었죠.」

「네?」

「저희가 그자를 찾아냈습니다.」

이 무렵 록우드는 호손이 믿을 만한 인물이 못 된다는 것을, 협조적으로 나올 때는 특히 그렇다는 것을 체득한 뒤였다. 「그런데요?」

「이름은 레너드 핑커먼. 알고 보니 일종의 사설탐정이더 군요. 궁금하실 것 같아서 말씀드리자면 리처드 프라이스가 고용한 사람이었고요.」

「뭐라고요? 리처드가 고용한 사람이었다고요?」

「프라이스 씨에게 와인을 선물하셨죠, 맞습니까?」

「예전에 이미 말씀드렸잖습니까.」

「그 와인이 프라이스 씨를 살해하는 도구로 쓰였다는 것 도, 프라이스 씨가 그것으로 가격당해 사망했다는 것도 당 연히 아실 테고요.」

록우드는 아연실색했다. 우리를 맞이할 때의 유쾌한 분위 기가 이제는 조금도 남아 있지 않았다. 「바로 그 와인이었다 는 겁니까?」

「1982년산 샤토 라피트 로트실드 포야크.」 나는 호손이 상표와 생산 연도를 기억하고 있다는 데 놀라지 않았다.

「네. 제가 선물한 와인입니다.」 록우드는 어느 정도 시간 이 지난 다음에야 모두 침묵하고 있다는 것을, 그의 설명이 좀 더 이어지길 다들 기다리고 있다는 것을 깨달았다. 「리처 드에게 훌륭한 성과를 거두어 주어서 고맙다는 인사를 전하 고 싶었어요. 물론 수임료는 지불했죠, 그것도 상당한 금액 을. 그래도 법정까지 가지 않고 해결했으니 적잖이 저렴하 게 해결이 된 거라 고마운 마음을 표현하는 게 좋겠다는 생 각이 들었어요.」

「2천 파운드짜리 와인으로요?」

「와인이야 많으니까요.」

「정확히 얼마나 가지고 계십니까?」

「네?」

「월트셔주 코섐에 있는 옥타비언이라는 회사에 와인을 보관하고 계시죠. 실제 보유량이 얼마나 됩니까?」

서서히 록우드의 얼굴 위로 미소가 번졌지만 서글서글한 미소는 아니었다. 「그동안 바쁘셨겠어요, 호손 씨.」

호손은 답을 기다렸다.

「대부분 프랑스 와인과 샴페인이고 시장가로는 250만 파운드 정도 됩니다. 왜 그걸 신고하지 않았는지 그게 궁금하시겠죠? 딱하게도 리처드는 내 사무실로 몰래 사람을 들여보낼 만큼 그 부분에 대해 걱정이 됐던 모양인데……. 그래도 아주 도덕적인 선택이었다고 볼 수는 없겠네요!

그걸 신고하지 않은 이유는 와인을 회사 명의로 구입했고 엄청난 대출금의 담보로 쓰여서 자산으로 분류할 수 없었기 때문입니다. 런던 남서부의 배터시에서 신규 택지 개발 사업을 진행 중이거든요. 위법 요소는 전혀 없고 리처드가 물어봤다면 기꺼이 얘기했을 텐데, 그 친구가 걱정하는 줄 몰랐네요. 아무 말도 없었거든요.」 그는 손바닥을 아래로 해서 두 손을 책상 위에 얹었다. 「자, 남은 게 더 있습니까?」

이번에는 호손이 자리에서 일어났다. 나도 따라서 일어났다. 「도움이 많이 됐습니다, 록우드 씨.」

「만나서 즐거웠다고 하지는 못하겠네요.」 신중하게 고른 대답이었다.

호손은 문 쪽으로 걸음을 옮기다가 뒤늦게 생각난 듯 물었다. 「마지막으로 하나만 더요. 8시 15분쯤에 데이비나 리처드슨의 집에서 나왔다고 하셨죠? 그때가 몇 시였는지 어떻게 그렇게 정확히 아십니까?」

「내 손목시계를 본 모양이죠.」

「주방에 시계가 있던데요.」

「주방이 아니라 침실에 있었어요. 거기서 옷을 입고 나왔거든요. 그녀가 몇 시인지 말했을 수도 있겠네요. 솔직히 기억이 안 납니다.」

호손은 미소를 지었다.「감사합니다.」

그의 정체를 누설한 것은 그 제스처였다. 에이드리언 록우드는 시계 이야기를 하면서 손을 들어 손목에 찬 묵직한 롤렉스를 자랑했다. 그때 나는 보았다. 시계가 아니라 셔츠 소매에, 커프스단추로 반쯤 가려진 곳에 아주 조그맣게 남아 있는 초록색 페인트 자국을.

그리고 그것이 어떤 초록색인지 정확히 알았다. 데이비나가 패로 앤드 볼에서 고른 색을, 그 특이한 명칭을 기억하고 있었다.

그린 스모크.

그 색일 수밖에 없었다.

그날 저녁에 집에 들어가 보니 마침 질도 촬영장에서 여러 가지 문제가 생겨 축 처진 어깨를 하고 나와 비슷한 시각에 퇴근했다. 로케이션이 또 하나 날아갔다. 이제 촬영 스케줄이 꼬박 이틀이나 밀렸다. 뭐 하나 제대로 굴러가는 게 없어 보였다.

둘이서 같이 저녁을 먹었지만 제대로 된 식사는 아니었다. 질은 캔 참치를 곁들인 샐러드를 먹었다. 나는 냉장고를 뒤졌지만 베스트셀러 10위권에 들었을 때 오리온에서 선물로 준 샴페인과 달걀 두 개밖에 없었다. 그걸로 스크램블드에 그를 만들고 빵이 없어서 라이비타 비스킷과 함께 먹었다.

「오늘 하루 어땠어?」 질이 물었다.

「그럭저럭 괜찮았어.」

「대본 수정은 다 했어?」

「오늘 밤에 끝내려고.」

우리 둘은 저녁을 먹고 다시 일을 시작하는 것이 일상다반사다. 한 작업실에서 자정까지 나란히 앉아 있을 때가 많다. 내 주변에서 나보다 더 열심히 일하는 사람은 질밖에 없다. 회사를 굴리고 제작을 감독하고 우리 둘의 사회생활을 주관하고 집을 건사하느라 바쁘다. 우리는 광고업계에서 일을 하다가 만났다. 그녀는 광고 기획자였다. 나는 카피라이터였다. 그녀는 나를 만나고 이틀 뒤에 회사의 다른 팀으로 보직 변경을 신청했지만 — 사실상 간곡히 부탁했지만 — 그래도 어찌어찌 우리는 사귀기 시작했고 25년이 지난 지금까지 해로 중이다. 나는 그녀를 위해 네 편의 드라마를 썼다. 「포일의 전쟁」, 「인저스티스」, 「콜리전」 그리고 「메너스」. 내 원고를 힐다 스타크보다 먼저 읽는 사람이 그녀다. 질을 글로 소개하려니 기분이 묘하다. 사실 그녀는 내 작품에 등장하는 게 불편하다고 분명하게 못을 박았다. 하지만 내 삶의 주인공이기에 안타깝지만 어쩔 수 없다.

「그 형사랑 또 붙어 다니고 있지?」 같이 앉아서 저녁을 먹는데 질이 물었다.

「응.」 감추고 싶었지만 나는 그녀에게 절대 거짓말을 하지 않는다. 해봐야 다 들통난다.

「그게 과연 좋은 생각일까?」

「아니. 하지만 책을 세 권 계약했고 사건이 터졌어.」나는 양심의 가책을 느꼈다. 그녀는 내 대본을 기다리고 있었다. 「아무튼 이제 끝났어.」나는 말을 이었다. 「호손이 범인을 알아냈거든.」

그가 직접 말하지는 않았지만 나는 알 수 있었다. 호손에게는 동물적인 면이 있었다. 진실에 가까워질수록 눈빛에서, 앉아 있는 자세에서, 몸의 윤곽에서 그렇다는 것이 느껴졌다. 그는 뼈다귀를 문 개였다. 나는 에이드리언 록우드와 면담한 뒤 술이라도 한잔하고 싶었지만 그는 얼른 집에 들어가고 싶어 했다. 테이블 앞에 앉아서 사건을 해결할 때처럼 탐욕스럽게 디테일에 집착해 가며 웨스틀랜드 시 킹을 조립하는 그의 모습이 그려지는 듯했다.

「당신도 알아?」질이 물었다.

우울한 질문이었다. 지금쯤은 해답이 분명하게 보여야 했다. 호손보다 먼저 사건을 해결하는 것이 여태까지 나의 바람이었지만 여전히 해답은 멀기만 했다. 이건 정말이지 너무했다. 이 책의 가장 중요한 부분인 마지막 장이 나와 전혀 무관하게 끝난다면 어떻게 내가 저자를 자처할 수 있을까?

「아니.」나는 사실대로 말하고 희망차게 덧붙였다. 「아직은 몰라.」

저녁 식사를 마친 뒤에 작업실로 올라갔다. 질이 아파트 다락에 마련해 준 공간이었다. 길이가 약 15미터, 폭은 상당히 좁았고 중앙 형사 법원과 세인트폴 성당이 시원하게 내다보였다. 그 무렵에는 새로운 건물이 올라가는 중이라 지평선에 은색 줄무늬가 추가됐고 창밖 풍경이 완전히 달라졌다. 나중에 〈샤드〉라고 불리게 될 건물이었다. 나는 책상 앞에 앉아서 저녁 하늘을 물끄러미 바라보았다. 질에게 말은 그렇게 했지만 대본을 쓸 기분이 아니었다. 나는 메모지를 꺼내 사건에 대해 적어 내려가기 시작했다.

호손이 해결할 수 있다면 나라고 못 할 것 없었다. 나도 그만큼 똑똑했다. 해답이 내 눈앞에 있었다. 나는 마지막으로 처음부터 끝까지 찬찬히 살펴보았다.

〈에이드리언 록우드.〉

그가 가장 유력한 용의자였다. 자기는 몰랐다고 했지만 실은 프라이스가 자기 뒤를 캐고 있다는 것을, 그로 인해 이혼 판결이 뒤집힐 수 있다는 것을 알았을지 모른다.

안노 아키라에 따르면 그는 다혈질이었다. 첫 번째 부인은 불의의 사고로 죽었다. 그리고 그의 셔츠에 초록색 페인트가 묻어 있었다. 범행 현장 벽에 숫자를 적는 데 사용된 그 초록색 페인트였을까? 당연히 그럴 수밖에 없었고 그렇다면 그가 그 숫자를 썼다는 뜻일 텐데, 나로서는 왜 그랬는지 이유를 알 수가 없었다.

문제는 그에게 견고한 알리바이가 있다는 것이었다. 그는 데이비나 리처드슨과 같이 있었다고 했으니…….

〈데이비나 리처드슨.〉

그녀는 남편이 롱 웨이 홀에서 죽었을 때 프라이스를 원망할 수 없었다. 아주 오래전에 벌어진 사고였고, 그 뒤로 그가 죽 지원을 아끼지 않았으며, 어쨌거나 그레고리 테일러도 자기 책임을 인정했다.

하지만 그녀는 록우드와 연인 사이였다. 그리고 프라이스의 남편인 스티븐 스펜서가 뭐라고 했던가. 프라이스가 그녀에게 넌더리를 냈다고 했다. 〈그녀는 그에게 고객을 좀 더 소개해 달라고 있는 대로 닦달했는데〉. 마침내 프라이스가 경제적인 지원을 중단하겠다고 선포하자 그녀가 홧김에 살인을 저지른 건 아닐까? 그녀가 에이드리언 록우드를 설득했을 수도 있었다. 그에게도 프라이스가 죽길 바라는 이유가 있었으니까. 둘이 공범일 수도 있었다.

〈안노 아키라.〉

내 기준으로는 아직까지 그녀가 — 그녀의 전남편 다음으로 — 가장 유력한 용의자였다. 그녀로 말할 것 같으면 식당에서 리처드를 협박함으로써 이 모든 사달을 일으켰고, 본인 말로는 에이드리언 록우드를 겨냥한 시라고 했지만 어쨌든 살인을 암시하는 하이쿠도 썼다. 그녀가 복수심 때문에 리처드 프라이스를 살해했다고 한다면 나는 얼마든지 믿을 수 있었고, 벽에 182라는 숫자를 적는 그녀의 모습을 금방 떠올릴 수 있었다. 왠지 붓글씨가 나란히 적힌 일본 벽화가 연상됐다. 그녀와 잘 어울렸다. 하지만 그녀에게도 알리바이가 있었다.

〈돈 애덤스.〉

언변이 좋은 변호사에게 굴욕을 당하고 앙심을 품은 두 이혼녀. 그뿐 아니라 리처드에게 마크 벨러도나와 〈둠월드〉 시리즈의 정체를 들켰다면 두 사람 다 몰락할 수 있었다. 이제 와 생각해 보니 범행 현장에 흔적을 남기는 행위, 메시지

316

를 적어 놓는 행위에는 문학적인 측면이 있었다. 어떻게 보면 돈과 아카라는 거울에 비친 에이드리언과 데이비나였다. 목표가 비슷하고 공조 관계인 한 쌍의 사람들.

〈스티븐 스펜서.〉

내가 보기에는 범인 같지 않았지만 그렇다고 배제할 수는 없었다. 자기 어머니를 보러 다녀왔다고 거짓말을 했으니 결혼 생활에 대한 말도 거짓일 수 있었다. 그가 바람을 피우고 있었다는 건 엄연한 사실이었다. 리처드 프라이스도 그걸 알았고 메이스필드 프라이스 턴불의 파트너와 유언장 수정에 대해 논의했다. 스펜서가 결혼 생활과 집과 유산을 모두 날릴 위기였다면 그에게 가장 직접적인 살해 동기가 있었던 셈이 된다.

〈수전 테일러.〉

내가 그레고리 테일러의 부인을 잊은 건 아니었다. 그녀의 남편은 리처드 프라이스보다 하루 먼저 죽었고 그녀는 프라이스의 사망 당일 런던에 왔다. 아무도 그녀에게 동선을 묻지 않았지만 정말 싸구려 호텔에 가만히 앉아 있었을까? 그녀가 잔인하게 눈을 번뜩이며 이런 말을 했던 게 생각났다. 〈내가 뭘 했을 것 같아요?〉 그녀에게 롱 웨이 홀과 관련하여 이야기하지 않은 뭔가가 있는 건 아닐까? 리처드, 찰스 그리고 그레고리. 물이 차오르는 지하 동굴에 갇혔던 세 사람. 이제 그들은 모두 죽었다. 여기에는 어떤 연결 고리가 있을 수밖에 없었다.

지금까지 언급한 이들 중 한 명일 수밖에 없었다.

여섯 명 중 한 명. 하지만 누구일까?

작업실로 들어온 질이 생각에 잠긴 나를 보고 파티션을 쳐서 우리 사이를 차단했다. 우리가 〈이혼의 문〉이라고 부르는 파티션이었다. 나는 메모지를 한 장 넘기고 호손을 따라다니며 적어 놓은 단서들을 떠올리기 시작했다. 프라이스의 집 현관문 옆에서 본 부러진 부들, 그레고리 테일러가 킹스크로스역에서 산 책, 에이드리언 록우드의 소매에 묻어 있던 초록색 페인트. 호손이 벽에 적힌 숫자를 보고 했던 말과 리처드 프라이스가 마지막으로 했다는 말이 생각났다. 〈여긴 어쩐 일로? 조금 늦었는데.〉 나는 그 말을 적고 동그라미를 쳤다. 아무 도움도 되지 않았다.

또 뭐가 있었을까? 호손은 범죄의 패턴에 대해 일장 연설을 늘어놓은 적 있었다. 그의 아파트에서 마주 앉아 럼앤드코크를 마실 때였다. 나는 메모지를 뒤로 넘겨 그가 정확히 뭐라고 했는지 찾았다.

〈이건 그런 식으로 되는 게 아니에요, 토니. 전에도 말했잖아요. 패턴을 찾아야 한다고. 그게 다라고.〉

하지만 패턴이 있다 한들 내 눈에는 보이지 않았다. 나는 여전히 하나의 단서 안에 해답이 있다고 확신했다. 내 눈앞에 있지만 내가 대수롭지 않게 그냥 넘겼던 것.

에이드리언 록우드의 집에 갔을 때로 테이프를 돌렸다. 문 옆에 있던 우산, 비타민, 빌베리. 내가 그런 걸 메모지에 적은 이유가 뭐였을까? 애써 기억을 더듬었다. 왜 그것들을 언급했을까?

그때 유레카의 순간이 찾아왔다.

컴퓨터를 켜고 인터넷에 접속했다. 이 얼마나 놀라운 기계인가. 작가와 탐정, 양쪽 모두에게 엄청난 선물이었다! 나는 몇 초 만에 원하던 답을 찾았고, 바로 그 순간 모든 퍼즐이 와르르 맞춰졌으며, 누가 리처드 프라이스를 살해했는지 눈이 부실 만큼 선명해졌다. 내가 이런 경험을 하게 될 줄은 꿈에도 몰랐다. 애거사 크리스티도, 내가 기억하기로는 다른 어떤 미스터리 작가도 탐정이 수수께끼를 해결하고 진실이 밝혀지는 순간에 대해 묘사한 적 없었다. 푸아로는 왜 콧수염을 배배 꼬지 않았을까? 피터 윔지 경은 왜 허공에서 춤을 추지 않았을까? 나라면 그랬을 텐데.

다시 한 시간 동안 철저하게 따져 보았다. 질이 불을 끄고 자러 들어가는 소리가 들렸다. 나는 메모를 좀 더 적었다. 그런 다음 호손에게 전화했다. 밤이 늦었거나 말거나 상관없었다.

「토니?」 자정이 다 돼가는데도 그는 내 목소리를 듣고 당황하지 않았다.

「범인이 누군지 알겠어요.」 나는 말했다.

전화기 저편에서 공허한 정적이 흘렀다. 당연히 그는 내 말을 믿지 못했다. 「누군데요?」 한참 만에 그가 물었다.

나는 대답했다.

21
사건의 해답

안노 아키라와 처음 만났던 래드브로크그로브 모퉁이의 경찰서 계단을 다시 올라가는 동안 흥분과 두려움이 교차했다. 호손과 나눈 대화가 아직까지도 머릿속에 맴돌았다.

「내가 제대로 맞혔죠?」

「어이, 알아냈네요. 거의······.」

「호손······!」

「제대로 맞혔어요.」

내가 그를 앞지를 수도 있다는 생각은 처음부터 하고 있었지만, 그가 그렇게 칭찬에 인색하게 굴자 실망스러웠다. 어쩌면 그는 짜증이 났을 것이다. 솔직히 내가 헷갈린 부분을 그가 몇 군데 바로잡아 주기는 했다. 그리고 무엇보다 중요하게는 내가 지금 취하려고 하는 조치에 찬성했다. 카라 그룬쇼에게는 그 사실을 비밀로 할 작정이지만.

내가 알아낸 사실을 그녀와 그 기분 나쁜 파트너 밀스 경장에게 공유해야 했다. 그 둘에게 공로를 넘기고 싶지 않았지만 질과 드라마를 생각해야 했다. 제작 팀이 겪고 있는 여러 문제의 배후가 그룬쇼인 게 분명했으니 그녀를 떼어 내려면 이 방법밖에 없었다. 그러거나 말거나 호손에게는 별 상관이 없었다. 그는 일당을 받았다. 그렇게 철저하게 수사하는 데에는 그 이유도 한몫했다. 그는 공로를 인정받는 데에는 별 관심이 없는 듯했다. 심지어 그래도 나와 같이 가지는 않겠다고 했다. 나는 그를 원망하지 않았다. 나 역시 그룬쇼를 만나는 순간이 기다려지지 않았으니까.

그녀는 전에 만났던 그 음산한 취조실에서 기다리고 있었다. 밝은 주황색 저지를 입고 알록달록한 구슬 목걸이를 했지만 오로지 위협적인 분위기만 풍기겠다고 작심한 듯한 그 뚱한 표정과 선명하게 대조될 따름이었다. 대런 밀스는 스포츠 재킷에 나팔 스타일의 바지를 입어서 경쾌해 보였다. 원래 나는 영국 경찰을 존경한다. 그들은 작전과 통제실과 기타 등등을 모두 공개하며 작가들에게 적극적으로 협조한다. 항상 호전적이거나 부패한 직업군으로 묘사되는 것도 지긋지긋할 것이다. 하지만 이 두 사람에 관한 한 나는 전혀 후회하지 않는다.

「그래, 원하는 게 뭐예요?」 그룬쇼가 물었다. 그녀는 테이블 앞에 앉았고 밀스는 뒤쪽 벽에 기대섰다. 그녀는 커피를 마시겠느냐고 묻지도 않았다. 나를 만난 게 전혀 반갑지 않은 모양이었다.

「정보를 원했잖아요.」 나는 말했다. 「누가 리처드 프라이스를 죽였는지 우리가 알아냈어요.」

「그러니까 호손이 알아냈다고요?」

「둘이서 같이요.」 엄밀히 따지자면 그건 아니었지만 그의 권위를 빌려야 했다.

「당신이 여기 온 거 그 친구도 알아요?」

「아뇨. 말 안 했어요.」

나는 잠깐 걱정했지만 그녀는 거짓말을 간파하지 못했다. 「좋아, 그럼 어디 얘기해 봐요.」

「물 한 잔만 마실 수 있을까요?」

「아뇨. 염병할 물은 무슨. 얼른 얘기해요. 우리가 뭐 그렇게 한가한 사람들인 줄 알아요?」

나는 등을 돌려서 나가 버릴까 하는 유혹을 느꼈다. 하지만 그러기에는 너무 늦었다. 이건 나의 순간이었다. 나는 그 속으로 뛰어들었다.

「이번 수사의 대상은 한 건이 아니라 두 건이었죠.」 나는 말문을 열었다. 「피츠로이 파크의 자택에서 살해된 리처드 프라이스—」

「네, 네, 네.」 그룬쇼가 끼어들었다. 「그 사람 집 주소는 알아요.」

나는 꿋꿋하게 버텼다. 「미안하지만 경위님, 이왕 말할 거면 내 식대로 하고 싶은데요.」

「마음대로 하세요.」 그녀는 나를 노려보았다. 「하지만 시시한 얘기면 국물도 없을 줄 알아요.」

그녀의 뒤에서 밀스가 팔과 다리를 꼬고 어깨뼈를 벽에 댄 채 몸을 꼿꼿하게 세웠다.

「리처드 프라이스가 살해되기 불과 스물네 시간 전에 그레고리 테일러가 사망했죠. 이번 수사에서 어려웠던 부분은 그 둘 사이에 연관성이 있는지, 있다면 무엇인지 알아내는 거였어요. 그레고리의 죽음은 살인이었을까? 자살이었을까? 사고였을까? 하나씩 차례대로 따져 보기로 하죠.

살인일 수는 없었어요. 그가 런던에 왔다는 걸 아는 사람이 두 명뿐이었거든요. 그가 여기까지 와서 만난 리처드 프라이스와 아내. 리처드가 킹스크로스역까지 따라가 그를 열차 앞으로 떠밀었을 수도 있지만 뭐 하러 굳이 그랬겠어요? 그레고리 테일러는 죽을병을 앓고 있었고 리처드는 어쩌면 생명 줄이 될 수도 있는 수술비를 대주기로 했는걸요. 그레고리를 죽이고 싶었으면 그냥 도움을 거부하면 될 일이었죠. 그리고 수전 테일러에게도 남편을 살해할 이유가 없었어요. 그 둘은 행복한 부부로 지냈고 그를 런던으로 보낸 것도 부인이었으니까요. 그에게 앙심을 품었을 법한 사람이 한 명 더 있었죠. 그로 인해 남편이 죽었다고 원망할 수도 있었을 데이비나 리처드슨. 그가 롱 웨이 홀 탐사 팀 리더였거든요. 하지만 그녀는 그가 런던에 온다는 걸 몰랐고, 그가 하이게이트역 근처까지 가긴 했지만 그 둘이 만났다는 증거는 없어요.

그럼 자살이었을까요? 그것도 말이 안 되긴 마찬가지예요. 그레고리 테일러는 수술비를 마련하기 위해 런던을 찾았고 부인에게 전화를 했어요. 그가 남긴 음성 메시지를 들었는데 신이 난 목소리더군요. 리처드 프라이스가 2만이나 3만 파운드가 아니라 수술비 전액을 지원하겠다고 했거든요. 물론 그레고리는 그래도 우울했을지 모르죠. 수술이 성공적이지 못할 수도 있었고 병이 나은 것도 아니었으니까요. 하지만 모든 행동을 종합해 보면 그는 살고 싶어 했어요. 아내에게 다음 날 저녁때 나가서 자축 파티를 열자고 했고, 오랜 친구인 데이브 갤리번에게 롱 웨이 홀에 대해서 할 말이 있으니 만나자고 했고. 무슨 얘기를 하려고 했는지는 영영 알 길이 없게 됐지만요. 심지어 열차 안에서 읽으려고 6백 페이지짜리 책까지 샀어요!

사고일 수밖에 없었죠. 설명할 수 있는 방법은 그것뿐이에요. 경위님도 CCTV 영상 보셨죠? 그는 마음이 급했어요. 얼른 집에 가서 아내와 자축하고 싶어서. 승강장은 축구 팬들로 혼잡했고 누군가가 그와 부딪혀요. 그는 〈조심해!〉라고 외치고 떨어져요.」 나는 잠깐 말을 멈추었다. 「만약 자살할 생각이었다면 열차가 아주 천천히 진입하는 역사 안에서 그랬겠어요? 교통경찰은 그러지 않았을 거라고 생각했고 나도 마찬가지예요.」

그룬쇼와 밀스는 뚱한 표정으로 나를 쳐다보기만 할 뿐 아무 말도 하지 않았다. 적어도 내게 1백 퍼센트 집중하고 있었다.

「리처드 프라이스 살인 사건의 용의자는 딱 여섯 명이에요.」 나는 말을 이었다. 「누구누군지 일일이 열거하지는 않을게요. 중요한 건 이거예요. 그레고리 테일러가 살해된 거라면 리처드의 죽음은 그 옛날 롱 웨이 홀에서 벌어졌던 사고와 연관이 있을 수도 있었어요. 하지만 사고였다는 쪽으로 가닥을 잡으면 전혀 새로운 패턴이 대두되고, 에이드리언 록우드와 안노 아키라 그리고 그들의 이혼 소송과 연결될 수밖에 없죠. 그게 이 모든 사태의 시발점이었어요. 식당에서 벌어진 협박 사건. 아키라는 자기 생각을 그보다 더 분명하게 밝힐 수가 없었죠. 그녀는 리처드 프라이스를 경멸했고 와인병으로 치고 싶어 했어요.

그뿐 아니라 아키라에게는 두려워하는 마음도 있었어요. 그가 그녀의 수입원을 조사하고 있었거든요. 그녀에게는 아무에게도 알리지 않은 비밀 수입원이 있었어요. 프라이스가 그녀의 자금 출처를 알아냈다면 그를 죽이기에 합당한 이유가 됐을 수도 있죠. 물론 그러자면 그가 그 사실을 알아냈다는 걸 그녀가 알았어야 하는데 그게 문제예요. 우리가 조사한 바로는 전혀 몰랐거든요.」

「그녀가 뭘로 돈을 벌고 있었는데요?」 밀스가 물었다.

나는 대답하지 않았다.

「이제 살인이 벌어진 날 저녁으로 건너가 봅시다. 그날의 사실 관계를 확인하면 다음과 같아요. 비가 오고 있었고 땅바닥에 물웅덩이가 몇 군데 생겼지만 다른 데는 말라 있었어요. 유난히 어둡지는 않았지만 ─ 그날 밤에 보름달이 떴거든요 ─ 같은 피츠로이 파크에 사는 동네 주민 헨리 페어차일드가 8시 직전에 햄프스테드히스 쪽에서 누군가가 손전등을 들고 오는 것을 보았죠. 그 사람이 헤런스 웨이크의 초인종을 눌렀고 리처드가 문을 열어 주었어요. 그때 또 다른 일이 벌어졌죠. 그들이 길에서 벗어나 화단으로 들어가는 바람에 부들이 몇 개 부러지고 흙에 조그만 자국이 남았거든요. 그리고 기억해야 하는 사실이 또 한 가지 있습니다. 리처드가 문을 열어 주었을 때 스티븐 스펜서와 통화 중이었다는 거. 〈여긴 어쩐 일로?〉 그는 찾아온 손님에게 이렇게 물었죠. 그러니까 구면이라는 뜻이에요. 〈조금 늦었는데.〉

이 마지막 말이 좀 이상해요. 일요일 저녁 8시. 네, 윈터 타임이 막 시작되긴 했죠. 하지만 뭐 그렇게까지 늦은 시각은 아니었는데, 그는 무슨 뜻에서 이렇게 말했을까요?

솔직히 나는 이 문제를 두고 한참을 고민했어요. 호손에게도 수수께끼였죠. 그러다 에이드리언 록우드의 집에서 본 게 생각났어요. 아주 사소한 디테일이었지만 왠지 모르게 내 눈에 들어왔단 말이죠. 그가 빌베리를 먹고 있었다는 거.」

「이러다 흐지부지 끝낼 생각은 하지 않는 편이 좋을 거예요.」 카라가 으르렁거렸다.

나는 못 들은 체했다.

「빌베리에는 안토시아닌이라는 항산화 성분이 풍부하게 들어 있죠.」 나는 설명했다. 「눈에 좋다고 해요. 특히 야맹증, 그러니까 밤에 잘 안 보이는 사람들에게. 영국 공군은 전쟁 때 야간 비행 임무에 나서기 전에 빌베리를 먹곤 했어요.」 나는 이렇게 말하며 뿌듯함을 느꼈다. 「포일의 전쟁」 자료 조사를 하며 알게 된 사실이었다. 「야맹증은 망막의 시세포가 제 기능을 하지 못할 때 발생하고 치료법이 없어요. 하지만 빌베리를 먹으면 도움이 되죠. 비타민 A를 먹어도 되고요. 엄마가 아이에게 당근을 먹으라고 하는 이유가 그 때문이에요. 어떤 사람들이 낮에도 선글라스를 쓰는 이유가 그 때문이기도 하고요. 에이드리언 록우드는 선글라스를 쓰고 다니죠. 그의 집 주방에는 비타민 A 약병이 있고요.」

나는 여기까지 말하고 그들이 이해하는 동안 기다렸다. 밀스는 어깨 반동으로 몸을 앞으로 밀더니 크리스틴 킬러처럼 다리를 의자 등받이 양옆으로 벌리고 앉았다.[29]

「그러니까 에이드리언 록우드가 프라이스를 살해했다?」
카라가 물었다.

「프라이스가 그의 뒷조사를 하고 있었거든요. 사실 록우
드가 이혼하는 과정에서 거짓말을 했어요. 은닉 자산 ─ 3백
만 파운드에 달하는 빈티지 와인이에요 ─ 이 있었는데 그
걸 공개하지 않았어요. 그러고는 바보 같은 실수를 저질렀
죠. 소송이 끝난 뒤에 감사 인사를 한답시고 프라이스에게
말도 안 되게 비싼 와인을 선물한 거예요. 자기 재력을 과시
하고 싶었겠죠. 정작 프라이스는 의심을 품게 돼서 사설탐
정에게 뒷조사를 부탁해요. 그 탐정 이름이 레너드 핑커먼
인데, 아무튼 그가 진실을 알아내고 리처드 프라이스는 분
노하죠. 양심을 철저하게 지키는 성격으로 유명했으니까요.
법적 절차가 끝나고 그는 승소했지만 그냥 그렇게 지나갈
생각이 없었어요. 자신의 신조에 어긋났으니까요. 그 일요
일, 그러니까 죽던 날에 그는 파트너에게 전화해 사무 변호
사 협회에 자문을 구하고 싶다고 했어요. 어떻게 된 건지 이
제 아시겠죠?

에이드리언 록우드는 전 부인을 혐오하는지라 판결이 번
복되는 걸 막을 수만 있다면 수단과 방법을 가리지 않을 작
정이었어요. 다시 소송에 들어가면 돈이 엄청나게 많이 들
수도 있었고요. 그는 자기 변호사를 속였어요. 세무 당국이
그의 은닉 재산에 관심을 기울일 수도 있었죠. 하지만 그에
게는 이 사태를 해결할 좋은 방법이 있었어요. 그래서 초저

---

29 영국 보수당 정권 교체로 이어진 불륜 스캔들을 일으킨 크리스틴 킬러가
1963년에 촬영한 화보 사진에서 취한 자세.

녁에 애인 데이비나 리처드슨을 만나고 7시쯤에 그 집에서 나왔죠.」

「잠깐.」 밀스가 끼어들었다. 그는 말이 별로 없었지만 어쩌다 한 번씩 입을 열 때면 있는 대로 짜증을 섞어 말했다. 「리처드슨 부인 말로는 그가 8시에 갔다고 했어요! 확실하다고 했다고요.」

나도 그런 줄 알았지만 메모를 다시 훑어보다가 마침내 진실을 파악했다. 그때가 유레카의 순간이었다.

「맞아요.」 나는 말했다. 「하지만 부인은 나를 만났을 때 자기는 남자가 없으면 정말 아무것도 못 하는 사람이라고 하더군요. 뭐든 제대로 할 줄 아는 게 없다면서. 주차도 끔찍하게 못하고 TV 리모컨도 다룰 줄 모르고 시계 돌려놓는 것도 계속 깜빡한다고. 리처드 프라이스는 일요일에 서머 타임이 해제된 뒤 살해당했어요! 그런데 리처드슨 부인은 깜빡했던 거죠. 록우드가 그 집에서 나간 시각은 7시였어요. 그녀는 8시인 줄 알았지만.

록우드는 햄프스테드히스 꼭대기까지 차를 몰고 갔지만 피츠로이 파크까지 들어가지는 못했죠. 조용한 일요일 저녁에 개인 맞춤 번호판을 단 차가 등장하면 사유 도로라 쉽게 눈에 띌 테니까요. 그는 마침 RJL 1 번호판이 달린 은색 렉서스를 타고 다녔거든요. 그래서 그는 햄프스테드 레인에서 걸어 내려갔죠. 보름달이 떴지만 밤눈이 어두워서 손전등을 써야 했어요. 그리고 우산도 들었고요. 페어차일드 씨는 불빛 때문에 우산을 보지 못했지만 나는 그 집에 갔을 때 봤죠. 록우드는 현관문 앞에서 밤눈이 어두워 발을 헛디뎠어요.

그래서 부들을 밟아 뭉갰지만 우산을 짚고 버텼고 그러느라 바닥에 자국을 남겼죠.

리처드 프라이스는 통화를 하다가 문을 열었고 자기 의뢰인을 보고 놀랐죠. 〈여긴 어쩐 일로?〉 그는 다시 이렇게 덧붙였어요. 〈조금 늦었는데.〉 아시겠죠? 그날 오후에 파트너에게 전화해서 어떤 조치를 취할 생각인지 얘기했기 때문에 늦었다는 거였어요. 이미 결정을 내렸으니 왈가왈부하기에는 늦었다는 거죠.

그래도 록우드는 프라이스를 설득해 안으로 들어갔고 둘은 서재로 갔어요. 프라이스가 와인을 꺼내서 보여 줬을 수도 있고, 록우드가 보여 달라고 했을 수도 있어요. 그의 계획에서 없어서는 안 되는 소품이었으니까요. 그는 들로네에서 무슨 일이 있었는지 들었어요. 전 부인이 수많은 목격자 앞에서 프라이스를 협박했다는 걸. 그녀가 뭐라고 했는지는 정확히 모르지만 아무튼 협박에 가까웠을 거예요. 그러면서 그녀는 와인병을 들먹였고 그는 이제 와인병으로 살해당하게 생겼잖아요. 록우드는 전 부인이 덤터기를 쓰겠거니 생각하며 즐거워했을 거예요.」

「그럼 벽에 적힌 숫자는 뭐예요?」그룬쇼가 물었다.

「같은 맥락이에요.」나는 말했다. 「처음부터 계획했다기보다 현관 앞에 있는 페인트 통을 보고 아이디어가 떠올랐을 거예요. 그는 아키라가 살인을 암시하는 시를 쓴 적 있다는 걸 알았죠. 하이쿠를요. 그 숫자를 기억한 이유는 두 번째 결혼기념일과 같았기 때문이에요. 그나저나 바베이도스에서 그의 첫 번째 부인이 어쩌다 그렇게 된 건지 알아보는 편이 좋을지도 모르겠네요. 그가 비명횡사에 연루된 게 이번이 처음이 아니거든요. 아무튼 그는 아주 기꺼이 아키라가 불안정한 상태였다고, 얼마든지 살인을 저지를 수 있었을 거라고 그러더군요. 그래서 그 숫자를 적은 거예요. 그녀가 쓴 시의 구절과 연결될 것을 알고요. 〈내려진 판결은 사형〉. 그녀가 희희낙락하며 범행을 저질렀다고 우리로 하여금 믿게 하려던 거죠.」

한동안 정적이 이어졌다.

그룬쇼와 밀스가 이 모든 정보를 처리하려고 애쓰는 광경은 아주 볼만했다. 내게 스포트라이트가 쏟아지는 순간이었다. 빠뜨린 게 있는지 기억을 더듬어 보았다. 없었다, 모두 말했다.

「이 얘기, 다른 사람한테도 했어요?」 그룬쇼가 물었다.

「호손한테만요. 그 친구한테는 당연히 했죠.」

「당신들 중 아무라도 록우드한테 접근한 적은 있고요?」

「아뇨.」

「하지 마요.」 그녀가 밀스를 흘끗 쳐다보자 그는 생각을 읽기라도 한 듯 고개를 끄덕였다. 「여기서부터는 우리가 알아서 할 테니까.」 그녀는 말을 이었다. 「그렇다고 당신의 가설이 맞았다는 건 아니에요. 한두 군데 구멍이 있을 수도 있고.」 그녀는 이렇게 말했지만 나는 거짓말이라는 걸 알았다. 밤새도록 이 가설을 처음부터 끝까지 여러 번 점검했고 호손에게 몇 군데 수정을 받았다. 물샐틈없었다. 「우리가 록우드 씨를 만나서 그쪽 얘기를 들어 보겠어요.」

「그러세요.」 나는 자리에서 일어났다. 「하지만 이제 〈포일

330

의 전쟁〉촬영은 건드리지 말아 주셨으면 합니다. 그리고 그 냥 내 생각이지만 호손이 기여한 부분도 좀 인정해 주면 좋 겠고요.」

카라 그룬쇼는 거의 딱하게 여기는 눈빛으로 나를 보았다. 「참고로 나는 댁의 그 어이없는 TV 드라마 근처에는 간 적 도 없어요. 그러니까 내가 앞으로 뭘 하거나 말거나 신경 끊 어 줘요, 알겠어요? 그리고 충고 하나 하자면 호손이랑 친하 게 지내지 마요. 그 인간은 골칫덩어리예요. 그거 모르는 사 람이 없어요. 계속 붙어 다니면 다쳐요.」

노팅힐 경찰서를 나섰을 때는 기분이 조금 우울했지만 집 에 도착할 무렵에는 나아졌다. 나로서는 록우드가 범인이 아니었더라면 더 좋았겠지만 — 처음부터 너무 유력한 용의 자였다 — 그게 무슨 상관일까? 사건은 해결됐다. 책에 넣을 만한 이야깃거리도 충분했다. 이제는 원고를 쓰기만 하면 됐다.

새롭게 삶의 의욕이 솟구쳐서 얼른 「포일의 전쟁」 대본 수 정에 돌입했다. 오후 중으로 끝내고 나서 사무실에 이메일 을 보냈다. 호손과 두어 번 통화를 시도했지만 계속 음성 사 서함으로 넘어갔다. 4시가 되었을 때 나는 바깥바람을 쐬기 로 마음먹었다. 로열 아카데미에서 하는 오노레 도미에 전 시회가 볼만하다고 들었다. 한 시간 정도 전시회를 보고 영 화를 한 편 본 다음 질과 저녁을 먹으면 딱 맞았다.

초인종이 울렸다. 인터폰을 들었다. 호손이었다. 「나 올라 가도 돼요?」 그가 물었다.

버저를 눌러서 문을 열어 주었다.

그가 우리 집으로 찾아온 건 이번이 두 번째였다. 우리는 여러 가지 이유에서 상대방을 집으로 초대하지 않았다. 그는 엘리베이터에서 내렸을 때 득의양양한 표정을 짓고 있었다. 「그러니까 카라 그룬쇼를 만난 거죠?」 그가 물었다.

나는 진작부터 방어 태세를 취하고 있었다. 「만나도 된다면서요.」

「맞아요.」

「경위한테 연락받았어요?」

「아뇨.」 그는 들고 온 『이브닝 스탠더드』를 펴서 우리 집 식탁 위에 펼쳤다. 나는 안경을 쓰고 2면 하단의 조그만 기사를 읽었다.

경찰, 햄프스테드 살인 사건의 용의자를 체포하다

오늘 오전 경찰은 지난주 햄프스테드의 자택에서 시신으로 발견된 이혼 전문 변호사 리처드 프라이스를 살해한 혐의로 58세 남성을 체포했다. 카라 그룬쇼 경위는 〈아주 잔인한 사건이었지만 세심하고 광범위한 수사 끝에 정의 구현을 할 수 있게 돼서 다행스럽게 생각한다〉고 밝혔다. 세부적인 사항은 아직 공개되지 않았다.

나는 기사를 다 읽고 나서 호손을 흘끗 올려다보았다. 그는 신문 위로 허리를 숙인 채 웃고 있었다. 내 안에서 뭔가가 차갑게 식었다. 나는 기사를 다시 한번 읽어 보았다. 호손은 계속 웃고 있었다. 입이 귀에 걸리도록 함박웃음을 짓고 있었다.

알 것 같았다.

「내 추리가 틀렸군요, 그렇죠?」 속이 울렁거렸다.

그는 고개를 끄덕였다.

「에이드리언 록우드가 아니었어요.」

그는 다시 고개를 끄덕였다. 「딱한 카라.」 그는 중얼거렸다. 「괜히 가서 엉뚱한 사람을 체포했네.」

22
1백 분

「이제 보니 당신, 정말 인간 말종이로군.」나는 말했다. 그는 흐뭇한 얼굴로 내가 뭐라고 하건 관심이 없는 눈치였다. 「처음부터 내 추리가 틀렸다는 걸 알았으면서 나를 이용해서 그룬쇼에게 복수했어.」

「어이, 당신도 좋아할 줄 알았는데요. 그 친구 꼴이 우스워지게 됐잖아요. 치안감도 좋아하지 않을 테고.」

「하지만 나한테 해코지할 거 아니에요! 안 그래도 드라마 제작을—」

「그 친구는 아무것도 못 해요. 입만 살아서 나불대는 인간이라. 내 말 믿어요. 두 번 다시 그 친구한테 연락 올 일 없을 거예요. 지금까지 사고를 하도 많이 쳐서 이번 실수를 빌미로 경찰에서 잘릴 수도 있어요. 내가 말했잖아요. 머리가 나쁘다고. 그거 모르는 사람이 없어요.」

「나만큼 나쁘진 않겠죠.」나는 우울했다. 영광의 순간만 날아간 게 아니라 내 추리가 어디에서부터 그렇게 잘못됐는지 여전히 알 수가 없었다.

호손과 나는 택시를 타고 러시아워가 시작된 도로를 꾸물꾸물 움직여 갔다. 런던에서는 혼잡 통행료를 징수하지만 무용지물이라 차로 가는 것보다 절뚝절뚝 걸어가는 편이 더 빠를 때가 많다. 집에서 올드 빅까지 걸어가는 동안 버스가 한 대도 나를 추월하지 못하는 경우도 많아서 나는 어디든 걸어다니는 편이다. 하지만 그날만큼은 미터기 요금이 계속 올라가도, 길에 발이 묶여 있어도 상관없었다. 호손과 단둘이 있을 시간이 필요했다. 그의 설명을 들어야 했다.

「당신 머리는 나쁘지 않아요.」 이번만큼은 거의 동정하는 말투였다. 「놓친 부분이 있어서 그렇지.」

「모든 각도에서 점검했어요.」 나는 주장했다. 「비타민. 빌베리. 선글라스. 와인병. 내 논리에 구멍이 하나 있었다면 그게 뭔데요?」

「흠, 두어 개는 되겠는데요.」 호손은 대답했다.

「말해 봐요!」

그는 안 좋은 소식을 전하려는 의사처럼 입술을 오므렸다. 「알았어요. 먼저 그 눈병부터 시작할게요. 병명이 뭐라 그랬죠?」

「야맹증.」

「그거 인터넷에서 알아본 거죠?」

「맞아요.」

그는 고개를 저었다. 「그가 야맹증 환자일 수도 있어요. 나도 정확히는 몰라요. 하지만 그냥 빌베리를 좋아해서 먹은 걸 수도 있어요. 그리고 사람들이 비타민 A를 먹는 이유는 여러 가지예요. 치아, 피부, 가임 능력 개선⋯⋯.」

「인터넷에서 알아본 거예요?」

「아뇨. 그냥 알아요. 그리고 그가 선글라스를 쓰는 이유는 트렌디해 보인다고 생각했기 때문일 수도 있어요. 포니테일과 첼시 부츠처럼. 그보다 문제는 뭔가 하면…… 그가 정말 밤눈이 어두웠다면 아무리 손전등이 있었다 한들 햄프스테드히스를 가로질러 걸어왔을 거라고 생각해요? 차를 하이게이트에 대고 언덕을 걸어 내려와도 되잖아요. 거긴 가로등이 켜져 있으니까요. 아니면 택시를 타고 와도 되고요.」

듣고 보니 일리가 있었다. 「또요?」

「동기…… 아니, 당신이 동기라고 생각했던 거요. 에이드리언 록우드는 윌트셔에 3백만 파운드 상당의 와인을 숨겨 놨어요. 하지만 그의 말에 따르면 리처드 프라이스는 거기에 대해 아무 말도 하지 않았어요. 맞아요, 거기 있다는 걸 알아내긴 했고 그 사실을 못마땅하게 여기긴 했어요. 하지만 그들이 실제로 충돌하지는 않았어요.」

「그자야 당연히 그렇게 주장하겠죠.」 나는 주장했다. 「프라이스가 자기 뒷조사를 하고 있었다는 걸 우리한테 숨기고 싶었을 테니까. 거짓말이에요!」

「그게 거짓말이었다면 누가 자기 사무실에 몰래 들어와 컴퓨터를 해킹했다는 얘기는 뭐 하러 했겠어요? 생각해 봐요, 토니. 그는 프라이스에게 도움을 주는 포렌식 회계 팀이 있다는 걸 알았어요. 어쩌면 로프티의 존재도 알았을지 몰라요. 로프티가 아키라도 감시하고 있었으니까. 그러니까 자기가 조사 대상인 줄 알았다면 그 정보를 공유하지 않았을 거예요. 우리한테 제일 비밀로 하고 싶은 게 그거였을 테니까.」

이번에도 나는 호손의 논리에 반론을 제기할 수 없었다.

「우산은요? 화단에 난 자국은요?」

「우산을 들고 다니는 사람이야 많겠지만 논의와 상관없는 문제예요. 애초에 우산 자국이 아니었으니까. 그리고 그 부분에 대해서라면 헨리 페어차일드가 착각했어요. 그건 손전등이 아니었거든요.」

「그럼 뭐 —」

호손은 손을 들었다. 「어이, 나 두 번 말하는 거 싫으니까 도착할 때까지 기다려요.」

호손이 기사에게 어디로 가달라고 하는지 듣지 못했는데 이제 보니 유스턴 로드를 지나 북쪽으로 향하고 있었다. 나는 피츠로이 파크에 있는 프라이스의 집에 다시 가는 건가 보다 생각했다. 빙 돌아서 원점이었다. 하지만 택시는 아치웨이 끝에서 셰퍼즈힐 쪽으로 우회전했고 나는 요금을 계산할 때 — 팁까지 30파운드였다 — 어쩐지 놀라지 않았다.

데이비나 리처드슨이 문을 열어 주었다. 무척 걱정하는 표정이었다. 「에이드리언이 체포됐다는 얘기를 들었어요. 사실인가요?」 그녀는 따져 물었다.

호손은 고개를 끄덕였다. 「그런 것 같습니다.」

「말도 안 돼요. 에이드리언이 누굴 해쳤을 리 없어요. 그럴 사람이 아니에요. 그리고 범인일 리 없어요. 말씀드렸잖아요. 저랑 같이 있었다고!」

「잠깐 들어가도 되겠습니까, 리처드슨 부인?」

「네. 그럼요. 죄송해요…….」

우리는 그녀를 따라서 만화경 같은 복도를 지나 처음에 면담 장소로 쓰였던 주방으로 들어갔다. 그녀는 이미 와인을 마시고 있었다. 식탁에 로제와인과 잔 하나가 있었고 그 옆에 담뱃갑이 놓여 있었다. 그리고 프링글스 감자칩을 통째 먹고 있었다. 지금까지 두 번 만났는데 그 어느 때보다 정신없어 보였다. 남편이 죽은 지는 한참 됐지만 이후에 가장 가깝게 지내던 친구를 잃었고 이제는 애인까지 수감됐다. 그녀는 가까이에 있는 모든 것을 동원해 버티고 있었다.

「콜린은 집에 있나요?」 호손이 물었다.

「네. 2층에요. 하지만 걱정하지 마세요. 우리를 방해할 일은 없으니까. 컴퓨터를 켰거든요.」

우리는 식탁에 둘러앉았다. 데이비나가 담배를 꺼내 불을 붙였다. 「제가 필요한 일이라면 뭐든 도울게요.」 그녀가 말했다. 「에이드리언 일은 착오예요. 제가 모두를 붙잡고 얘기했던 것처럼 그날 저녁에 저랑 같이 여기 있었어요.」

「확실한가요, 부인?」 호손은 그녀의 눈을 똑바로 쳐다보며 — 그의 주특기였다 — 잔머리를 굴릴 여지를 주지 않았다. 「10월 27일 일요일 저녁을 말씀드리는 건데요. 서머 타임이 해제된 날이요.」 그는 문 옆에 놓인 괘종시계를 흘끗 쳐다봤다. 「토요일 저녁에 시계를 다시 맞춘 거 분명합니까?」

「그럼요!」 그녀는 시계를 노려보다 담배를 입으로 가져갔지만 떨리는 손을 감추지 못했다. 「분명히 다시 맞췄어요!」

「하지만 여기 있는 제 친구한테는 잊어버렸을 수도 있다고 하셨잖습니까.」 〈제 친구〉. 나를 두고 한 말이었다.

「제가 그랬나요?」데이비나의 모든 것 — 긴 밤색 머리, 스카프, 반짝이 저지, 그녀의 뼈대 자체 — 이 안쪽에서부터 무너지는 것 같았다.

「제가 알기로는 그렇게 얘기하셨어요.」

「그럼 그 말이 맞을지 몰라요. 월요일까지 방치했을 수도 있어요. 사실 기억이 안 나요.」

이게 어떻게 된 영문인지 알 수가 없었다. 나는 호손이 내가 카라 그룬쇼에게 한 모든 이야기를 일고의 가치도 없는 것으로 일축해 버린 줄 알았다. 거기에는 록우드의 알리바이를 깨버린 것도 포함되어 있었다. 그런데 이제 보니 아니었다. 그도 그 부분만큼은 동의하는지 내가 알아낸 알리바이의 구멍을 시인하도록 데이비나를 몰아가고 있었다. 그렇다면 록우드가 범인일 수도 있다는 말이었다.

「저는 도움이 못 되겠네요.」데이비나는 슬퍼했다. 피곤해 보였고 눈물이 쏟아질 것 같았다. 「맞아요. 시계 돌려놓는 거 깜빡했어요. 노상 그래서 학교에 지각하게 된 콜린한테 한 소리 들어요. 하지만 그게 무슨 상관이에요? 에이드리언은 곧장 집으로 갔어요. 나중에 통화했어요.」

「언제요?」

「여기서 나가고 한 시간쯤 뒤에요.」

「부인 휴대 전화로요, 아니면 집 전화로요?」호손은 여전히 더할 나위 없이 공격적이었다. 「우리가 확인해 볼 거라는 거 아시죠?」

「그가 다음 날 전화했을 수도 있어요. 모르겠어요. 이제는 아무것도 모르겠어요.」그녀는 와인을 더 따라서 크게 한 모금 마셨다.

호손은 잠깐 숨 돌릴 틈을 허락했다. 다시 말문을 열었을 때는 말투가 조금 누그러져 있었다. 「우리가 여길 찾아온 이유는 록우드 씨를 돕기 위해서입니다. 그륀쇼 경위에게 체포됐는데 제가 보기에는 범인이 아니거든요.」

「그렇게 생각하세요?」 그녀의 눈에 희망과 두려움이 섞인 무언가가 스치고 지나갔다.

「제가 보기에는 이 사건의 전말이 어떤 것 같은지…… 설명해 드릴까요? 그런 다음 몇 가지 여쭤보고 그만 괴롭히겠습니다.」

「네.」 그녀는 고개를 끄덕였다. 「좋아요.」

「좋습니다.」

그는 나를 흘끗 쳐다보고는 이야기를 시작했다.

「안 그래도 심란하실 텐데 불난 집에 부채질하고 싶지 않습니다만, 이야기는 부군께서 예전에 롱 웨이 홀에서 돌아가셨을 때로 거슬러 올라갑니다. 부인도 인정하실 수밖에 없다시피 대단한 우연의 일치 아닙니까? 그레고리 테일러는 요크셔의 리블헤드에서 400킬로미터를 달려왔어요. 런던에는 오랜만에 온 길이었죠. 그는 예전 친구 리처드를 만납니다. 그러고 나서 거의 스물네 시간 간격으로 두 사람 모두 수수께끼 같은 죽음을 맞이합니다. 그런데도 두 사건이 관계가 없다고 할 수는 없겠죠? 아니, 그런 일이 벌어질 가능성이 얼마나 되겠습니까?」

「그레고리 이야기는 신문에서 봤어요.」 데이비나가 말했다. 「사고였다던데요.」

「저는 사고였다고 생각하지 않습니다.」호손이 말했다.

「그럼…… 그가 살해당했다는 건가요?」나는 물었다. 또다시 혼란스러워졌다. 우리 둘 다 그건 아닌 걸로 결론을 내지 않았나?

「아뇨. 그는 넘어지지 않았어요. 누군가에게 떠밀리지도 않았고요. 자살이었어요. 처음부터 명백했다고 보는데요.」

「하지만…… 왜요?」

「괜찮으시면 담배 한 대만 피우겠습니다.」호손은 데이비나의 담배를 한 대 빌려서 평소의 절차를 거쳤다. 담배를 꺼내 손가락으로 집어서 굴린 다음 불을 붙였다. 연기가 자욱하게 번졌다. 「계속 강조하지만 아귀가 들어맞는 패턴을 찾아야 해요.」그가 내게 말했다. 「그가 살해당했다고 하면 앞뒤가 안 맞아요. 발을 헛디뎌서 머리가 댕강 날아갔다 해도 앞뒤가 안 맞고요. 하지만 자살이라고 전제하면 모든 게 깔끔하게 맞아떨어지죠.」

「그는 자살할 이유가 없었잖아요!」

「그가 아내에게 한 말을 믿으면 그렇죠. 하지만 그가 거짓말을 했다고 가정하고 논의를 시작해 보자고요.」

호손은 연기를 뱉고 나서 허공 속으로 흩어지는 것을 지켜보았다.

「내 짐작을 얘기하자면 이렇습니다.」그가 말했다. 「그레고리 테일러는 엘러스단로스 증후군 진단을 받았고 그건 진행성 질환이에요. 수술을 받지 않으면 뇌가 기능을 멈춰요. 그는 빈털터리로 요크셔에서 살았지만 런던에 리처드 프라이스라는 돈 많은 친구가 있었어요. 그 둘은 6년 동안 만난

적이 없었죠. 다른 친구를 죽음으로 몰아넣은 그날 이후로
서로 말도 섞은 적이 없었는데, 그레고리는 아내의 부추김
에 넘어가서 리처드가 어려운 처지에 놓인 자기를 도와줄
거라는 희망을 머릿속에 심게 돼요.

사실은 리처드 프라이스가 그에게 꺼지라고 했다고 칩시
다. 이유는 모르겠지만 실제로 그랬다 하더라도 나는 놀라
지 않겠어요. 아무튼 두 사람이 토요일 오후에 헤런스 웨이
크—여담이지만 이렇게 어처구니없는 집 이름은 처음이에
요—에서 만났을 때 리처드가 딱 잘라 거절하며 그레고리
와 아무 일로도 엮이고 싶지 않으니 나가 달라고 했다 칩
시다.」

「하지만 그 사람이 왜 그랬겠어요?」 데이비나가 물었다.
「두 사람 다 그 사고에 책임이 없었는걸요. 사인 심문이 있
었어요. 나도 리처드하고 그 문제로 대화를 나눴고요. 그들
은 찰스를 살리려고 최선을 다했어요. 자기들이 죽을 수도
있었는데. 그 둘이 만나지 않은 건 사고의 충격 때문인데, 누
가 당신 얘기를 들으면 둘이 서로 증오한 줄 알겠어요.」

「어쩌면 증오했을지 모릅니다.」 호손이 말했다. 「어쩌면
그들은 진실을 감추고 있었을지 모르거든요. 이거 아십니까,
리처드슨 부인? 비밀은 숨겨 두면 고약한 방식으로 곪습니
다. 그래서 독이 될 수 있어요. 사람을 죽일 수 있어요.」

「그게 무슨 소린지 도무지 모르겠네요.」

호손은 한숨을 쉬며 담뱃재를 털었다. 「롱 웨이 홀에서 무
슨 일이 있었는지 우리는 절대 알 길이 없겠죠. 증인 셋이 모
두 죽었고 어쨌거나 오래전 일이니까요. 하지만 이거 하나

만큼은 확실하게 말씀드릴 수 있는데, 그레고리 테일러와 리처드 프라이스가 한 얘기는 서로 앞뒤가 안 맞아요. 구조 대장이었던 데이브 갤리번도 그렇다고 했어요. 그는 사인 심문에 참석했지만 의혹을 제기하지 않았어요. 사인이 분명 하고 어느 누구의 감정도 건드리고 싶지 않았으니까요.

하지만 이런 의문점을 제기할 수는 있겠죠. 첫째, 부군은 드레이크 패시지를 놓치고 스파게티 분기점으로 들어갔어 요. 거기가 지대가 더 높은 곳이었는데, 왜 물이 빠져나갈 때 까지 거기서 그냥 기다리지 않았을까요? 환경은 열악했겠지 만 그래도 누가 와서 구조해 줄 때까지 하루는 버틸 수 있었 을 텐데.

더 큰 의문점은 이거예요. 그 동네에서 농장을 운영하는 크리스 잭슨에 따르면 그날 4시부터 비가 퍼붓기 시작했다 고 하거든요. 그 집에서 창밖을 내다보면 바로 앞에 조그만 개울이 흐르는데 그게 날씨 측정기라고 하더군요. 그런데 4시에 이미 조그만 개울이 콸콸 쏟아지는 강물로 바뀌어서 누구든 지하에 갇혀 있으면 죽겠다 싶었다고 해요. 그로부 터 한 시간 뒤에 문 두드리는 소리가 들리더니 그레고리 테 일러와 리처드 프라이스가 큰일 났다며 찾아왔고요.

그레고리의 아내인 수전 테일러에 따르면 그레고리와 리 처드는 동굴이 물에 잠기니까 거기서 빠져나오려고 했답니 다. 동굴 입구까지는 아직 4백 미터 가까이 남았는데, 그때 찰스가 따라오지 않은 걸 알아차리고 용감하게 돌아가서 찰 스를 찾았답니다. 이름을 불러 가면서. 하지만 어쩔 방법이 없었기 때문에 동굴에서 나와 도움을 청하러 갔다고 해요.

잉 레인 농장까지는 3킬로미터 거리였고 두 사람은 기진맥진했겠지만 그래도 거기까지 걸어가야 했죠.

그럼 이제 계산을 해봅시다. 4시에 이미 비가 퍼붓고 있었어요. 그들이 동굴 지대 안에서 넉넉잡고 15분쯤 이동했을 때 찰스 리처드슨이 없어졌다는 걸 알아차리고 다시 15분 동안 왔던 길을 되짚어갔다고 칩시다. 10분 동안 친구를 찾다가 포기하고 도움을 청하기로 결정했다 치고요. 그럼 출구까지 가는 데 걸린 시간이 약 30분이에요. 여기에 차 없이 잉 레인 농장까지 가려면 얼마나 걸릴까요? 30분 정도 추가되지 않을까요? 그럼 합쳐서 1백 분 가까이 돼요. 하지만 그 지역 동굴 구조대장 데이브 갤리번의 말로는 5시 5분에 신고가 접수됐다고 해요. 물에 잠기기 시작한 지 65분 뒤죠. 아무리 봐도 말이 안 돼요!」

「무슨 말인지 이해를 못 하겠어요.」 데이비나가 말했다. 그녀는 호손의 이야기를 들으며 계속 와인을 마셨다. 이제 남은 와인이 5센티미터밖에 안 됐다.

「구조하려는 시도가 없었던 거죠.」 호손이 딱 잘라서 말했다. 「롱 웨이 홀에서 무슨 일이 벌어졌는지 몰라도 용감하게 나선 사람은 없었고 그레그와 리처드는 둘 다 그걸 알았어요. 그래서 이후에 다시는 만나지 않은 거예요. 서로 얼굴을 보면 진실을 직면해야 했을 테니까.」

「그들이 찰리를 죽였다고요?」

「그냥 두고 떠난 거죠. 구조하려는 시도조차 하지 않고. 그럼 이제 26일 토요일로 돌아갑시다. 그레고리는 눈앞이 캄캄했어요. 수술비를 마련하지 못하면 죽을 수밖에 없는데

344

리처드에게는 쫓겨났으니 어떤 선택지가 남았겠어요?」

「그럼 자살이었군요!」 나는 외쳤다. 그것이 정답일 수밖에 없었다.

「맞아요, 토니. 하지만 그는 먼저 친구인 데이브 갤리번에게 전화를 걸었어요. 그리고 롱 웨이 홀에서 실제로 어떤 일이 있었는지 알려 주겠다고 했지만 그건 그냥 해본 말이었어요. 두 번 다시 데이브를 만날 일이 없다는 걸 알고 있었으니까요. 그는 이미 계획을 세웠어요. 25만 파운드짜리 생명보험을 들어 놨거든요.」

그렇다. 수전 테일러가 알려 주었다. 그녀는 그 돈으로 수술을 받았으면 살 수 있었을 텐데 그러지 못하게 됐다며 섬뜩한 농담을 했다.

「그레고리는 자살하면 보험금을 받지 못할까 봐 걱정했어요. 보험 약관에 자살 예외 조항이 있었겠죠. 대개는 2년간 지급을 유예하지만 누가 알겠어요? 자살처럼 보이지 않아야 보험금을 챙길 수 있었기에 그는 모든 게 아무 문제 없고, 자신은 살 수 있으며, 인생은 살 만하다는 메시지를 온 사방에 보내기 시작했죠.

아내에게는 희소식을 알리는 안도 어린 메시지를 남기며 다음 날 마틴 암스에서 저녁을 먹자고 해요. 그런데 여기서 의문점이 생겨요. 그는 왜 굳이 아내가 딸아이를 댄스 수업에 데려다주는 시간에 연락을 했을까요? 아내와 통화하기 싫어서? 거짓말할 자신이 없고, 어쨌거나 음성 메시지를 남기기만 하면 아내가 경찰에게 들려줄 수 있을 테니까?

그러고 나서 그는 심지어 하이게이트에 있는 이른바 자살

345

다리, 혼지 레인을 배경으로 웃는 얼굴로 셀카까지 찍었어요. 자살하지 않을 거라고 이보다 더 명백하게 천명할 방법이 있을까요? 그리고 마지막으로 기차역에서 큼지막하고 두툼한 책을 샀어요. 열차에서 읽으려 했다고 사람들을 속이기 위해서. 그런데 그 책은 그가 읽지도 않은 시리즈의 3편이었어요. 사실 그는 책을 전혀 읽지 않는 사람이었죠. 그 집에 갔을 때 내 눈으로 직접 확인했거든요. 책도 없고 책꽂이도 없는 걸.」

「그럼 자살이었군요.」 데이비나가 남은 와인을 모두 따르며 내가 한 말을 따라 했다.

「하지만 그는 스스로 목숨을 끊기 전에 자폭 버튼을 눌렀죠.」 호손이 말했다. 「그가 어쩐 일로 여기서 5분이면 갈 수 있는 혼지 레인을 찾았을까요?」

「아까 얘기하셨잖아요! 셀카를 찍었다고…….」

「셀카만 찍은 게 아니었죠. 이 집에 찾아와 부인에게 롱 웨이 홀의 진실을 밝혔으니까요.」

무거운 정적이 흐르는 와중에 어떤 소리가 들렸다. 커튼이 바람에 날리는 소리였을까? 호손이 잠깐 고개를 들었지만 주방에는 우리 셋밖에 없었고 그는 대수롭지 않게 넘겼다.

「당신이 그걸 어떻게 알아요?」 데이비나는 중얼거렸다.

「불가능한 것을 제외하고 남은 것은 아무리 믿을 수 없다 해도 진실일 수밖에 없으니까요.」[30] 호손이 대답했다.

「그가 여기 왔다고요?」 나는 이 사실, 아니 이 추론, 아

---

30 셜록 홈스가 남긴 말이다.

니 이 뭔지 모를 것에 너무 놀라서 속절없이 반문했다.

「네. 킹스크로스역으로 돌아가던 길에요. 리처드슨 부인에게 남편이 실은 어떻게 된 건지 알렸죠. 아마도 각별한 친구이자 아이 대부인 리처드 프라이스가 자기 친구를 익사하도록 방치하지 않았을까 싶은데요. 맞나요, 리처드슨 부인?」

데이비나는 아주 천천히 고개를 끄덕였다. 눈물 한 방울이 그녀의 뺨을 타고 흘러내렸다.

「그 둘이 거짓말을 했더라고요.」그녀는 말했다.「찰리는 그들과 떨어진 적 없었어요. 아까 말씀하신 그대로예요. 컨토션에 끼었고 얼른 가서 꺼내 줄 수도 있었는데 너무 무서웠대요. 리처드가 더 악질이라 얼른 나가자고 그레그를 설득했다고요. 그들은 내 남편의 비명 소리를 들었으면서 그이를 버렸어요. 자기들만 무사히 빠져나가고 그이는 물에 빠져서 죽도록 방치했어요.」

「정말 안타깝습니다.」호손이 말했다. 이번만큼은 진심인 것 같았다.

「더는 아무것도 묻지 마세요. 내가 다 얘기할 테니까.」

안에서 뭔가가 끊어지기라도 한 듯 데이비나 리처드슨이 180도 달라졌다. 이 모든 걸 그만 끝내고 싶은 것 같았다.

「이제 나는 진실을 알아요. 리처드가 우리를 배신했다는 걸.」그녀는 말했다.「그는 우리를 보살폈어요. 돈을 대줬어요. 내게 일거리를 마련해 줬어요. 내 친구인 척했어요. 하지만 처음부터 계속 거짓말을 했어요. 그는 롱 웨이 홀에서 무슨 일이 있었는지 정확히 알고 있었어요. 그가 그런 겁쟁이 짓을 하지 않았다면 찰리는 죽지 않았을 거예요. 나는 바보가 아니에요, 호손 씨. 그가 콜린과 나를 위해서 했던 모든 일이 속죄였다는 걸 알아요. 돈으로 죄책감에서 벗어나려고 했던 거예요. 어떻게 보면 그래서 더 나빴어요. 그냥 우리를 모르는 척했더라면 차라리 나았을 것 같은데. 그레그 테일러에게 그가 어떤 짓을 저질렀는지 들었을 때 나는 그를 죽일 수밖에 없었어요.」

그녀는 자리에서 일어나 냉장고 앞으로 갔다. 잠깐 와인을 찾았지만 더는 없었다. 그녀는 찬장 문을 열고 보드카를 찾아서 식탁으로 들고 왔다. 「내가 나쁜 사람이라고 생각하지는 않아요. 그저 공허할 뿐이에요. 이해할 수 있겠어요? 나는 지난 6년 동안 엄청난 구멍을 안고 살아왔고 그 안으로 빨려 들어가도록 그냥 손을 놓고 있었어요. 그래서 그레그를 만나고 싶지 않았어요. 이 집으로 찾아와서 자기가 그레그라는데 믿기지가 않더군요. 모르는 사람 같더라고요. 그 사람이 떠나고 나서 이제 뭘 해야 할지 정확히 알 수 있었어요.

일요일 저녁에 에이드리언 록우드가 왔을 때 나는 일부러 시계를 돌려놓지 않았어요. 리처드가 죽은 시각에 내가 집에 있었다고 증언해 주길 바랐거든요. 차를 몰고 피츠로이 파크로 갔어요. 도로 끝에 차를 세워 두고 걸어갔어요. 핸드백에…… 칼을 넣어 갔어요. 그를 찔러서 죽일 생각으로.」

「히스를 가로질러 간 게 아니고요?」 호손이 물었다.

「네.」

「문을 열어 주었을 때 리처드 프라이스가 전화기를 들고 있던가요?」

「손에 들고 있었을 수도 있지만 기억이 잘 안 나요. 나를 보더니 놀라면서 들어오라고 했어요. 내 걱정을 하는 척하더군요. 이제는 그가 했던 모든 말과 모든 배려가 가식이었다는 걸 아니까요. 같이 서재로 들어갔고 그가 무슨 일 있느냐고 묻더군요. 진심으로 걱정하는 척하는 그 표정이 가증스러웠어요. 그래서 화가 났어요. 그때 내 심정을 말로 표현할 길이 없네요. 바로 그 순간 와인병이 눈에 들어오길래 집어서 그걸로 내리쳤죠. 상당히 여러 번. 중간에 병이 박살 나길래 그 깨진 부분으로 찔렀고요.」

「칼은 어쩌고요?」

「깜빡했어요. 아무튼 그걸 쓰고 싶지도 않았어요. 역추적될 거 아니에요.」 그녀는 허공을 멍하니 응시했다. 「모든 게 너무 이상했어요, 호손 씨. 그를 죽였는데 아무 느낌도 없었어요. 마치 내가 그 방에 있지도 않은 것 같았어요. 볼륨을 줄인 TV 화면 속의 내 모습을 보는 느낌이었어요. 심지어 분노도 느껴지지 않았어요. 그저 그가 죽기만을 바랐을 뿐.」

「그런 다음에는요? 182라는 숫자를 벽에 쓰신 이유는 뭡니까?」

「에이드리언이 보여 준 시가 생각났거든요. 안노 아키라가 쓴 시. 이유는 모르겠지만 그 시가 나한테 말을 거는 것 같았죠. 리처드의 진실을 폭로하는 것 같았어요. 그는 내 귀에 대고 속삭였고 어떻게 보면 그가 우리 둘을 죽였죠. 그래서 메시지를 남기고 싶은 마음에 붓을 들고 와서 그 숫자를 벽에 적었어요. 바보 같은 짓이었지만 제정신이 아니었거든요.」

한동안 정적이 흘렀다. 그녀는 와인 잔에 보드카를 조금 따랐다.

「이제 어떻게 될 거라고 보십니까?」 호손이 물었다.

데이비나는 어깨를 으쓱했다. 그녀는 어느 정도 시간이 지난 다음에야 말문을 열었다. 「아무도 몰라도 되지 않나요?」 그녀가 물었다. 「당신은 이제 진짜 형사도 아니잖아요. 꼭 누군가에게 알려야 하나요?」

「에이드리언 록우드가 체포됐습니다.」

「하지만 그의 범행이 아니라는 걸 경찰에서도 알게 되겠죠. 결국에는 그를 석방할 거예요. 그럴 수밖에 없을 거예요.」

「그리고 부인은 살인죄를 모면하고요?」 호손의 말투가 스멀스멀 날카로워졌고 나는 그가 그녀에게 동조할 생각이 없음을 확신할 수 있었다. 「제가 그렇게 내버려둘 거라고 생각하십니까?」

「그러면 안 되나요?」 그녀가 처음으로 언성을 높여 그에게 반박했다. 「나는 싱글 맘이고 혼자 사는 여자예요. 내 남편과, 평생 한 명뿐이었던 진정한 사랑과 내 잘못 때문에 헤어진 것도 아니잖아요. 나를 감옥에 넣는 게 무슨 이득이 있겠어요? 콜린은 어떻게 되겠어요? 우리는 가까운 친척도 없어요. 그 아이는 결국 보호 시설 신세를 져야 할 거예요. 그냥 이 집에서 나가서 사건을 해결하지 못했다고 하면 되잖아요. 그럼 아무도 의심하지 않을 거예요. 리처드는 찰리와 내게 저지른 짓의 대가를 치른 셈이 될 테고요. 그렇게 끝내면 돼요.」

호손은 슬픈 눈빛으로 그리고 어쩌면 존경하는 눈빛으로 그녀를 바라보았다. 「그렇게는 못 합니다.」 그는 거두절미하고 이렇게 말했다.

「그럼 가서 외투 챙겨 올게요. 동네 주민분께 여기 와서 좀 계셔 달라고 해야겠네요. 그렇게는 안 된다고 하시면 곧바로 따라 나갈게요. 그리고 유죄를 인정할게요……. 아무도 고생시킬 필요 없게. 호손 씨는 아주 뿌듯하시겠어요. 범인을 잡으면 보너스를 받으시나요? 그래도 아들한테 작별 인사를 할 수 있게 몇 분만 기다려 주세요.」

나는 어안이 벙벙했다. 방향 전환이 너무 갑작스럽고 자백이 너무 포괄적이라 나 혼자 뒤에 남겨진 것 같았다. 마치 동굴 안의 찰스 리처드슨이 된 심정이었다. 한편으로는 데이비나가 왜 리처드 프라이스를 죽였는지 확실히 이해했지만 다른 한편으로는 여전히 이해하기 어려웠다. 그녀는 히스를 가로질러 가지 않았다는데, 그럼 헨리 페어차일드가 보았다는 불빛을 든 ─ 호손 말로는 손전등이 아니라고 했다 ─ 사람은 누구였을까? 리처드가 문을 열어 주었을 때 통화 중이 아니었다면 스티븐 스펜서는 누구의 목소리를 들었던 걸까? 살인이 일어나기 전에 다른 손님이 그 집을 찾았을 가능성도 있을까?

그 밖의 수많은 생각들이 머릿속에서 소용돌이치고 있을 때 누군가가 천천히 손뼉을 쳤다. 호손이었다.

「아주 훌륭하셨습니다, 리처드슨 부인.」 그가 말했다. 「하지만 저는 부인이 거짓말을 하고 있다는 걸 압니다.」

「아니에요!」

호손은 문 쪽을 돌아보았다. 「콜린, 밖에 서 있는 거 맞지? 들어오지 그러니?」

아무 반응도 없다가 잠시 후에 데이비나의 열다섯 살짜리 아들이 등장했다. 이번에는 앞면에 〈BREAKING BAD〉라고 적힌 오버사이즈 티셔츠와 청바지를 입고 있었다. 두 번째 만남이었는데 전보다 더 체구가 크고 어른스러워 보였다. 아마도 얼굴을 일그러뜨리고 헝클어진 곱슬머리 아래로 험상궂은 눈빛을 하고 있어서였을 것이다. 턱에 난 여드름 자국이 더 심해졌다. 그 아이가 우리 대화를 얼마나 엿들었을지 궁금해졌다.

「콜린! 여긴 왜 내려왔어?」 데이비나가 물었다. 그녀는 아들에게 다가가려 했지만 호손이 가로막았다.

「또다시 문 앞에서 엿듣고 있었던 모양이네요.」 호손이 말했다. 「그게 습관인가 봅니다.」

내가 중재자로 나서야 할 것 같았다. 이 자리는 10대가 있을 곳이 못 됐다. 「내가 2층으로 데리고 올라갈게요.」 나는 그를 향해 움직였다.

「그 자리에 가만히 있어요, 토니!」 호손이 외쳤다. 「모르겠어요? 리처드 프라이스를 죽인 사람은 부인이 아니라 저 아이예요!」

너무 늦었다. 나는 이미 그 아이 옆에 다다라 있었다.

그 뒤로는 모든 일이 삽시간에 벌어졌다. 콜린이 주방 어딘가에서 뭔가를 낚아챘다. 데이비나가 비명을 질렀다. 호손이 앞으로 달려 나왔다. 콜린이 내 가슴을 세게 쳤다. 나는 뒤로 쓰러졌고 호손이 나를 붙잡았다. 콜린은 몸을 돌려서 도망쳤다. 현관문이 열렸다가 닫히는 소리가 들렸다. 그리고 나는 15센티미터짜리 날이 달린 주방용 칼이 내 가슴에 반쯤 꽂혀 있는 것을 경악하며 바라보았다.

23
공범?

　이후로 몇 분 동안 벌어진 일을 설명하기란 간단치 않다. 내가 쇼크 상태였고 메모를 적을 상황도 아니었던 터라 그렇다. 데이비나가 식탁 앞에 구부정하니 무기력하게 앉아서 보드카를 들이켜고 호손이 휴대 전화를 꺼내던 것이 기억난다. 그는 구급차를 요청했을 뿐 이 단계에서 경찰에 연락하지는 않았다. 나는 이질적인 물체처럼 보이는 칼을 계속 응시했다. 그것이 잠시나마 내 몸의 일부가 되었다는 사실을 받아들일 수가 없었다. 잡아 뽑고 싶었지만 호손이 건드리지 말라고 경고했다. 그는 나를 부축해서 의자에 앉히고 보드카병을 집어서 잔 가득 따라 주었다. 내게 필요한 조치였다. 속이 뒤집혔고 시시각각으로 통증이 심해졌다. 물론 칼에 찔린 게 이번이 처음은 아니었다. 어떻게 보면 이 장면이 코믹하게 느껴질 수도 있겠지만 내게는 전혀 그렇지 않았다.

　10분도 안 돼서 구급차가 도착했지만 체감상으로는 그보다 오래 걸린 것 같았다. 프라이어리가든스를 따라 점점 다가오는 사이렌 소리가 들렸다. 나는 내 셔츠를 쳐다보며 새

354

로 산 폴 스미스 셔츠가 못 쓰게 됐다는 사실에 우울해했다. 적어도 피는 많이 나지 않아서 조금 위안이 됐다. 아무리 분위기가 좋을 때라도 피는 보기 싫다. 그게 내 피라면 두말할 나위도 없다. 호손이 바로 옆에 앉아 있었다. 내 기억에 착오가 있었을까? 아니면 그가 정말로 내 팔을 잡고 있었을까? 그는 진심으로 걱정하는 눈치였다.

한편 데이비나는 만취한 상태였다. 「콜린을 찾아야 해요!」 그녀의 말이 희미하게 귓전을 울렸다.

「나중에요.」 호손이 말했다.

그녀는 자리에서 일어섰다. 「나는 찾으러 가야겠어요.」

호손이 손가락으로 그녀를 겨누었다. 고함을 지르지는 않았지만 워낙 분노를 꾹 참고 있는 분위기라 왈가왈부할 수가 없었다. 「거기 가만히 있어요!」

그녀는 다시 자리에 앉았다.

잠시 후에 문이 열렸고 구급대원들이 부산스럽게 들이닥쳐 내게로 달려왔다. 그들이 그 자리에서 칼을 빼낸 것 같지만 이번에도 기억이 확실하지는 않다. 나는 무슨 주사를 맞았고 몇 분 뒤에 산소마스크를 쓰고 반듯이 누운 채 햄프스테드에 있는 로열 프리 병원까지 짧은 거리를 구급차에 실려 갔다.

알고 보니 부상은 보기만큼 심각하지는 않았다. 심장 반대편이었고 주요 장기를 모두 비켜 갔다. 깊이도 5센티미터밖에 안 됐다. 질이 그날 저녁에 병원으로 찾아왔을 때 나는 이미 두어 바늘 꿰맨 자리에 두툼한 거즈를 대고 침대에 앉아서 TV 뉴스를 보고 있었다.

그녀는 못마땅해했다. 「계속 그렇게 누군가가 당신을 죽이려고 하는 것으로 책의 대미를 장식할 수는 없어.」

「이제 겨우 두 번째고 그 아이는 나를 죽이려고 했던 게 아니야.」 나는 말했다. 「어린애였어. 내가 자기를 잡으려는 줄 알고 겁에 질려서 그런 거야.」

「그 아이는 지금 어디 있는데?」

「몰라. 경찰에서 찾고 있겠지.」

「아이 엄마는?」

아이 엄마는? 그녀도 공범으로 기소될 가능성이 높았다. 호손에게 물어보기 전에는 모를 일이었다. 「지금 경찰이 신문하고 있어.」

질은 침대 끝에 걸터앉았다.

「미안.」 나는 말했다.

「언제쯤 퇴원해도 된대?」

「내일 아침.」

「뭐 필요한 거 있어?」

「아니. 괜찮아.」

그녀는 걱정과 분노가 섞인 눈빛으로 나를 보았다. 「내가 충고하는데 이 부분은 책에서 빼. 사람들은 못 믿을 테고 당신은 한심해 보일 테니까.」

「지금 당장은 책에 대해 생각하고 싶지 않아.」

「호손을 만나지 않았더라면 좋았을걸.」

「그러게.」

나는 이렇게 말했다. 이제는 그게 내 진심이라는 생각이 들기 시작했다.

아닌 게 아니라, 아침을 먹고 병원에서 퇴원한 뒤 집에 도착하자마자 맨 처음 한 일이 호손에게 전화하는 것이었다. 그는 내 상태에 관해 묻지 않았지만 이미 병원에 문의해서 알고 있는 눈치였다. 우리는 양쪽 집 중간 지점에 있는 블랙프라이어스 다리 건너편의 카페에서 만나기로 했다.

「진짜 괜찮겠어요?」 그가 물었다.

「내가 구급차에 실려 간 다음에 어떤 일이 있었는지 알아야겠어요.」

「우산 챙겨요. 비 오는 것 같으니까.」

그의 말이 맞았다. 집에서 출발할 무렵에는 비가 퍼붓고 있었고 우산의 무게 때문에 가슴에 힘이 들어가 다친 부위가 욱신거렸다. 패링던 로드는 날이 좋을 때도 절대 근사한 곳이 아니어서 지금은 시커멓게 번들거리는 줄무늬나 다름없었다. 차들은 신호등 앞에 뚱하니 서 있었고 밝은색 비닐로 몸을 감싼 자전거족들이 그 사이로 이리저리 달렸다. 우리는 거의 동시에 도착했다. 호손이 창가 테이블을 고르기에 그곳에 자리를 잡고 앉았다. 빗방울이 유리창을 두드리다가 지지직거리는 그 옛날 흑백 TV 화면처럼 주르륵 미끄러져 내렸다. 아직 겨울이 시작되지 않았다. 밖이 따뜻해서 손님이 우리 둘뿐인데도 카페 안이 후텁지근하게 느껴졌다.

호손이 레인코트를 의자 뒤편의 고리에 걸자 거기서 물이 뚝뚝 떨어졌다. 그 아래에 입은 양복은 젖지 않았다. 여기까지 걸어오느라 완전히 지친 나를 두고 이번만큼은 그가 마실 것을 샀다. 그의 몫으로는 더블에스프레소, 위안이 필요한 내 몫으로는 핫초콜릿이었다. 그가 잔을 들고 테이블 앞으로 와서 앉았다.

「컨디션은 좀 어때요?」 마침내 그가 물었다.

「별로예요.」 칼에 찔린 것보다 꿰맨 게 더 아팠다. 간밤에 잠도 설쳤다. 「그 아이 찾았어요?」

「콜린이요? 네. 친구네 집에 가 있었고 오늘 아침에 경찰이 가서 데리고 나왔어요.」

「그 아이는 어떻게 되나요?」

「살인죄로 기소될 거예요.」 호손은 어깨를 으쓱했다. 「하지만 열여섯 살이 안 됐으니 아마 중벌은 피하겠죠.」

나는 그의 이야기가 이어지길 기다리다가 물었다. 「나머지는 말 안 할 거예요? 여기까지 나온 이유가 오로지 그것 때문인데. 이럴 줄 알았으면 그냥 침대에 누워 있을 걸 그랬네.」

「어이, 토니, 왜 그래요? 그렇게 징징댈 것 없잖아요. 우리가 사건을 해결했는데!」

「당신이 해결했죠. 나는 아무것도 한 게 없어요. 스스로를 완벽한 바보로 만든 거라면 모를까.」

「나라면 그렇게 평가하지 않겠어요.」

「그럼 어떻게 평가할래요?」

그는 곰곰이 생각했다. 「당신 덕분에 그룬쇼가 주제 파악을 했죠.」

그걸로는 부족했다. 「말해 봐요. 콜린이 리처드 프라이스를 살해했다는 걸 어떻게 알았어요?」

그는 이해가 안 되는 사람을 대하듯 묘한 눈빛으로 나를 쳐다보았다. 그러고 나서 내가 듣고 싶었던 이야기를 들려

358

주었다.

「둘 중 하나로 좁혔다는 얘기는 했었죠?」 그가 말문을 열었다. 「처음부터 데이비나 리처드슨 아니면 그 아들일 수밖에 없겠다는 감이 왔는데, 결론적으로 리처드 프라이스 살인 사건에는 그 아이의 흔적이 도처에 남겨져 있었어요. 내가 어제 데이비나에게 했던 이야기 — 찰스 리처드슨의 죽음에 얽힌 진실, 그레고리 테일러가 그 집에 찾아갔던 것 — 는 모두 사실이에요. 하지만 부인은 칼을 들고 헤런스 웨이크에 간 적이 없었어요. 콜린을 보호하려고 그렇게 말한 거지. 부인은 좋은 엄마예요. 그건 인정해요. 처음부터 계속 자기 아들을 보호하고 있었어요.

콜린은 자기 엄마가 그레고리 테일러와 나눈 대화를 엿들었을 거예요. 우리가 맨 처음 찾아갔을 때 기억나요? 부인이 문 앞에서 그렇게 엿듣지 말라고 그 아이를 나무랐잖아요. 어젯밤에도 또 그러더군요. 나는 그 아이가 밖에 있다는 걸 알았어요. 그게 그 아이의 습관이더라고요. 그레고리가 들려준 롱 웨이 홀의 실상이 데이비나에게도 끔찍했겠죠. 그 모든 거짓말, 비겁함, 하지만 열다섯 살짜리의 관점에서는 어땠겠어요? 리처드는 그 아이에게 제2의 아버지가 되어 주었잖아요. 물론 그에게는 다른 자식이 없었지만. 그는 콜린의 학비를 대주었어요. 망원경 같은 비싼 장난감도 사주었어요. 항상 그의 곁을 지켰고요. 그러니 진실을 알게 되었을 때 콜린의 심정이 어땠겠어요? 미칠 것 같았겠죠.

그래서 다음 날 저녁에 그 아이는 나름의 조치를 취하죠. 우리도 알다시피 그때 콜린은 집에 없었고 —」

「그걸 어떻게 알아요?」 나는 말허리를 잘랐다.

「데이비나가 에이드리언 록우드와 잠자리를 가졌으니까요. 록우드가 그랬잖아요, 아이가 집에 있으면 절대 그러지 않았다고. 그러니까 친구네 집에 다녀오겠다거나 뭐 그랬겠죠. 실은 자전거를 타고 히스를 가로지르는 지름길로 피츠로이 파크에 다녀왔지만.」

그러고 보니 데이비나의 집 복도에서 자전거를 본 적 있었다. 그 앞을 세 번인가 네 번 지나갔다.

「헨리 페어차일드가 보았다는 불빛은 손전등이 아니었어요. 보름달이 떴으니 손전등이 필요 없었거든요.」

「자전거 불빛이었군요.」

「맞아요. 게이트 옆에 커다란 물웅덩이가 있었기 때문에 콜린은 자전거에서 내려 그걸 끌고 들어가야 했어요. 그렇게 헤런스 웨이크까지 가서 현관문 옆에 자전거를 버려두었죠. 우리 아들이 노상 그래요. 워낙 게을러서 벽에 기대거나 세워 놓지 않아요. 특히 급할 때는 더하고. 그냥 바닥에 내팽개치죠.」

「그 자전거가 부들 위로 넘어졌군요.」

「맞아요. 그리고 페달이 흙에 그런 구멍을 남겼고요. 그런 다음 콜린은 초인종을 눌렀어요. 리처드는 문을 열었을 때 그 아이를 보고 당연히 놀랐죠. 〈조금 늦었는데.〉 그렇죠, 늦었죠. 햄프스테드에서도 한적한 동네에 저녁 8시. 아이 혼자 돌아다니기에는 늦은 시각이었죠.

리처드는 아이에게 들어오라고 했어요. 콜린이 화가 난 상태인 걸 아마 알았을 거예요. 어떤 일로 집을 찾아왔는지는 전혀 몰랐겠지만. 그는 두 사람이 마실 것을 들고 왔어요. 그의 서재 테이블에 뭐가 놓여 있었는지 기억하죠?」

「콜라 두 캔이요.」

「바로 그거예요. 집 안에 술이 있었지만 리처드도 손님도 마시지 않았어요. 데이비나의 소행이 아니라고 판단한 이유 중 하나가 그거였죠. 그녀는 술을 물처럼 마시니까요. 그렇다면 누가 저녁 8시에 콜라를 마시겠어요?」

「어린애요.」

「토니, 솔직히 이번 사건에는 어린애 같은 구석이 많았어요. 아니, 벽에 적힌 그 숫자만 해도 그래요! 사람을 둔기로 쳐서 죽인 다음 경찰한테 읽으라고 아리송한 메시지를 적어 놓는다니 무슨 인간이 그래요?」

「그런데 그게 무슨 뜻이었어요? 그 아이가 하이쿠를 읽었나요?」

「아뇨, 아뇨, 아뇨. 182는 하이쿠와 아무 상관 없어요. 그건 데이비나가 그쪽으로 몰고 간 거예요. 그 뜻을 알아내려면 콜린의 머릿속으로 들어가야 해요. 맨 처음 안노 아키라와 그 어이없는 시에 대해 듣기 전에 내가 몇 가지 가능성을 언급했잖아요.」

「버스 번호일 수도 있고 식당 이름일 수도 있고…….」

「아니면 문자 메시지를 보낼 때 쓰이는 줄임말이기도 하다고 했죠. 10대라면 그런 데 빠삭하지 않겠어요?」

「182가 무슨 뜻인데요? 문자 메시지에서.」

「당신을 증오해.」호손은 미소를 지었다. 「이보다 더 분명한 메시지는 없지 않겠어요?」

「하지만 왜 그랬을까요? 당신은 그 아이의 사고방식을 이해한다고 했죠? 어린애가 그런 짓을 저지르다니 나로서는 도저히 상상이 안 돼요.」

「콜린이 제일 좋아하는 작가가 누구였죠? 당신 책을 다 읽고 난 다음에요.」 호손이 물었다. 「아이 엄마가 알려 줬잖아요. 그런데 재밌는 게 뭔가 하면, 이번 수사를 시작한 뒤로 그 작가가 줄곧 세 발짝 뒤에서 살금살금 우리를 쫓아오고 있는 것 같았단 말이죠.」

「코넌 도일!」

「빌어먹을 셜록 홈스. 맞아요! 독서 모임에서 『주홍색 연구』를 읽었을 때 유사한 부분이 눈에 확 들어오지 않던가요? 그나저나 나는 그 책 좋아해요. 다른 회원들은 혹평을 했지만 내가 보기에는 『다수의 신』이야말로 쓰펄, 무슨 말인지 모르겠던데. 과연 끝까지 읽을 수나 있을지…….」

「어떤 부분이요?」

「벽에 남긴 메시지요! 로리스턴가든스에서 이넉 드레버가 독살당했을 때 범인이 벽에 〈RACHE〉라는 단어를 적어 놓잖아요…… 페인트가 아니라 피로. 그리고 말미에 이르면 유타에 있는 존 페리어의 집 곳곳에 계속 숫자가 등장하죠. 모르몬교 장로들의 경고로.」

「네? 그걸 흉내 냈다고요?」

「아니면 『네 사람의 서명』이었을 수도 있고요.」

호손은 한숨을 쉬고 다시 말을 이었다.

「어쨌든 콜린은 리처드 프라이스를 죽일 생각은 없었을지 몰라요. 그냥 소리를 지르려고 찾아갔을 수도 있죠. 10대 특유의 고뇌를 떨쳐 버리고 다정했던 대부에게 이제 그만 꺼지라는 말을 하려고. 하지만 어떻게 돼버렸는지 상상이 되죠? 걷잡을 수 없는 분위기로 흘러가 버린 거. 콜린은 먼저 그가 물이 찬 동굴 바닥에 자기 아빠를 혼자 버려두고 떠났다고 비난해요. 처음에 리처드는 잡아떼지만 영리한 사람이라 게임이 끝났다는 걸 알아차리죠. 그래서 해명하려 노력하지만 그로 인해 오히려 상황이 악화되죠. 콜린은 그에게 소리를 질러요. 리처드는 아이를 진정시키려고 해요. 어쩌면 아이 몸에 손을 얹거나 해서 콜린이 그가 게이라는 사실을 떠올리고 성적인 접촉을 시도하려나 보다고 생각했을 수도 있어요. 뭐든 가능해요. 아무튼 중요한 건 그 아이가 완전히 이성을 잃었을 때 리처드가 책상이나 방 안 어딘가에 둔 와인병이 눈에 들어왔다는 거예요. 아이는 자기도 모르게 그걸 집어서 대부의 얼굴을 내려친 다음 깨진 와인병으로 그를 찌르고 또 찔러요. 그러다 정신을 차리고 보니 시신이 자기 발치에 쓰러져 있고 온 사방이 피와 와인 범벅이죠.

그러고 나서 어떻게 됐을까요? 이제 그는 겁에 질렸어요. 살인을 저질렀잖아요. 그러니 흔적을 지워야 하는데 어린애, 그것도 별로 영리하지 않은 어린애다 보니 〈셜록 홈스〉를 떠올리죠. 현관 입구에서 본 페인트 통이 생각나서 붓을 가져다 〈셜록 홈스〉의 이야기처럼 벽에 숫자를 남겨요. 이때 제일 먼저 떠오른 숫자가 자기 심정을 정확하게 표현하는, 너무나 잘 아는 숫자예요. 〈당신을 증오해〉.」

그는 말을 멈추었다. 내가 글을 아무리 잘 써도 이보다 설명을 잘할 수는 없었을 것이다.

「그게 다가 아니었어요.」호손은 말을 이었다. 「우리가 데이비나 리처드슨을 만나러 갔을 때 그 아이가 주방으로 들어왔죠. 끼어들지 않을 수가 없었던 거예요. 이 시건방진 애새끼는 자기가 무사히 빠져나간 줄 알고 이번에도 〈셜록 홈스〉를 흉내 내서 없는 얘기를 하나 지어내기로 하죠. 리처드 프라이스를 미행하는 사람이 있었다고. 그런데 평범한 사람이면 안 되니까 얼굴이 이상하게 생겼다고. 그 아이가 그렇게 얘기했잖아요.」

「나는 로프티를 말하는 건 줄 알았어요.」

「로프티가 미남 대회에서 1등 할 얼굴은 아니지만 그렇다고 어디 문제가 있는 건 아니잖아요. 그리고 리처드 프라이스를 미행하지도 않았고요. 그가 맡긴 일을 하고 있었는걸요! 『노란 얼굴』이라는 작품이 있잖아요. 거기서 그랜트 먼로라는 의뢰인이 셜록 홈스를 찾아와 위층 창밖으로 자기를 쳐다보는 섬뜩한 얼굴을 보았다고 하죠. 당신 메모를 뒤져 보면 콜린이 거의 비슷한 표현을 썼을 거예요.」

당황스러웠다. 그걸 알아차린 사람은 호손이 아니라 나였어야 했다. 〈셜록 홈스〉 시리즈의 속편을 쓴 사람은 나였잖은가. 그의 그림자가 처음부터 끝까지 드리워져 있었다. 나는 심지어 하루 저녁 내내 그의 작품을 주제로 토론을 벌인 적도 있었다. 하지만 1백 년도 더 된 작품이라 지금 우리가 수사 중인 사건과의 연관성이 내 눈에는 보이지 않았던 것이다.

「그 아이 엄마는 언제 알았을까요?」나는 물었다. 「처음부터 아이를 보호하고 있었을까요?」

호손이 머뭇거리는 걸 보고 나는 그가 그 질문을 피하고 싶어 했다는 걸 알아차렸다. 갑자기 나도 뱉은 말을 거두고 싶어졌다. 「사실 부인은 당신 말을 듣고 알아차렸어요.」

다친 부위가 욱신거렸다. 입술에 들러붙은 핫초콜릿의 맛이 들큼하게 느껴졌다. 「무슨 말이에요?」

「누누이 경고했잖아요. 내가 심문할 때 끼어들지 말아 달라고. 사실 우리가 맨 처음 데이비나 리처드슨을 만나러 갔을 때 당신이 아무 생각 없이 한 말 때문에 모든 게 달라졌어요.」

「내가 뭐라고 했는데요?」

「벽에 숫자가 적혀 있었다고 부인에게 얘기했잖아요. 그게 초록색 페인트로 적혀 있었다고.」

「그게 그렇게나 결정적인 실수였다고요?」

「우리가 찾아갔을 때 주방에서 무슨 일이 벌어지고 있었는지 기억해요?」

나는 기억을 더듬어 보았다. 「부인이 담배를 피우고 있었어요. 개수대에 접시가 쌓여 있었고.」

「그리고 세탁기가 돌아가고 있었죠. 부인이 콜린의 옷을 빨고 있었어요. 부인은 아들이 자기 몸 하나 건사할 줄 모른다고, 항상 엉망진창이라고 이미 우리에게 말했죠. 아마 그 아이가 일요일 저녁에 입었던 재킷이나 셔츠에 초록색 페인트와 엄청난 양의 피와 와인이 묻었을 거예요. 그걸 화장실에서 씻거나 흙으로 덮거나 했겠지만 초록색 페인트는 없애지 못했겠죠. 엄마가 옷에 남은 얼룩을 보고 세탁기에 넣었고요. 당신이 초록색 페인트였다는 얘기를 꺼냈을 때 그녀가 자리에서 일어나 세탁기 앞에 서더니 둥근 창을 가리기라도 하려는 듯 꼼짝하지 않았던 이유가 그 때문이에요. 그리고 그녀는 콜린을 최대한 빨리 주방에서 쫓아냈어요. 아이가 내려왔을 때는 반가워하더니 갑자기 샤워를 해야 한다는 둥, 숙제를 해야 한다는 둥 그랬잖아요. 아이가 자기도 모르게 티를 낼까 봐 겁이 났던 거예요.

그때부터 그녀는 말을 바꾸기 시작했어요. 아니, 각색하기 시작했어요. 나이에 비해 키도 크고 충분히 자기 자신을 건사할 줄 아는 콜린이 갑자기 학교에서 괴롭힘을 당하는 아이가 됐어요. 그걸 해결해 준 사람이 다정한 리처드 삼촌이었다고. 리처드와 콜린은 떼려야 뗄 수 없는 사이였다고. 콜린은 그저 아빠가 필요한 착한 아이였다고. 이런 꼬맹이가 그를 찾아가 와인병으로 쳐서 죽일 일은 없다고.

그게 다가 아니에요. 다음번에 우리가 프라이어리가든스로 찾아갔을 때는 콜린이 집을 비우도록 하고 함정을 파놓았죠. 우리의 주의를 돌려서 아들을 혐의에서 벗어나게 하려면 다른 사람에게 누명을 뒤집어씌워야 했어요. 이때 그녀가 선택한 사람이 에이드리언 록우드였어요. 그와 연인 사이였을지 몰라도 아이를 구할 수 있다면 눈 하나 깜짝하지 않고 희생시킬 수 있었죠. 어쩌면 그녀는 182의 의미를 알았을지 몰라요. 콜린에게 들었을지도요. 아무튼 그녀는 그 숫자에 대한 답을 마련해 놓았죠. 먼저 당신에게 그 하이쿠를 미끼로 던졌어요. 새 책이 거기 있었던 게, 그것도 182번 작품의 바로 앞 페이지가 펼쳐져 있었던 게 과연 우연의 일치일까요?」

「책장을 넘긴 사람은 나였는데요.」

「당신이 넘기지 않았다면 그녀가 넘겼을 거예요. 하지만 당신은 181번 하이쿠를 보았죠. 그게 바로 눈앞에 있었으니까요. 그럼 아무리 머리가 나쁜 사람이라 해도 그다음은 어떤 작품인지 보고 싶지 않겠어요?」

「고마워요.」

「그녀는 그 시가 에이드리언 록우드와 연관이 있다는 걸 알았어요. 그들의 결혼 날짜가 2월 18일이었으니까요. 그런 다음 그녀는 혼자 살기가 얼마나 힘든지 모른다고, 자기는 시계 돌려놓는 것도 계속 깜빡한다고 장광설을 늘어놓았죠. 그걸로는 부족할까 봐, 혹시라도 당신이 한 번으로는 못 알아들을까 봐 내 앞에서도 한 번 더 반복했어요. 〈4시 반에 나갔거든요. 아니다, 3시 반에요. 왜 이러나 모르겠네…… 계속 헷갈리네요!〉 이런 식으로 호들갑을 떨어 가면서! 물론 에이드리언 록우드의 알리바이를 교묘하게 무너뜨리려는 것이 그녀의 의도였죠. 그가 한 시간 일찍 집에서 나간 것으로 우리를 속이면 리처드 프라이스를 찾아가서 살해할 수 있을 만한 시간이 확보될 테니까요. 그녀는 심지어 그가 리처드에게 화가 났었다고 했어요. 이유는 밝히지 않으면서. 그런 식으로 조금씩 우리를 세뇌하려고 했어요.」

「그리고 그의 소매에 초록색 페인트를 묻혔고요.」

「당신도 그걸 눈치챘는지 궁금했는데. 맞아요, 그녀의 소행이었죠. 그걸 뭐라고 하더라? 프랑스어로…….」

「피에스 드 레지스탕스.」[31]

「맞아요, 그거.」 호손은 미소를 지었다.

「당신도 봤군요. 그런데 그냥 지나갔네요?」

---

31 Pièce de résistance, 프랑스어로 〈가장 중요한 것〉이라는 뜻이다.

「염병, 너무 빤했잖아요. 그게 거기 묻은 이유는 둘 중 하나일 수밖에 없었어요. 리처드 프라이스를 죽이고 벽에 메시지를 쓰던 도중에 페인트가 튀었다…….」

「아니면 그녀가 묻혔다.」

「둘이 잠자리를 하는 사이였다면 그의 옷에 쉽게 손을 댈 수 있었을 테니까요. 그리고 두말하면 잔소리지만 무슨 색인지도 정확히 알았고.」

「내가 얘기해 줬으니까요.」

호손은 커피를 마저 마시고 창밖을 흘끗 내다보았다. 비가 잦아들기 시작했지만 회색 조약돌 같은 빗방울이 유리창에 아직 들러붙어 있었다. 「그렇게 자학할 필요 없어요, 토니. 사건 해결했잖아요. 나는 보수를 받았고 당신은 책을 쓸 수 있게 됐고. 그나저나 첫 책을 아직 못 봤네. 출판사에서 안 보내 줬어요?」

「네. 아직 아무것도 못 봤어요.」

「표지가 마음에 들면 좋겠는데. 너무 예술 작품인 척하지 말고. 어쩌면 피도 살짝 넣어서.」

「호손…….」

나는 자리에 앉기 전부터 이 말을 하게 되리라는 걸 알고 있었다. 질의 말이 맞았다.

「이건 잘못된 선택이었던 것 같아요. 책 말이에요. 나는 전기가 아니라 소설을 쓰는 작가예요. 이런 식의 작업이 불편해요. 미안해요. 이번 책은 끝낼게요…… 자료는 다 갖고 있으니까 끝내는 편이 좋겠죠. 하지만 힐다 스타크한테 전화해서 세 번째 책 계약은 취소해 달라고 할 거예요.」

그는 실망한 표정을 지었다. 「왜요?」

「당신이 좀 전에 한 말을 생각해 봐요! 우리가 지금까지 두 건의 사건 수사를 같이했는데 두 번 다 내가 한심한 소리를 늘어놓는 바람에 일을 완전히 망쳐 놨고, 두 번 다 하마터면 내가 목숨을 잃을 뻔했잖아요. 내가 나 자신을 완전히 바보로 만들어 버린 것도 기분이 나빠요. 당신은 날 이용했어요. 그룬쇼 경위에게 복수하려고 일부러 나를 함정에 빠뜨렸어요. 그런데 그게 다가 아니에요. 나더러 축하한다고 했어요. 내가 한 말이 전부 틀렸는데 제대로 해결했다고 나를 부추겼어요.」

「전부는 아니에요. 내가 알아봤는데, 에이드리언 록우드의 눈에 정말 문제가 있더라고요.」

「개소리 집어치워요! 인정해요. 나는 홈스가 되기엔 부족하지만 그렇다고 왓슨이 되고 싶진 않아요. 이건 안 되겠어요. 우리는 각자의 길을 가는 편이 낫다고 봐요.」

그는 잠깐 동안 아무 말도 하지 않았다. 심란해 보였다.

「당신이 지금 아파서 그런 얘길 하는 거예요.」 마침내 그는 이렇게 중얼거렸다. 「칼에 찔렸잖아요. 이렇게 금세 퇴원시키다니 그것부터가 놀랄 일이죠.」

「그런 게 아니라 ─」

「그리고 오늘 날이 우라지게 우중충하기도 하고요.」 그는 내 입을 막으려고 얼른 말허리를 잘랐다. 「저 밖에서 햇볕이 쨍쨍 내리쬐고 있었으면 당신 생각도 달라졌을 거예요.」 그는 밖을 가리켰다. 「책에서 보면 작가들도 그러잖아요, 날씨가 사람들 기분에 영향을 미친다고.」

「그 한심한 궤변 말인가요?」

「그러니까요!」 그의 표정이 밝아졌다. 「내 말이 그 말이에요. 당신도 잘 알죠? 작가니까. 오늘 저녁에 집에 들어가서 메모를 하다 보면 바깥 날씨가 얼마나 개떡 같았는지 신나게 설명할 수 있을 거예요. 블랙프라이어스 다리. 패링던 스트리트. 딱 알맞은 단어를 골라서 거기에 생명을 불어넣을 거잖아요. 나는 그런 거 못 해요. 그래서 우리가 엄청난 파트너인 거라고요. 나는 다리품을 팔고 당신이 그 나머지를 맡고.」 그는 미소를 지었다. 「범죄 파트너. 책 제목을 그렇게 해야겠네.」

「그런 제목으로 출간된 책은 이미 있거든요?」[32]

「어이, 나는 당신을 믿어요. 당신이 훨씬 훌륭한 제목을 생각해 낼 거예요.」

나는 창밖을 내다보았다. 여전히 자신이 없었다. 하지만 마침내 비가 그치고 햇빛 몇 줄기가 구름 사이로 고개를 내미는 것 같았다.

---

32 국내에서는 〈부부 탐정〉이라는 제목으로 출간된 애거사 크리스티의 『Partners in Crime』을 말한다.

부록
그레고리 테일러가 남긴 편지

　사랑하는 수전에게

　햄프스테드히스의 어느 카페에 앉아서 이 편지를 쓰고 있어. 방금 리처드를 만나서 대화를 나눴고 나는 마음의 결정을 내렸어. 별로 섭섭하지는 않다는 걸 당신도 알아주면 좋겠어. 여보, 사랑해. 우리 깜찍한 보물, 준과 메이지도 사랑하고. 일이 잘됐으면 좋았겠지만 그렇지가 않았네. 나는 여기 가만히 앉아서 투덜대지 않을 거야. 차랑 큼지막한 베이크웰 타르트를 사서 먹고 있는데, 당신이 만들어 준 게 훨씬 맛있네. 오늘 아침에 비가 살짝 내리다가 지금은 개었어. 아이들이 뛰어놀고 개들이 산책하고……. 대체로 세상이 그리 나쁜 곳만은 아닌 것 같아.

　당신이 이 편지를 읽고 있다면 내가 죽었다는 뜻이겠지. 이런 문장을 쓰게 될 줄은 꿈에도 몰랐지만 그게 현실이고 우리 둘 다 그걸 받아들여야 해. 이 편지를 당신에게 지금 당장 보낼 수 있으면 좋겠다. 옆에서 내가 당신을 위로해 줄 수 있으면 좋겠어. 하지만 그럴 수 없는 이유는 당신도 알 테지. 이 편지는 6개월이 지난 뒤에 받게 될 거야. 그때까지 모든 게 계획한 대로 됐으면 좋겠다. 나는 이 편지를 뜯어보지 말고 내년 4월에 당신에게 보내 달라는 부탁과 함께 누이 퀜덜린에게 보낼 거야. 당신이 편지를 받고 너무 놀라지 않아야 할 텐데! 하지만 내가 이럴 수밖에 없는 이유를 당신은 이해하겠지. 보험금 때문이라는 걸.

내가 죽으면 당신 앞으로 25만 파운드가 지급될 거야. 엄청난 금액이지. 그 정도면 당신과 두 아이가 평생 쓰기에 부족하지 않을 거야. 당신이 원하면 리블헤드에서 다른 곳으로 이사할 수도 있을 거야. 리즈로 돌아가도 좋겠지. 애초에 당신을 데일스로 끌고 온 사람도 나였으니까. 내가 너무 이기적이었고 그래서 좋을 게 없었다는 생각을 종종 해. 이제 돈이 있으니까 당신 마음대로 선택해. 당신이 행복하게 살았으면 좋겠어. 여기 앉아서 그 생각뿐이야. 당신이랑 애들 생각.

하지만 이 편지는 잘 단속해야 해. 읽자마자 없애도록 해. 아무한테도 보여 주지 말고. 아무한테도 얘기하지 마…… 데이브한테도. 내가 약관은 못 봤지만 보험사가 워낙 족제비 소굴이라 보험금을 지급하지 않으려고 갖은 핑계를 댈 거야. 보험사 측에서는 내가 사고로 죽은 줄 알아야 해. 나는 조만간 그런 운명을 맞이할 거야. 나에게는 쉽지 않은 일이지. 당신에게도 쉽지 않은 일이고. 하지만 어쩔 수가 없어.

나를 용서해 주기 바라. 당신은 처음부터 끝까지 내 하나뿐인 사랑이었어.

이제 2007년 4월 얘기를 할게. 맞아, 롱 웨이 홀에서 사고가 벌어졌던 그때. 당신에게 진실을 고백해야겠어. 화내지 말아 줘, 수. 그때 고백하고 싶었는데 그러질 못했어. 어떤 식으로 포장하든 결국에는 내 잘못이기 때문에 그런 것도 있었어. 내가 리더였으니까. 내가 탐사 계획을 짰고 강행해도 괜찮겠다고 했으니까. 이제 와 생각해 보면 동굴 탐사에 집착했던 건 이미 사라져 버린 무언가를 붙잡고 싶어서였기 때문인 것 같아. 그게 유일한 이유였어. 리처드와 찰리와 나. 우리는 옥스퍼드에서 단짝 친구들이었고 청춘을 함께 보냈고 해마다 만나서 그때의 추억을 되살리려 했지. 하지만 나이를 먹으면 먹을수록 감흥은 점점 떨어지고 아닌 척하기는 점점 어려워진다는 걸 셋 다 알고 있었지. 리처드는 거물급 변호사였고 찰리도 마케팅 업계에서 그럭저럭 잘나가고 있었어. 나만 아무도 모르는 두메산골의 코딱지만 한 회사의 재무 관리사로 전락하고 말았지. 나는 그 둘과 함께 있으면 마음이 편하지 않았고 아무리 술을 많이 마셔도 마찬가지였어.

그날 나는 롱 웨이 홀에 내려가면 안 된다는 걸 알았어. 진실을 밝히자면 그래. 구름을 보니까 적란운이라 내려가면 골치 아파질 수도 있겠다는 걸 직감적으로 알 수 있었지. 대기도 불안정했고. 폭풍우가 들이닥칠 게 분명했지만 아직 멀리 있고 비껴갈 거라고 나 자신을 설득했어. 그때만큼은 내가 리더이기 때문에 그랬는지도 몰라. 리처드하고 찰리는 나를 전적으로 믿었거든. 폭포 옆에 18미터짜리 피치가 있었고 우리는 장비를 장착하고 내려갔지.

드라이어 언덕의 출구까지 3.2킬로미터밖에 안 됐지만 당신도 롱 웨이가 어떤 식인지 알잖아. 그 첫 번째 피치로 들어가서 풀다운 장비를 설치해야 했지. 동굴을 관통해서 기슭의 출구로 나와야 하는 경로니까. 그러고 나면 35미터짜리 폭포 피치와 골치 아픈 오르막을 두어 개 통과한 다음에야 드레이크 패시지와 스파게티 분기점에 도착할 수 있어. 소심한 사람들은 섣불리 도전할 수 없는 경로였지만 우리는 파이팅을 외치며 출발했어. 웃고 떠들면서. 옛날 생각이 난다는 둥 하면서.

시시콜콜 설명하지는 않을게. 듣고 있기도 진절머리가 날 테고 나도 이 편지를 마저 쓰려면 시간이 빠듯하니까. 아무튼 핵심은 이거야. 내가 당신한테 거짓말을 했다는 거. 사인 심문 때 거짓말을 했다는 거. 찰리 리처드슨은 길을 잘못 들지 않았고 우리가 말한 그런 식으로 죽지 않았어.

우리가 3분의 2쯤 갔을 때 폭풍우가 들이닥쳤어. 내가 맨 앞, 리처드가 그다음, 찰리가 마지막으로 가고 있었는데 큰일 났다는 걸 단박에 알 수 있었지. 여러 해 동안 동굴 탐사를 하면서 그런 경험은 처음이었어. 먼저 기압이 달라지면서 우리 목소리가 다르게 들렸어. 그리고 귓속, 심지어 뼛속에서까지 욱신거림이 느껴졌고. 사방 벽이 젖어서 번들거렸고 벽 틈새로 물이 뚝뚝 떨어졌어. 그건 시작에 불과했지. 땅속 가장 깊은 곳에서부터 우르릉거리며 메아리치는 소리가 점점 커지더니 나중에는 서로 고함을 질러야 뭐라고 하는지 알아들을 수 있는 지경이 됐어.

85미터 지하에 우리 셋뿐인데, 온 세상이 우리에게 달려드는 느낌이더라고. 얼른 결정을 내리고 실행에 옮겨야 했지.

우리가 선택할 수 있는 루트는 두 가지였어. 첫 번째는 스파게티 분기점으로 올라가는 거였고 나 혼자였다면 그 길을 선택했을 거야. 거긴 지대가 높아서 물이 차올라도 발아래에 그칠 테니까. 하지만 다른 두 사람이 싫다고 했지. 거기로 들어가면 돌아 나올 수 없을 테니까. 컴컴한 데 앉아서 구조대를 기다려야 할 텐데, 동굴 지대 전체가 물에 잠기면 얼마나 오래 기다려야 할지 알 수 없을 테니까. 그리고 스파게티 분기점이 안전할 거라고 장담할 수도 없었어. 수위가 한참 높아지면 그 안에 갇힐 수도 있으니까. 제 발로 궁지에 걸어 들어가 익사하는 꼴이 될 수도 있었지.

몇 분 내로 결정해야 했어. 홍수가 일으킨 물살이 다가오고 있었거든. 그 터널을 통과해서 들이닥치는 물줄기가 얼마나 힘이 센지 알아? 벌써부터 우리를 두드리는 걸 느낄 수 있었어. 동굴이, 공기 자체가 진동하더라고. 떨어져 나온 돌덩이들이 머리 위로 쏟아졌고. 무서웠어.

우리가 어떤 결정을 내렸는지는 당신도 알지? 계속 전진하기로 했던 거. 드레이크 패시지만 통과하면 괜찮을 것 같았거든. 그 수직 크랙까지만 가면 그걸 타고 올라가서 물살을 피할 수 있을 테니까. 거기서 잠깐 발이 묶일 수도 있겠지만 그래도 그편이 나아 보였어. 중요한 건 출구에 더 가까워진다는 거였거든. 우리가 원한 건 그뿐이었어. 우리 셋 다.

내가 앞장섰지. 그다음은 리처드. 뭐 그리 어려울 건 없었어. 3미터 아래로 낙하한 다음 나선형 터널만 지나면 됐으니까. 우리 둘이 무사히 통과한 뒤 야트막한 통로에 간신히 쭈그리고 앉아 있는데 찰리가 중간에 낀 거야. 그 친구가 외치는 소리가 들렸어. 〈애들아! 애들아!〉 그리고 잠시 후에 또 뭐라고 외쳤지. 하지만 뭐라는지 알아들을 수가 없었어. 물이 바로 근처까지 밀려들어서. 당신한테도 여러 번 얘기했다시피 지하에 있으면 물소리가 꼭 사람 말소리 같거든. 이제 온 세상이 우리를 향해 고함을 지르는 것 같았어.

나는 리처드의 귀에 최대한 가까이 입을 대고 최대한 큰 소리로 외쳤어. 〈돌아가서 저 친구를 구해야 해!〉

〈안 돼!〉

내가 제대로 들은 게 맞는지 의심스러웠지.

〈안 돼!〉 그 친구가 다시 외쳤어. 〈너무 위험해.〉

〈하지만 그러면 죽을 텐데.〉

〈그러거나 말거나! 그냥 둬!〉

믿을 수가 없었어. 하지만 그를 봤더니 노랗게 질린 얼굴로 어린애처럼 울고 있더라고. 그에게 욕을 하고 컨토션 쪽으로 다시 엉금엉금 기어갔더니 보이더라, 찰리가. 서 있었어. 머리는 보이지 않았어. 발과 다리만 터널 밖으로 삐져나왔지. 세이프티 백을 매단 밧줄이나 다른 뭔가가 중간에 걸렸는데 손으로 잡을 만한 데가 없었나 봐. 몸을 끌어 올려야 걸린 걸 풀 수 있을 텐데 말이야. 내 도

376

움이 필요했지. 하지만 잠시 후에 물이 뿜어져 나오기 시작하더니 헤드라이트로 비추니 모든 게 새까맸고 온 사방 벽이 흔들리더라. 1초라도 지체하면 여기서 죽겠다 싶어서 몸을 돌려 최대한 빨리 기어서 도망쳤지. 찰리는 거기 걸려서 익사하도록 내버려둔 채.

이렇게 된 거야, 여보. 우리가 그 친구를 살릴 수는 없었을지 몰라도 시도는 해볼 수 있었을 텐데. 본격적으로 물줄기가 들이닥치기 전에 그 친구를 꺼낼 수 있었을지 모르는데. 하지만 우리는 그러지 않았어. 크랙까지 기어가서 아래로 물이 콸콸 지나갈 때까지 기다렸다가 그 길을 따라 출구로 나갔지. 우리 둘 다 완전히 젖었고 기진맥진했어. 떨어진 돌덩이 때문인지 온몸이 상처투성이였고. 목숨을 부지할 수 있어서 다행이었지만 기분은 더러웠어. 우리가 그런 짓을 저질렀다는 데 구역질이 났거든. 나뿐 아니라 리처드도.

내가 리처드보다 나은 사람인 척할 생각은 없지만 거기서 빠져나왔을 때 이제 어떻게 해야 하는지 지시를 내린 사람은 그 친구였어. 한번 변호사는 영원한 변호사라더니. 그는 진실만을 말하는 것으로 유명하다고 들었는데 그때만큼은 아니더라. 평생 오명이 남을 수 있잖아. 그리고 생각해 봐, 그게 그의 변호사 인생에 어떤 영향을 미칠지! 〈무딘 면도칼〉이 아니라 〈울보 머저리〉가 될 거 아니야. 그 친구가 이야기를 만들어 냈어. 찰리가 스파게티 분기점에서 길을 잘못 들었다고. 왔던 길을 되짚어가서 찾으려고 했지만 찾을 수가 없었다고. 사실은 잉 레인 농장으로 곧장 가서 크리스에게 동굴 구조대에 연락해 달라고 했으면서.

아직 절반밖에 못 썼는데 손에서 쥐가 나려고 하네. 얼른 마치고 다음 단계로 넘어가야 하니까 간단하게 끝낼게.

나는 그 일이 있은 뒤로 두 번 다시 리처드와 연락하지 않았어. 당연히 사인 심문에 둘 다 참석했고 당신도 우리가 같이 있는 걸 한두 번 봤을 거야. 하지만 그의 눈을 쳐다보지 못하겠더라고. 정나미가 떨어져서. 보고 있으면 구역질이 나서. 그만큼 나 자신에게도 정나미가 떨어졌어. 우리 둘이 곧바로 도우러 갔다면 찰리를 끄집어낼 수 있었을지 몰라. 하지만 너무 미적거렸지. 나는 그 뒤로 다시는 동굴에 들어가지 않았어. 당신도 알다시피. 이제 왜 그랬는지 알겠지?

그러다 내 몸에 병이 생기고 건강 보험으로는 해결할 수 없게 되니까 당신이 나더러 런던에 가서 리처드한테 얘기해 보라고 했지. 내가 왜 그렇게 질색했는지 궁금한 적 없었어? 내가 왜 번번이 안 된다고 했는지? 하도 싸워서 당신이 나 때문에 속상해한다는 거 알았지만 그를 다시 만나고 싶지 않았어. 그가 도와줄 리 없다는 것도 내심으로 알고 있었고. 나를 보기만 해도 자기가 얼마나 몹쓸 겁쟁이였고 거짓말쟁이였는지 기억이 날 테니까. 하지만 당신은 끝까지 우겼지. 나를 기차역까지 끌고 가다시피 했지. 그리고 자, 이게 그 결과야.

하마터면 햄프스테드에 있는 그 으리으리한 집으로 찾아가지 않을 뻔했어. 하마터면 그에게 전화해서 생각이 바뀌었다고 할 뻔했지. 그가 치료비를 주지 않겠다고 하더라고 둘러대고 그냥 그렇게 넘어가려고 했어. 하지만 당신에게 거짓말을 할 수가 없더라. 당신과 함께한 시간 동안 거짓말을 한 적은 롱 웨이 홀 때뿐인데, 아직도 그때를 생각하면 속이 울렁거리거든. 나는 당신이 원한 대로 그를 만나러 갔어. 그리고 내가 예상한 대로 딱 잘라서 거절을 당했지.

그는 내 기억 속의 그 친구가 아니었어. 하긴 처음 만났을 때 우리는 열아홉 살 청춘이었으니까. 아주 깍듯했어. 들어오라고 하고, 차를 한 잔 주고. 하지만 내가 찾아온 이유를 설명하자 도와주지는 못하겠다고 하더라. 과거에 있었던 일을 생각하면 내 일에 관여하는 것은 적절하지 못한 처사라는 생각이 든다면서. 어쩌고저쩌고. 그 말을 들으면서 이상했던 건 세월이 지나는 동안 그가 그 사고에 대한 책임을 져야 하는 사람은 나라고 자신을 세뇌한 느낌이었다는 거야. 뭐, 소나기구름을 본 사람이 나였던 건 맞지. 사인 심문 때 이미 나온 얘기였고, 강행해도 되겠다는 판단을 내린 사람이 나였다고 공식 기록에 남아 있으니까. 그가 내 앞에서 이 얘기를 꺼내더군. 그 말을 들었을 때 한 대 치고 싶더라. 그뿐만이 아니었어. 그는 모든 걸 한데 뭉뚱그려서 찰리를 두고 떠나자고 한 결정에 나에게도 똑같이 책임이 있는 것처럼 포장하지 뭐야. 말하자면 길어. 해가 떨어질 때까지 얘기할 수도 있어. 하지만 한마디로 정리하자면 결국 나는 그 집에서 쫓겨났어.

이제 힘든 부분으로 넘어갈게, 수전. 이 편지에 적고 싶지 않은 부분으로. 당신이 진실을 알게 될 때까지 6개월이라는 긴 시간을 기다려야 하는 이유로.

나는 자살할 생각이야. 당신도 알다시피 나는 가망이 없어. 의사도 싫고 약도 싫고 병원에서 늘어놓는 헛소리도 싫고 거기 앉아서 괴로워하는 모습을 당신과 애들한테 보여 주기도 싫어. 고통스러워하는 환자가 아니라 장점도 있고 단점도 있는 예전의 모습으로 당신 기억에 남고 싶어. 어떻게 할지 생각해 놨어. 보험사의 족제비들도 보험금을 지급할 수밖에 없게끔 사고로 위장할 거야.

하지만 그 전에 데이비나 리처드슨에게 진실을 알려 줄거야. 리처드는 내가 죽었다는 소식을 접하면 안도의 한숨을 내쉬겠지만, 그에게 처벌을 모면할 기회를 줄 이유가 없잖아? 그녀는 이 근처에 살아. 방금 집으로 전화했더니 있더라고. 우리는 지금까지 대화를 나눈 적이 없었지. 이제 나누게 될 거야. 나는 그녀에게 내가 찾아왔다는 걸 아무에게도 알리지 않겠다는 약속을 받아 낼 거고 그녀가 나를 대신해서 궂은일을 처리할 거야. 리처드의 콧대를 꺾고 그 잘난 변호사의 얼굴에서 미소를 지우는 거.

이 편지를 리처드 얘기로 끝내고 싶지는 않네. 당신이 리즈에서 맨 처음 맥주를 따라 주었을 때 내 여자를 만났다는 걸 한눈에 알 수 있었거든? 당신은 그때도 예뻤고 지금도 예뻐. 물론 우리 사이에 우여곡절이 많았지만 그거야 모든 결혼 생활이 그럴 테고 여기 이렇게 앉아 있으니까 좋았던 것만 기억이 나. 첫째로 우리 애들. 스카이[33]에

33 스코틀랜드 북서부의 섬.

놀러 갔던 거. 스리 피크스 대회에서 달렸던 거. 코니스턴 워터 호수. 주말을 맞아 파리에 갔다가 여권을 잃어버렸던 거. 그 모든 즐거웠던 순간들. 당신이 재혼하면 좋겠어. 그래야 해. 당신 같은 여자도 없으니까.

내가 이제 하려는 행동을 용서해 주기 바라.

2013년 10월 26일
사랑하는 남편, 그레그

*

이 편지는 허더즈필드에 사는 퀜덜린 제임스에게 발송됐고 그녀는 편지를 경찰에 제출했다. 그레고리 테일러의 부인, 수전 테일러의 허락 아래 전문을 소개한다.

감사의 말

대니얼 호손과의 수사 과정을 책으로 출간하면 이상하게 실제 등장인물들에게 감사 인사를 전하게 된다…… 모두 다는 아니지만. 보면 알겠지만 일부는 내 인생을 피곤하게 만들었고 또 일부는 이름을 바꾸거나 자기는 아예 빼달라고 요구했다. 그중 한 명은 내가 있는 그대로 묘사했는데도 불구하고 심지어 변호사를 통해 협박까지 했다.

특히 두 사람의 도움이 없었다면 이 책은 세상의 빛을 보지 못했을 것이다. 롱 웨이 홀로 출동했던 구조대장 데이브 갤리번은 자기가 어떤 일을 하는지 자세하게 알려 주었다. 크리스 잭슨은 거기서 한 걸음 더 나아가 나를 데리고 동굴 탐사를 나서 주었는데, 예상했던 것보다 훨씬 재미있는 경험이었다. 우리는 드레이크 패시지를 지났고 그는 찰리 리처드슨의 시신이 발견된 지점을 알려 주었다. 나중에는 원고를 읽어 보고 기술적인 오류를 몇 군데 짚어 주었다. 덕분에 나는 두 사람과 아주 즐거운 시간을 보낼 수 있었다. 리블헤드의 스테이션 인에서 먹은 스테이크와 콩팥을 넣은 파이는 영영 잊지 못할 것이다.

내비건트의 포렌식 회계사 그레이엄 헤인은 리처드 프라이스를 만난 적은 없었지만 고소득층의 이혼 소송이 어떤 식으로 진행되는지 귀한 내부 정보를 알려 주었다. 윙크워스 셔우드 소속 사무 변호사 앨릭스 울리와 1 헤어 코트 소속 법정 변호사 벤 울드리지도 조언을 아끼지 않았고 법률적인 배경을 완벽하게 커버해 주었다. 본문에 오류가 있다면 전적으로 내 책임이다.

옥타비언 와인 창고의 상무 이사 빈센트 오브라이언과 창고 관리인 앤디 워즈워스 덕분에 나는 존재하는 줄도 몰랐던 업계의 정보를 얻을 수 있었다. 그들은 39개국 1만 명의 개인 수집가를 관리한다고 한다. 자기들의 일터를 공개해 준 제임스 매코이 경장과 유스턴역의 영국 교통경찰 관계자 여러분께도 감사 인사를 전하고 싶다. 본문에서도 밝혔다시피 그 비밀스러운 세계는 언제나 나를 설레게 한다.

뒤셴형 근육 위축병을 앓고 있는 ─ 그도 차이점을 분명히 했다시피 그냥 앓고 있다기보다 그 병으로 고생하고 있는 ─ 비벡 고힐에게도 특별히 감사의 뜻을 전하고 싶다. 그 증상을 조심스럽게 다루고 싶었는데 케빈 차크라보르티에게는 접근할 수 없는 명백한 이유가 있었기에 그의 도움을 받았다. 비벡은 볼 때마다 엄청난 영감을 주는 청년이고 그에게도 훌륭한 어머님이 계신다. 그를 소개해 준 영국 근육 위축병 협회의 홍보실장 제인 매슈스에게도 감사 인사를 전하고 싶다.

셀리나 워커와 펭귄 랜덤 하우스의 편집 팀은 항상 즐겁게 작업할 수 있는 동료들이다. 내 멋진 가족인 질과 두 아들, 니컬러스와 캐시언은 자기들의 프라이버시가 구구절절 박살 나는 와중에도 한없이 나를 응원해 준다. 나에게는 힐다 스타크라는 환상적인 에이전트가 있고 그녀에게는 조너선 로이드라는 어시스턴트가 있다. 내 어시스턴트 앨리슨 에드먼드슨은 내 삶의 체계를 잡는 데 일조했고 이 감사의 글에 언급된 대부분의 사람들과 나 사이에서 연결 고리 역할을 했다. 그리고 마지막으로 이 시리즈를 제안한 대니얼 호손에게 고맙다는 말을 전해야 할 것 같다. 어쩌면 그것이 뭐 그리 잘못된 선택은 아니었는지도 모르겠다.

2018년 8월 16일
앤서니 호로위츠

옮긴이의 말

잘나가던 이혼 전문 변호사 리처드 프라이스가 자기 집에서 시신으로 발견된다. 그를 살해하는 데 쓰인 무기는 1982년산 샤토 라피트 로트실드 포야크. 그가 최근에 의뢰인에게 선물로 받은 무려 2천 파운드 상당의 와인이다. 그런데 술이라고는 한 방울도 입에 대지 않는 그가 와인병으로 가격당한 이유는 무엇일까? 벽에 초록색 페인트로 적힌 세 자리 숫자는 무슨 의미일까? 이혼 전문 변호사답게 그의 주변에는 적이 많고 그들 모두에게는 동기가 있어 보인다. 그들 가운데 과연 누가 범인일까? 〈여긴 어쩐 일로? 조금 늦었는데.〉 그가 마지막으로 남긴 이 말이 단서가 될 수 있을까?

흥미진진한 몇 명의 용의자, 도처에서 등장하는 단서 그리고 독자를 낚는 데 쓰이는 다수의 미끼……. 내가 생각하기에 이 작품의 가장 큰 매력은 셜록 홈스와 에르퀼 푸아로의 계보를 잇는 정통 탐정물이라는 것이다. 호손은 홈스나 푸아로에 비하면 개인적인 매력은 좀 떨어질지 모르지만 탐정으로서의 매력은 넘쳐 난다. 중간에 호로위츠가 모든 사태를 간파하는 실마리가 될 단서를 하나만 알려 달라고 하자 그가 소설을 쓸 때 그러듯 살인 사건을 해결할 때도 먼저 패턴을 찾으라고 일갈하는 대목에서 언뜻 홈스의 영민함과 재수 없음을 동시에 느낀 사람이 나 혼자였을까? 그리고 홈스에게는 왓슨이, 푸아로에게는 헤이스팅스가 있다면 호손에게는 호로위츠가 있다. 호로위츠는 어수룩한 조수 역할에 이보다 더 어울릴 수가 없다.

그런데 이쯤에서 이 책의 저자 앤서니 호로위츠를 소개할 것 같으면 영국 문학계에 기여한 공로를 인정받아 2014년 대영 제국 4등 훈장에 이어 2022년에는 3등 훈장을 수훈한 작가다. 〈앨릭스 라이더〉 시리즈로 『뉴욕 타임스』에서 〈금세기 최고의 어린이 스파이 소설 작가〉라는 칭송을 받았고, 이 책 곳곳에서도 언급되는 「포일의 전쟁」으로 영국 아카데미상을, 국내에서도 출간된 바 있는 『맥파이 살인 사건』을 각색한 드라마로 에드거상을 수상하기도 했다.

그런 그가 이 〈호손과 호로위츠〉 시리즈의 전작 『중요한 건 살인』에 이어 여기에서도 주인공 호손의 파트너로 등장하는데, 〈나를 작품 속 등장인물, 그것도 영원한 조수라는 부수적인 인물로 둔갑시킬 생각은 없었다〉고 하지만 이쯤 되면 망가지는 데 재미를 들였나 싶을 정도다. 오죽하면 또다시 부상을 당하고 병원에 누워 있는 그를 향해 아내 질이 〈내가 충고하는데 이 부분은 책에서 빼. 사람들은 못 믿을 테고 당신은 한심해 보일 테니까〉라고 할까. 하지만 이렇게 망가짐을 불사한 호로위츠 덕분에 우리에게는 또 한 권의 즐거운 읽을거리가 생겼다.

그나저나 잉글턴에서 호손과 우연히 맞닥뜨렸을 때 〈빌리〉라고 부르며 반가워했던 마이크 칼라일의 정체는 무엇일까? 호로위츠가 의심했던 것처럼 호손의 본명이 빌리였다면 그 시절의 호손에게 어떤 일이 벌어졌던 걸까? 영국에서는 이 시리즈의 3권이 이미 출간돼 있는데, 그 안에 호손의 비밀도 공개가 되었는지 궁금하다. 호로위츠가 작품 내에서는 어리바리한 조수였을지 모르지만 이런 밑밥을 제대로 뿌려놓은 것을 보면 노련한 작가임에는 틀림이 없는 듯하다.

2024년 8월
이은선

옮긴이 **이은선** 연세대학교에서 중어중문학을, 국제학대학원에서 동아시아학을 전공했다. 편집자, 저작권 담당자를 거쳐 전문 번역가로 활동 중이다. 『중요한 건 살인』, 『맥파이 살인 사건』, 『셜록 홈스: 실크 하우스의 비밀』, 『셜록 홈스: 모리어티의 죽음』을 비롯해 『미스터 메르세데스』, 『파인더스 키퍼스』, 『엔드 오브 왓치』, 『베어타운』 등 다양한 소설을 번역했다.

숨겨진 건 죽음

발행일 **2024년 8월 30일 초판 1쇄**

지은이 **앤서니 호로위츠**
옮긴이 **이은선**
발행인 **홍예빈 · 홍유진**
발행처 **주식회사 열린책들**

경기도 파주시 문발로 253 파주출판도시
전화 031-955-4000 팩스 031-955-4004
www.openbooks.co.kr

Copyright (C) 주식회사 열린책들, 2024, *Printed in Korea.*
ISBN 978-89-329-2445-8 03840